Zu kurz gesprungen

Frauke Wandmacher

Zu kurz gesprungen

Eure Schuld. Ein deutscher Generationenkonflikt?

Bibliografische Information der Deutschen Nationalbibliothek

Die Deutsche Nationalbibliothek verzeichnet diese Publikation in der Deutschen Nationalbibliografie; detaillierte bibliografische Daten sind im Internet über http://dnb.dnb.de abrufbar.

© 2016 Frauke Wandmacher

Satz, Umschlaggestaltung, Herstellung und Verlag: BoD – Books on Demand

ISBN 978-3-7392-2938-6

Inhalt

Franz	7
Klaus	35
Nach dem 10.03.1976	56
Klamme und Schönwetterfragen	66
Ferien	79
Zusammentreffen	85
Eintauchen	99
Postaer Sandstein	122
Niederschrift	136
Tiefer Tauchen	153
Abgrundtief	176
Zusammentreffen 2	201
Umwege	224
Zusammentreffen 3	241
Westlicher Außenposten	257
Zusammentreffen 4	278
Indian summer	289

Franz

Franz hatte sich entschieden und der Inhalt dieser Entscheidung war durch nichts als die Annahme bestimmt, dass Leser der WoZ es vielleicht doch eher selbst könnten als die Leser der DamS. Er war sich bewusst, dass diese Vermutung ein Vorurteil war und dass er mit diesem Vorurteil so schön den Vorzug für diese Gruppe, die der DamS-Leser, begründen konnte. Ganz einfach, Franz kannte nur wenige Leser dieser Wochenzeitung und sie waren ihm fremder als die Konsumenten des anderen Blattes. Er wollte kein Vorurteil umkrempeln, er brauchte Stoff für die Gestalt, an deren Entwurf er sich beteiligen wollte.

Das Inserat, das er in den Anzeigenteil der DamS in der Rubrik Stellengesuche einrücken ließ, bot an: „Ich (m) schreibe Ihre Biographie. Mit Lebenserfahrung, Stilsicherheit und Freude am Zuhören. Chiffre". Franz zahlte per Vorkasse den Anzeigenpreis von 85,60 DM, die Annonce sollte am Sonntag, 29.Februar 1976, erscheinen.

Den Beleg seiner Befähigung für diesen Job mit „Lebenserfahrung" ergab sein Alter von 30 Jahren. Die hinter Franz liegende Lebensstrecke war wie die eines jeden Dreißigjährigen prall gefüllt mit Hoffnungen, Verletzungen und Leistung; er hatte sich in den von ihm wahrgenommenen Angeboten zu orientieren gelernt, hatte gelernt die getroffene Entscheidung stets zu begründen. Er verschloss sich dabei, wie fast jeder Mensch, möglichen ungedachten anderen Wünschen.

Franz schätzte Menschen aus der Gruppe der DamS-Leser im Gegensatz zu den WoZ-Lesern als geeigneter ein, sich ihm für die Anfertigung einer Biographie anzuvertrauen, statt ihre Lebensgeschichte selbst aufzuschreiben, und er hoffte gleichzeitig auf wenig Wiedererkennen und viel Material; Franz war einverstanden mit sich.

Franz neigte dazu, seine Entscheidungen nach Nützlichkeitsquote zu treffen. So war seine Zugehörigkeit zum SDS Heidelberg schon seit Januar 1968 zunächst aus pragmatischen Überlegungen entstanden, als er eine Möglichkeit suchte, sich die täglichen Fahrten mit verschiedenen Verkehrsmitteln von Mannheim-Feudenheim zu den Vorlesungen und Seminaren an der Rupprecht Karls- Universität Heidelberg zu ersparen durch den Umzug nach Heidelberg, wo ihm Mitglieder des SDS preiswertes Mitwohnen in einer WG angeboten hatten. Möglich, dass die Rekrutierung von Anfangssemestern durch studentische Verbindungen nach ähnlichem Nützlichkeitsmuster verliefe. Also, kollektives Wohnen aus wirtschaftlicher Zweckmäßigkeit, war es das nur? Franz hoffte darüber hinaus, dass gemeinsames Arbeiten für ein gemeinsames Ziel für ihn, der gewiss nie Teamworker gewesen war, auch gemeinsames Erleben nach sich zöge und ihm, ja, mit einer Funktion auch einen Stellenwert einräumte. Franz wusste, es gibt keinen von Flucht aus den Zwängen des Kapitalismus unterfütterten ‚linken' und ‚rechten' Pragmatismus. Es würde sein Ziel sein, aus gefühlter politischer Haltung eine Handlungsanweisung zur Überwindung gesellschaftlicher Ungleichheit werden zu lassen.

Nachdem Franz das Kuvert mit seinem Inserentenwunsch in den Briefkasten gesteckt hatte, fuhr er mit der Straßenbahn nach Handschuhsheim, verließ sie an der Tiefburg und lief sich warm in den Straßen, die zum Mühltal führten. Parallel zum Mühlbach bis zur Strangwasenhütte, diesen Parcours wählte Franz immer, wenn er frei im Kopf war und den Nacken strecken konnte. Und heute war so ein Tag: Er war neugierig auf die nahe Zukunft und sie verband sich mit einem Vorvor-

Frühlings-Gefühl. Er erreichte den Brunnen im Mühlbachtal; auch heute füllten die Heidelberger mitgebrachte Gefäße mit dem Wasser aus dem Berg, sie ließen den Dauerläufer außer der Reihe ein paar Schlucke am Brunnenrohr trinken und dies kleine Entgegenkommen stimmte Franz noch ein bisschen höher. Er wollte vor Einbruch der Dämmerung aus dem Wald heraus und wieder auf der asphaltierten Straße sein und legte ein bisschen zu.

Die erste Märzwoche war sonnig, aber kalt. Franz wartete schon seit Mittwoch auf Post. „Jetzt sei halt nicht so ungeduldig", Martin, sein Mitbewohner der WG in der Kleinschmidtstraße, versuchte seine Hoffnung zu stärken, „deine Ansprechpartner sind gewiss ältere Leute, sie haben schon eine Lebensgeschichte, brauchen aber auch länger für solch eine Entscheidung. Und vielleicht kommt der eine oder die andere durch deine Anzeige erst auf den Gedanken so etwas wie eine Biographie in schriftlicher Form für sich haben zu wollen!" Martin dachte nach: „Und wenn du dir jetzt vorstellst, du sitzt einem möglichen Kunden gegenüber, - sollte es lieber eine Frau oder lieber ein Mann sein?" Franz ärgerte sich, bevor er die Frage von Martin beantwortete, erstmal über die Bezeichnung ‚Kunde'. Dieser Begriff wies zunächst für Franz zu sehr auf materielle Beziehungen zwischen ihm und – ja - . Eigentlich hatte Martin Recht, Franz würde die Verbindung zu „Biographiewünschenden" ja nie gesucht haben, wenn er nicht seinen Lebensunterhalt materiell und in seiner Sinnsuche hätte auffüllen wollen. Die Arbeitslosenhilfe von knapp 160 DM wöchentlich, die er seit seinem zweiten Staatsexamen im Februar 1975 vom Arbeitsamt erhielt, reichte nicht zum Leben und eine Aufgabe hatte er auch nicht. Viele Bezeichnungen von Hilfesuchenden in den Geschäftsbeziehungen zwischen Anbietern und Nach-

fragern sollten den Austausch von Leistungen beider Parteien schönreden: Klient, Patient, Mandant, - klingt gut, gniggelte er, haarscharf am Problem der Wirkung von Herrschaftswissen oder Eigentum vorbei.
„Darüber habe ich noch nicht nachgedacht. Ich denke immer nur: Hoffentlich meldet sich überhaupt jemand".
„Aber du wirst schon eine Präferenz haben; stell dir einfach vor, du hast drei Briefe von Frauen und drei von Männern. Wie gehst du vor? Hintereinander abarbeiten? Ich glaub, darüber würdest du selbst steinalt", Martin lachte, „was machst du überhaupt, wenn du Antworten auf deine Anzeige erhältst?"

Soweit war Franz noch nicht, er wollte, und darüber war er noch nicht hinausgekommen, überhaupt eine Reaktion auf seinen Schritt nach vorn erleben.
Martin verunsicherte ihn durch die Fragen nach dem ‚Und dann'. Sie stimmten ihn aber auch wieder zuversichtlich, weil er in diesen Fragen erkennen konnte, dass er sich auf dem Boden der Wirklichkeit bewegte und vielleicht tatsächlich eine solche Aufgabe auf ihn zukommen könnte.
Ähnlich Martin hatte Susanne, Franz' Freundin, ihn nicht nur bewogen, den Plan in Handlung umzusetzen und tatsächlich sein Können in der überregionalen Presse anzubieten, sondern sie glaubte auch, dass ein Mensch in der Bundesrepublik oder in der weiten Welt sein Angebot annehmen könne.
Allerdings hatte sie ihn nachdrücklich darauf aufmerksam gemacht, dass er mögliche Einkünfte, die er erzielen könnte, dem Arbeitsamt melden müsste. „Sonst kann es dir passieren, dass du alle bisherigen Leistungen aus der Arbeitslosenhilfe zurückzuzahlen hättest".
„Kein Einziger hat bisher angebissen und du siehst mich schon in der Auseinandersetzung mit dem Arbeitsamt vor dem Sozialgericht!"

Franz war doch ganz froh in Susanne die kompetente Juristin zur Seite zu haben und beschloss, ernsthaft über hereinbrechende Geldströme und den künftigen Umgang mit der Arbeitsbehörde nachzudenken.

Er hatte Susanne in der Kanzlei von Gerhard Härdle in der Handschuhsheimer Landstraße kennengelernt. Sie arbeitete in der Sozietät als angestellte Anwältin und hatte sein Mandat „gegen die Stadt Heidelberg" 1969 übernommen. Die Anzeige der Stadt galt seinen Aktivitäten in der Wahrnehmung von Bausubstanz als politische Plattform. Er hatte mehrere Mauern mit dem Hinweis in roter Farbe versehen: NUTZT DIE WÄNDE SO LANGE SIE DA SIND!

Ein gut gemeinter Satz, der wissen lassen wollte, dass Wände als demokratisches Forum, als Medium zur Veröffentlichung von Meinung immer da seien, auch wenn keine Zeitungen und keine Flugblätter mehr erscheinen durften. Gleichzeitig führte er damit die Kapitalismuskritik des SDS ad absurdum; denn, dass Mauern trennen und abschirmen, hatte Franz dabei übersehen.

Susanne hatte es geschafft, in der Verhandlung vor dem Amtsgericht Heidelberg den Parolen die politische Spitze zu nehmen und den Tatvorwurf auf Sachbeschädigung zu reduzieren. Der Vorwurf der „Verunstaltung privaten und öffentlichen Eigentums" war durch die Zusicherung der alsbaldigen Wiederherstellung des vorigen Zustandes – Reinigung der Fassaden – abgemildert und Franz kam, da der Landfriedensbruch nicht weiter in der Anklage verfolgt wurde, mit einer geringen Geldstrafe, die keinen Eintrag ins Führungszeugnis nach sich zog, aus der Sache heraus.

Das Ungleichgewicht in ihrer Beziehung – hier Helfende, dort Ratsuchender – wollte Franz von Beginn an ignorieren und auch Susanne tat nichts, was ihn Unterlegensein spüren ließ. Dass er sich nicht selbst helfen konnte, schuf Macht. Sie ließ sich nicht ignorieren, eben so wenig wie ihr jeweiliger gesellschaftlicher und wirtschaftlicher Status. Franz rieb sich daran, dass in ihrer Liebesbeziehung sein Selbstwert von diesem Status beeinflusst wurde. Politisch-ideologisch wollte er Ich-Stärke eigentlich aus innewohnenden Kräften gebündelt wissen, die – getreu dem Glaubenssatz von den ineinandergreifenden Rädchen – dem großen Ziel der gesellschaftlichen Gerechtigkeit dienten. So aber spürte er Neid und entwickelte gleichmacherische Strategien; ach, Susanne!

Sie wurde für ihn auch in einer anderen Sache tätig, in seiner Auseinandersetzung mit dem Land Baden-Württemberg wegen seines Antrages auf Einstellung in den Schuldienst nach dem abgeschlossenen zweiten Staatsexamen. Es hatte eine Regelanfrage gegeben und hier wurde bekannt, dass Franz Mitglied des SDS Heidelberg gewesen war, bis der SDS im Jahre 1970 verboten wurde. Franz hatte im Februar 1975 vom Oberschulamt Karlsruhe die Mitteilung erhalten, die einstellende Behörde habe Zweifel am Bekenntnis des Bewerbers zur freiheitlich-demokratischen Grundordnung.

Franz war auf die Aktivitäten des SDS an der Rupprecht Karls-Universität aufmerksam geworden bei dem Schweigemarsch am 02.Juni 1967 zum Tode Benno Ohnesorgs und den Polizeimaßnahmen in Berlin, und war im November 1967, als Oberbürgermeister Zundel die Hauptstraße für eine Vietnamdemonstration hatte sperren lassen, Mitglied des Verbandes geworden. Anlässlich einer Sitzblockade der Studenten auf den Zugängen zu den Hörsälen am Tag der dritten Lesung und Verabschiedung der Notstandsgesetze durch den Bundestag in Bonn am 30.05.1968, wurde die Polizei das erste Mal auf Franz durch eine Anzeige des Lehrkörpers aufmerksam.

Susanne, die ihn gegenüber dem Oberschulamt vertrat, wollte im Zusammenhang mit dieser Anzeige für ihre Mandatswahrnehmung Genaueres von Franz zu den Vorgängen auf den Fluren der Philosophischen Fakultät wissen. "Haben sie dich weggetragen? Hast du Widerstand geleistet im Sinne von Übergriffen auf Polizeibeamte? Hast du deine Personalien freiwillig bekannt gegeben?" Wie sich eine Juristin Widerstand der Bevölkerung gegenüber den Ordnungsbehörden so vorstellt. Franz kannte seine Susanne nicht recht wieder und schilderte das Sit-In aus seiner Erinnerung als zähes aber gutwilliges, bisschen lautes und albernes Häuflein mit einem bitterernsten Anliegen: Die Verabschiedung der Notstandsgesetze konnten die Studenten nicht verhindern, ihnen war daran gelegen durch spektakuläre Aktionen die Bevölkerung einzubinden in ihre Aufmerksamkeit gegenüber dem Vorhaben der Großen Koalition.

„Dir als Juristin wird doch besonders deutlich sein, welche Kompetenz die Verfassungsschutzbehörden und die Bundeswehr mit dieser Gesetzgebung bekommen! Welch ein Machtverlust für die Legislative! Und dieser unkontrollierbare Machtzuwachs bei der Exekutive!" Franz sah in der „Gesetzgebung zum Schutz der rechtsstaatlichen Ordnung", die immerhin 28 von 154 GG-Artikeln verändern oder aufheben sollte, einen Zünder in der Kausalkette von Einschränkung, Widerstand und erneuter Einschränkung.

Susanne blieb sachlich, „es geht mir darum, alles zu wissen, was sich damals ereignete, auch das, was nur du beobachten konntest. Ich möchte dieses Wissen juristisch bewerten und will dann versuchen, ein bisschen an eine Waffengleichheit zwischen der behördlichen und meiner Argumentation heranzukommen". Franz hoffte immer noch nicht, er fühlte sich aber gut aufgehoben.

„Du hattest dich für den Öffentlichen Dienst beworben. Warum versuchst du es nicht bei einer Schule mit einem nichtstaatlichen Träger?" Dieser Tipp war unerwartet, er hatte fest auf eine Beamten-Laufbahn gesetzt. Er zweifelte nicht an Susannes Entschlossenheit, ihn vor dem Verwaltungsgericht zu vertreten. Und so schien ihm der Hinweis auf eine Bewerbung bei einer Privatschule ein bisschen der Versuch zu sein, ihn aus seinem Einerlei an Spätaufstehen, Endloszeitunglesen, Susanne-Erwarten und Waldlauf herauszuholen.

Namen und Adressen von zwei Privatschulen fand er im Telefonbuch, die Elisabeth von Thadden-Schule in Wieblingen, die einen kirchlichen Träger hatte, und das privat geführte, staatlich anerkannte Englische Institut.

Die Fächerkombination, die Franz für das Lehramtsstudium gewählt hatte, war nicht besonders originell, geisteswissenschaftlich beide. Franz bedauerte, dass er nicht wenigstens ein Fach vertrat, das in den Gymnasien schwach besetzt war. Jemand, der die Allerweltsfächer Germanistik und Geschichte anbot, ließ sich leichter ablehnen als ein Bewerber mit Mangelfächern wie Physik oder Musik. „Mein Lieber, könnte es sein, dass wir uns ein bisschen leidtun?" Susanne war selten ironisch, und wenn, dann sollte Franz auf Distanz zu sich selbst gehen, wo er mit Banalitäten sein Handeln blockierte.

Er hatte ein neusprachliches Gymnasium in Mannheim besucht, hier war der Wunsch Lehrer zu werden, und zwar für diese beiden Fächer, gewachsen. Die Lehrer unterstützen ihn, zeigten auch keine Alternative auf. Naturwissenschaften interessierten ihn nicht über die schulischen Anforderungen hinaus. Geschichte war schon immer eines seiner Lieblingsfächer gewesen, und mit Leichtigkeit schrieb er Gedichte und anständige Besinnungsaufsätze, wie die Erörterung von Thesen damals hieß. Seine Eltern waren beide mit seinem Berufsziel einverstanden gewesen, seine Geschwister waren ebenfalls in akademischen Berufen ausgebildet. Sein zwei Jahre älterer Bruder Georg hatte an der Wirtschaftshochschule im Mannheimer Schloss Betriebswirtschaft studiert und seine jüngere Schwester Barbara war Lehrerin an einer Volksschule.

Franz hatte schon in der Schule die Zeit nach der Französischen Revolution und das 19.Jh in Deutschland als Arbeitsschwerpunkt für sich entdeckt. Die Geschichtsübermittlung in dieser Zeit konnte vielschichtiger dargestellt werden, die wechselseitigen Bedingungen von Machtstrukturen und ökonomischen Prozessen werden in diesem Jahrhundert schon transparenter.

So fand Franz in Ordinarius Werner Conze einen Historiker, der Geschichte wahrnahm als Gesamtheit gesellschaftlicher Faktoren. Er setzte seinen methodischen Schwerpunkt der Geschichtsforschung über die politische Analyse der jeweiligen Sieger hinaus in die Deutung der Geschichte der Wirtschaft, Kultur, Recht, auch Religion und Ethnologie und ihrer Vernetzung.

Conze war umstritten wegen seiner frühen Schriften, in denen er durchaus antisemitisches Vokabular benutzte und das geistige Fundament für die NS- Bevölkerungspolitik in Osteuropa vorbereitete; er war aus diesem Grunde bei vielen Studenten als Reaktionär und als Altnazi bekannt, so dass sie sich im Februar 1969 legitimiert fühlten, eine seiner Unterrichtsveranstaltungen zu sprengen.

In dem von Conze favorisierten Zugang zur Geschichtswissenschaft fühlte Franz sich aufgehoben und es war für ihn ein großes Glück, von Conzes Assistenten Hartmut bei der Anfertigung seiner Hausarbeit betreut zu werden. Er hatte Hartmut seine zunächst etwas sperrige These über den Zusammenhang zwischen föderaler Reichsstruktur in der Verfassung von 1871 und der Verabschiedung der Sozialgesetzgebung durch den Reichstag darlegen können, Hartmut hatte akzeptiert und Franz hatte nun Gelegenheit wissenschaftlich und nutzbringend für seine erstes Staatsexamen seine Theorie zu entwickeln.

Im fünften Semester hatte Franz einen Klassenkameraden getroffen, Martin, er steckte im Physikum und suchte einen Mitbewohner für seine WG. Die persönliche Vertrautheit war für Franz wichtiger geworden als die politische Nähe und funktionelle Unentbehrlichkeit, die die SDS-WG ihm geboten hatte, und nun bewohnten die beiden ehemaligen Mannheimer Gymnasiasten eine Zwei-Zimmer-Wohnung in Heidelbergs Weststadt. Martin war durch das Physikum sehr in Anspruch genommen; Franz wusste auch nicht, wo Martin sich politisch orientierte, ob er bei den Aktivitäten der Heidelberger Studenten mitgelaufen war, vorangelaufen war oder sich zugunsten seines Medizinstudiums nicht hatte mobilisieren lassen. Im SDS war immer wieder die passive Rolle der zwischen Studieren und „freizeitpolitischem" Handeln zum Publikum degradierten Studenten thematisiert worden. Franz war Martin gegenüber unsicher, sah die Fraglichkeit selbstbestimmter Wissenschaft unter der Zielorientierung Studienabschluss. Und je näher er dem Staatsexamen rückte, umso angepasster wurde auch er.

Kurz vor Weihnachten 1969 hatten beide Zeit zum gemeinsamen Kochen gefunden und zum Sitzenbleiben am Küchentisch.

Franz arbeitete in dieser Zeit an einem Referat für ein Seminar in seinem zweiten Fach, Germanistik. Die Aufgabe reizte ihn, er sollte den Einfluss japanischer Haiku-Dichterinnen des 18.Jh auf die moderne europäische Lyrik analysieren. Er hatte gerade einen Haiku entdeckt, den! Haiku, wie er empfand:

„Hör mal, hier von Kaga no Chiyo:

Um mein Brunnenseil
Rankte eine Winde sich –
Gib mir Wasser, Freund!‟

Martin reagierte mit einem Hm, und dann: „Wie wohl ‚die Winde' im Japanischen heißt?" Damit hatte Franz nicht gerechnet: „Magst du das Haiku?"
„Mir ist schon in der Schule aufgefallen, dass du Gedichte mochtest. Das hatte mir wiederum geholfen, Lyrik etwas ernster zu nehmen. Bis dahin war das Schreiben eines Gedichts für mich immer so ein bisschen unanständiges Zurschaustellen, um nicht zu sagen Prostitution, einer Befindlichkeit."
Franz freute sich, dass Martin aus seiner Hinwendung zu einer Sache, und sei es die Lyrik, etwas gewonnen hatte. Franz hatte sich in Schulzeiten Martin verbunden gefühlt, war indes immer unsicher ihm gegenüber und seiner so ganz anderen Schwerpunktsetzung gewesen.
„Weißt du noch, dieses ewiglange Gedicht von Vergil ‚Arma virumque cano, Troiae qui primus ab oris …', dafür hat der Mann zehn Jahre seines Lebens investiert und uns hat nur interessiert, wie es mit Aeneas und Dido weitergeht".
„Ja, damals lernten wir in Geschichte die Entstehung und Zerschlagung von Weltreichen als Zwangsläufigkeit; Minoer, Phönizier, Griechen, Etrusker, Römer führten Kriege, verloren Schlachten, traten ab."

Franz wollte von der Einfühlsamkeit Vergils in der Schilderung von Gefühlen und Abhängigkeiten, von Naturschönheit und Versagen sprechen, wurde aber von Martin unterbrochen: „Nie werd ich vergessen, wie der Müller uns die Tragödie der Perser von Aischylos wiedergab. Mit welchen Worten er von dieser ungeheuerliche Schlacht bei Salamis berichtete. Ich konnte mir das richtig vorstellen, wie die armen Kerle von ihrem etwas eitlen und in der Kriegsführung nicht besonders begnadeten König Xerxes zu Tausenden geopfert wurden. Und wie die Davongekommenen ihr Ansehen in der Heimat verloren. Die Sprachlosigkeit und Trauer der Zuhausgebliebenen!"

Schon waren sie bei Dr.Müller, dem Ausnahme-Lehrer. Es hatte keinen in der Klasse gegeben, der diesen Lehrer nicht mochte, auch die anderen Jahrgänge wollten in Latein von ihm unterrichtet werden. Bei allen Gymnasiasten herrschte Einmütigkeit darüber, dass Lateinlehrer spinnen. Müller fiel nicht unter die Kategorie 'Lateinlehrer', er repräsentierte für die Jugendlichen den anderen Deutschen in der Generation der Erwachsenen.

Er war, wenn er auch von längst geschlagenen Schlachten sprach, überzeugend in seiner Vision von der Vermeidbarkeit eines jeden Krieges.

„Lasst uns versuchen, den Begriff ‚Krieg' zu bestimmen. Möglichst knapp und nicht in Details hängenbleiben". Mit behutsamen Zwischenfragen koordinierte er die Antworten der 17-jährigen Feldherren, Oberbefehlshaber und Verteidigungsminister. Mit der Definition, die sie erarbeitet hatten, ließ er sie zunächst allein: Entladung von Konflikten in organisierter Gewalt.

Wobei die ‚Organisation' ihnen besonders zu kauen gab, da sie erkannt hatten, dass jeder Organisation ein Gedanke zu Grunde liegt, der, wenn er von einem als absolut gesetztes Werturteil getragen, eine Ideologie ist.

Er war als Lehrer und als Gesprächspartner von hoher Intelligenz und unpädagogischer Schlagfertigkeit, so dass die rhetorischen Spielchen der Schüler ein erfreuliches Niveau und weiterführende Inhalte erreichen konnten.

Er zeichnete sich in weltanschaulichen Diskursen durch Standfestigkeit aus. Die Schüler hatten nicht das notwendige Wissen, um ihn in eine Schublade packen zu können. Sie spürten aber, dass ihnen in Dr.Müller eine Person gegenüberstand, die Visionen und Ziele des Humanismus, für die er sich entschieden hatte, mit Eindeutigkeit vertrat.

Dieses „ja … aber" der Älteren, dieses zwanghafte Rechtfertigen, das Erklären vermied, dafür die Rolle des Opfers nahelegte, behinderte eine Erziehung zur standfesten Haltung, zum Neinsagen-Können.

Der Lehrer war in einer Familie mit sozialdemokratischer und christlicher Tradition aufgewachsen. Wegen eines Rückenleidens war er nicht wehrtauglich und verbrachte die Kriegsjahre in Mannheim. So war er nicht der Entscheidung ausgesetzt, Wehrdienst zu leisten oder den Kriegsdienst verweigern zu müssen, was Verhaftung und Todesstrafe bedeutet hätte.

Im privaten Gespräch, das Franz gesucht hatte in seiner Ratlosigkeit angesichts staatlicher Präsenz im Juni 1967, erzählte Müller von seinen Kontakten zu Martin Niemöller und seine Zugehörigkeit zur Bekennenden Kirche, die Lebensgefahr barg und Hoffnung gab.

Kirche im Nationalsozialismus – Franz hatte sich nie dafür interessiert und wurde offen für die Bewältigung von Zwängen in einem gesellschaftlichen Ausschnitt aus dem Leben zwischen 1933 und 1945.

Er hatte im Familienstammbuch seiner Eltern den Begriff ‚Deutsche Christen' kennengelernt.

Franz erzählte Martin von der Begegnung mit dem früheren Lateinlehrer und war erstaunt, dass Martin diese Bewegung aus der Zeit des gleichgeschalteten Deutschland bekannt war.

„Vielleicht war die Wirkung dieser Zeit und die Zugehörigkeit zur Bekennenden Kirche in Müllers Leben, die seine Person so glaubwürdig machte. Morbus Scheuermann, der diesen langen Kerl so gebeugt aussehen lässt, hatte ihm die Möglichkeit gegeben, nicht zu zerbrechen – so oder so." Der Blick des Mediziners.

Die beiden Studenten fragten sich, auf welche Weise die Mitglieder der Bekennenden Kirche, die überlebt hatten, sich 1945 in der Gesellschaft zurechtfanden. Einige waren hatten ihr Pastorenamt wieder aufgenommen, andere waren an Schulen und Hochschulen zurückgekehrt.

Und sie überlegten, wie Inhalte, die die Bekennende Kirche in den Jahren zwischen 1934 und 1945 entwickelte, über den jährlichen evangelischen Kirchentag hinaus in die evangelische Kirche nach dem Krieg hineinreichten. Sie wussten dazu nur, wie sie selbst die Kirche erfahren hatten als Heranwachsende und fanden wenige Fragen beantwortet.

Als Schüler hätten sie fragen können, der Lehrer hätte sich vielleicht gefreut an ihrem Interesse und sie sahen ihn auch jetzt noch kompetent und glaubwürdig für eine Antwort.

Sie fühlten aber beide, dass ihnen die Spuren des Kampfes, den die evangelische Kirche als ein weltanschaulicher Fähnleinträger der bundesdeutschen Gesellschaft mit sich selbst möglicherweise führte, dann doch nicht so wichtig waren wie die Spuren, die ihnen ihre Gesellschaft als zerrissen und ziellos erscheinen ließen.

„Vielleicht nimmt Müller an unserer 10-jährigen Abiturfeier 1975 teil", Martin äußerte, wie so oft, einen Gedanken, der einfach Freude hinterließ.

Franz hatte noch nicht darüber nachgedacht, ob er überhaupt eine solche Erinnerungsfeier wünschte; er hatte, nachdem er das Abitur und seinen Wehrdienst abgeleistet hatte, nicht mehr an seine eigene Schulzeit gedacht und durch sein Berufsziel Lehrer ‚Schule' als Institution neu zu bewerten gelernt.

Die letzten Tage des Jahrzehnts verbrachte Franz in Heidelberg, um die Seminararbeit abzuschließen. Er freute sich auf die Silvesterfête im SDS-Büro im Marstallcafé.

Das Jahrzehnt, in dem er Abitur gemacht hatte und das um ihn herum so anders begonnen hatte: eine Gesellschaft, entschlossen, sich in dem von Adenauer und der CDU gestrickten Normengefüge einzurichten; ein kleiner Verband von Intellektuellen, der literarische Flagge zeigte, die Gruppe 47. 1962 erstmals eine Solidarisierung in der Bevölkerung, als Strauß staatliche Macht gegen ein Presseorgan auffahren ließ. Ein bisschen war schon Elvis Presley gewesen, auf einmal die Beatles und mit ihnen längere Haare und die Rolling Stones und mit ihnen die Musik seiner Generation, rauer, ehrlicher und brillant. Die Studenten, zuerst in Berlin und Frankfurt, dann in Frankreich, Italien und den USA; es schien für eine kurze Zeit so viel möglich geworden!

Sein Studienplatz war in Heidelberg. Wie er und seine Mutter für ihn geplant hatten, das schien unaufwändig; er konnte zuhause wohnen und lernen und nutzte den Öffentlichen Personennahverkehr, um die Lehrveranstaltungen zu besuchen. Er hatte zunächst nicht das Gefühl, in der Loslösung vom Elternhaus größere Unabhängigkeit gewinnen zu wollen, ganz im Gegenteil, der Universitätsbetrieb verunsicherte ihn, er wusste nicht, wie er mit den Verpflichtungen umzugehen habe, deren Einhaltung niemand kontrollierte. Er fand sich in den Örtlichkeiten der einzelnen Institute nicht zurecht. So war er zufrieden, wenn er sich am Ende des Tages wieder in der vertrauten Umgebung seiner Familie, seiner Freunde und seinen Lieblingsorten, wie dem Jazzkeller in der Breiten Straße, wiederfinden konnte.

Franz nahm aber im Laufe des ersten Semesters wahr, dass die anderen Erstsemester seiner Fachrichtung, die nicht mehr bei der Familie wohnten, in die Vorlesungen und vor allem in die Seminare gemeinsam Erlebtes hineintrugen. Ihre Gruppen boten Seilschaften, Nähe, Bindung, ein eigenes Innenleben, und lonesome rider Franz fühlte sich draußen.

Wenn er einen Zug der OEG nach Heidelberg benutzte, sah er Menschen, die zur Arbeit fuhren, Schülerinnen, die lärmend in Wieblingen ausstiegen, er sah auf dem Bismarckplatz Polizisten den Straßenverkehr regulieren, Verkäuferinnen in einer Bäckerei Brötchen in Tüten füllen, um ihn herum hatten die Menschen einen Platz in der Wirklichkeit und sie bewegten sich mit Selbstverständlichkeit. Er sah diesen Platz für sich nicht, er fühlte sich für nichts nötig, vielleicht sogar störend, von niemandem gebraucht – schon gar nicht von jemandem, der ihm etwas bedeutete.

Er stellte sich nach dem Zimmer-Angebot eines Mitmarschierers bei der Ohnesorg-Demonstration, den er im verbotenen Hauptstraßendemonstrationszug wiedergetroffen hatte, zum Bewerbergespräch in der Sandgasse ein. Zu den Fragen zu seiner Person, die die drei Kommilitonen – keine Kommilitoninnen dabei, wie Franz bedauernd feststellte – , deren Beantwortung die drei nicht sonderlich interessierten, kamen solche, die einen konkreten Bezug zum SDS hatten: „Wenn du bei uns einziehst, würdest du dann auch in den SDS eintreten?" Franz hatte sich nie so recht mit den Inhalten, die die einzelnen studentischen Verbände voneinander trennten, befasst. Er begriff, dass die Übernahme des Zimmers von seiner Bereitschaft zur Mitgliedschaft abhing und dass das erste S im Namen des Studentenbundes „sozialistisch" bedeutete. „Ich würde eintreten, wenn ihr für heute akzeptieren könnt, dass ich das Kapital noch nicht durchgearbeitet und auch sonst von Marx nur ein paar Aufsätze gelesen habe". Sie verschonten ihn mit den Glaubensfragen der Diktatur des Proletariats, der Notwendigkeit der drittelparitätischen Besetzung der Universitätsgremien und seiner Einstellung zum parlamentarischen System.

Zum Wintersemester 1967 zog er in die Wohnung in der Sandgasse ein und war froh über die gewonnene Unabhängigkeit von der Familie. Er hatte sich, wenn er sich bei seiner Mutter aufhielt, unangenehm leichtgewichtig gefühlt, zwar ständig für Kleinigkeiten in Anspruch, aber nicht wahrgenommen in der Aufgabe, die er in dieser Zeit zu bewältigen hatte, seinem Studium. Durch die SDS-Zugehörigkeit geriet er in neue Abhängigkeiten; denn mit der Mitgliedschaft wurden an den Genossen hohe Erwartungen an Aktions- und Arbeitsbereitschaft gestellt. Es gelang halbwegs die Anforderungen der Universität zu erfüllen, zumal am Historischen und Germanischen Institut der Lehr- und Forschungsbetrieb reduziert war. Politischen Entscheidungen auf Landes- und Bundesebene, ja sogar in der Kommunalpolitik (Erhöhung der Straßenbahn-Gebühren!), forderten zumindest Stellungnahmen. Zudem hatte Franz eine Menge theoretischer Lektüre zu bewältigen, Ernest Mandel und Marcuse, Abendroth, Adorno. Ja, und eben, die drei Bände des Kapital von Karl Marx in Arbeitsgruppen, deren hohe Anforderungen an seine Vorkenntnisse und sein Abstraktionsvermögen ihn schwindelig werden ließen.

Seine Mitbewohner der WG und die anderen Mitstreiter der Aktionen vom Tage traf er abends in der ‚Orange' in der Altstadt, ganz selten waren sie im Club ‚Kosmodrom' im Pfaffengrund. Franz wollte dann eigentlich nur tanzen und ein Henninger trinken, ja und ganz sicher auch andere Gesichter sehen, vor allem weibliche.

Der SDS und die Frauen – Franz war sauer: Hier versagte die revolutionäre Praxis. Auch in der Theorie kamen Frauen eigentlich nicht vor. Frauen wurden vom SDS in jenen Jahren nur als Erzieherinnen im Kinderladen wahrgenommen. Und als verdinglichendes Organ in der Schmiede egalitärer Weltentwürfe – sprich: sie durften nachher die Texte tippen. Und vielleicht war die freudlose Innerlichkeit der Specula-Zirkel in jenen Jahren ein zaghafter Versuch der Frauen sich und ihrer Körperlichkeit Einzigartigkeit abzuringen. Franz war kein ausgewiesener homo politicus. Er hatte gelernt, Zusammenhänge auf ihre gesellschaftlichen Wurzeln hin zu betrachten, aber er wollte nicht immer nur analysieren und Vorgänge vor dem Hintergrund des dialektischen Materialismus wahrnehmen. Er vermisste in all den ernsthaften und von der einzigen Wahrheit durchdrungenen Bemühungen die kleinen Abweichungen, Kurven, Verästelungen, die menschliches Leben gestalten und auch die Beziehungen zwischen den Menschen. Und er war ein Abweichler, der die Gewaltfrage für sich keineswegs gelöst hatte; auch nicht im Bewusstsein ihres Einsatzes gegen die Ursachen und vermeintlichen Verursacher der sozialen Ungleichheit.

Die Antworten im Heidelberger SDS zu tagespolitischen und organisatorischen Fragen und zu denen des theoretischen Überbaus wurden wahrnehmbar uneinheitlicher. In gemeinsamen Aktionen ließ sich vordergründige Gemeinsamkeit herstellen, in nacharbeitender Diskussion gerieten die Argumente zu Waffen ad personam. Die Standpunkte drifteten auch auf Bundesebene zum ideologischen Krieg, der Bundesvorstand löste sich im
März 1970 auf. In Baden-Württemberg nahm das Innenministerium die Vorgänge um den Besuch McNamaras in Heidelberg, - von der lokalen Presse als ‚Straßenschlacht' umschrieben -, zum Anlass, in einem summarischen Vorwurf festzustellen, der SDS habe das demonstrationsrechtlich Erlaubte auch in früheren Aktivitäten überschritten, seine Ziele seien mit denen

der freiheitlich-demokratischen Grundordnung nicht vereinbar. Der Verband wurde mit Verfügung der Innenbehörde vom 24.06.1970 verboten.

In diesem Sommer schien es für Franz und Susanne selbstverständlich, die Ferien miteinander verbringen zu wollen. Sie konnten sich viel Zeit nehmen und planten, mit Susannes Käfer den italienischen Stiefel mit Ziel Sizilien zu umrunden, Franz' Sehnsuchtsort, seit er den „Leopard" von Giuseppe Tomasi di Lampedusa gelesen hatte. Der Autor hatte in dem 1958 erschienenen Roman des 19. Jahrhunderts die italienische Gesellschaft des 20.Jahrhunderts analysiert, hatte in den Zugeständnissen des Adels an die Bourgeoisie deren Entwurzelung, die später in Massengesellschaft und Diktatur mündete, beschrieben. Und er hatte den Zauber des Inselinneren mit der Handlung so verwoben, dass Franz sich in der Wärme und der staubigen Luft wahrnahm, umgeben von Stille und den gedämpften Farben – sein Sizilien!

Der Weg war lang für Auto und Fahrer. Als sie endlich auf der Fähre nach Messina von Villa San Giovanni aus angekommen waren, erlebte Franz sich neben sich selbst, so sehr hatte er sich hierher gewünscht. Susannes Gegenwart und ihr Arm auf seiner Schulter verhießen Wirklichkeit, und vor allem, geteilte Empfindung.

Die vergangenen Monate waren intensiv gewesen, ihre Beziehung war, seit sie sich in der Kanzlei in der Handschuhsheimer Landstraße kennengelernt hatten, geprägt von außerhalb gelegenen Anforderungen. Sie erlebten sich in diesen Wochen erstmals ohne die Rückzugsmöglichkeit durch eine Inanspruchnahme von Dritten.

Nachdem Susanne im Sommer 1969 sein Mandat übernommen hatte, waren sie sich im September auf der Hauptstraße begegnet und hatten einen Kaffee im Garten des Kurpfälzischen Museums getrunken. Hier saß man mitten in der Stadt, in einem Garten um ein Rondell, es waren nur das fallende Wasser des Springbrunnens und Vogelstimmen zu hören. Ein poetischer September, hochsommerlich warm und sonnenbeschienen, erntereich. Später verabredeten sie sich zu einem Spaziergang an der Bergstraße, dort entlang, wo aus der Ortschaft Handschuhsheim ein riesiger Garten bis hinauf in den Odenwald wird. Sie entdeckten ihre gemeinsame Freude an dem weiten Blick über die Rheinebene, und dass sie beide ein Leben am Meer dem in den Bergen wegen der vielen -sichten vorzögen. Ansicht, Durchsicht, Weitsicht.

„Die Worte mit –sicht haben oft so etwas Verträgliches: Umsicht, Rücksicht, Einsicht, Nachsicht", und dann fielen ihnen noch ein paar –sichten ein, die sich nicht zuordnen ließen, wie Vorsicht und Absicht. Und als Lateiner setzten sie noch eins obendrauf, von Lessing auch so erkannt: Man könnte doch den Respekt wiederum recht verträglich als Rücksicht wörtlich übersetzen!

Franz setzte seine Brille ab und stellte fest, dass er seine Kurzsichtigkeit nicht hilfreich fand. Sein Blick erreichte Susanne, er fühlte sich durch die Entdeckung gemeinsamen Empfindens angenommen.

Später lud Susanne Franz zu einer Betriebsfeier in der Kanzlei ein – zunächst als Klienten.

Auf halber Höhe von Taormina ließen sie den Käfer stehen und folgten dem Kletterpfad, der die asphaltierten Serpentinen abkürzte. In einer Straße abseits des Corso Umberto trafen sie auf ein Hotel im schlichten und reinen Jugendstil, das auch noch ein Zimmer für sie – ohne Bad - bereithielt. Susanne war es nun, die Franz in ihre Begeisterung einbezog. Frühstück auf einem Balkon mit Blick auf die Gärten Taorminas, die Giardini-Bucht und den gewaltigen Ätna, gesichert von einem wackeligen Metallzaun, an dem keine Gewerbeaufsicht und keine Baupolizei herumgepfuscht hatte, der einfach schön und wie die Architektur des Hauses aus der Zeit der Jahrhundertwende stehen geblieben war. Innen, die strenge stilistische Einheit des Nussbaum-Mobiliars, von silberfarbenem Zierrat und den Lampen mit Original-Schirmen in farbigem oder transparentem Glas, den Guss-Öfen und einem floral verkleideten Speisenaufzug wurde durchbrochen durch den darüber thronenden riesigen Plüsch-OrangUtan Beppino.

Sie verabschiedeten sich von den Schwestern Consolo, die das Hotel führten, und verließen Taormina. Den Süden und Westen der Insel wollten sie nicht in unangemessen kurzer Zeit kennenlernen und verzichteten für dieses Mal auf den Besuch der Heiligtümer der einstmals dort angelandeten Griechen.

Ihr Weg führt am Ätna vorbei nach Catania und hier verließen sie die Küste. Im Landesinneren, wo das Licht des Hochsommers die Farben verbrannt hatte, glaubte Franz die Seele der Insel zu spüren: Olivenhaine, Weinhänge, Weideland, Zitronenbäume über sanft hügelige Landschaft bis zum Horizont verbinden Reife und Vergänglichkeit im Drängen der afrikanischen Sonne. Mag sein, dass im Versprechen der grünen Wintermonate Franz „sein" Sizilien nicht gefunden hätte.

Die Frage nach den eigentlichen Landeigentümern, die hier durch ein ländliches Proletariat die riesigen Latifundien beackern und einen großen Teil des italienischen Bedarfs an Hartweizen zur Herstellung der pasta ernten ließen, wäre hier im Landesinneren drängender geworden. Die Mafia tauchte in ihren Gesprächen nur als folkloristischer Partikel auf, und doch konnten sie aus den Lebensverhältnissen der Bodenbearbeiter schließen, wie das süditalienische Wirtschaftsleben und damit auch politische Entscheidungen von diesen Machtstrukturen dominiert waren.

Im von abgeernteten Ackerflächen umgebenen Felsenort Enna nahmen sie in einer Trattoria die cena ein, Wachspapiertischdecken, leicht verbogenes Besteck, trübe Gläser, eine Ménage mit Olivenöl, die Box mit den herausziehbaren Papierservietten. Von irgendwoher Adriano Celentano, Chi non lavora non far l'amore, dessen Melodie sie an den Hit von 1969 aus der Antivietnamkriegs-Bewegung erinnerte, All we are saying, is give peace a chance. Calogero, der Wirt, brachte ungefragt eine Karaffe Wasser und Weißwein und zählte das Speisenangebot auf, und sie konnten von hier oben bei abendlichem Licht bis weit auf die Vorgebirge der Insel blicken.

Im folgenden Wintersemester wollte Franz die Aktivitäten seiner inzwischen verbotenen Organisation auf der Ebene der Öffentlichkeitsarbeit weiterführen, indem er mit früheren SDS-Genossen versuchte die Bevölkerung, insbesondere die werktätige Bevölkerung, in die Reaktion auf tagespolitische Entscheidungen der Bundesregierung einzubinden. Sie standen zu Schichtbeginn an den Werkstoren der großen Mannheimer Fabriken. So wartete Franz am Altrhein auf den Schichtwechsel bei Boehringer Mannheim. Er fröstelte, er hatte das Gefühl eine viel zu große Jacke zu tragen, die erlaubte, dass der Wind überall hindurchpfiff. Hatte Lenin in seiner Vorstellung der Verbindung von kollektiven Erfahrungen der Werktätigen mit denen der Intelligentsia ihn in seiner Jacke zusammenschnurren lassen? Das Leninsche Parteikonstrukt schien ihm in dieser ‚Szene vor dem Tor' abhängig zu sein von der Gutwilligkeit der Mitspieler und Franz war der Zaungast, der mit geschwätziger Demut Respekt forderte.

Der Wörterfluss ließ Franz spüren, je mehr er guten Willens wurde angesichts der Gleichgültigkeit und der Geringschätzung der ‚Genossen', desto gestaltloser wurde – schon sprachlich - das ganze Unterfangen.

Er versuchte es noch einmal, die Nachtschichtler von Boehringer Mannheim erschienen müde am Werkstor, grüßten ihn freundlich. Franz wurde von einem Kollegen wiedererkannt, der, um eine längere Erklärung von Franz zu unterlaufen, sogleich in breitem Pfälzisch die Welt gerade rückte: „Weescht, do weeß keener mehr, wo hinde und vorne is. Des beschte wär, wann uff e kurzi Zeit Blizz un Dunner käme und däde uffräume. Blos for e ganz kurzi Zeit!" Franz hörte in diesen Worten die Verunsicherung der Bevölkerung zwischen dem Protest der Studenten und der staatlichen Ordnung, die sie umgab. Er fror und er fühlte sich weit weg und, wieder einmal, überflüssig.

Die Genossen arbeiteten in Zellen, die in immer härteren Auseinandersetzungen zu verdrängen versuchten, dass sie alle der Studentenbewegung entstammten und noch immer keine Wurzel gefunden hatten zur Wirklichkeit. Die Dialektik ihres Materialismus fand statt im luftleeren Raum der Ideologie. Und im Versuch, die eigene Gruppierung zu erhalten, entfernten sie sich umso mehr von der Gesellschaft. Sie demonstrierten nicht mehr mit dem Hinweis auf Gegebenheiten, die verändert werden mussten; Demonstrationen fanden als Mittel zur Selbstdarstellung statt; man marschierte streng getrennt nach Blöcken.

Franz resignierte, verlor zunehmend den Kontakt zu den Genossen und vergrub sich in den Anforderungen der Lehramts-Prüfungsordnung. Lange bastelte er an seiner Hausarbeit für das Erste Staatsexamen, wobei Hartmut, der Assistent am Lehrstuhl Conze, ihn in der Ausarbeitung seiner These über ein innenpolitisches Thema zur Reichsgründung 1871 unterstützte. Im März 1972 hatte Franz die erste Lehramtsprüfung bestanden und freute sich auf das Referendariat.

Er war durch das Oberschulamt Karlsruhe als Referendar dem Hölderlin-Gymnasium zugewiesen worden. Ein ehemaliges Mädchengymnasium, das sich seit 1972 der Koedukation geöffnet hatte. Die Schule lag mitten in der Stadt, schön für alle Beteiligten, außer für die jeweils Pausenaufsicht führenden Kollegen. Franz war einer Quarta im Fach Deutsch und einer Obertertia in Geschichte zugeteilt. In diesen Jahrgangsstufen hatte er eigenverantwortlich zu unterrichten, in einer Untersekunda hospitierte er. Ach nein, diese Jahrgangsbezeichnungen waren nicht mehr in Gebrauch! Das „Hamburger Abkommen" hatten schon 1964 mit der Aufhebung der gesonderten Bezeichnungen der gymnasialen Klassenstufen eine formale Vereinheitlichung des bundesdeutschen Schulwesens im Blick. Alle Beteiligten, auch die Schüler, holperten zwischen ober- und unterrömischen Ordnungszahlen, und der Zählweise von der fünften bis zur dreizehnten, hin und her, und jeder wusste, was gemeint war.

Franz stürzte sich mit besonderer Freude in die Vorbereitungen für den Unterricht in Geschichte; das Generalthema für die 9.Klasse handelte vom „Widerstreit der Ideologien und Systeme im 20.Jahrhundert". Er plante die Einbindung der Vorstellungskraft der Schüler als Gestaltungselement in der Wissensvermittlung. So forderte er zu Beginn einer jeden Unterrichtsstunde einen Schüler auf, sich in eine Person in einer gegebenen Situation mit einem gegebenen Ziel zu versetzen. „Stell dir vor, du seist heute als Kind aufgewacht, das unbedingt zur Schule gehen möchte. Deine Eltern möchten dich aber lieber als Helfer in der Landwirtschaft zuhause behalten". „Stell dir vor, du seist ein Maler, der den Kaiser portraitieren soll". „Stell dir vor, du möchtest als Mädchen Abitur machen, aber es gibt noch keine Gymnasien für Mädchen". Je weiter sie im historischen Zeitraum des 20.Jahrhunderts fortschritten, desto mehr Gestaltungskraft entwickelten die Schüler für ihr Handeln in den Was-wäre-wenn-Situationen. Franz ließ sie mitunter ihren Rollen auch unrealistische Autonomie zumessen, wenn sie die Durchsetzung der von ihnen entwickelten

Ziele erzwingen oder schon in den Anfängen Barrieren einreißen wollten. Die Neuntklässler fanden noch immer eine Möglichkeit, sich innerhalb der gedachten Bedingungen dem Gelingen ihres Vorsatzes zu nähern.

Anders war es, wenn Franz keine Zielvorgabe nannte, sondern die Schüler einfach in einer Zeit, an einem Ort „aufwachen" ließ, mit dem sie aus ihrem im Unterricht erworbenen Vorwissen selbst die veränderlichen Größen verbinden sollten. Er erwartete dann von ihnen viel Phantasie für die Gestaltung des Lebensumfeldes der gedachten Person. „Stell Dir vor, du seist als Kind arbeitsloser Eltern in den späten 20-er Jahren aufgewacht". „Du seist ein Kind von russischen Bauern", „Du seist Erstwähler bei der Reichstagswahl im März 1933", - Franz hielt inne, erschrocken von der Vorstellung auch nur gedanklich in die vergangene Wahnwelt abzutauchen und unterbrach das Szenario. Er wusste, dass diese Methode den Militärs abgeschaut war, dass in ihr auch mit Vorurteilen gearbeitet wurde. Er setzte sie dennoch ein, weil den Schülern das Assoziieren innerhalb eines gegebenen Rahmens Spaß machte und weil sie, emotional berührt, am Ende vielleicht doch kritischer mit ihren Vorurteilen umgingen.

In der Zeit des Referendariats war Franz bei sich. Viele seiner Kommilitonen klagten über zu starke Beanspruchung, Kontrollen und Bewertungen. Franz wirkte straffer und seiner sicherer, er wusste, er würde den Anforderungen gerecht und das mit Vergnügen! Der Austausch mit den Jugendlichen, das Vermitteln von Kenntnissen und ihre Einarbeitung in die kindlichen Horizonte, die Anforderungen an seine Beständigkeit waren wichtig für ihn. Seine Freunde, Susanne und Martin vor allem, erlebten Franz jetzt berufsbezogen, er fühlte sich dazugehörig, hatte mit seiner Aufgabe für sich und die anderen an Gewicht gewonnen. Franz teilte, wenn sie von Ereignissen und ihrem handling berichteten, die Freude des professionalisierten Umgangs mit den Problemen und Wünschen anderer Menschen. Susanne spezialisierte sich im Verwaltungs- und Sozialrecht, Martin war im letzten klinischen Semester.

Im Sommer 1974 legte Franz seine zweite Lehramtsprüfung mit einem ordentlichen Ergebnis ab. Er wollte, bevor er sich beim Oberschulamt Karlsruhe auf eine Planstelle als Gymnasiallehrer – möglichst in Heidelberg - bewarb, mit seinem Freund aus Kinderzeiten, Andreas, einen Wunsch aus Kinderzeiten verwirklichen, per Anhalter nach Indien. Die Route hatten sie in Gedanken oft entworfen, sie wollten über die Türkei, Persien, Westpakistan nach Rajastan einreisen und von Delhi aus zurückfliegen. Auch auf dem Hinweg mussten sie, wenn nur noch Militärfahrzeuge auf den Pisten durch karstige Gebirge und die Wüsten fuhren, öffentliche Verkehrsmittel nutzen.

Franz mochte diese Reisemöglichkeit, obwohl sie ihr Budget belastete, da sie ihm die Gelegenheit bot, Kontakt mit Mitreisenden aufzunehmen. Andreas war es egal, ihn schien nicht zu kümmern, wo er war, kletterte hinter Franz in von ihm organisierte Fortbewegungsmittel und stimmte sich, wenn sie nicht fuhren, am Straßenrand flötespielend auf Indien ein. Dort verloren sie sich.

Franz buchte ein Ticket nach Frankfurt und war zur vorgesehenen Zeit wieder in der Bundesrepublik; glücklich, mit seiner Kindheitssehnsucht mitgeflogen zu sein, vor allem aber nachdenklich. Er hatte Augenblicke mit fremden Leben geteilt, war Gast im Reich des kleinen Muck und der Märchen aus 1001 Nacht und später in den Farben und Bräuchen einer tief religiösen Gesellschaft, bis er aus seiner Verzauberung erwachte und wahrnehmen musste, wie Hunger und mangelnde Hygiene die Menschen niederzwang.

Franz bewarb sich nach seiner Rückkehr am Oberschulamt Karlsruhe um einen Arbeitsplatz als Lehrer an einem Heidelberger Gymnasium, ja, „das Hölderlin" wäre geneigt, ihn ins Kollegium aufzunehmen. Im Februar 1975 dann die Ablehnung nach der Anhörung zu Beginn des Jahres mit Hinweis auf Zweifel der Behörde an der freiheitlich-demokratischen Standfestigkeit des Bewerbers.

Susanne vertrat ihn anwaltlich, zunächst im Widerspruchsverfahren gegen den Bescheid, und, weil der Widerspruch abgewiesen wurde, im Klageweg gegen die einstellende Behörde vor dem Verwaltungsgericht.

Behörden- und Gerichtsentscheidung zogen sich über Monate hin, er lebte in dieser Zeit von Arbeitslosenhilfe. Wenig Geld zur Verfügung zu haben, war er gewohnt. Was ihm zu schaffen machte, war diese Statusunsicherheit, und, damit verbunden, fühlte er sich wieder als Luftnummer, nutzlos und ohne Gestalt.

War er unterwegs, nahm er Menschen wahr, die alle ein Ziel, ein Werk zu erfüllen schienen; war er zuhause, wurde er unruhig, weil er unablässig auf etwas wartete: Den Frühling, die Rückkehr von Martin aus der Klinik, eine Verabredung mit Susanne, Post im Briefkasten.

Zehn Tage nach Erscheinen seines Angebotes, eine Biographie zu schreiben, erreichte ihn tatsächlich ein dicker Umschlag mit dem Freistempel der DamS. Martin hatte 24-Stunden-Dienst gehabt und war gerade nachhause gekommen. „Ja, und, gibt's Leute, die dich und deine Gestaltungskünste in Anspruch nehmen wollen?" „Es waren drei Zuschriften. Eine Frau war dabei, die ihrem Ärger Luft machte, dass alle Leute sich so wichtig nähmen und gleich ihr bisschen Leben der Umwelt mitteilen müssten". Martin schluckte, als stimme er dieser Ansicht zu. „Und?" „Und noch eine Frau, und sie teilt mit, sie habe so viel

erlebt, dass es mich auszeichnete die Schilderung ihres Lebens aufschreiben zu dürfen, wofür zu zahlen sie nicht bereit sei. Über die Beteiligung an den Tantiemen könne man später sprechen". „Spannend! Franz Ghostwriter!" Franz fühlte sich nicht ernst genommen von Martin und wollte nicht weiter berichten. „Und Nummer drei?"
Franz reichte Martin den Briefumschlag, „lies selbst".
Und Martin las „Werter Inserent! Ihre frdl. Anzeige hat mein Interesse gefunden. Habe einen langen Lebensweg hinter mir. Ich könnte Sie anrufen. Bitte Nummer und Bestzeiten mitteilen. Hochachtungsvoll, Klaus Marquardt, Braunschweig"

Martin und Franz schwiegen, beide vermutlich, weil die ganze schwergewichtige Wirklichkeit als Folge eines Gedankens in ihren Köpfen Platz genommen hatte und mehr von ihnen forderte als scharfe Analyse und ein schnelles Statement. Es war ein Mensch in ihr, vor allem in Franz', Leben getreten, der Franz' Angebot als ein Versprechen gedeutet hatte.

Klaus

Klaus zog die Tür hinter sich zu. Er fühlte ganz kurz noch die Blicke der Zurückgebliebenen, zog die Schultern hoch von dem Kältegefühl des Januarnachmittags oder auch in Unschlüssigkeit, weil er einen kleinen Moment einfach nicht weitergehen, sondern einfach stehenbleiben und seinen nächsten Schritt nochmal überdenken wollte. Er blieb nicht stehen, zu überdenken blieb nichts, was er nicht reichlich abgewogen und bedacht hatte. Er wusste, was ihn frösteln und in sich verkriechen ließ, war die Zäsur, Schnitt, Ende. Das Ende seines Berufslebens, das Ende seiner unternehmerischen Selbstständigkeit, die Beendigung des Tagesprogrammes, das ihn 25 Jahre koordiniert hatte. Sein Unternehmen behielt seinen wohl eingeführten Namen, Dentallabor Marquardt, das bei den Auftraggebern einen Qualitätsstandard gesetzt hatte. Die Gesellen und Lehrlinge wurden alle vom ablösenden Inhaber übernommen und Klaus selbst stellte der Innung weiterhin seine Erfahrung zur Verfügung.

Er hatte es gewusst, immer gewusst, dass es ihm schwerfallen würde, die Verantwortung abzugeben und das von ihm Geschaffene einem anderen zu dessen Disposition zu überlassen, mit der sogar sein guter Name als Zahntechnikermeister verbunden werden sollte. Aber er wusste auch, dass es nicht das Loslassenmüssen war, das ihn schmerzte, sondern, dass der Blick in die Zukunft, in das Danach, schon der ins Morgen, auf Nebel stieß. Wenn er stark und zuversichtlich schaute, schien diese Nebelwand kostbar-halbdurchsichtig mit dem Versprechen von Neubeginn in Unabhängigkeit, mit Planungsfreiheit auf sicherem wirtschaftlichem Boden; meist aber bot seine Altersperspektive aus seiner Sicht nicht mehr als gesundheitliche Attacken, bestenfalls größer werdende Schwäche, in Arztpraxen verplemperte Zeit, bestenfalls Langeweile. Klaus wandte sich nach links, bog um die rechtwinklige Kurve des wilhelminischen Ringes, in der der schon dämmrige Hagen- zum Rebenring wird, und war geblendet vom Licht der tiefstehenden Sonne. „So kann ein Januartag auch werden", dachte er, und blinzelte lächelnd.

Die Firmenübergabe war zum 01.Januar 1976 abgewickelt worden, Klaus hatte an diesem 14.Januar noch einmal das Labor aufgesucht, Einzelheiten waren noch zu klären und ein allerletztes Abschiednehmen von seinen Angestellten und den zwei Lehrlingen hatten ihm bevorgestanden. Hier, in seinen Geschäftsräumen gab es für ihn keine Zukunft, kein Planen, kein Entwickeln mehr, er konnte den jetzigen Zustand nicht mehr optimieren.

Dieses Wissen durchfuhr seinen Körper, und jetzt wusste er es wirklich, und seine Hände wurden unruhig. Die Auszubildenden träfe er als Vertreter der Arbeitgeber anlässlich ihrer Gesellenprüfung im Prüfungsausschuss der Innung. Sein angestellter Meister, Peter Ihme, hatte das Labor übernommen, man würde sich am Stammtisch der Zahntechnikermeister im Deutschen Haus wiedersehen. Die beiden Gesellen, Wolfgang Fischer und Lothar Firneis – Wofi und Lofi, waren nicht unglücklich über den Eigentumsübergang, da sie zuvor schon mit Peter zusammengearbeitet hatten und ihn schätzten. Klaus schluckte, als er ihnen die Hand reichte. Die drei hatten mit ihm das Gütesiegel der Marquardtschen Firma erwirtschaftet; die Zusammenarbeit war Austausch und Freundschaft. Klaus war sich im Klaren darüber, dass die Distanz, die er gleichwohl zwischen sich und ihnen spürte, nicht nur ein vertikales Problem, Ausdruck der Hierarchie, des Unüberwindbaren im

Herr- und Knecht-Verhältnis war, er wusste auch, dass sie sich ganz handfest aus unterschiedlichen Vorstellungen über die Bewertung ihrer Leistung, aus abweichenden Erwartungen über die Lohnhöhe geschaffen hatte. Es gab keinen Tarifvertrag in seinem Gewerbe, für die Einrichtung eines Betriebsrates, der sich für höheres Arbeitsentgelt und die Hebung von betrieblichen Sozialleistungen nachdrücklicher einsetzen könnte, war die Zahl der Mitarbeiter in seinem Betrieb grenzwertig. Alle zahntechnischen Labore in Braunschweig waren vergleichbar klein. Das Entlohnungsniveau war ebenfalls, und nicht zufällig, vergleichbar. Und das war sein eigentliches Problem: Wenn er Lofi oder Wofi oder auch seine Lehrlinge überpudert vom Gipsstaub der Schleifarbeiten Kraft und Geschicklichkeit einbringen sah, fühlte er etwas wie Solidarität, und war stolz, mit ihnen den Qualitätsstandard für die Firma Marquardt erreicht zu haben. Er und Peter Ihme hatten die Angestellten in die hohen Maßstäbe mit hohen Anforderungen eingearbeitet. Zahnarztpraxen aus Braunschweig und aus dem Umland beauftragten sein Unternehmen zur Anfertigung von Zahnersatz; auch seine Töchter, die beide Zahnärztinnen geworden waren, forderten, aus Lehrte die eine, aus Wolfenbüttel die andere, seine Arbeiten an. Klaus zeigte sich seinen Angestellten gegenüber in gelegentlichen Gratifikationen erkenntlich und dann war auch für ihn die Welt in Ordnung, aber sie waren nichts, womit sein Personal am Monatsende rechnen konnte. Mehr noch, die Sonderzahlungen forderten gesonderten Dank der Empfänger, die hingegen in ihren regelmäßigen Lohnzahlungen einen mehr oder weniger angemessen Gegenwert für ihre Leistung sahen und sich bei der Entgegennahme des monatlichen Schecks nicht weiter äußerten. Mochte Ihme sehen, wie er die Leistung der Angestellten und die ungezählten Überstunden vergütete!

Klaus fühlte die Wärme der Helligkeit auf seinem Gesicht und beschloss, zu Fuß in die Innenstadt zu gehen. Zuhause wartete niemand auf ihn, der sein Befinden nach dieser Begegnung, die nicht mehr war als ein Besuch, mitfühlte. Seine Frau war 1970 in der Folge eines Unfalles gestorben.

Mit dem Tod seiner Frau war auch ein Stück Heimat aus seinem Leben gegangen. Er fragte sich, ob man Heimat wieder schaffen, zurückerobern könne, ob ihr Verlust unwiederbringlich sei. Und er spürte damals, ohne eine Antwort gefunden zu haben, dass er resignierte: „Nicht noch einmal!" Nicht noch einmal aus einem Verlust mit aller Kraft auf wackeligem Boden und mit einem Gefühl verloren gegangener Haftung etwas schöpfen, das ihm in der Wirklichkeit nicht genügen konnte. Spätestens hier wurde ihm klar, dass das bürgerliche Umfeld, das er und seine Frau in Braunschweig geschaffen hatten, für ihn nie etwas Selbstverständliches geworden war. Selbstverständlich wie das Rückenpolster eines Sessels, einfach hineinfallen lassen, nicht nach Außenwirkung, nach Richtig oder Falsch fragen, nichts begründen müssen.

Er hatte sich nach dem Tod seiner Frau die Techniken physischen Überlebens angeeignet oder Hilfe organisiert. Und bis zu diesem Januartag war sein Leben reduziert auf das, was nötig war. Dachte er an sein Zuhause, konnte er nicht mehr wie früher, wenn er nach einem 12- Stunden-Tag den Betrieb verließ, in Vorfreude auf eine Umarmung: „Wie geht's dir?", „Magst du erzählen?" und Fürsorge, auf Lebendigkeit und Leichtigkeit, die Berufsarbeit hinter sich lassen. Er hatte sogar, seitdem er alleine war, die Konflikte nachhause mitgenommen, so dass er nun auch dort immer noch Kämpfe zwischen den Interessen der Kunden, der Lieferanten und denen der Wirtschaftlichkeit seines Betriebes ausfocht. Der Verlust seiner Sicherheit forderte seine Balance täglich neu heraus.

Bis zu jenem Tag, der ihm den Boden unter den Füßen vollends entzog. 1973, ein Frühjahrsgewitter über Braunschweig, er hatte es nicht beachtet und war auf dem Weg zum Postamt im Kanzlerfeld. Etwas stieß ihn hart, Durcheinander in seinem Kopf, und später fühlte er Schmerzen an der Schulter und am Fuß. Er nahm den kalten Regen auf seiner Haut dankbar an und blieb ungeschützt, matt auf einer niedrigen Umfassungsmauer sitzen. Ein Passant mit Schirm wurde auf ihn aufmerksam und erst, nachdem ihn eine Ambulanz in das Krankenhaus Holwedestraße gebracht hatte und er glaubte sich vor weiteren Attacken sicher fühlen zu können, nahm er die Reihenfolge von Abläufen wieder wahr. Ein Arzt hatte seine Reflexe geprüft und als Ursache für seine Schmerzen Brandwunden am rechten Oberarm und am rechten Fuß festgestellt. Klaus war vom Blitz getroffen worden.

Er schwieg, dann fiel ihm die Frage ein: „Und was bedeutet das jetzt?"

Der behandelnde Arzt hatte nicht damit gerechnet, dass einer, der erkennt, vom Blitz getroffen worden zu sein, nach der Bedeutung, nach einer Sinnhaftigkeit fragte. Obwohl diese Frage angesichts der Einmaligkeit des Vorganges, vom Blitz getroffen zu werden, und der Unwahrscheinlichkeit solches zu überleben, schon nahelag. Aber Klaus' Befinden erlaubte nur eine Frage nach dem Ort oder nach dem Zustand, war also mehr eine Frage, die die Möglichkeit der Transzendenz einschloss als auf den Sinn des Erlebten zielte.

Seine 85-Kilo-Stofflichkeit hatte den Angriff nahezu unbeschadet überstanden, fürs Erste. Zwei Tage behielt man ihn zur Beobachtung im Krankenhaus, Peter Ihme sowohl als auch sein Freund Matthias Stutzke besuchten ihn und hatten ihm – mit wiegendem Kopf und ungläubigem Ausdruck der eine, der andere in Glückwunschstürmen und Begeisterung – zugehört.

Klaus reihte dabei das Erlebte aneinander, er war noch nicht in der Lage, Wichtiges von Nebensächlichem zu unterscheiden. Er war dem Vorgefallenen noch ausgeliefert, hilflos bewegte er sich in den Bildern. Seine Frage nach Folgeschäden konnte kein Arzt beantworten.

Klaus wandte sich auf seinem Weg vom letzten Besuch in seinem Betrieb, nach links in die Pockelsstraße, entlang dem spätexpressionistischen Klinkerbau der Kant-Hochschule und wanderte durch die Wallanlagen bis zum Staatstheater, dessen wilhelminische Fassade Überraschungen im Spielplan und in der Regie barg. Klaus und seine Frau hatten über viele Jahre das Premierenabonnement gehalten. Dann, alleine, konnte er sich nicht vorstellen, jemals wieder eine Oper genießen zu können. Auch die Ring-Inszenierung von Intendant Christoph Groszer, die die Braunschweiger Zeitung und auch die überregionale Presse gelobt hatte, schaute er sich nicht an. Sein Freund Matthias hatte ihn in den „Fliegenden Holländer" mitgeschleppt. Klaus hatte den Besuch wider Erwarten genossen; die Musik Wagners hielt seiner Trauer für einige Stunden stand. Moderne Wagner-Auffassungen waren seine Sache nicht. Klaus zog auch hier die Eindeutigkeit in der Konzeption der handelnden Personen vor und sträubte sich gegen eine Regieoper, die die Bösen ein bisschen gut und die Guten auch ein bisschen böse agieren ließ. Hier wurden liebgewordene Hörgewohnheiten und Handlungsmuster auf den Kopf gestellt. Doch im "Holländer" blieben sie weitgehend erhalten und das konnten sie auch in dieser Inszenierung.

Für einen Weg zum Grab seiner Frau auf dem Hauptfriedhof war es schon zu dunkel geworden. Klaus wandte sich nach rechts auf den Steinweg und überblickte diese ehemals bedeutende Büro- und Geschäftsstraße, die den Maßstabswandel vom Fachwerkhaus weg vollzogen hatte.

Sie führte zu den für eine ehemalige Landeshauptstadt, für die Magistrale des Landes Braunschweig notwendigen Verwaltungs- und Regierungsgebäuden. Hier hatten in der Brandnacht 1944 die Bomben der Alliierten wenig übrig gelassen und die Pragmatik des Wiederaufbaus würdigte nicht den städtebaulichen Zuschnitt dieser Straße.

Klaus wäre gern noch ein wenig durch den Schlosspark spaziert, eine Grünanlage, die nach dem Abriss des zerstörten herzoglichen Schlosses auf dessen Fläche kultiviert worden war. Hier gefiel ihm die Möglichkeit zur konsumfreien Entspannung im Stadtzentrum und der gelernte Republikaner wurde gekitzelt, wenn er die korinthischen Säulenkapitelle, die einst wichtige Stützen des Residenzschlosses gewesen sein mögen, sinnlos und schön in einem Wasserbecken stehen sah.

Auch zum Spazierengehen war es zu dunkel geworden, und er hatte Hunger. Gegenüber, am Bohlweg unter den düsteren Kolonnaden, gab es ein italienisches Restaurant, und Klaus kehrte bei „Bruno" ein. Der Name des Restaurants „Da Bruno" hatte nichts mit dem Gründungsgeschlecht der Stadt Braunschweig, den Brunonen, zu tun. Bruno war der Chef, der ihn kannte und stets persönlich begrüßte. Es gab Anfang der 70-er Jahre wenige ausländische Gaststätten in Braunschweig, und Klaus hatte sich zunächst überwinden müssen, sich ungewohnten Geschmacksnoten zu nähern. Im Gespräch mit Bruno oder seinem Servicepersonal fielen ihm, jedes Mal, Zeilen aus seiner Volksschul-Fibel ein, „Maledetto, Katzelmacher…", was er mit einem ordentlichen Trinkgeld vor sich selbst auszubügeln versuchte.

Er hatte nach der Zeit seiner Internierung in Frankreich es lange Zeit vermieden, bei der Wahl von Urlaubszielen mit seiner Familie Fremdes aufzusuchen, unbekannte Laute, Gerüche, Gewürze und Annäherungen zwischen Menschen kennenzulernen und eine andere Farbe des Himmels zu entdecken. Seine Frau akzeptierte seine Ablehnung mit Verständnis, die Töchter mit dem Hinweis auf die Besonderheit des einen oder anderen Urlaubszieles: „garantiert keine Streulichter, viel zu abgelegen!" oder „die sprechen dort alle deutsch!".

Die Saltimbocca bei Bruno war fein geraten und schmeckte ihm. Man hatte ihm dazu einen Barolo serviert und Klaus trank auf den heutigen 14.Januar. In die Rente entlassen oder vollendeter Abschluss dieser Phase seines Lebens, die durchaus das Zentrum seiner Lebenszeit bildete, das er mit viel Gestaltungswillen und mit Hilfe der Wirtschaftslastigkeit in der bundesdeutschen Orientierung nach dem Krieg erfolgreich aufgebaut hatte. Er fand im Augenblick eine klare Antwort und fühlte sich wohl im Rückblick auf das Geschaffene. Wobei ihm für die Eindeutigkeit der gefundenen Antwort der Barolo ein bisschen half.

Schon als ganz jungen Mann hatte ihn der Beruf des Zahntechnikers, der erst 1911 in der Reichsversicherungsordnung eine Erwähnung gefunden hatte, interessiert: Die Möglichkeit, aus wenigen materiellen Vorgaben – wozu das unterschiedliche Material und die Werkzeuge und Hilfsmittel gehörten – mithilfe der Technik etwas zu schaffen, das funktionellen Gesetzmäßigkeiten, aber auch ästhetische Anforderungen genügen muss. Die Bandbreite der beruflichen Tätigkeit vom Feinmechaniker und Gießereifacharbeiter über den Goldschmied bis hin zum Künstler faszinierte ihn, den sein Vater gerne bei der Post oder Bahn gesehen hätten, „dort wird man immer gebraucht"! Die Bewerbung von Klaus nach seinem „Einjährigen" mit 16 Jahren als Feinmechanikerlehrling in einem zahnärztlichen Labor, war, gegen den Widerstand seines Vaters, nur seinem Patenonkel Klaus Seidlinger zu danken, der seinem Vater nahebringen konnte, dass dieser Wunsch von Klaus zukunftsfähig war. Bis dahin kamen Hilfsmittel wie Zahnersatz in der Welt des gehobenen Kleinbürgertums nicht vor. Waren Zähne ausgefallen, hatte man damit zu leben; der Dentist konnte sich allenfalls der Probleme auf dem Weg in die

Zahnlosigkeit annehmen. Und so begann Klaus 1927 in einem Münchner zahntechnischen Labor seine Lehrzeit als Feinmechaniker mit Ziel Zahnkünstler. Die Oberbayern waren in der Professionalisierung des Berufes schon so weit fortgeschritten, dass in einer 1909 vom Pädagogen Kerschensteiner gegründeten Berufsschule auch Zahntechnikerlehrlinge in Fachklassen unterrichtet werden konnten. Klaus war also in den Genuss einer hervorragenden theoretischen Qualifizierung in der Berufsschule und einer fundierten praktischen Ausbildung im Labor gekommen und beschloss seine Zeit als Lehrling 1930 mit einer guten Gesellenprüfung.

Sein Ausbildungsbetrieb war interessiert, Klaus jetzt als Gesellen weiter zu beschäftigen, sein Vater stimmte dem Arbeitsvertrag zu und der junge Handwerksgeselle brachte seine Kenntnisse und Fertigkeiten in seinen Ausbildungsbetrieb mit größerer Verantwortung und Selbstständigkeit in wirtschaftlichen Entscheidungen ein. Die Produkte seiner Firma spielten in den Überlegungen der Bevölkerung jedoch eine immer unbedeutendere Rolle, wenn es darum ging, halbwegs zu überleben. Klaus wurde unregelmäßig mit Werkverträgen beschäftigt und erhielt Honorar nach Auftrags- und Beschäftigungslage.

1932, als Klaus 20 Jahre alt geworden war, stellte er bei der Führung der Reichswehr einen Antrag auf Musterung und Eintritt in die Berufsarmee. Der Vater billigte sein Vorhaben. Die Bewerbung wurde abgelehnt; das Angebot an Freiwilligen war groß, viele junge Leute sahen in Zeiten der Massenarbeitslosigkeit im Dienst an der Waffe nicht nur einen sicheren Arbeitsplatz, sondern gleichzeitig vermittelte die Zugehörigkeit zum Militär, das durch alle gesellschaftlichen Schichten Anerkennung genoss, ebenfalls Anerkennung und Sozialprestige. Klaus, der sich nicht nach seiner Motivation für den freiwilligen Dienst an der Waffe gefragt hatte und auch nicht von der soldatischen Idee vom vaterländischen Dienst durchglüht war, nahm den ablehnenden Bescheid für den Truppendienst gefasst auf. Er werkelte weiter für seinen Ausbildungsbetrieb und hoffte, wie alle Menschen in den Volkswirtschaften, die durch die Folgen des ersten Weltkrieges noch immer nicht auf dem Produktivitätslevel der Vorkriegszeit waren, auf eine Beruhigung in den Märkten. Auch für den Beruf von Klaus würde sie eine erhöhte Nachfrage nach seinen Erzeugnissen bedeuten und damit eine Zunahme an öffentlicher Wahrnehmung bis hin zu einer Würdigung als selbstständiges Handwerk. Der Dachverband des Deutschen Handwerks hatte 1930 diese Anerkennung vollzogen, die langfristig die Innungsgründung, die alleinige Ausbildungsberechtigung und die Meisterfreisprechung bewirkte und auf wirtschaftlicher Ebene eine entsprechende Berücksichtigung in der Reichsversicherungsordnung.

Klaus' Ambitionen im Hinblick auf die Professionalisierung seines Berufes waren also erfolgreich. 1936 legte er die Meisterprüfung ab und übernahm ein zahntechnisches Labor. Als Selbstständiger wurde er konstituierendes Mitglied der Münchner Zahntechnikerinnung.

Der Barolo hatte es gut mit ihm gemeint, Klaus betrachtete seine berufliche Laufbahn als geglückte Abfolge in der Entstehung eines neuen und sicherlich unverzichtbaren Berufsbildes. Er hatte befürchtet, an diesem 14. Januar in der Trostlosigkeit aufgehobener Erwartungen zu versinken, stattdessen wurden in ihm seine Initiativleistungen für seinen Berufstand lebendig! Mit einem zweiten Viertel des freundlichen Roten ließ er weitere Erinnerungen zu.

In seinen Gesellenjahren hatte Klaus in der Wohnung seines Vaters gelebt. Für ihn war es nichts Ungewöhnliches, den „Jungen bis zu seiner Verheiratung" im Haus zu haben, auch

Klaus sah im Nesthocken noch nichts, worüber er nachdenken wollte. Familienfeste, kulturelle Angebote, Ausflüge und die Vereinszugehörigkeit zu 1860, wo er bei der Leichtathletik aktiv war – Mannschaftssport war seine Sache nicht -, waren Zerstreuung und Erholung für ihn in arbeitsfreier Zeit. Sein Patenonkel Klaus Seidlinger, der Bruder seiner Mutter, regte oft zu einer Unternehmung an. Klaus fühlte sich zwischen den „Erwachsenen" fehlbesetzt und überflüssig. Sein Vater hätte aber einen Rückzug oder gar ein Alternativvorhaben nicht verstanden, und nach zwei oder drei mit Rechtfertigungen unterlegten Versuchen sich dem ‚Gemeinsam' zu entziehen, wollte Klaus selbst nicht mehr eigenen Freizeit-Plänen nachgehen. Er empfand sie nun geradezu als Störung der nie hinterfragten Übereinstimmung in seiner Familie.

Pfingsten 1930 plante Klaus Seidlinger mit den beiden Marquardts einen Ausflug in den Biergarten im Königlichen Hirschgarten, seine Schwägerin war mit Mann und der 18-jährigen Tochter aus dem Braunschweigischen zu Besuch gekommen. Klaus fühlte sich ein bisschen benutzt als maître de plaisir für den Nachwuchs der Familie aus dem Norden.

Luzie hatte aber eigene Gedanken darüber, wie der sommerwarme Pfingstsonntagnachmittag zu gestalten sei und fragte Klaus, was es Interessantes in der Nähe zu betrachten gebe. Er schlug vor, Richtung Schloss Nymphenburg zu spazieren. Luzie bat Klaus, wenn er einverstanden sei, sie dorthin zu führen. Klaus störte das nicht – ihm wäre nur nie eingefallen, sich von der Familie zu entfernen -, was ihn störte, war, dass Luzie so häufig nachfragte, wenn er sprach; sie konnte sein bayerisches Idiom nicht verstehen.

Mit „Pfüat Euch" und mit diesem fremden „Tschüs" verabschiedeten sich die jungen Leute von den Verwandten. Klaus war zufrieden, dass er für diesen Ausflug seinen Hut nicht vergessen hatte und fand sich neben Luzie in ihrem hellen Frühjahrskostüm angemessen gekleidet mit seinem dunklen Anzug. Luzie erzählte von Braunschweig, sie besuchte dort das Gymnasium in der Abschlussklasse, und Klaus berichtete, wie er seine Tätigkeit in der Werkstatt seiner Firma erlebte.

Auf dem Rückweg erzählte Luzie von der ehemaligen Residenz Braunschweig und sie würde sich freuen, wenn sie ihm in ihrer Stadt - auch wenn die Bauten der Barockpracht von Nymphenburg hoffnungslos unterlegen seien – etwas von der Heimat des Gründers von München, Heinrich dem Löwen, zeigen könnte.

In der Familie von Klaus war es nicht üblich zu reisen, und so konnte Klaus nur versichern, dass er sich schon freuen würde Braunschweig kennenzulernen, es aber für eher unwahrscheinlich hielte, so weit weg zu fahren.

1933 feierte Klaus, der Patenonkel, seinen 45.Geburtstag. Eingeladen waren neben der weiteren Familie auch Freunde von Klaus Seidlinger. Sie alle trugen, wie auch der Onkel, Uniform. Es wurde schnell laut und die freundliche Zugewandtheit gegenüber seinem Patenkind war jetzt einem männlichen Schulterklopfen gewichen.

Luzie war mit ihren Eltern gekommen, im Wiedersehen spürte Klaus, dass er sich sehr freute, oder, vielleicht war es mehr als nur Freude, er konnte Luzie einfach nicht aus den Augen lassen. Die Begegnung mit ihr wärmte ihn und er fühlte sich leicht und unangreifbar. Dabei verstummte er vollends. Und wieder war es Luzie, die eine kleine Flucht ersann, und die beiden führten den Hund des Onkels spazieren.

Klaus ging, nachdem er sich wieder eingesammelt hatte, mit der sprachlichen Verständigung offensiver um, indem er sich von sich aus um eine hochdeutsche Einfärbung bemühte. Er erzählte von seinen Plänen der Meisterausbildung und der Hoffnung auf die Selbstständigkeit. Luzie hatte ihr Abitur abgelegt – ihr Gymnasium trug den wundersamen Namen ‚Kleine Burg', nicht den eines Welfen oder gar eines Hohenzollern –, sie hatte sich noch nicht für ein Studium oder eine andere Ausbildung entscheiden können und ließ sich in einem Töchterinstitut mit den Geheimnissen einer gelungenen Haushaltsführung vertraut machen. Sie fragte Klaus, ob in München ein zahnheilkundliches Studium möglich sei. Klaus wusste es nicht, aber das war es nicht, was er in diesem Augenblick wahrnahm. Er fühlte einen kleinen Hüpfer in sich, ein momentanes Aussetzen all dessen, was bisher verlässlich ineinandergegriffen hatte. Er schaute Luzie an, traute sich aber nicht zu fragen, warum sie in München studieren wolle. Diese Frage würde eine Antwort, die ihn nicht eingeschlossen hätte, provozieren, und das konnte er jetzt am wenigsten gebrauchen! So versuchte er es anders, seine Stimme klang rau: „Habts ihr im Norden koa Medizin an der Hochschuln?" Luzie lachte und erklärte, an der Universität Göttingen könne sie Zahnmedizin studieren, ihr gefiele es in München aber so gut, dass sie dort gerne einige Semester bleiben wolle – vorausgesetzt, das Studium wäre dort möglich. Klaus, halbwegs unzufrieden mit der Unverbindlichkeit ihrer Antwort, versprach sich zu erkundigen.

Die positive Nachricht erreichte Luzie in Braunschweig mit der Post; sie übersiedelte zum Wintersemester 1933/34 nach München. Sie konnte bei der Familie Seidlinger wohnen. Klaus war nun häufiger Gast bei seinem Patenonkel und hoffte, Luzie gelegentlich dort zu sehen. Bei Klaus' Vater hingegen war sie nicht willkommen, sie war ihm in ihrer Selbstständigkeit und ihren klaren Zielen fremd, so dass das Gespräch sich eigentlich nur um die Schönheit der Landschaft und den Reiz der Stadt München drehte.

Klaus waren von einem Kollegen aus dem Meisterkurs zwei Billetts für eine Aufführung von Bizets Carmen in der Bayerischen Staatsoper überlassen worden. Er hatte noch nie eine Opernaufführung besucht, der Gedanke daran bündelte viel in ihm: Seine Liebe zur Musik, das Opernhaus, die Hoffnung auf ein gemeinsames Erlebnis mit Luzie. Sie hatte Klaus gerne begleitet.

Klaus trank das Glas leer und erinnerte sich an die folgenden Opernbesuche, die er mit Luzie unternahm, Stehplätze im dritten Rang. Es war nicht nur die Musik, es war aber auch nicht nur das Beisammensein mit der ebenfalls musikbegeisterten Luzie, es war das Zusammentreffen von Möglichkeiten eines Lebens, jetzt, aus dem Unvorhergesehenen und ohne sein Zutun, es war Glück!

Klaus fuhr nachhause ins Kanzlerfeld und nahm das wiedergefundene Zipfelchen Glück mit. Er erinnerte sich, wie er in der Nachweihnachtswoche 1935 nach Braunschweig gefahren war und die Eltern von Luzie um die Hand ihrer Tochter gebeten hatte. Die hatten der Eheschließung unter der Voraussetzung zugestimmt, dass Luzie ihr Studium zu Ende führte. Die beiden heirateten 1936 in Braunschweig in der katholischen Kirche St. Aegidien, die Töchter Karin und Monika stellten sich 1937 und 1938 ein und die schwiegerelterliche Bedingung war zunächst ausgesetzt worden.

In den nächsten Wochen aber, den freundlich temperierten Januar- und Februarwochen des Jahres 1976, war das kleine Glückserinnern wieder verloren gegangen und Klaus überlebte nur. In seinem Haus schien einzig die Zeit sich über das Pendel der Comtoise-Uhr zu bewegen. Er selbst fühlte sich ohne Wozu, ohne Sinn, statisch.

Seinem Freund Matthias Stutzke, Mitinhaber des Juweliergeschäfts Stutzke am Hutfiltern mit seinem Bruder Rudolf, steckte die lange Arbeitswoche des Selbstständigen in den Knochen, wenn er Klaus riet, Struktur in sein Leben zu bringen, die nun geschenkte Zeit „für sich zu nutzen". Das genau war fremd für Klaus, „für ihn" – was war es? Er hatte als Firmeninhaber nicht vom Arbeitgeber fremdbestimmt arbeiten müssen, ihm hatten Termine und kaufmännische Überlegungen die Anweisungen gegeben. Und die knappe freie Zeit war der Familie und deren Erwartungen gewidmet. Darüber hinaus reichende Interessen, ja sogar nur Wahrnehmungen, hätte er als lästig empfunden, sie mit unstatthafter Einmischung und überflüssigem Aufwand verbunden. Klaus hatte nicht gelernt zu fragen, was er eigentlich wichtig fände, weil er die Antwort auf diese Frage immer wirtschaftlich begründet hätte und es folglich ein „eigentlich" für ihn nicht gab.

Denn die berufliche Tätigkeit hatte ihn in die Gesellschaft integriert; in die Gruppe der mittelständischen Braunschweiger Unternehmer und ihre Standesorganisationen, aber auch in die große Gruppe derer, die morgens das Haus verließen, um sich mit Kollegen an der Produktion von wirtschaftlichen Gütern zu beteiligen. Diese Klammer war in Klaus' Leben nun entfallen.

Er erinnerte sich an den 14.Januar und daran, wie er sich, nachdem ein letztes Mal die Tür seines Betriebes hinter ihm zugefallen war, vom Sonnenlicht des frühen Nachmittags hatte überraschen lassen. Was war es gewesen, das ihn wärmen konnte? Seinen Vorsatz, loszulassen, den Betrieb einer neuen Verantwortung zuzuführen ohne sich die Tür ein wenig geöffnet zu halten, hatte er verwirklichen können. Es hatte ihn keine Willenskraft gekostet; er half gerne, wenn er darum gefragt wurde, aber die weitere Gestaltung der Unternehmensentwicklung überließ er ganz den nun Verantwortlichen. Er wusste, es war nicht der Schnitt, der ihn vom Chef zum Rentner befördert hatte, der die Inhaltslosigkeit dieser Wintertage aufblätterte, es war die Stille seines Hauses, es war, dass er sich selbst nicht in Anspruch nahm. Und als er an die wärmende Sonne des Januarnachmittags dachte, schien aus dem Nebel, der seine

Stimmung damals umgeben hatte, ganz kurz Freude auf die Chancen, die das Loslassenwollen bringen konnte, herauf. Ja, er hatte diese Freiheit entdeckt, aber er hatte sie noch nicht nutzen, noch nicht gestalten können!

Leicht gesagt, Freund Matthias, das mit dem „Strukturgeben" und „für sich nutzen"; denn keinmal in den vergangenen 30 Jahren hatte er das Gefühl gehabt, die Zeit nicht für sich zu nutzen, nicht in seinem Sinne zu füllen. Und mit „Struktur" verband er jetzt in der Zeit des Ruhestandes vorerst Außenlenkung wie etwa die Zugehörigkeit zu Verbänden und Parteien, - er assoziierte sofort den Braunschweiger Karnevalsverein und wehrte ab.

Er hatte darüber nachgedacht, in die FDP einzutreten. Auch das hatte er schon Matthias gegenüber angesprochen und mit ihm zusammen Braunschweiger Personalien und die mit ihnen verbundenen parteiideologischen Richtungen abgewogen und sich vor der staatlichen Regulierung der Wirtschaft, die die FDP zurzeit tolerierte, gefürchtet. Er sah die Kompetenzen seines Unternehmertums, auch wenn sie nicht mehr seinem Unternehmen galten, beschnitten. Außerdem war ihm die Ostpolitik der Regierungsparteien, zu denen die FDP gehörte, gründlich zuwider. Er bewunderte Männer wie Erich Mende oder Knut von Kühlmann-Stumm, die ihretwegen die Partei verlassen hatten und in die oppositionelle CDU eingetreten waren. So begnügte er sich zunächst damit, wirtschaftsfreundliche und konservative Zeitungen zu lesen, die mit den Ostverträgen allenfalls wirtschaftlicher Expansion verbanden, aber niemals ihre gesellschaftliche und politische Gestaltungsmöglichkeit vermittelten.

Der Februar, ein von Klaus nicht geliebter Monat, zog sich in diesem Jahr nun ausgerechnet einen ganzen Tag länger hin. Seine beiden Töchter waren, nicht erreichbar, im Skiurlaub, so entfielen auch die sonntäglichen Anrufe der Kinder.

Klaus hatte den politischen, den wirtschaftlichen und kulturellen Teil seiner Sonntagszeitung sorgfältig gelesen, sogar noch eine zweite Kanne Tee gekocht, er überblätterte den Automarkt und die überregionalen Immobilienangebote, überflog die Kleinanzeigen, Stellenangebote und -gesuche. Bevor er die Zeitung zur Seite legte und sich wieder dem endlosen Sonntag mit Sicht auf die Leere des bräunlichen Gartens aussetzte, war sein Blick an irgendetwas Gedrucktem haften geblieben. Er wusste es, er wusste auch ungefähr, wo auf dem Zeitungsblatt, aber nicht mehr, auf welchem und auch nicht mehr, was. Voller Anspannung suchte er zu entdecken, was ihn an der Zeitung hatte festhängen lassen. Und er hörte sich vorlesen: „Ich (m) schreibe Ihre Biographie. Mit Lebenserfahrung, Stilsicherheit und Freude am Zuhören. Chiffre".

Während er las, zogen Figuren und Situationen lichtschnell durch seine Erinnerung, der frühe Tod der Mutter, der bayerische König, der Krieg, der Vater als Soldat, Frierenmüssen, Luzie entstand in seiner Erinnerung und die Farben wurden freundlicher, aber die folgenden Bilder - er selbst als Soldat, in der Gefangenschaft – wurden unkenntlich-dunkel, er sah sich als Rückkehrer seinen großen Mädchen gegenüber, die ihn nicht einzuordnen wussten, der mühselige Beginn in Braunschweig, Luzies Tod, die Leere um ihn, der Blitz, die Schultern gebeugt von Angst vor Spätfolgen, das Graue des Nichtwahrgenommenwerdens.

Der Fluss der Bilder hatte ihn ermüdet, er schloss die Augen. Die dunklen Farben überwogen und sie schafften so viel Distanz zwischen ihm und den Ereignissen, dass er sich in der dritten Person sah. Klaus hatte sich in dem Augenblick, als er auf das Inserat aufmerksam geworden war, als Beschreibbares wahrgenommen! Ihm war, als ob er dem Inserenten schon seine Objekthaftigkeit zugebilligt hätte.

Verwirrt und ungeduldig faltete er die Zeitung zusammen.

Er beschloss, heute möglichst nicht mehr an die Anzeige in der DamS zu denken und rief Matthias an, um mit ihm im Gloria an der Wendenstraße den Film „Hindenburg" anzuschauen.

Der Technik-Aufwand und die breit gestreute Geheimdienstaktivität, die in der Katastrophe mündete, hatten ihn während des Films gefesselt, der Sonntagabend aber ließ wieder dem Abwägen Raum. Er schlief unruhig und in der Nacht beschloss er, nicht mehr an die Offerte denken zu wollen.

Entscheidungen einer größeren Reichweite werden in der Nacht nie abschließend gefällt; die Helligkeit und das wieder erwachte Gefühl der eigenen Kraft am Morgen erlaubt differenzierteres Abwägen. Ja, und die nicht erklärbare Gestimmtheit durch den Tag legt ihre Farbe auf seinen Ablauf.

Klaus bemerkte, dass er den Gedanken sein Leben aufschreiben, festhalten und damit, ja schon, fremdgestalten lassen zu wollen, also bereits in der Phase der Erörterung bewegte: Was sprach für und was sprach gegen die Idee, die noch nicht Wunsch, aber doch schon Möglichkeit und Vorstellung geworden war? Und, wenn schon festhalten und mit Worten gestalten, warum sollte nicht er es sein, der diesen Rückblick erzählte? Doch, kaum hatte er sich selbst als Alternative zu diesem „ich (m)" gesehen, zog er die Schultern hoch, als sein Gedächtnis einzelne Erinnerungen als dunkle Ebene wiedergab.

Nein, nicht er, und überhaupt, wozu.

Es klingelte. Firma Hollenbach brachte das Mittagessen in einem wärmespeichernden Behältnis, es gab an diesem Montag Deutsches Beefsteak mit Wirsing und Salzkartoffeln. Der Apfel zum Nachtisch blieb liegen, weil Klaus zu schlapp war hineinzubeißen. Es war am Nachmittag schon merkbar länger hell an diesem 1.März, zu den ZDF-Nachrichten um 19:00

belegte er sich ein Brot mit Schweizerkäse, ließ den Fernseher an und zerstreute sich.

Es war ungewohnt für ihn Entscheidungen zu treffen, die jenseits kaufmännischer Alternativen und wirtschaftlicher Abwägungen lagen. Entscheidungen, die Ergebnis des Maßnehmens von Gefühlen, Ahnungen, Befindlichkeiten und Stimmungen wurden, waren ihm fremd. Er hatte sich davon innerlich immer entfernt, einen Bezug zu dem zunächst Nichtmessbaren verweigert. Luzie hatte diese Weigerung als seine Strategie im Umgang mit anderen erkannt und gewiss als Schwäche empfunden, aber als ein Wesensmerkmal ihres Mannes akzeptiert und nie in Frage gestellt.

Und Klaus war ein Mensch, der sich nur in seiner Arbeit hatte entfalten können; jenseits des Leistungsrahmens nahm er die Dynamik des Rückspiels beim Wortwechsel, die abfedernden Erwartungen des Diskurses, und sei es für den mit sich selbst, nicht wahr.

Er hatte noch nicht gewonnen und auch nicht verloren, er hatte noch die Freiheit das Leben einfach geschehen, die Unruhe des Sonntags verlaufen zu lassen. Für heute blieb die Frage, ob er das wolle?

Die DamS lag aufgeschlagen und Klaus las die Anzeige wieder. Dieses Mal suchte er nach einer Telefonnummer. Eine Stimme würde ihm die Entscheidung erleichtern. Als es damit nichts wurde, weil nur eine Chiffre angegeben war, sah er sich die Entscheidung abgenommen tätig zu werden.

Er war ungeübt in privatem Schreiben, Geschäftspost erledigte er souverän; er litt beim Schreiben des Kondolenzbriefes an die Witwe seines Patenonkels Klaus, der 1965 gestorben war, selbst Grüße an die Kinder im Ferienheim nötigten ihm viel Zeit ab.

Er sah die Angelegenheit erst einmal als erledigt an und widmete sich dem Fernsehprogramm, das ihn heute Abend mit dem Königlich Bayerischen Amtsgericht unterhielt.

Er fühlte sich durch die vertraute Mundart merkwürdig angerührt und rückwärts gewandt. Bilder aus seiner Jugend und Kindheit entstanden bewegt und farbig. Er erinnerte sich an den Heimatkundeunterricht in der Volksschule, an eine wortlose Mahlzeit, die er mit seinem Vater eingenommen hatte, Schaureiten von Ludwig III. durch München, den Blick bei klarem Wetter bis zu den Alpen, Klaus suchte nach Papier, nahm einen Stift und schrieb mit der Hand an die „Sehr geehrte Anzeige". Nach gut einer Stunde stand der Text: „Werter Inserent! Ihre frdl. Anzeige hat mein Interesse gefunden. Habe einen langen Lebensweg hinter mir. Ich könnte Sie anrufen. Bitte Nummer und Bestzeiten mitteilen. Hochachtungsvoll, Klaus Marquardt, Braunschweig". Am nächsten Morgen spürte Klaus Erleichterung darüber, dass er das Angebot des Telefonierens untergebracht hatte, so konnte er, sagte er sich, sich nach seiner Beurteilung des ersten Gesprächs doch noch aus dem Handel zurückziehen. Am Mittwoch, 03.03.1976, brachte er den Brief zum Postamt.

Nachdem er die Entscheidung, tätig zu werden, getroffen und dann auch tatsächlich gehandelt hatte, war für ihn die „Operation Gänseblümchen" zunächst erledigt und er war frei für Vorhaben, die ihm näher standen. Er hatte „der Angelegenheit" den Vergleich aus der Botanik verliehen, weil ihm, sobald er nachsann über das, was er da anschob, das Aufblätternde der Selbstdarstellung sich aufdrängte.

Er plante für den Freitag einen weiteren Besuch der Hamburger Sternwarte Winterhude, er wusste, dass sie an diesem Tag bis 22:00 geöffnet war. Klaus hoffte angesichts der ruhigen Wetterlage, im Planetarium, wenn nicht die Beobachtung einer flüchtigen Erscheinung im All, eines unvermittelten Leuchtens in der Erdatmosphäre, so doch auf weitere Entdeckungen am Frühlingshimmel. Dabei suchte er als erstes stets das Sternbild des Triangulus; er hatte es vor vielen Jahren zusammen mit seiner Frau während eines Besuches in der DDR am nächtlichen Himmel über der Altmark gefunden. Der Triangulus war „ihrer" geworden, wie andere Paare „ihre Musik" oder „ihre Landschaft" gewannen.

Die Besonderheit der Urlaubssituation, die Lichtarmut der Altmark und die Fremdheit der DDR-Gesellschaft in einem politisch abgehobenen System vertiefte das Erleben der beiden Menschen füreinander. Wenn nun Klaus den Triangulus gefunden hatte, konnte die Erinnerung an diesen Oktober-Abend, als er und Luzie die einzigen Menschen auf der Erde waren, ihn für einen Augenblick wärmen.

Sein Schwerpunkt in der Himmelsbeobachtung aber blieben die Lichterscheinungen, erzeugt durch den Kontakt der Erdatmosphäre mit kosmischen Teilchen. Die Flüchtigkeit, die Zufälligkeit, die scheinbare Gesetzlosigkeit solcher Zusammentreffen, fesselten ihn. Er konnte nach ihnen vom Harz aus, in relativer Lichtarmut, schauen; im Winterhuder Planetarium aber, mit ganz anderen technischen Möglichkeiten, nahm er am Himmel sehr viele Bewegungen wahr. Dafür fuhr er gerne nach Hamburg!

Er hoffte allerdings auf ein modernes Planetarium in seiner Nähe, das ihm häufigere Besuche erlaubte. Die Stadt Wolfsburg, wegen der Nähe des VW-Werks die nachhaltigste Lebensader von Braunschweig, hatte nach einer Lieferung von 10 000 Golf der Volkswagen AG an die DDR einen von Carl Zeiss Jena gebauten Planetariumsprojektor übereignet bekommen, der den Beginn eines populärwissenschaftlichen Angebotes in Wolfsburg als „Tor zu den Sternen" erwarten ließ.

Nach dem 10.03.1976

Franz blickte zum Telefon.

„Willst du nicht warten, ob du noch weitere Post von der DamS bekommst?" die Gelassenheit, die Martin stets umgab, nervte besonders dann, wenn Franz voller Ungeduld, weil er nicht wusste, was jetzt zu tun richtig sei, irgendetwas tat. Martin oder Susanne holten ihn damit zurück und Franz fühlte sich dann wieder hoffnungslos unterlegen, ungenügend.

Er sagte nichts. In der Post war in den nächsten Tagen auch nichts. Er betrachtete das Ergebnis seines Angebotes in der DamS, drei Briefe, von denen zwei nicht viel mit seinem Anliegen, das in der Kleinanzeige formuliert war, zu tun hatten: Er wollte schreiben und er wollte damit Geld verdienen. Und er fühlte sich durch den Wunsch herausgefordert, die Gestaltung des Textes nach den Angaben des Kunden so geraten zu lassen, dass dieser Mensch sich in ihm erkannte!

Martin hatte ihn nach seiner Wahl gefragt, lieber Frau oder Mann? Er hatte damals keine, weil er nicht so recht an sein Vorhaben glaubte; nun brauchte er gar keine Vorliebe zu begründen, weil es nichts zu wählen gab zwischen den Geschlechtern. Eine einzige Zuschrift, die Aufmerksamkeit seinem Angebot gegenüber bekundete: „Werter Inserent! Ihre frdl. Anzeige hat mein Interesse gefunden. Habe einen langen Lebensweg hinter mir. Ich könnte Sie anrufen. Bitte Nummer und Bestzeiten mitteilen. Hochachtungsvoll, Klaus Marquardt, Braunschweig"

Die Formulierung, der Stil setzten Franz in Bedrängnis zu entscheiden, ob er sich dem stellen oder ob die Welt, die er dahinter zu erkennen meinte, zu weit weg von ihm, zu fremd, zu wenig nachvollziehbar sei.

Aber er erinnerte sich auch, dass die Vermutung dieser Fremdheit ihn damals zur Annonce in der ‚Deutschland am

Sonntag' veranlasst hatte, weil er bei deren Lesern eher als im Kreis der Leser der WoZ durch wenig Wiedererkennen viel Material für seine Schreibaufgabe finden zu können glaubte.

Was aber, wenn das, was ihn in der Zuschrift möglicherweise fremdeln ließ, verhinderte, dass sich die Lebenswelt des Absenders für Franz entgegen seiner Vermutung reich aufblätterte?

Franz stellte sich ein Land südlich des Äquators vor, in dem die Sonne am Mittag im Norden stand, oder eine Bushaltestelle, die Ziele und Herkunft der Verkehrsmittel ihm nicht preisgab, weil er die anzeigende Schrift nicht lesen und verstehen konnte, wenn also Merkmale, die er auf der Basis seiner Erfahrungen einschätzte, nicht oder anders auftraten. Die Sonne ging in der südlichen Hemisphäre aber auch im Osten auf und im Westen unter, und nach der richtigen Buslinie konnte man Wartende fragen! Franz verstand, dass es von ihm abhinge, wie er mit den Vorbehalten und mit den Unbekannten umginge.

Am 15.03.1976 wurde Franz von einem zweiten Umschlag, gestempelt von der DamS, überrascht. Er enthielt zwei Zuschriften. In der einen bot ein Verlag ihm das Lektorat, Umschlagdesign und den Druck seines abgeschlossenen Werkes an.

An diese dingliche Phase seines Vorhabens hatte Franz noch nicht gedacht. Er legte das Angebot zur Seite und öffnete das zweite Schreiben, das viele eng beschriebene Seiten enthielt. Absender war eine Frau. Sie bat um Verständnis für den Umfang des Textes, den sie ihrem kurzen Begleitschreiben beigefügt hatte. Mit diesem Material schien sie sein Interesse wecken zu wollen, die Biographie für sie zu schreiben. Und in kurzer Zeit war Franz gefangen von der Fülle dieses Lebens, von der Wärme ihrer Wahrnehmung. Er las vom kolonialen Großbürgertum ihrer Kindheit und Jugend als Tochter eines holländischen Arztes auf Bali, die mit ihrer balinesischen Nanny

Luh, als der Druck gegen die Kolonialherren für die Familie gefährlich geworden war, auf dem Landwege über Indien, die Zentral-Seidenstraße, durch die UdSSR, über Leningrad und von dort aus mit dem Schiff nach Holland floh. Ihre Eltern waren in den dreißiger Jahren gestorben, ihr Bruder nahm einen anderen Weg nach Europa. In Rotterdam studierte sie Medizin mit dem festen Vorsatz, ihr Können in ruhigeren Zeiten wieder der kleinen Inselgesellschaft zu widmen, die ihre Kindheit mit ihrem Zauber und ihren Mythen, mit der Üppigkeit der Natur und der Wärme der Menschen geborgen hatte. Sie heiratete in München und hatte bald drei Kinder, denen sie ihre glückliche Natur, wie sie formulierte, weitergeben konnte. Bali besuchte sie mit Luh hin und wieder als Touristin, ihre Aufgaben in Deutschland forderten sie immer wieder zurück.

Als Franz die Seiten weglegte, wusste er, dass es für ihn hier nichts zu tun gab.

Sie hatte ihm eine Telefonnummer mitgeteilt. Er freute sich, dass es eine Nummer mit Mannheimer Vorwahl war. Franz war sicher, dass er jetzt handeln wollte und sollte. Er rief an und offensichtlich war es Luh, die den Hörer abgenommen hatte. Sie fragte kurz angebunden nach seinem Begehr und schien überfordert, denn sie wusste nichts mit ihm anzufangen. Franz fragte nach Frau Dr. Schulte und wollte nicht deutlicher werden über die Pläne ihrer Freundin, die ihn und sie hier zusammengeführt hatten. Luh hatte inzwischen begriffen und fragte, ob er „von der Zeitung" sei. Nun war bei allen der Groschen gefallen und Marie hatte den Hörer an sich genommen. Sie verlieh ihrer Freude Ausdruck, mit Franz zu sprechen. Und Franz war von der Helligkeit ihrer Stimme überrascht. „Sie haben meinen Brief gelesen? War es Ihnen nicht zu viel?" Franz versicherte ihr er habe mit Aufmerksamkeit ihren Weg nachvollzogen und er hätte gerne noch immer mehr lesen mögen.

„Wie kommt es", fragte Marie, „dass Sie eine Dienstleistung

dieser Art anbieten? Es gibt für jüngere Menschen doch viele Möglichkeiten, etwas dazu zu verdienen." Franz nahm dankbar das Interesse an seiner Person und an seinen Beweggründen wahr. Die Frage nach seiner Qualifikation war vielleicht darin eingepackt, aber er traute dieser Frau zu, dass sie sie direkt stellte. Ja, das Gespräch wurde von einer freundlichen Unmittelbarkeit getragen, die ihn bewog, distanzschaffende Floskeln und Umwege auszulassen. So erklärte er, dass er, in der Tat, dazuverdienen wolle und als Germanist und Historiker nicht viel mehr könne als wissenschaftlich zu arbeiten oder Texte zu formulieren. Er vermied es als motivationale Basis für sein Vorhaben ‚echtes Interesse am Mitmenschen' oder ‚Neugier auf die Vielfalt des Lebens' zu bemühen. Und, was seine Qualifikation angehe, glaube er, dass der Germanist in ihm den Interessierten, den Biographen stellte, den sie vielleicht brauchten, um ihre Geschichte rund und gut zu Ende zu erzählen.

Marie hatte ihn nicht unterbrochen und schien durch seinen Verweis auf ihre nicht gestellte Frage irritiert. „Ich hatte nie an Ihrer Professionalität gezweifelt. Ganz im Gegenteil, ich fühle Respekt vor Ihrem Selbstvertrauen, dem erzählten Leben eines fremden Menschen so Gestalt geben zu wollen, dass dieser Mensch sich darin treu bleibt."
Franz hatte seinen Plan noch nie unter dem Gesichtspunkt betrachtet, dass etwas wie Selbstvertrauen und Überzeugtheit von der eigenen Fähigkeit zur Erledigung einer solchen Aufgabe gehöre. Franz ordnete nämlich, schon sein ganzes Leben lang, diese Eigenschaften, um die er andere beneidete, nicht sich selbst zu. Wie vermochte es diese Frau, die er doch kaum kannte, die ihn doch auch nicht kannte, mit wenigen Worten, ihn glücklich sein zu lassen, sich selbst neu wahrzunehmen?
Das musste er sich ein anderes Mal beantworten; jetzt war er gefordert, Dr.Schulte davon zu überzeugen, dass sie sehr gut

selbst ihren Erinnerungen die von ihr gewünschte Form geben könnte. Er sei, versicherte er ihr nochmals, den Ereignissen, wie sie sie dargestellt habe, mit Spannung gefolgt und habe sie darüber hinaus nacherleben können. Franz spürte die Frage auf der anderen Seite nach dem Grund seiner ablehnenden Haltung.

Und hier endlich, als er einen lebendigen Menschen und seine Geschichte im Vertrauen auf seine Gestaltungsmöglichkeiten vor sich sah, wurde ihm klar, welche Gefahr das Angebot des Biographen immer barg: Die Erinnerungen werden durch den Austausch der Seele, der Sinne und des Verstandes mit dem realen Erleben immer neu gefiltert und geformt, sie sind nicht bleibend und schon gar keine Niederschrift der Vergangenheit. Sie sind also nie dieselben. Die Fixierung zum Text beendet den Dialog, gibt den Erinnerungen eine Richtung, hin und wieder sogar eine gewünschte Richtung.

Alle diese Überlegungen konnte Franz jetzt nicht äußern, einerseits waren die Gedanken ziemlich platt, andererseits hätte er sie schon vor Veröffentlichung seines Angebotes zu einem Ergebnis geführt haben müssen. Und am anderen Ende der Leitung immer noch diese bemerkenswerte Frau, die auf seine Hilfe rechnete!

Sie musste jetzt überzeugt werden, dass sie selbst das, was sie Franz übertragen wollte, besser und authentischer, also mit höherem Wiedererkennenswert, leisten könne.

Und so sagte er das. Marie schien nicht überrascht durch seine Einschätzung. „Ja, ich hatte auch schon daran gedacht, besonders, als ich für Sie die Eckpunkte – und mehr habe ich Ihnen ja nicht aufgeschrieben -, also die in eine neue Richtung weisenden Ereignisse, festhielt."

Sie spürte Franz' Frage nach dem, was sie abhielte, weiter daran zu arbeiten. „Nur, verstehen Sie bitte, mir ist gleichzeitig aufgefallen, dass ich so wenig weiß und fast nichts wusste von der Gegenwart um mich herum. Ich konnte Geschehnisse nicht einordnen und keine Zusammenhänge herstellen. Ich erlebte sozusagen Begebenheiten hintereinander und dadurch wurden gesellschaftliche Bedingungen in meinem Kopf zum Mythos und nicht mehr veränderbar. Man könnte es auch so sagen, ich bin ein völlig unpolitischer Mensch".

Franz verstand nicht. Diese Frau hatte den Zusammenbruch einer Kolonialmacht in Südostasien erlebt, sie hatte sich durch die unruhigen politischen Systeme Indien und Persien, durch die Sowjetunion zielsicher nach Nordeuropa bewegt, und sie will den roten Faden dieser Umbrüche nicht wahrgenommen haben? „Wie haben Sie die Menschen erfahren in den Ländern, durch die Sie gereist sind? Und, wie haben Sie dann die Deutschen und Deutschland wahrgenommen, nachdem Sie hier angekommen waren?" Marie wusste offensichtlich nicht, worauf er hinauswollte. „Ich glaube", fuhr Franz fort, „dass Sie nichts analysieren müssen, um Ihren Lesern und sich selbst die politische Gestimmtheit der Menschen zu vermitteln. Beschreiben Sie doch einfach, wie war das alles für Sie und was hat es mit Ihnen gemacht. Sie waren so nah an diesen Entwicklungen, in denen Ständegesellschaften neue politische Orientierungen erwarben!"

Marie schwieg, dann griff sie nochmals den Weg auf, den Franz ihr zugedacht hatte, und sie versicherte ihm, sie könne solche subjektiven Wahrnehmungen eigentlich nur erzählen, sie scheue sich vor dem Aufschreiben. Nun musste Franz lachen, dass er ein attraktives Angebot, um dessentwillen er ja eigentlich diese Anzeigenaktion gestartet hatte, keinesfalls annehmen, sondern an dessen Absenderin zurückgeben wollte. Wollte? In der Gelöstheit des Lachens wird ihm bewusst, dass er befürchtete seinem, und wahrscheinlich auch ihrem, Anspruch nicht genügen zu können. Schon beim Lesen ihrer ‚Eckdaten' entstand ganz tief in ihm Hochachtung vor diesem

Gegenüber, die einherging mit einer realistischen Einschätzung dessen, was er sich zutraute. Nein, Franz kannte seine Grenzen.

Polternde Geräusche und Stimmen junger Männer waren am Telefon zu hören und Marie erklärte, ihre Jungen seien gerade vom Hockey heimgekommen. „Waren sie dabei, als sich letztes Jahr der HC den deutschen Jugend-Meisterschaftspokal geholt hat?" „ Sie sind aber gut informiert! Spielen Sie selbst Hockey?" Nun musste Franz nachbarliche Farbe bekennen: „Nein, aber als alter Feudenheimer weiß man doch Bescheid um die Erfolge und Misserfolge am Neckarplatt." Dort war der Sitz des Mannheimer Hockey Clubs. „Wenn wir uns jetzt am Telefon nicht einigen können über die Aufgabenverteilung am Projekt „Maries Leben", könnten wir doch die räumliche Nähe nutzen und uns bei einem Tee darüber unterhalten", fasste Marie zusammen, „und so könnten wir uns die Freude machen uns kennenzulernen". Auf ihre Bitte nannte Franz seine Telefonnummer, sie wolle ihn zurückrufen, sobald ihre Zeit es erlaube.

Franz legte auf und fühlte sich außerstande einen einzigen Gedanken zu Ende zu führen.

Ein Waldlauf würde ihm helfen die offensichtliche Unvereinbarkeit seines Handelns mit seinen Zielen zu entwirren. Er nahm die Straßenbahn nach Handschuhsheim und begann seinen Lauf im Neuenheimer Feld, auf den schmalen asphaltierten Wegen zwischen den Feldern und Gärten, bis zum Neckar. An der Uferböschung setzte er sich auf eine Bank, hatte links den Schlossberg, die Alte Brücke und die Kirchtürme der Heidelberger Altstadt im Blick, rechts das Wehr Richtung Wieblingen, vor ihm - zu weit entfernt - der Neckar. Er stand auf und stapfte vorsichtig durch das feuchte Gras des Neckarvorlandes hinunter zum Wasser. Dort gab es einen Stein, auf dem er Platz fand. Franz holte tief Atem und vergaß eine ganze Weile wieder auszuatmen. Seine Anspannung war durch den Lauf nicht gemildert worden. Franz stützte Arme und Beine ab und schaute aufs Wasser. Die in der Tiefe gestaltlose Masse formte sich an ihrer Oberfläche immer neu, willkürlich dann, wenn das Ufer dem Halt gebot. Die stete Wiederholung entlastete Franz. Er war jetzt in der Lage sich innerlich fallenzulassen, ruhig zu atmen.

Er besann sich noch einmal auf das, was er von diesem Telefongespräch noch erinnerte. Und dabei wurde ihm sehr klar, dass er schon während der Lektüre ihrer Zeilen die gewünschte Arbeitsbeziehung ausgeschlossen hatte. Und diese Haltung hatte er auch während des Telefongespräches nicht aufgegeben. Er war angetan von ihrer Präsenz, geschmeichelt von dem Wissen, mit dem sie ihn ausgezeichnet hatte, aber er hatte sich von Anfang an gegen eine Übernahme der Aufgabe entschieden.

Etwas Neues war in Franz' Leben getreten: Er ließ eine Stimme in sich zu, er lauschte ihr, er ließ sich von ihr raten, ohne dass er sich sogleich bemühte den inneren Dialog mit Argumenten so lange zu füttern, bis das Ergebnis vernünftig oder kantenfrei oder auch wenigstens für die anderen nachvollziehbar war. Wenn er es jetzt auch nicht begründen konnte, er akzeptierte seine Ablehnung dieses Angebotes.

Franz blickte auf. Am anderen Ufer gab die Straßenbeleuchtung schon ihr seltsames gelboranges Licht, die Dämmerung war fast in die Nacht übergegangen, und kalt war es auch geworden. Er schüttelte sich während er aufstand. Auf dieser Neckarseite war niemand mehr unterwegs und Franz lief oben am Ufer bis zum Wehrsteg, überquerte den Neckar und war nun wieder in der Feierabendgeschäftigkeit angekommen.

Was ihn nun, vorwärts gerichtet und heiter gestimmt, umtrieb, war die Suche nach einer Antwort auf die Frage, ob seine Entscheidung grundsätzlich war oder mit der Person Marie zusammenhing. Ob sie also sein Vorhaben eine Biographie gegen Entlohnung zu schreiben berührte, oder, ob sie eine Entscheidung gegen eine Zusammenarbeit mit Marie war, dass ihm also Marie ein Geheimnis bleiben sollte. Wobei die grundsätzlichen Bedenken gegen eine Biographie, die mit der Festlegung der Erinnerung und der Vergangenheit zu tun hatten, nach wie vor galten. Ebenso lebendig war in Franz der Zweifel, den Erwartungen von Marie genügen zu können.

Franz war verwundert über sich; er war nicht bereit, einen Sinn seines aktuellen Rückzugs herbeizuzwingen, er machte das Weitere davon abhängig, zu was er zu tun bereit sein würde. Ihm war bewusst, wie privilegiert er wirtschaftlich war, nichts tun zu müssen zum Broterwerb.

Er war in der Zwischenzeit aktiv geworden mit einer Bewerbung an die beiden Gymnasien in privater Trägerschaft, das Englische Institut und die Elisabeth von Thadden-Schule in Wieblingen. Und er bereitete sich mit Susanne auf das Revisionsverfahren vor dem Oberlandesgericht Karlsruhe vor, durch das er seine Einstellung in den Öffentlichen Dienst doch noch erreichen wollte. Die Revision war zugelassen worden, nachdem Susanne als seine Anwältin geltend gemacht hatte, dass ein Einstellungsverbot aufgrund von Zugehörigkeit zum SDS ohne Feststellung der Verfassungswidrigkeit dieses Verbandes durch das Bundesverfassungsgericht nicht rechtsgültig sein könne. Ein Urteil in seiner Sache war also zeitlich kaum absehbar.

Seine Beziehung zu Susanne war stark belastet durch dieses Ungleichgewicht der „Nützlichkeiten" füreinander, das er festzustellen meinte, und durch den von ihm so empfundenen Paria-Status, den er als Bezieher von öffentlichen Leistungen einnahm. Susanne dagegen plante schon den nächsten Urlaub, den sie sich wirklich hart erarbeitet hatte. Franz zog sich immer mehr zurück, das ging so weit, dass er darauf bestand, sie bei sich ebenso häufig zu sehen wie er bei ihr übernachtete, obwohl ihre Wohnung für beide komfortabler als seine WG war. Er wollte nicht in ihrem Leben geduldet sein, wie er es für sich nannte. Wenn sie darüber sprachen, äußerte Susanne Verständnis für seine Empfindlichkeit, Franz hingegen sah sich dann als Erbsenzähler; beide wussten, es musste etwas geschehen. Die gemeinsame Augenhöhe ließ sich nicht erzwingen, Franz musste aktiv werden, um sich ihr zu nähern.

Klamme und Schönwetterfragen

„Marquardt". Franz war endlich eine Verbindung mit der Braunschweiger Nummer geglückt; nach 18.00 Uhr, wenn überregionale Telefongespräche etwas billiger geworden waren, war das Leitungsnetz fast immer überlastet und der Abend wurde durch die Suche nach einer freien Leitung gestaltet. „Guten Abend, Herr Marquardt, ich bin Franz Theuring. Sie hatten mit mir Verbindung wegen meiner Anzeige in der ‚Deutschland am Sonntag' aufgenommen". Klaus atmete schneller, er hörte eine junge Stimme in leicht pfälzischen Tonfall und überließ es ihr, das Gespräch auf den Punkt zu bringen, zu dem beide ja wollten: Könnten sie sich vorstellen, sein, Klaus', Anliegen zu einem für beide akzeptablen Ergebnis zu führen? Zunächst schien die Fremdheit der Personen unüberwindlich zu sein, nicht also ihr Denken und ihre Geschichte, ihre Sprache und ihre Angewohnheiten, viel mehr nur die physische Grenze zwischen ihnen. Noch immer fiel Klaus nichts ein, das das Gespräch voranbrachte. Belegt stimmte er zu. Franz verstand das Zögern von Klaus als Rückzieher: „Wenn Sie es sich in der Zwischenzeit anderes überlegt haben, kann ich Sie gut verstehen. Man braucht auch ganz schön viel Zeit und Lust für solch ein Vorhaben. Haben Sie etwas anderes gefunden?" Diese direkte Frage zwang Klaus zu einer Antwort, die den gedanklichen Irrweg beendete, auf dem sich Franz befand. „Nein, nein, ich war im Moment nur etwas überrascht, als Sie plötzlich am Telefon waren. Ich muss auch gestehen, dass ich die Sache inzwischen ein bisschen ausgeblendet hatte." ‚Die Sache' also – Franz begann zu ahnen, welche Bedeutung für Herrn Marquardt seine Antwort auf Franz' Angebot in der DamS haben mochte. Und er fühlte sich in seiner ersten Reaktion bestätigt, als er mit Martin den Brief von Klaus Marquardt öffnete und wahrnahm, dass er mit seiner Anzeige ein Versprechen abgegeben hatte. Dieses Gefühl erleichterte es ihm nicht fortzufahren. „Sind wir uns noch darüber einig, dass wir Ihre Lebensgeschichte auf Papier bannen und festhalten wollen?" „Wenn Sie das so sagen, ich meinte eben nur, dass ich meine Erinnerungen aufschreiben, aufgeschrieben haben wollte". „Haben Sie es denn selbst schon versucht?" „Nein, nein, wissen Sie, ich wüsste nicht einmal, wo ich anfangen soll. Und dann fällt es mir auch schwer mich zu erinnern; nicht, dass mir nichts einfiele, schauen Sie, wenn ich mich zum Beispiel an ein Erlebnis in meiner Kindheit erinnere, also etwa wie meine Mutter starb, dann könnte ich keinen Anfang und erst recht kein Ende finden mit allem, was darumherum geschehen ist." Franz spürte auch hier, wie in dem Gespräch mit Marie, dass die Menschen ihn brauchten als Pfadfinder für einen roten Faden, und er verstand jetzt viel besser das Problem, in dem Marie sich befunden hatte: Material brachten beide in Fülle mit, sie erwarteten von ihm die Zuordnung dieses Materials in eine Struktur. Franz fiel sofort ein Baum oder ein Verkehrssystem ein, bei dem es um die Verteilung aller Vorgänge nach einem Konzept der Bedeutsamkeit für den geht, der erlebt hat und für die äußere Welt, in der der Erzählende nur Objekt ist. Er wollte diesen Gedanken Marie bei einem Treffen nahebringen. Er gefiel ihm. Zunächst aber war er im Gespräch mit einem älteren Herrn mit bayerisch eingefärbter Artikulation und musste weiter kommen. „Sie haben es also nicht versucht, Herr Marquardt, und Sie wollen oder können es auch nicht selbst versuchen, habe ich Sie da richtig verstanden?" Klaus schwieg. Franz wollte nun mit einem Angebot dem Gespräch eine freundlichere Note versehen: „Ich würde schon gerne mit Ihnen zusammen Ihre Erinnerungen so sortieren, dass Sie sie jeweils als von Ihnen erlebt wiedererkennen". „Und Sie können das!?" „Also, mit Ihnen zusammen könnten

wir uns das trauen, das meine ich schon". „Und wie haben Sie sich das vorgestellt? Und überhaupt, haben Sie eine Vorstellung davon, was das kostet?" Franz hatte, als gelernter Lehrer, natürlich einen Entwurf für das Weitere gemacht und stellte ihn Klaus vor: Bevor sie – in Braunschweig oder in Heidelberg -, sich kennenlernten, wollte er Herrn Marquardt bitten, eine Reihe von Fragen schriftlich zu beantworten. Das geschehe nicht aus Neugier, sondern diese Fragen seien aus einem literarischen Fragebogen hervorgegangen, der in den Salons des 19.Jahrhunderts herumgereicht worden war, ja einfach, damit die Damen und Herren, aber auch Kinder und Jugendliche ihre Vorlieben und Abneigungen auf unverfängliche Weise festhalten könnten. Er, Franz, verspreche sich davon, dass Herr Marquardt, wenn er, genau wie die Personen in den englischen Salons, spontan die Fragen beantwortet hätte, für ihn als Mensch leichter vorstellbar sei. Und er fügte hinzu, dass er glaube mit den Antworten von Klaus seine Persönlichkeit mit seiner Geschichte angemessener verknüpfen zu können. Franz vermied eine Beispielfrage zu nennen, weil er befürchtete, dass in der abwehrenden Haltung, die er spürte, diese Frage als völlig unangemessen und aussageunfähig behandelt und damit disqualifiziert würde. „Wenn wir uns also in den Salons herumtreiben wollen", grantelte Klaus, „dann sollten Sie das auch tun. Machen wir das so, Sie schicken mir einen solchen Fragebogen für mich zum Ausfüllen und Sie schicken mir dann den Ihren, ausgefüllt, denn ich muss Sie mir ja auch vorstellen können."
Franz hatte sein Anliegen wohl nicht ausreichend begründet. „So, und wie solls dann weitergehen? Und wie stellen Sie sich zur Kostenfrage? Sie haben sowas sicher schon mal gemacht und von daher Erfahrung?" Franz hatte beide Fragen befürchtet und sich darauf vorbereitet. Er wies sich als Germanist aus, der gewohnt sei, Texte anzufertigen, allerdings noch nie eine Biographie. „Zu Ihnen können wir später kommen", kommentierte

Klaus, „ und was solls kosten?" Seine Frage duldete keine lauwarmen Verschiebungen auf das Einandermal, nachdem man sich kennengelernt und ein vertrauter Umgang miteinander eine Einigung über das Honorar begünstigte. Franz wies auf alternative Möglichkeiten der Honorierung seiner Tätigkeit für Herrn Marquardt hin: Einmal könne er ihn nach aufgewandter Zeit bezahlen, dann wäre die Abgeltung pro fertiger Buchseite denkbar, und drittens ein Festpreis für fünf Buchexemplare einschließlich Satz, Einbanddesign, Graphiken etc. Er, Franz, rechne mit 20 bis 30 aufzuzeichnenden Berichtstunden, dann sei die Transkription des Erzählten erforderlich, und daraus sei eine lesbare Textversion zu erarbeiten. Herr Marquardt möchte sich die Alternativen durch den Kopf gehen lassen. Er, Franz, schlüge ihm eine Mischung aus der zweiten und der dritten Möglichkeit vor, da sie ihnen beiden Bewegungsräume innerhalb des Entstehungsprozesses einer Seite ließe. Diese Möglichkeit in konkreten Zahlen bedeute: 50 DM pro fertige Seite plus 2500 DM für fünf fertige Bücher, und er rechne mit ca. 100 bis 150 Seiten für die Biographie von Herrn Marquardt. „Der Spaß würde mich also nach diesem Vorschlag circa 8000 DM kosten. Und wie ist es mit den Spesen für Sie, wenn Sie nach Braunschweig kämen?" Franz hatte auch darüber schon nachgedacht und wies darauf hin, dass sie extra berechnet würden. „Aber, vielleicht hätten Sie auch Lust, einmal unser Gespräch in Heidelberg fortzusetzen?" Von dieser Vorstellung war Klaus weit entfernt.

Franz wagte so etwas wie eine Zusammenfassung: „Herr Marquardt, ich denke, wir sind schon ganz schön weit gekommen, sozusagen mitten hinein in unseren Plan. Vielleicht ist das alles ein bisschen viel für Sie im Moment?" „Es ist weder zu viel, noch möchte ich mir die Sache grundsätzlich nochmal überlegen, falls Sie das sagen wollten. Ich habe nachgedacht darüber, was ich will und dass ich will. Das Wie überlasse ich

Ihnen, dafür werde ich Sie ja schließlich bezahlen." Er wusste, wie barsch er Franz in seine Schranken wies, und warum er das tat. Er fürchtete ein Rückzugsangebot von Franz, das er sehr gern angenommen hätte.

Klaus fühlte sich in diesen Tagen körperlich nicht gut, er wartete noch immer tief verunsichert auf Nachwirkungen des Blitzeinschlags in seinen Körper. Und er fühlte sich verlassen. Keinesfalls bereit, etwas Neues zu beginnen, das ausschließlich ihn betraf. Und nun die Vorstellung davon, dass er sich unter dem Geleit eines fremden jungen Mannes über Wochen ausschließlich mit sich selbst und seiner bisher gelebten Vergangenheit beschäftigen solle! Und, konnte der junge Mann das halten, was er in der Annonce und auch in ihrem Gespräch zu leisten angeboten hatte? Er war gut vorbereitet, gewiss, sein Vorgehen war in aufeinander bezogenen Phasen des Kennenlernens und Verstehens gestaltet – aber konnte er die Reife, die Einsicht und die Übersicht haben, sein Leben angemessen wahrzunehmen und darzustellen? Nun war Klaus doch müde, er wollte keine Entscheidung treffen und gab Franz zu verstehen, dass es für heute dabei bleiben solle, dass Franz ihm diese Fragen schickte, wenns denn sein musste. Franz versicherte ihm nochmals, dass er diese Fragen zu beantworten als guten Anfang für das Weitere betrachte und sich freue, wenn beide Fragebogen zusammengeführt würden. Das stimmte so nicht ganz, denn er wusste mit den Proust'schen Fragen nichts anzufangen. Sie schienen ihm aber gut geeignet für die Annäherung an die äußere Person, zu deren Lebensentwurf er irgendwann gelangen wollte. Ja, sein Gegenüber war wirklich ermüdet. Franz verabschiedete sich. Wenig später sandte er Klaus den Questionnaire, den Proust Ende des 19. Jahrhundert seiner jugendlichen Freundin Antoinette in deren „Album to Record Thoughts and Feelings" beantwortet hatte. Er wurde 1924 von einem ihrer Söhne veröffentlicht.

Klaus bestätigte telefonisch knapp den Erhalt der Fragen und erinnerte Franz an die Einlösung seiner Zusage. Franz tat sich schwer über seinem Bogen und erlebte sich in der Situation von Klaus Marquardt. Am 10.April waren die Fragen von Klaus und Franz beantwortet und jeder der beiden schuf in den Antworten des anderen einen Entwurf des anderen Menschen.

Questionnaire

1 Was ist für Sie das größte Unglück?
K: Einen geliebten Menschen zu verlieren   F: Durch Dummheit und Intoleranz begonnene Kriege

2 Wo möchten Sie leben?
K: Ist mir egal.   F: Wo es warm ist, es aber Jahreszeiten gibt

3 Was ist für Sie das vollkommene irdische Glück?
K: Gesundheit und eine gesicherte materielle Grundversorgung mit ein bisschen Luxus   F: Ich selbst sein zu können

4 Welche Fehler entschuldigen Sie am ehesten?
K: Die aus Unwissenheit begangenen und die, die ohne Selbstgefälligkeit eingestanden werden   F: Meine eigenen natürlich

5 Ihre liebsten Romanhelden?
K: Ich lese keine Romane   F: Fürst Myschkin

6 Ihre Lieblingsgestalt in der Geschichte
K: Friedrich Gauß   F: Karl Marx

7 Ihre Lieblingsmaler
K: El Greco   F: Andy Warhol

8 Ihr Lieblingskomponist
K: Richard Wagner   F: Richard Wagner

9 Welche Eigenschaften schätzen Sie bei einem Mann am meisten?
K: Zuverlässigkeit, Treue, Gradlinigkeit   F: Gelassenheit, Fähigkeit zur Selbstkritik, Toleranz

10 Welche Eigenschaften schätzen Sie bei einer Frau am meisten?
K: Zuverlässigkeit, Weiblichkeit, Aufmerksamkeit   F: die gleichen wie oben

11 Ihre Lieblingstugend?
K: Zuverlässigkeit, Treue

F: siehe oben

12 Was ist Ihre Vorstellung vom Elend?
K: Medizinische Unterversorgung bei vorhandenen Kapazitäten

F: Armut durch mangelnde Information

13 Ihre Lieblingsbeschäftigung?
K: Zeitunglesen, Opernbesuche, Sterngucken

F: Laufen, übers Meer schauen

14 Wer oder was hätten Sie sein mögen?
K: Ich kann nicht aus meiner Haut, nicht mal in meiner Vorstellung

F: ein Kämpfer für die Humanität

15 Ihr Hauptcharakterzug?
K:

F: Aufrichtigkeit

16 Was schätzen Sie bei Ihren Freunden am meisten?
K: Offenheit, auch wenns manchmal weh tut, Zuverlässigkeit

F: sie haben Zeit für mich

17 Ihr größter Fehler?
K:

F: zu schnell begeistert

18 Ihr Traum vom Glück?
K: ausgeträumt

F: Eine Utopie: Eine gerechte Welt

19 Ihre Lieblingsfarbe?
K: blau-weiß

F: blau

20 *Ihre Lieblingsblume?*
K: die ersten im Frühjahr　　　　　F: Bambus

21 *Ihr Lieblingsvogel?*
K: Schwalben als Sommerboten　　　F: Spatz

22 *Ihr Lieblingsschriftsteller?*
K: ?　　　　　　　　　　　　　　F: Böll, Kafka, Brecht

23 *Ihr Lieblingslyriker?*
K: Schiller, die Balladen　　　　　　F: Rilke und japanische
　　　　　　　　　　　　　　　　　Haikuschöpfer

24 *Ihre Helden in der Wirklichkeit?*
K: die Löwen von 1860, Einstein　　　F: viele

25 *Wer sind die Helden und Heldinnen in Ihrem Leben?*
K: Meine Frau und Walter N.,
ein Kriegskamerad　　　　　　　　　F: Siegfried Müller, mein
　　　　　　　　　　　　　　　　　Lateinlehrer

26 *Ihre Lieblingsnamen?*
K: Die Namen meiner Kinder　　　　F: Wang, weil es der häufigste
　　　　　　　　　　　　　　　　　Nachname ist, den es gibt

27 *Was oder wen verabscheuen Sie am meisten?*
K: Vielredner, Wichtigtuer, Unredlichkeit　　F:Selbstgerechtigkeit,
　　　　　　　　　　　　　　　　　Gewalt, Pharisäertum

28 Welche geschichtlichen Gestalten verachten Sie am meisten?
K: Alle geschichtlichen Figuren sind aus ihrer Zeit zu verstehen, deshalb wäre „verachten" unangemessen

F: Ich verachte alle, die ihre Größe durch Unterdrückung erwirkt haben

29 Welche militärischen Leistungen bewundern Sie am meisten?
K: Das strategische Denken Napoleons.

F: Gibt es das – militärische „Leistungen"?

30 Welche Reform bewundern Sie am meisten?
K: Bewusst von mir als Katholik hier genannt: Die Reformation Martin Luthers

F: Die Bismarck'sche Sozialgesetzgebung

31 Welche natürliche Gabe möchten Sie besitzen?
K: Leichtigkeit. Mit Vorsatz vergessen können.

F: Spielend den Marathon hinlegen. Und singen können wie Peter Hofmann.

32 Was macht Sie besonders?
K: Ich kann mit bloßem Auge den Triangulus Am Aprilhimmel finden. Ernsthaft: Nichts.

F: Ich kann meine Fußzehen falten.

33 Wie möchten Sie sterben?
K: Im Schlaf

F: keine Ahnung

34 Ihre gegenwärtig Geistesverfassung?
K: Müde

F: neugierig, dabei unsicher

35 Ihr Motto
K: Die Hoffnung stirbt zuletzt

F: Nach vorne schauen!

Bei der Lektüre hatten beide ein Gefühl der Indiskretion dem anderen gegenüber; sie sahen sich vom und dem anderen ganz ungewöhnlich nah auf den Pelz gerückt. Damit hatte Franz nicht gerechnet, als er sich in der Planungsphase die doch recht an der Oberfläche der Persönlichkeit angesiedelten Einstellungen, die in den Fragen abgeklopft wurden, durchgelesen hatte! Weit entfernt davon, sich als Deutungsinstanz zu verstehen, wäre es ihm am liebsten, er hätte diese Fragen nicht an Klaus gerichtet, und er beschloss, sich von Klaus' Antworten für das Weitere zu verabschieden. Ihm gegenüber betonte er, der Anfang sei gemacht.

Klaus hatte sich von den Fragen umzingelt gesehen; sie zupften an vielen seiner Saiten, das war ihm kaum jemals geschehen in jüngerer Zeit. Ihm war vor weiteren Durchdringungen von Regionen, die ihm selbst weiße Felder seiner Persönlichkeit waren, unbehaglich. Er wollte sich den Anforderungen stellen, das schuldete er sich. Durch diesen „Anfang", wie Herr Theuring dieses FrageundAntwort-Spielchen genannt hatte, ahnte Klaus, was er von sich weiter erwarten musste. Eine kleine zeitliche Distanz würde ihn Kräfte sammeln lassen.

Er beschloss die Einladung eines Bekannten nach Kopenhagen anzunehmen. Es zog ihn eigentlich nichts ans Meer, er fühlte sich in den Bergen oder mit Blick auf die Berge wohler. Der Bekannte hatte ihm versichert, in Dänemark sei der Sternenhimmel weitgehend frei von Streulichtern. Klaus hatte ihn während eines Spazierganges mit seiner Frau im Braunschweig nahegelegenen Höhenzug Asse kennengelernt. Er war dänischer Honorarkonsul und Geschäftsführer der Wintershall-AG im Salzbergwerk Asse, die bis 1964 den Abbau von Steinsalz betrieb. Herr S. lebte mit seiner Familie nun wieder in Kopenhagen, nachdem die Schachtanlage Asse II als Forschungsdeponie für die deutsche Atomwirtschaft in Betrieb genommen worden war. Jedes Jahr hatten die Familien deutsche und dänische Weihnachtsgrußkarten ausgetauscht, und nach dem Tod von Luzie hatte Familie S. ihn nach Dänemark eingeladen. Darauf besann Klaus sich in seiner Müdigkeit. Er wollte also in Kopenhagen eine Möglichkeit suchen, in den Nachthimmel zu schauen. Er versprach sich, obwohl Reisen seine Sache nicht war, durch diese Perspektive den Weg zurück zu sich und die Wiederherstellung seiner Persönlichkeit, wie sie ihm vertraut war. Klaus wusste, er war angegriffen, doch nur an der Oberfläche, und er besann sich auf seine Kräfte. Er war in seinem Leben nicht viel gereist, zunächst war dafür keine Zeit und kein Geld, die Kinder klein. Später schreckte er vor Ländergrenzen zurück – in Klaus war noch immer das Geborgenheitsgefühl lebendig, das er empfunden hatte nach der Entlassung aus der Gefangenschaft und der Heimreise zu seiner Familie. Seitdem erholte sich die Familie an der Ostsee. Zu Luzies 55.Geburtstag, 1970, nahmen sie an einer von ihrer Tageszeitung organisierten Karibik-Kreuzfahrt teil. Diesen 25.April würde Klaus nie vergessen: Die Töchter hatten Telegramme geschickt, die ihr in der Radiostation auf dem Navigationsdeck überreicht wurden, die Bordzeitung gratulierte ihr namentlich, sie waren morgens in Kingston/Jamaika eingelaufen und abends hatten sie die „Love Story" im Bordkino angeschaut. Der Film hatte sie, obwohl Klaus etwas von ‚amerikanischem Kinderkitsch' brummelte, in eine sprachlose Stimmung versetzt, ähnlich der nach der Entdeckung ‚ihres' Sternbildes Triangulus. Danach ließ Klaus für sie beide im Nachtclub eine Flasche Moët&Chandon öffnen, sie tranken sich zu und es gab nur sie beide.

Er vereinbarte mit Herrn Theuring eine zeitliche Unterbrechung, in der er in Übereinstimmung bringen wollte, wie er sich gerade wahrnahm und wie er sich bis dahin gesehen hatte. Ja, Klaus fühlte sich im Aufbruch, Weg und Ziel unbekannt. Franz war eine Auszeit gerade recht, Susanne hatte auf einen

Griechenland-Urlaub gedrängt, der geopolitisch nun wieder möglich war. Im Juni war sicher die beste Reisezeit für Griechenland, und Franz verabredete mit Klaus Marquardt einen Besuch in Braunschweig für Donnerstag, den 01.Juli 1976.

Ferien

Mit dem Ende der Regierung von Erzbischof Makarios III auf Zypern, den die griechischen Obristen gegen den Willen des Westens 1974 stürzten, war das Militärregime in Griechenland zusammengebrochen. Eine demokratische Republik Griechenland wurde denkbar und damit auch eine Öffnung des Landes für den Tourismus. Griechenland war 1967 in einem von der NATO gebilligten Staatsstreich im Kalten Krieg als Verbündeter mit Nachbarschaft zum Ostblock zu einer Militärdiktatur geputscht worden. In der Folge disziplinierte die Ideologie „Hellas christlicher Hellenen" alle Bereiche der Gesellschaft, das öffentliche Leben wurde unter dem Merkmal der Zuträglichkeit für die Regierung gleichgeschaltet, Widerstand mit Verschleppung, Folter und Mord geahndet.

Franz und Susanne waren über Brindisi mit der Fähre nach Korfu gereist und hatten im Süden der Insel ein Zimmer in einer Privatpension gefunden. Mme Elefterìa, ihre Zimmerwirtin, hieß sie mit einem Glas Mastika willkommen. Ein bisschen fühlten sie sich unter Beobachtung, denn Elefterìa hatte, nachdem sie das eine ihrer beiden Zimmer vermietet hatte, ihre Schlafstatt auf dem Flur aufgeschlagen und so allerbeste Kontrolle über ihre Gäste. Die Insel war, im nördlichen Teil Griechenlands gelegen, immer interessant für mitteleuropäische Herrscherhäuser gewesen, die ihre Spuren auf ihr hinterlassen hatten.

Franz wollte sich seinem Lieblingsjahrhundert mit einem Besuch des Achilleion nahe der Ortschaft Benitses nähern. Die beiden Deutschen kletterten die Abhänge zwischen den Haarnadelkurven der asphaltierten Straße hinauf zum Palastmuseum, dessen obere Etage inzwischen ein Spielcasino beherbergte. Wilhelm II hatte den Palast 1908 den österreichischen Erben von Elisabeth II abgekauft und ihn seinen Wünschen gemäß umgestalten lassen. Franz lernte den Kulturgeschmack des Kaisers kennen, der Kunst politisch verstand. Sie sollte erzieherisch auf die Menschen wirken und den Respekt vor der Dynastie fördern.

Die Mittel dazu entnahmen die Baumeister des Kaisers der Mythologie, die im Glauben an deutschnationale Größe gestaltet wurde. Sie versetzten das Marmorstandbild des sterbenden Achill – Reminiszenz Sisis an ihren ermordeten Sohn - weiter hinten in den Garten, einen hochaufgerichteten Kämpfer Achill positionierten sie aber mit Blick auf Kerkyra präsentabel. Heines Statue wurde auch gleich aus dem Heine-Tempelchen ausgewiesen und durch eine Büste von Sisi ersetzt. Die Architektur des Palastes leuchtete klassizistisch-weiß, im Innern wurden Susanne und Franz vom Gründerzeit-Geschmack überfallen.

„Wie Fürsten in ihrer Freizeit Platz nahmen", Susanne wies auf den zu einem Hocker umgearbeiteten Pferdesattel vor dem Lesepult Wilhelms und Franz fiel sogleich der alberne Schemel im Gartenhaus in Weimar ein.

Die beiden empfanden ihre Gedanken angesichts der von vielen Okkupatoren geprägten Kultur dieser Insel doch als ein bisschen eng. Sie genossen es, ihren Ausrutscher mit lauwarmer Fadolakia zum Aussuchen in der Küche, zwischen griechischen Gästen, an Tischen auf der Straße mit Unterhosengummi um die Wachstuchtischdecken, zu vergessen.

Schmaler Sandstreifen vor dem Meer, drüben das griechische Festland, es kreuzt ein Frachtschiff; nur das Umdrehen von der Rücken- in die Bauchlage war in diesen Tagen mühsam.

Sie hatten auf dem nicht viel mehr als handtuchtiefen Strand ein Plätzchen im Schatten gefunden, den einige Tamarisken spendeten. Franz sah zu Susanne hinüber, er empfand Glück, sie neben sich zu wissen. Susannes ebenmäßiges Gesicht wirkte auf ihn so harmonisch, dass er oft überrascht war, wenn sie ihre arabesken Wahrnehmungen mit der Logik der gelernten Juristin verknüpfte. Während Franz sie betrachtete, hielt sie ihre Augen geschlossen: „Drinsicht"; Franz holte tief Luft vor Glück. Sie hörten aus einem Kassettenrecorder in einer Strandbutze leise Stalio Kazantzidis mit dem Hit dieses Sommers „Υπάρχω".

Zurückgekehrt nach Heidelberg, bedauerten Franz und Susanne, für ihren ersten Griechenland-Besuch ausgerechnet die europäischste der griechischen Inseln gewählt zu haben. Goethe und Winkelmann war es wegen der türkischen Besatzung nur möglich gewesen, das Land mit der Seele zu suchen; die letzten sieben Jahre war es wiederum dem Tourismus verschlossen, und sie beide stolperten zwischen Repliken der griechischen Hochklassik und den Hinterlassenschaften der Hohenzollern und Habsburger auf der Suche nach der Entsprechung ihres Bildes von Griechenland, das irgendwo zwischen der herben Landschaft Arkadiens, der strengen Größe von Kap Sounion und den Farben und Klängen von Piräus angesiedelt war!

Susanne und Franz hatten die Bitterkeit wahrgenommen, die auf den Griechen lag, wann immer ein vorsichtiges Gespräch die vergangene Zeit berührte, die unsentimentale, hoffnungsfreie Trauer über die Verluste, die in ihnen arbeitete angesichts der Katastrophe, in die ihr Land wieder einmal gestürzt worden war. „…Wir haben deinen Namen in den Sand geschrieben, schön fächelte die Brise, und die Schrift wurde verweht…", hatten sie mitgesungen, wenn das Lied „Ἀρνηση" von Theodorakis, das schon 1967 verboten und dennoch zur Hymne des Widerstandes werden konnte, nun endlich aus den Lautsprechern erklingen durfte.

****

Klaus hatte die Fähre von Kiel nach Kopenhagen als Transportmöglichkeit gewählt und war nach einer angenehmen nächtlichen Reise am frühen Vormittag eingetroffen. Die Tochter seiner dänischen Bekannten, ein paar Jahre jünger als seine eigenen Töchter, erwartete ihn am Kai und brachte ihn zu seinem Hotel in der Frederiksbergalle. Sie verabredeten den Tee bei Familie S. im Kronprinsensvej einzunehmen, gut fußläufig erreichbar für Klaus von seinem Hotel aus durch den noblen Frederiksbergpark.

Als er aus dem Fenster auf die belebte Frederiksbergalle schaute, drängte ihn natürlich die Frage, was, in aller Welt, er hier in Kopenhagen solle. Klaus hatte sich ein wenig informiert über die Stadt und war doch neugierig auf einige ihrer Sehenswürdigkeiten, besonders auf das alte Observatorium im „Runden Turm".

Während der Teemahlzeit mit den Gastgebern war Klaus etwas überrascht vom Ausdruck ihres inneren Engagements gegenüber einem von der dänischen Regierung so betrachteten „sozialen Experiment", die staatlich geduldete autonome Kommune ‚Christiania'. Herr S. erzählte dazu, dass Christiania als Besetzung einer früheren Kasernenanlage und Teilen der alten Stadtmauer zu sehen sei, zunächst illegal und begründet mit Mangel an bezahlbarem Wohnraum in Kopenhagen. Nach Übereinkunft der Besetzer mit den kommunalen Behörden wird Christiania aber selbstverwalteter Freistaat. Die dänische Gesellschaft war bereit, dieses Experiment zu akzeptieren; es bietet nicht nur Randgruppen Wohnmöglichkeit, es ist darüber hinaus Ort kultureller Kreativität, sozialen Ausgleichs, der Einbindung ökologischer und ökonomischer Gruppenziele. Cannabiskonsumenten erhalten dort Wohnstatt und Nachschub. Die Selbstverwaltung forderte Gemeinsinn und gab sich Regeln.

Die Anteilnahme, mit der Herr S. sprach, ließ Klaus vergleichen zwischen der deutschen und der dänischen Kultur des Respekts vor ungewöhnlichen Wegen, Kräfte und Möglichkeiten von Minderheiten zu bündeln. Er nahm sich vor, Christiania zu besuchen und verabschiedete sich von seinen Gastgebern, die am nächsten Tag ihre Tochter nach Norwegen begleiten wollten.

Das Observatorium im „Runden Turm" mit seinem 1929 errichteten Teleskop war nicht geöffnet, so begnügte Klaus sich mit dem Blick auf die Stadt Kopenhagen. Er hatte sich über die Geschichte dieses Bauwerkes genauer informiert, die Öffnungszeiten der Sternwarte und die Zugänglichkeit des Teleskops hatten sich seinen Erkundungen entzogen. Die Kopenhagener hatten über Jahrhunderte den Rundetårn mit seinen 35 Metern Höhe als Bezugsgröße für Höhenangaben betrachtet. Klaus kannte solche Bezüge; alle Schulkinder in der Kleinstadt Wolfenbüttel nahe Braunschweig wussten durch den „Jägermeister-Turm", wie hoch 100 m aussehen!

So war er unversehens in Gedanken wieder in seiner zweiten Heimat angekommen!

Er genoss den Blick in den Nachthimmel, nachdem er sich mit dem Taxi in den Norden der Hauptstadt-Insel Sæland hatte bringen lassen. Der Triangulus war im Juni nicht mehr identifizierbar, nun gut, aber dafür das Sommerdreieck mit Wega, Deneb und Atair! Er konnte so vieles beobachten, das er in Deutschland in dieser Deutlichkeit noch nie gesehen hatte; die Milchstraße zog sich wie ein helles Band von Nord- nach Südost, er saß und schaute und wurde ruhig. Er war zufrieden diese Reise unternommen zu haben: Seinem Ziel, nach der tiefen Verunsicherung durch die Greifbarkeit seines Vorhabens „Autobiographie", wieder zu seiner Mitte zurückzufinden, konnte er mit der tiefen Schwärze des Nachthimmels und dem was er ihm an Entdeckungen bot, wieder näherkommen. Er fühlte sich aber auch einverstanden mit der Beendigung seines kurzen Dänemark-Besuches.

Kurz vor seiner Abreise beschloss Klaus zu Fuß einige Stationen ein zweites Mal zu erleben, die er während der Stadtrundfahrt zu Schiff angefahren hatte. Vom in die Innenstadt geschmiegten Nyhavn aus, an dem der einsame Hans Christian Andersen gelebt hatte, vorbei am Schloss Amalienburg, in dem die königliche Familie wohnte, zog es ihn zum Wahrzeichen der Stadt, der Statue der Kleinen Meerjungfrau.

Schon auf dem Boot, bei der Fahrt durch den Hafen und die Kanäle, hatte die Figur auf ihrem Felsen ihn angerührt. Nun betrachtete er vom Ufer aus die Bronzeskulptur, die an ihm vorbei Richtung Hafeneinfahrt blickte. Er spürte, wie er es vermied zu ihren Flossenfüßen zu schauen und er spürte, wie die Haut seiner Füße brannte, so dass er von einem Fuß auf den anderen treten musste und den Spann am Hosenbein rieb. Ihm war dieser Schmerz bekannt. Klaus erinnerte sich an Augenblicke der Nähe mit seiner Mutter, als sie ihm das Märchen von der kleinen Meerjungfrau erzählte; er hatte sein Gesicht in ihrer Armbeuge versteckt, weil er weinen musste und er erinnerte sich an seine in mitfühlendem Schmerz unruhigen Füße.

Klaus' Hände wurden feucht. Niemals, sann er, sei er in der Zeit seit damals in fremdes, in irreales aber vorstellbares, Leid so eingetaucht wie gerade eben! Und dennoch, mange tak, kleine Meerjungfrau, für die Erinnerung an seine Mutter.

Zusammentreffen

Franz wendet sich um, hinter ihm der langgestreckt liegende Quader des Braunschweiger Hauptbahnhofes im Stil der frühen 60-er Jahre; bis zur Innenstadt noch ca 2 km. „Eine Gemeinsamkeit zwischen Heidelberg und Braunschweig", fällt es Franz auf, „der außerhalb des Stadtzentrums gelegene Hauptbahnhof." Er ist neugierig, ob sich noch weitere verbindende Merkmale finden ließen. Er ist überhaupt neugierig auf die Stadt am östlichen Rand im Norden der Bundesrepublik. Ob sich die Nähe zur DDR bemerkbar machte in Form von einer anderen wirtschaftlichen Selbstdarstellung als die der Stadt Heidelberg oder einem spürbar unterschiedlichen Verhältnis zur DDR? Welchen Dialekt die Menschen hier sprächen?

Im Juli ist nicht nur die Natur, sind sogar die Städte angenehm zu erleben. Die meisten Städte, und Franz beschließt, auch diese hier. Er fährt im Taxi über einen vierspurigen fast baumlosen Boulevard, gesäumt von Mietshäusern im Stil der Jahrhundertwende, dazwischen vom Krieg verschuldete Baulücken. Das Taxi biegt nach links in eine prächtige Straße, zwei- bis dreigeschossige aneinandergereihte Villen, die Franz an das ‚Bremer Haus' erinnerten, in riesigen Vorgärten, in der Mitte ein von Grün gesäumter Fußweg, vor ihm ein gewaltiges beigegraues Gebäude, geschmückt mit allerlei Bauzierat aus dem 19.Jahrhundert. Ist das hier so etwas wie seine Stadthalle unten am Neckar, oder wie der Rosengarten in Mannheim, die, aus Sandstein im reinen Jugendstil erbaut, elegant rötlich leuchteten? Franz vermutet einen Kulturpalast hinter dem wilhelminischen Gemäuer. Aber schon biegt das Taxi ab, Wiesenstraße, Hotel Till Eulenspiegel. In einer Stunde will er Herrn Marquardt in einem Café nahe dem „Kulturpalast" treffen. Dieses Gebäude sieht von vorne doch freundlicher aus durch eine einladende Treppe über die gesamte Breite einer über dem Entrée gelegenen Terrasse, auf der man sicher in Veranstaltungspausen Sommerabende mit Blick auf eine ins Stadtzentrum führende Achse genießen konnte. Er stellt sich die herzogliche Familie vor, die dies einstmals mit ihrer Entourage und einem kühlen Bier tat. Wohnte die einzige Tochter von Wilhelmzwo nicht auch in dieser Stadt?

Franz steuert auf das Café zu, schon ein wenig nervös. Von diesem Zusammentreffen hängt nichts ab, seine Fähigkeiten und seine Bereitschaft, neue Wege zu suchen, würden durch nichts geschwächt, wenn das Vorhaben in den Anfängen stecken bliebe. Er fürchtet einzig, Herr Marquardt könnte in seinem Äußeren, in seinen Gewohnheiten, seiner Sprache, oder, nicht zuletzt: in seinen Ansichten, ihm so fremd sein, dass alles, was er zu Papier brachte zu diesem Lebenslauf, diese Distanz zum Ausdruck brächte.

Klaus trifft ein wenig vor der Zeit im Café Haertle ein und nimmt an einem Tisch mit Blick zur Eingangstür Platz. Ihm ist nicht gut. Das ist ihm nicht anzusehen; er sitzt aufrecht und ruhig, ohne die Arme anzulehnen oder abzustützen, er betrachtet die anderen Gäste, nimmt keine Illustrierte gegen seine Unrast zu Hilfe, ist vielleicht ein wenig blass. Nun soll ein Plan, eine Idee Wirklichkeit werden, und zwei Menschen werden in etwas bloß Gewünschtes eingebunden, wie Millionen Menschen, die sich vorher nicht gekannt hatten, an einem Tag aufeinandertreffen und ein gemeinsames Vorhaben bewältigen wollen. Klaus räuspert sich, trinkt einen Schluck Tee dagegen, die Himbeertorte bleibt auf dem Teller.

Er sieht den jüngeren Mann sich umsehen. Er ist mittelgroß, ziemlich schmal, dunkelblondes längeres Haar. Nun gut, wenigstens trägt er keinen Bart. Dafür diese unsäglichen amerikanischen Hosen wie alle jüngeren Leute, und, was Klaus besonders abstieß, auch viele Frauen und Mädchen! Ein freundlicher, fast weicher Gesichtsausdruck. Die Brillengläser, die sich wegen der Helligkeit des Juli-Tages dunkler gefärbt hatten, verbergen die Augen. Dennoch erreicht ihn eine Grundstimmung von Zugewandtheit. „Nun ja, was Wunder" erklärt sich Klaus das positive Gefühl, „er will mit mir zusammenarbeiten, weil die Kasse stimmen muss!"

Franz nimmt einen älteren Herrn wahr, der ihm, fast unmerklich, ohne das allerkleinste Lächeln in den Mundwinkeln, zunickt. Wie kann er wissen, dass er Franz ist – später wusste er die Antwort: Franz war hier der Exot! In diesem Café war man entweder unter 10 oder über 50 Jahre alt, man trug Hosen aus Tuch, abgelegte Jacketts waren der Julihitze geschuldet.

So auch der Herr, vor dem er nun steht, der sich erhob und ihn begrüßt: „Marquardt, konnten Sie sich in unserer Stadt zurecht finden?" „Guten Tag, Herr Marquardt, ich bin Franz Theuring. Danke, Ihre Beschreibung war so übersichtlich, dass alles gut klappte." „Na ja, so klein ist Braunschweig ja auch nicht, dass man gleich von übersichtlich sprechen kann!"

Franz hätte diesen Herrn zwei Minuten später auf der Straße nicht wieder erkannt. Etwa 1,80 groß, Mitte 60, ziemlich breite, zum Kinn sich stark verjüngende Gesichtsform mit dunklen Augen, deren kühler Ausdruck ihn um den Fortgang des Gesprächs fürchten lässt. Er bestellt eine Cola und betrachtet das Grün des Theaterparks. Dann fragt er nach der Bewandtnis des ‚Kulturpalastes' und erfährt, dass er das Theater der Stadt sei. In der Weimarer Zeit war Braunschweig ein eigenständiges Land gewesen, das das Herzogtum Braunschweig 1919 abgelöst hatte. Deshalb trug die Spielstätte als Weiterführung des feudalen Hoftheaters die Gattungsbezeichnung Landes- bzw. Staatstheater. Herr Marquardt berichtet auch, dass er häufig

Besucher des Theaters gewesen sei, früher. „Früher?" Die Antwort zerdehnt sich und Franz beginnt, von seiner Leidenschaft für die Oper zu sprechen. Er erinnert, wie er hatte lachen müssen beim Vergleich der Questionnaires zum Stichwort ‚Lieblingskomponist', bei dem sie beide Wagner genannt hatten. Herrn Marquardt war diese Übereinstimmung nicht aufgefallen, „so genau habe ich mir diese Bögen nicht mehr angesehen, nachdem ich meinen ausgefüllt hatte". Da war es wieder, dieses Zwicken im Magen, das Furcht beschrieb.

Franz bemerkt, wie sein Gegenüber trotz auffallend aufrechter Haltung in sich zusammensinkt. Er erzählt von der letzten Wagner-Inszenierung, die er im Mannheimer Nationaltheater gesehen hatte, aber Herr Marquardt folgt ihm nicht und so schweigen beide. Franz hält es kaum noch aus in diesem geschlossenen Raum, während draußen der Sommer herrscht und schlägt einen Spaziergang in das Grün des Theaterparks vor. Die Bewegung und die Möglichkeit, sich beim Sprechen nicht ständig ansehen zu müssen, erlaubt ihnen die Planung des Weiteren und sie verabreden sich auf den nächsten Tag bei Klaus im Theodor-Franke-Weg im Kanzlerfeld.

Ein Bungalow aus den 60-er Jahren, in einem Viertel, in dem sich die Häuser gleichen, die Grundstücke aber schon durch unterschiedlich angelegten Bewuchs ihr eigenes Gesicht tragen. Ein Vorort vom Reißbrett für die Mitarbeiter der beiden benachbarten Bundesanstalten; einem Naturwissenschaftler der PTB habe er, so erzählt Herr Marquardt, das Haus nach dessen Übersiedelung in die USA, abgekauft. Die Terrasse ist nur durch die Bockfenstertür im Wohnzimmer zu betreten, Herr Marquardt geht voran und Franz nimmt die Anmutung dieses Bereichs auf. Teure Mahagonimöblierung, Hochglanz, sicher einst für den Einzug in dieses Haus gekauft. Die Gegenstände, die für die Bewohner mehr als das sind, die eine Wohnung aufwerten zu einem Zuhause und die im Wiedererkennen Heimat geben, schienen nur regelmäßig abgestaubt worden zu sein, sie hatten, so empfindet Franz, nicht viel mit Herrn Marquardt zu tun. Die Wanduhr an einer Goldkordel, Keramik-Kerzenleuchter, die Rauchgarnitur aus dunklem Glas, der Messing-Mörser, der Teak-Reiher, und dann diese merkwürdige großformatige Fotografie der kleinen Meerjungfrau über dem Riesenfernseher! Sind diese Gegenstände Versatzstücke eines Szenarios, in dem die Akteure Leser der DamS waren? Franz fallen seine Apfelsinenkistenregale ein und sein Schreibtisch, Türblatt auf zwei Böcken, seine Matratze auf dem Boden, Hauptsache schön breit: ebenfalls eine signifikante Dekoration. Unterscheiden sich die Vorstellungen, die gegeben werden, wirklich in Aussage und Absicht?

Auf der Terrasse blendet die Vormittagssonne, es lässt sich gut unter der Markise mit der von Herrn Marquardt angebotenen Cola sitzen! Das Geschäftliche war geklärt, Franz' Vorschlag für Klaus akzeptabel. Es war ihm eine Beruhigung, sich später nicht um die technische Fertigstellung kümmern zu müssen; das konkrete Ergebnis, die Dinglichkeit, zu der seine Erinnerungen werden sollten, war ihm in ihrer Gestaltung gleichgültig. Beruflich hatte er neben einem perfekten Handwerker auch Ästhet sein müssen. Geistige Produkte aber sollen durch ihren Inhalt und nicht durch ihre Verpackung fesseln! Vielleicht könne Franz darauf achten, dass die Farbe des Einbandes keinesfalls in Rot gehalten sein solle. Franz fragt nicht, er stimmt zu.

„Sie wohnen in einem recht großen Haus, leben Sie hier allein?" Franz ist die Antwort halbwegs bekannt, ihm war aufgefallen, dass Klaus in ihren Gesprächen bisher nie von anderen Personen gesprochen hatte, nahen Menschen, die sonst, meist mit einem Possessivpronomen versehen, in einer Unterhaltung recht schnell herangezogen werden. „Meine Töchter wohnen nicht in Braunschweig und meine Frau lebt nicht mehr". Franz erfährt, dass Klaus' Frau 1970 gestorben war, „und es hätte nicht geschehen müssen!", fügt er bitter hinzu. Seine Frau hatte, während er im Garten werkelte, bei der Hausarbeit einen Unfall erlitten. Er hatte sofort den Notarzt herbeitelefoniert, aber ein einheitliches zentrales Rettungssystem gab es damals noch nicht und so verlor seine Frau ihr Leben, einfach, weil lebensrettende Technik spät, zu spät, erst im Krankenhaus eingesetzt werden konnte. Franz fragt nicht weiter. Klaus beginnt von seinen Töchtern zu erzählen, gleiche Ausbildungsgänge, unterschiedliche Lebensläufe. Klaus beschreibt die Wege seiner Töchter leichthin, als ob er der sei, der am meisten überrascht sei von ihnen, vom Schicksal der älteren, der alles zugeflogen war, gute Leistungen, bürgerliche Lebensführung, wohlgeratene Kinder, und dem der jüngeren, die viel kämpfen musste und unzufrieden wirkte. Franz könne beide gegen Abend kennenlernen, wenn sie von Wolfenbüttel bzw. Lehrte nach Praxisschluss hier vorbeikämen. Aber bis dahin wollten sie noch tüchtig was tun, nicht wahr. Franz bezweifelt die Möglichkeit der berichteten „völligen Gleichbehandlung" der Töchter, er stolpert schon über den Begriff ‚Behandlung', - behandelt werden Patienten oder Werkstücke, eben Objekte. Aber er ist doch insgeheim erleichtert, nicht in eine dieser dauerhaft von der älteren Generation angezettelten, von vornherein ergebnislosen Debatten verwickelt zu werden: War in der Persönlichkeitsentwicklung die Veranlagung oder – schon das „oder" führte in die Irre! – die Beeinflussung durch die Umwelt von maßgeblicher Bedeutung? Hier belieferten doch nur politische Standpunkte wenig hilfreich die Argumente, und die Ausweglosigkeit der genetischen Festschreibung durfte manche erzieherische Ungeheuerlichkeit ausbügeln. Doch schon die Wortwahl ‚Behandlung' aber lässt Franz daran zweifeln, ob er und Herr Marquardt sich je so annähern könnten, sich wirklich auszutauschen. Er fragt sich allerdings nicht, ob seiner Rolle überhaupt distanzierte Überlegungen, Wertungen, zustünden. Er reagiert einfach auf das Gesagte.

Klaus, der nach seinen Worten zum Tode seiner Frau auf den Bericht über seine Kinder ausgewichen war, scheint abwesend. Sehr aufrecht, wie immer, unruhig, er hört, er versteht Franz' Frage nach dem Alter der Töchter nicht. Ein Bringdienst liefert das Mittagessen, Tomatensuppe, Schinkennudeln und Sauerkirschkompott. Sie nehmen zum Essen in der dunklen Essecke im Wohnzimmer Platz.

Während des Essens bemerkt Franz, dass er sich unbehaglich fühlt, der Vormittag war weitgehend ohne Festhalten verwertbarer Informationen vergangen. Die Fakten wären später angemessen zu gewichten.

Aber auch Klaus fühlt sich nicht wohl. Da war er nun in der Julisonne über Stunden einem Fremden gegenüber dem Nachsinnen von Einzelheiten aus dem Leben in diesem Hause verhaftet! Wann jedoch hatte er je über eine längere Strecke Erinnerung dazu zugelassen! Es gab Streiflichter zu Situationen, um die Zusammenhänge hatte er sich nie gekümmert. Heute war ein Tag von A nach B zu denken und die Streckenführung zwangsläufig mit zu bedenken. Nun hatte er damit aber abgeschlossen und er wollte dem jungen Mann nur noch Punkte und Eckpunkte mitteilen, sollte der etwas daraus gestalten!

Seine Überlegungen werden gestört durch die Frage von Franz nach den Gründen zu seinem Wunsch einer Autobiographie. Klaus schreckt auf: „Sie wollen also wissen, warum ich mein Leben aufgeschrieben haben möchte?" Schon lange nicht mehr hatte ihn jemand nach einer Begründung für ein Begehren gefragt; er war durch diese Frage verunsichert und fällt, während er antwortet, wieder ins Bayerische. „Ich meine, ich hab so viel erlebt, es ist mir so viel zugestoßen und die Zeit, in der ich gelebt hab, hat so viel Neues gebracht – da lohnt es sich schon es aufzuschreiben für die Jüngeren". Franz hatte eine Antwort dieser Art erwartet, so waren sie jetzt am gleichen Ausgangspunkt. „Gibt's noch etwas darüber hinaus, das in Ihnen den Wunsch vieles aufzuschreiben geweckt hat?" Klaus versteht die Frage nicht. „Könnte es sein, dass Sie damit rechnen oder darauf hoffen, während des Erinnerns auch Erklärungen zu finden?" „Wie meinen Sie jetzt das – eine Erklärung, warum ich bin wie ich bin? Oder eine Erklärung, warum Hitler an die Macht gekommen oder der Krieg verloren worden ist?" „Ja, so ungefähr. Besonders das erste, warum Sie der sind, der Sie sind". Klaus antwortet unscharf etwas von „langhaarigen Spinnern" und „Couch" und Franz schweigt. Er ärgert sich, dass in diesem Gesprächsstadium das Fragewort ,warum' solch ein Gewicht bekommen hatte. Dieses Wort scheint Abwehr, Rechtfertigung, Gegenschläge anzuziehen. Im günstigsten Fall bringt es nicht weiter. Susanne hatte ihn, den Germanisten, darauf aufmerksam gemacht durch ihre Erfahrungen im Gerichtssaal; ihrer Beobachtung nach begannen die Parteien immer dann, wenn diesem Wort Raum gegeben worden war, sich in einem Erklärungsnotstand zu fühlen und in Stellung zu gehen. Klaus setzt noch einmal an, es tut ihm leid, dass er den Fragenden mit Schlagworten abgefertigt hatte, „wissen Sie, ich wollte mich einfach nur erinnern, nicht groß anstrengen, Ihnen was erzählen, wie ich es im Gedächtnis habe und Sie bringen es in die richtige Reihenfolge. Wir könnten doch jetzt mal an den Anfang gehen, also ,Wann und wo geboren' und nicht ,warum'?" Er muss lachen, „das war dann schon die Angelegenheit meiner Eltern."

Sie setzen sich hinaus in den Schatten auf der Terrasse. Franz ist hilflos, er hatte sich vorgestellt aus dem, was Klaus berichtete, die zentralen Merkmale – wenn sich denn solche finden ließen - seines Lebens herauszufiltern und um sie herum sein Leben zu erzählen; Klaus hingegen dachte an etwas wie einen

Lebenslauf, chronologisch, schlüssig, kantenfrei. Dass sozusagen das eine aus dem anderen zwangsläufig zu folgen habe. Nun musste er, Franz, es schaffen, die Vorgehensweise, die für Klaus die einzig sinnvolle zu sein schien, unmerklich seinem Konzept anzupassen, oder halt umgekehrt. Und Franz spürt, dass es ihm nicht möglich sein würde nur schreibende Hand, ausführender Lohnarbeiter zu sein. Er spürt auch, dass er sich da an etwas Riesenhaftes herantastete, er freut sich aber auch auf die Bewältigung der Aufgabe, die ihm so keiner gestellt hatte „…das Jahr, als man den Kini im See gefunden hat …". Ludwig II. gesellt sich zu Franz' methodischen Überlegungen, die aber zugleich viel Inhaltliches umschließen würden. Klaus hingegen hatte vom Werden und Vergehen gesprochen, dieses Jahr 1886 war das Geburtsjahr seines Vaters. Und 1912, als er, Klaus, geboren wurde, war der Prinzregent Luitpold gestorben. Er sei noch ein Kind der richtigen Königreichs Bayern gewesen, 1913 habe man dem Monarchen ja eine Volksvertretung aufgezwungen. Klaus' Sprache hatte sich dem Bayerischen zugewandt und Franz wollte noch viel davon wissen, an das sich der kleine Klaus möglicherweise erinnern könne. „Ja, irgendwann, aber das muss schon im Krieg, also im WK I, gewesen sein, habe ich den König Ludwig III. in München reiten sehen. Aber dann mit der Niederlage ist auch die Monarchie am Ende gewesen". Klaus schweigt. Sein Erzählen von den Jahren um seine Geburt herum war, schon durch den bayerischen Tonfall, ein Bericht von weiter Ferne, von pittoresker Königstümelei mit der dazugehörigen ‚das-habt-ihr-jetzt-davon'-Drohung zum Genrebild des Bayern in der Fremde geworden. Franz bemerkt, wie sehr Klaus sich verschließt und seine Züge Bitterkeit widerspiegeln. Er kennt die Ursache der Veränderung in Klaus innerhalb so kurzer Zeit nicht. Nach einer oberflächlichen Frage zu Otto I., auf die Klaus abweisend reagiert, notiert Franz seine Wahrnehmung auf einer geheimen

Topoi-Liste, mit der er sich dem Menschen Klaus nähern will, unter dem Merkmal ‚Wichtig und wesentlich'. Während seiner Planung des Jetzt oder Später war ihm zum ersten Mal aufgefallen, dass Klaus und sein Vater gleich alt waren. Sein Vater war Jahrgang 1913. Seine Eltern hatten sich Anfang der 50-er Jahre scheiden lassen und sie waren sich einig geworden, Emil Theuring weitgehend aus dem Leben der Kinder herauszuhalten. Eine Entscheidung, die mit Blick auf die Bedürfnisse der Kinder hätte so nicht getroffen werden müssen. Franz wusste wenig über die Startbedingungen eines Lebens zu Beginn des 20.Jahrhunderts, über das Größerwerden in den Zeiten des Übergangs und der Umstürze. Seine Mutter war 1920 geboren; jetzt diktierte Versailles das Leben in Deutschland. Die Demokratie war verordnet, mögliche Formen der Einbettung des Volkswillens in monarchische Strukturen waren mit der Niederlage Deutschlands im 1.Weltkrieg beendet. Franz fällt auf, dass die Stimme von Klaus belegt war, als er wieder das Wort ergreift. Auch klang seine Sprache nicht mehr bayerisch. Er berichtet von einer Fotografie, die er bei seinem Patenonkel gesehen hatte, „auf dem Foto war auch meine Mutter drauf. Ich hab mich schon damals gewundert, dass sämtliche fotografierten Erwachsenen und das Kind – ich - etwas in der Hand hielten, eine Tasse oder einen Krug, einer hielt sich an einer Lampe fest, ich umklammerte ein Holzpferdchen, ein Nelkenstrauß vor den Gesichtern der Anwesenden. Ja, und ein Spiegel gab die Szene von rückwärts wieder. Alle schauten sehr ernst". Franz fragte nach dem Beruf des Vaters, „der war bei der deutschen Reichspost. Sonst habe ich kein Foto meiner Mutter mehr gesehen". Jetzt erst merkt Franz, welche Bedeutung diese Erwähnung seiner Mutter im Zusammenhang mit der Fotografie haben mochte. Klaus' Mutter war 1918, er war sechs Jahre alt, Opfer der Spanischen Grippe geworden, und Klaus wuchs in der Obhut seines Vaters auf. Die Gestalt seiner

Mutter konnte von ihm nur noch in zwei oder drei Einzelbildern festgemacht werden, keine Erinnerung an sie in ihrer Zuwendung zu ihrem kleinen Kind. „Kann es sein, dass Sie, als Sie jetzt das Foto beschrieben, wieder einen Schmerz über den plötzlichen Verlust spürten?" Klaus sagt dazu nur, dass er sich nur selten an seine Mutter erinnern wolle, und dass es schon so sein könne.

Aus der Fenstertür zur Terrasse tritt eine junge Frau. Klaus stellt sie seinem Gast als „Karin, meine Älteste" vor. Er vermeidet oder vergisst, ihn ihr vorzustellen. Franz hätte gern ihren Nachnamen gewusst, um sie ansprechen zu können; er erlaubt sich im Laufe des Abends es beim Vornamen zu belassen. Karin war einige Jahre älter als er, sie ist sorgfältig frisiert und geschminkt und erinnert Franz in ihrer Erscheinung an die weiblichen Gäste, die im Café Schafheutle in der Heidelberger Hauptstraße zu jeder Tageszeit saßen. Er weiß nicht einmal, in welchen Details er die Ähnlichkeit festmacht. Als er älter geworden war und seine Lebenserfahrung ihm verraten hatte, dass auch in der Zivilgesellschaft Menschen das Grüßen in der Offiziersliga mit feinen Zeichen betrieben, wusste er, dass die gesellschaftlich erfolgreiche Person im Zusammenwirken einer sicheren Körperhaltung mit edlen Garnen in klassischem Zuschnitt zu erkennen war. Frauen im Kostüm oder schmalen Rock mit Dior-Falte und einem Twinset in gedeckten Farben, als Schmuck wurde die Orient-Perlenkette, bei jungen Mädchen wurde zum Kilt und Twinset der Maria-Theresia-Taler am Lederbändchen getragen.

Karins Begrüßung überrascht ihn: „Na, wie ein Revoluzzer sehen Sie ja nicht gerade aus!" Klaus erschrickt – er kannte die Direktheit seiner Töchter, und es stimmte ja, er hatte von dieser großmustrigen Darstellung Gebrauch gemacht, als er ihnen Franz beschrieb. Bevor dieser aber reagieren kann, stürmt ein junger Schäferhund auf die Terrasse, wirkungslos ermahnt von einer weiblichen Stimme. Monika, die jüngere Tochter von Klaus, hält die Leine des Hundes und sucht zwischen Stores und der Terrassentür den Weg nach draußen. Klaus will wissen, ob der Hund nicht hätte in Lehrte bleiben können für die Dauer ihres Besuchs. Monika Gesicht verschließt sich, deshalb versagt Franz sich eine Begrüßung. Über ein allgemeines Hallo in Richtung Vater und Schwester hinaus erreicht ihn keine Aufmerksamkeit von Monika. Klaus bittet um einen Tee und die Schwestern richten ein kleines Abendessen. Der Revoluzzer steht noch im Raum. Franz sieht keine Möglichkeit, die Hilfen, die der Smalltalk für solche Situationen anbietet, zu nutzen – er kann also nicht von Heidelberg erzählen oder wie er den Sommer an der Bergstraße und in der Norddeutschen Tiefebene erlebt. „Ich sehe mich als riesengroßes Fragezeichen für Sie", beginnt er. Sofort unterbricht ihn Monika mit dem Hinweis, so groß sei es nun auch wieder nicht. „Zumindest bleibt das Fragezeichen. Erlauben Sie mir bitte, etwas von mir zu erzählen, bevor wir vielleicht darüber sprechen wollen, weshalb ich hier bin". „Vati, der Comté ist ganz ausgezeichnet, hast Du ihn bei Struß in der Helmstedter gekauft?" Franz fühlt sich, der Käseauswahl nachgeordnet, überflüssig und schweigt. Die Damen berichten vom täglichen Dienst an der Zahngesundheit und -erhaltung, manche der Patienten scheint Klaus durch die Erzählungen zu kennen, manches fachliche Problem wird angerissen. Franz waren solche Gespräche von Martin und seinen Kommilitonen vertraut, er findet schnell mit den Fragen des Nichtmediziners seinen Anteil und ist ganz zufrieden, dass ihm die Töchter von Klaus damit Gelegenheit geben, sich als Gast zu fühlen. Und so bleibt an diesem Abend ungesagt, was Klaus und Franz zusammengeführt hatte und nicht hinterfragt, ob Franz oder sonst irgendwer in den Augen der Kinder diesem Vorhaben gerecht werden könne. Karin setzt ihn auf ihrem Weg nach Wolfenbüttel am Theater ab.

Franz hört das melodielose Fietschen der Schwalben, die um die Dächer der Villen an der Oker jagen. In seinen Aufzeichnungen war viel von den Frauen in Klaus' Leben.

Er hat Lust auf ein Bier im Freien, aber so etwas wie einen Biergarten kann er hier nicht entdecken. Diese hellen warmen Hochsommer-Abende lassen einen nicht schlafen, weil sie selten sind und die Unwiederbringlichkeit der Zeit spüren lassen. In Heidelberg säße Franz mit Susanne und ihren Kollegen unter dem Weinlaub und bunten Glühbirnen von Fischers Weinstube in der Amselgasse; sie genössen am großen runden Tisch zusammen mit Handschuhsheimer Urgestein das Gespräch in aufwändigen Einwortsätzen und den Wein der Bergstraße: "Wie dann?" -„Jo!" Und wenn sie sich verabschiedeten, wäre es immer noch ein bisschen hell. Es gelingt ihm, Susanne über eine Telefonzelle zu erreichen; sie war also nicht unterwegs. Die Trennung von allem Wärmenden hatte mit dem Telefongespräch und einem verlorenen Abend mit Susanne seine Zuversicht über das Gelingen ins Wanken gebracht: Die Welt dieses Mannes im Alter seines Vaters und seine Distanziertheit, die jeden Deutungsversuch von Zusammenhängen als Anmaßung erlebte; die Beziehung zwischen dem Vater und seinen Kindern, die, bei aller Beiläufigkeit des Verhaltens, Ungesagtes und Schweres barg; schon die Lebenssituation in den Reißbrettviertel-Einfamilienhäusern ohne ein Zentrum des Austauschs - er erkennt vieles, das ihn frösteln lässt. Durch seinen Traum stürmte ein Hund.

Am nächsten Arbeitstag auf der juliwarmen Terrasse geistert immer noch „der Revoluzzer", zumindest für Franz – er hätte gerne mit Klaus über diesen Entwurf von ihm gesprochen. Wie es ihm auch naheliegt heute mit seinem Gastgeber das zu erörtern, das gestern für Franz offen geblieben war und von dem er meinte, es sei wichtig für die Arbeit. „Die Arbeit", so nennt Franz bei sich das Vorhaben, eine Biographie anzufertigen. Klaus hätte es sicher nicht so benannt – wahrscheinlich würde er es weit unter dem ansiedeln, was er als Arbeit verstand, etwa als beliebigen Gefühlstransport einzelner Daten, kurz als Spielkram, und gleichzeitig war ihm bewusst, dass er selbst, dass sein Leben der Form den Inhalt gab. Der distanzierende Begriff „Arbeit" würde für ihn nicht gelten können.

„Haben Sie bemerkt, Sie sind ja schließlich fast gleichalt, wie nachlässig Monika sich kleidet?" fragt Klaus in dem Augenblick, als Franz sich nach seinem Verhältnis zu Haustieren erkundigen will. Er setzt seine Frage als Unterpunkt zum Thema ‚Wichtig, aber nicht wesentlich' auf seine geheime Liste. Franz hatte weder Nachlässigkeit in der Kleidung der jüngeren Tochter noch die Kleidung überhaupt wahrgenommen und zuckt mit den Schultern. Ihm war aufgefallen, dass die Schwestern ähnlich gekleidet waren; die Ausstattung eines selbstständigen Professionals, vorzustellen unter dem Weiß des Arztkittels. Franz gluckst innerlich bei dem Gedanken, wie unbekümmert in der Wahl ihrer Garderobe Susanne unter ihrer Robe war! Klaus hätte die Zustimmung von Franz zu dieser Frage als Solidarisierung gegen die Zurückgenommenheit empfunden, die Monika ihrem Vater gegenüber aussandte; nachdem sie ausgeblieben war, macht er deutlich, dass der vergangene Abend vergangen war. Franz versucht sich Monika vorzustellen, wie sie gestern auf ihn gewirkt hatte und er erinnert sich, dass sie fast nur den Kontakt zum Hund gesucht und sich von den Menschen entfernt, indem sie sich auch körperlich von ihnen abgewandt hatte. Was Klaus als Nachlässigkeit in der Erscheinung Monikas empfunden hatte, war in Wirklichkeit das Übergehen der von ihm erwarteten Aufmerksamkeit.

Eintauchen

Hoch William hängt ortsfest über der norddeutschen Tiefebene. Die beiden Gesprächspartner können absehen, dass diese erste Phase ihrer Begegnung von freundlichem Wetter getragen sein würde und halten sich, bis auf die Mahlzeiten, auf der beschatteten Terrasse auf. „Wo und wie haben Sie Ihre Frau kennengelernt?" Franz möchte ganz viel erfahren über die Spielregeln, die jungen Leute damals in ihrem Wunsch, Gleichaltrige und mögliche Partner kennenzulernen, auferlegt waren. Franz war überzeugt, dass, über die Flirtkultur in den romanischen Ländern hinaus, in einer offenen und durchlässigen Gesellschaft diese Werte auch für die Partnerwahl junger Leute galten. Klaus lacht: „Das war 1930, auf der Wies'n! Jedenfalls so ähnlich."- „Also, Sie und Ihre Frau haben sich in einem Biergarten kennengelernt?" Klaus erzählt von den Familienausflügen mit Vater und der Familie des Patenonkels und dem ersten und zweiten Zusammentreffen mit Luzie unter den Kastanienbäumen des Gartenlokals. „Ich von mir aus hätte mich nie getraut meine Familie zu verlassen und irgendetwas zu tun, das ich als junger Mensch lieber getan hätte als mit den älteren Leuten herumzusitzen und Bier zu trinken, das mir nicht schmeckte, und ihnen zuzuhören. Ich wurde nur gefragt, wie es auf der Arbeit ginge, meine Antwort wurde mit einem „brav" kommentiert und von da an war ich unsichtbar."

Anders als die norddeutschen Verwandten des Patenonkels, die an dem Ausflug teilnahmen – für die fast gleichaltrige Luzie blieb Klaus sehr gegenwärtig, und die ältere Generation schmunzelte in seliger Erinnerung, als Luzie mit dem Wunsch eines Erkundungsweges das für Klaus bis dahin Unvorstellbare – sich auf die Füße zu stellen und einfach loszugehen! – geäußert hatte. Klaus hatte diesen einfachen Vorgang, diesen

Plan des Sich-Entfernens, sehr viel umständlicher formuliert, er sagte, an Onkel Klaus, seinen Vater und die Eltern von Luzie gewandt: "Das Luzie wollte wissen, was es hier so alles gibt, und da habe ich ihr vom Ludwig II. erzählt, der hier in der Nähe im Schloss Nymphenburg geboren ist, und Luzie hatte vom Ludwig wegen dem Wagner gehört und da wollten wir fragen …" Dass Luzie mit ihrer Bitte an die Älteren herangetreten wäre, wäre niemandem in den Sinn gekommen: „Wie hätt das ausg'schaut!" Während sie das Schloss umrundeten, erzählten sie von ihrem alltäglichen Tun – Klaus berichtete von seiner Arbeit und war erstaunt über die Anteilnahme von Luzie an dem, was er herstellte. Die meisten Menschen, zu denen Klaus davon sprach, ließen gegenüber dem Werkstück, mit dem Klaus sich auseinander zu setzen hatte, sehr distanziertes Interesse bis leichten Ekel erkennen.

Luzie wiederum sprach von ihrer Vorbereitung auf die Abiturprüfung, von Schwächen und Stärken in den einzelnen Fächern. Klaus ließ sich noch einmal erklären, aus welcher Stadt die norddeutschen Besucher kamen; er selbst fragte Luzie eigentlich sonst gar nichts. Das Stammschloss der Bayerischen Könige bot viel zu sehen, die Parkanlage beeindruckte besonders Luzie, die als Kind des protestantischen Nordens wenig kannte von barocker Pracht. Luzie fragte nach, welche Voraussetzungen für die Ausübung des Berufes des Zahntechnikers gefordert würden und ob Klaus nicht Lust gehabt hätte zu studieren. Klaus schluckte und antwortete nur „Nö". Hier bezieht sich Klaus Franz gegenüber zum ersten Mal auf seinen Beruf. Die Antwort, die er Luzie damals gegeben hatte, umfasste den Stolz und die Gewissheit der richtigen Entscheidung: „Des is scho recht so!", aber darin war nichts von den Kämpfen, die Klaus, der Onkel, mit seinem Vater gefochten hatte, bis durchgesetzt war, dass der Junge die schulgeldpflichtige Mittelschule besuchen konnte und damit ein Jahr länger als ein Volksschüler ohne eigenes Einkommen im Haus des Vaters lebte. Klaus war zufrieden, in der Mittelschule einen vertieften Naturkundeunterricht und die Möglichkeit zum Erlernen einer Fremdsprache zu erhalten. Er hatte das „is scho recht so" auf den Weg, den er bisher gegangen war, bezogen, nicht auf das, was er gerne geleistet und gelernt hätte. „Was für ein Mensch war denn dieser Onkel Klaus? Wie haben Sie ihn in Erinnerung?" Mit der Antwort lässt Klaus sich Zeit, und dann das Unerwartete: „Mich hat sein Gewese mit seinen Schäferhunden gestört, immer und überall war einer dabei. Und wegen den Hunderln war ich eigentlich auch ganz froh, dass ich nach dem Tod meiner Mutter bei meinem Vater bleiben konnte, obwohl er wenig Zeit für mich hatte. Die Frau von Onkel Klaus, Hermine, hatte sich um mich kümmern wollen, aber mein Vater hatte sich sozusagen durchgesetzt, indem er sagte: Der Bub gehört zu seinem Vater! Ich weiß noch wie heute, wie ich mich gefreut habe, als ich diesen Satz hörte. Weil ich nämlich nicht gedacht habe, dass ich meinem Vater wichtig sein könnte." Franz kannte das, weit weg vom Vater zu sein und nichts von der eigenen Bedeutung im Leben des Älteren zu wissen. Die Wirkung dieser Ferne auf sein und Klaus' Leben mag er nicht, jedenfalls jetzt nicht, noch nicht, abschätzen. So weicht er auf das Verhältnis von Klaus zu Haustieren aus und erkundigt sich nach offen liegenden Gründen für seine Ablehnung gegenüber Hunden. Und erstaunlicherweise hatte Klaus darüber schon nachgedacht: „Ich kann es nicht leiden, wenn sie nicht aufhören einem mit ihrer, ... ich sag mal, ... Aufmerksamkeit auf den Pelz zu rücken. Diese feuchten Schnauzen, manchmal springen sie einen an und man wird sie nicht los, sogar dann nicht, wenn man ihnen außer der Reihe etwas zu kauen gibt."

Franz fühlt sich irritiert von dieser Sicht auf das Verhalten von Hunden, zumal er die „Hunderl" in Herrn Marquardts Rede als recht freundlich gemeint empfindet. „Fällt Ihnen noch etwas zu Ihrem Onkel ein? Er war ja der Bruder Ihrer Mutter. Gab es etwas, das Sie an sie erinnerte?" Klaus scheint überrascht, er atmet tief, als halte er eine Übereinstimmung im Äußeren oder im Verhalten zwischen seiner jung verstorbenen Mutter und dem Onkel, der als älterer Mann gegangen war, für unvorstellbar, und wehrt die Frage ab: „Der Onkel war laut und polterte, er war durch und durch Bayer und ließ eigentlich nichts anderes gelten." Klaus schweigt eine Weile: „ Wir hatten nach meiner Übersiedelung nach Braunschweig bis zu seinem Tod 1965 auch nicht mehr viel miteinander zu tun." „Gibt es einen anderen Grund dafür als die räumliche Entfernung?" Klaus schweigt weiter, und dann: „Luzie, meine Frau, meinte einmal, dass der Onkel mit allem nicht mehr so recht klar gekommen ist." Zunächst ist die Antwort für Franz ein plausibler Hinweis auf eine gewisse altersbedingte Hilflosigkeit bei dem Onkel. Er addiert jedoch zwei und zwei und findet keine Rechtfertigung für eine Greisendemenz. „Ja, er hat es schon noch gepackt mit der Organisation seines Lebens, ich glaub, meine Frau meinte, dass er das Leben oder unser Leben nicht mehr verstanden hat. Dass er nur die Bayernpartei gewählt hat, hat an sich ja nichts Weltfremdes, aber er hat so massiv auf eine Loslösung Bayerns vom Bund gesetzt, dass wir manchmal frozzelten, ob er uns für Ausland halte." Franz, der erklärte Föderalist, hatte den Weg dieser Partei, die in seinem Geburtsjahr 1946 gegründet worden war, in ihren Bemühungen um die Autonomie Bayerns aufmerksam verfolgt. Die wirtschaftliche Situation des Agrarlandes Bayern ließ keinesfalls das Ziel einer wirtschaftlichen und politischen Autarkie rechtfertigen.

Er hatte schon immer vermutet, dass die Verfechter der Abtrennung des Landes von der Bundesrepublik Werte auf das

Schild der Bayernpartei zur Wahrung und Sicherung hoben, die für die anderen konservativen bundesdeutschen Parteien disponibler waren. Franz bemüht sich nun diese Werte konkret zu benennen, weil jetzt wichtig ist, wenigstens oberflächlich, das gleiche zu meinen wie Klaus: „Könnte es sein, dass Ihr Patenonkel mit der Ausübung von Herrschaft in einer Demokratie, also mit der Art und Weise, wie Autoritätspersonen handeln und respektiert werden, nicht einverstanden war? Hatte er vielleicht getadelt, dass die Kirche an Einfluss verliert? Haben ihn ausländische Einflüsse gestört?" Klaus antwortet darauf nicht. In diesem Schweigen aber spürt Franz die Zustimmung dessen, der nach weiteren Merkmalen sucht, um einen Sachverhalt zu verdeutlichen. „Ja, er hatte immer gesagt, zu viele reden zu viel mit!"

Die Firma Hollenbach bringt das Mittagessen, Hackbraten, Salzkartoffeln und Blumenkohl. Franz hätte sich etwas Frisches gewünscht.

Nach dem intensiven Vormittag des Dialogs und des Erinnerns ist Klaus ermüdet und möchte sich eine Stunde zurückziehen. Franz ist es recht, so könnte er das, was er am Vormittag notiert und im Gedächtnis behalten hatte, in eine erste Form bringen, vielleicht dabei sogar die Stimmung, die Franz während des Gesprächs empfunden hatte, einfangen: Die Suche nach Wörtern, die Zurückhaltung bei der Preisgabe von Fakten, die Unwilligkeit der Offenbarung von Gefühlen und Klaus als der Bedrängte und Franz als der Ruhestörer!
 Franz lässt sich hinten im Garten nieder, wo es schattig und nicht so aufgeräumt war. Ein kleines Stückchen Undurchdringlichkeit aus Holunderbüschen, Flieder und Blutbuche vor der Berberitze, die das Grundstück einfasste, versprach Kindern

Rückzug und Versteck. Franz taucht nicht ein in das Grün, es spendet ihm Schatten. Und er, der nur Stift und Papier zu seiner Unterhaltung zur Hand hat, nimmt verwundert wahr, dass er im Grünen sitzt und nichts tut. Nichts! Wann hatte er sich jemals die Aufmerksamkeit erlaubt für das Licht des Sommers, den Duft der Pflanzen, das kleine Getöse der Krabbeltiere und die Melodien der Vögel, nachmittags in einem Garten! Eingeöltes Wälzen am mediterranen Strand, kilometerwirtschaftendes Waldlaufen – Franz' Naturwahrnehmung war zielorientiert! Und doch, die Intensität des Spätnachmittags am Neckar nach dem letzten Telefongespräch mit Marie, und heute, rücklings in einem norddeutschen Garten, überwältigt vom Juniduft des Ligusters, vom Sommer! Was machte die Arbeit, an deren Beginn er sich noch immer sah, mit ihm? Franz schüttelt sich, wie er es tut, wenn er einen Gedanken gewaltsam schließen will. Er schaut in seine Aufzeichnungen und formuliert darin schon mal Sätze und Zusammenhänge. Auch seine geheime Liste ‚Wichtig und wesentlich' wird ergänzt unter der Rubrik ‚Marotten', als die er die Eigenart von Klaus festhält, während des Zuhörens stets die Mundwinkel abwartend-abwehrend herabzuziehen. Während er die Notizen anschaut und sich beim Lesen schon mit Formulierungen abmüht, wird ihm klar, warum er sich so schwer tut, brauchbare Sätze zu bilden: Wer wollte Klaus in seiner Biographie sein: „Er", der als Erzähler von Begebenheiten und Gedanken für eine Objektperson – also in der 3.Person – den Verlauf gestalten wollte oder in der „Ich". Diese Erzählweise begünstigte die Chronologie, zu der als Darstellungsmittel Klaus sich ja schon bekannt hatte.

Bevor er fortfährt, will Franz mit Klaus das Für und Wider beider Gestaltungsprinzipien besprechen. Erleichtert für einen Moment vom inneren Formulierungsdruck, den er fühlte, seit er im Gespräch mit Klaus war, lässt er seinen Blick frei. Mit der

„sehr weißen Wolke ungeheuer oben" führt ihn die Zartheit des Gedichts von Brecht zu Susanne. Klaus bittet zum Tee, Franz wacht auf, er fühlt sich so gut! Die Ledrigkeit des Vormittags, als beide sich festgebissen hatten in Rollen, die einander nicht hilfreich waren, hatte ihn gelehrt vorsichtiger zu fragen. Dieses neue Wissen macht ihn stark und neugierig auf das Weitere. Er schaut Klaus an: „Konnten Sie sich etwas ausruhen?" Klaus trinkt einen Schluck. „Ich habe nachgedacht über jene Zeit, Anfang der dreißiger Jahre. Ich hätte Ihnen gerne ein paar Fakten genannt, die Einfluss hatten auf mein Leben. Und ich bin über das Abwägen, welchen Einfluss die Tatsachen nahmen und welchen meine Gefühle und meine Erinnerungen, einfach ins Grübeln gekommen. Und dann stellt sich regelmäßig die Frage, ob man es richtig gemacht hat." Klaus setzt die Tasse ab. Franz fällt auf diesen unpersönlich gehaltenen Satz nichts zu sagen ein, obwohl ihm bewusst ist, dass er Klaus in diesem Moment alleine lässt. „Wir müssten noch eine grundsätzliche Frage klären", nimmt er auf das erzählende Subjekt oder das erzählte Objekt Bezug, „als ich in der Mittagspause versuchte, das heute Morgen auferstandene wichtige Stückchen aus Ihrem Leben in brauchbaren Sätzen zu gestalten…." „Sie haben geschlafen, Sie haben gar nichts gestaltet!", unterbricht Klaus ihn. Sogleich ergreifen Franz Fluchtgedanken und er ruckelt mit Schultern und Oberkörper, um sie zum Schweigen zu bringen. „Wir haben noch nicht geklärt, in welcher grammatikalischen Form Sie erzählt haben möchten." Als es ausgesprochen war, bedauert Franz auch schon, in diesem sensiblen Augenblick etwas von Grammatik geäußert zu haben. Dieses Regelsystem erlaubt dem, der spricht oder schreibt aus der Beliebigkeit möglicher Äußerungen den feinen Schwerpunkt, den er beabsichtigt. Sein Gebrauch wird vom Kind im Umgang mit Lauten und Gesten erworben und es wendet diese Regeln in immer kühneren Zusammensetzungen an, bis es in der Schule, gar im

Bemühen um eine Fremdsprache, eine Struktur wahrnimmt. Hier kommt der bislang souveräne Umgang ins Stocken, das Gefühl von Mühsal und Plage wird von jetzt an mit dem Begriff Grammatik verbunden. Hätte Franz nicht einfach mit Klaus zusammen überlegen können, **wer** erzählt? Franz formuliert neu: „Wir haben zwei Möglichkeiten für die schriftliche Formgebung: Sie erzählen von einer Person, die Ihr Leben gelebt hat, also: „er wurde 1912 geboren", oder Sie erzählen von sich: „ich wurde 1912 geboren". Die erste lässt zu, dass größere Zeitabschnitte in einer Aussage zusammengefasst werden. Der zweite Weg bietet sich für eine genauere Darstellung zeitlicher Abfolgen an. Was sagt Ihnen mehr zu?" Klaus fragt nach: "Es geht also darum, ob Sie für mich ‚ich' schreiben oder ‚er'? Ist das wichtig?" „Wie würden Sie die Biographie lieber lesen? Von Ihnen aus gedacht: ich, oder ein kleines bisschen weiter weg: er. Dafür wäre es schon wichtig." In sich zusammengesunken, sogar ohne die spöttisch herabgezogenen Mundwinkel, blickt Klaus Franz von unten herauf an: „Sagen Sie mir doch, welche Art Sie vorziehen würden." Franz hatte so etwas befürchtet. Er selbst glaubt, Klaus gefiele die Ich-erzählte Form besser, weil er die leichte Verfremdung über das „Er" vielleicht als zu künstlich empfinde und die größere chronologische Genauigkeit vorzöge? Klaus fragt nach einer Mischform, die durchzuhalten Franz sich aber außerstande sieht. Er wisse, dass er dann doch bei einer der beiden Möglichkeiten hängenbliebe. „Und bei welcher?" Franz stellt sich dieser doch sehr persönlichen Entscheidung: „Ich glaube, und ich möchte es zunächst nicht begründen, - Ihnen kommt die Ich-Erzählung am nächsten." „So, meinen Sie. Dann machen wir das so! Das hätten Sie auch gleich sagen können." Klaus, halbwegs erleichtert, dass diese Frage geklärt war, scheint aber doch etwas ungehalten, dass Franz maßgeblich zu der Entscheidung beigetragen hatte. Franz drängt weiter, es war später Samstagnachmittag geworden und beide bewegen sich noch auf dem sehr dünnen Eis der noch nicht gewonnenen gemeinsamen Sprache, das jederzeit Einbrüche - zwar nicht in die Feindseligkeit, aber doch in die Verweigerung der Handreichung - erlaubte.

„Wäre es Ihnen recht, wenn wir uns noch einmal Ihrem Vater zuwenden? Ich habe so keine rechte Vorstellung von ihm. Beamter im bayerischen Postdienst, jung Witwer geworden, immerhin bereit, sich um seinen kleinen Sohn zu kümmern. Hatte er am Weltkrieg I teilgenommen?" Und Klaus findet in diesem Augenblick zu seiner Herkunft zurück. Das Bild eines verletzten Mannes, den er und seine Mutter in einem Krankenhaus besuchten, war deshalb so deutlich noch in ihm, weil über dem Krankenbett ein Portrait des bayerischen Königs hing, das hatte sein Vater ihm erklärt, und das hatte ihn beeindruckt. Ebenso wie die Feierlichkeiten zum Geburtstag des Kaisers am 27.Januar, zwar kriegsbedingt mit bescheidenem Tschingderrassabum. Bald war der Vater nach Hause gekommen. Die Erwachsenen schienen bedrückt, Onkel Klaus wütend. Seine Mutter bereitete ihr Kind auf den beginnenden Schulbesuch kurz nach Ostern vor. Schultüten gab es schon, aber nicht für ihn und die Kinder, die wie Klaus die Volksschule besuchten und nicht die Vorschule, die in schnelleren Lernschritten zum Besuch des Gymnasiums hinführte. Was hätte man auch in diese Tüten hineinpacken können! Süßigkeiten waren allenfalls für Erwachsene bestimmt, kinderfreundliches Obst wie Bananen oder Mandarinen war unbekannt, Spielsachen gabs vielleicht zu Weihnachten oder zum Namenstag. Die allgemeine Niedergeschlagenheit und der Mangel ließen die ungemütliche Schulstube noch dunkler und unfreundlicher auf ihn wirken, und bald hing dort auch kein Bild von Ludwig III. mehr neben dem Kruzifix.

Klaus hatte versucht dem Gekreuzigten fest in die Augen zu schauen, er suchte nach einer Antwort, ob denn seine Mutter wiederkäme. Nachbarn waren an dieser Krankheit gestorben, er hörte auch von vielen Soldaten, die nicht vom Feind getötet worden, sondern an der Grippe erkrankt und gestorben waren. Und seine Mutter hatten Männer mit Tüchern vor dem Mund aus der Wohnung getragen. Sie musste doch wiederkommen!

Klaus setzt die Teekanne ab und steht auf. „Ich weiß gar nichts darüber, in welchen Wesenszügen ich ihr ähnlich bin. Ich kann mich nicht erinnern, dass mein Vater jemals von meiner Mutter erzählt hat, sie in einer kleinen Geschichte lebendig werden ließ oder mit etwas Wirklichem verglich. Für ihn galt die Pflicht, die er auf sich genommen hatte, mich großzuziehen und uns durch diese furchtbare Zeit der politischen Unruhen und des Mangels zu bringen. Er hatte sich das Lachen, das Fragen und das Zuwarten-Können abgewöhnt. Ich erinnere ihn nur in eckigen Bewegungen bis hin zu Körperhaltungen, die er vielleicht für männlich hielt, die man heute als ‚Heldenposen' bezeichnen würde. Auch konnte ich ihn an seiner Sprache nicht erkennen, er hatte im Beruf, im Umgang mit den Verwandten und mit mir stets die gleiche Sprache, eine Allerweltssprache. Und doch, ich war schon froh, bei ihm zuhause sein zu können! Wenn es auch überhaupt kein kindgemäßes Heim war, so war es doch mein Zuhause, in das er mich als sein Kind aufgenommen hat!" Klaus lässt sich in den Terrassensessel fallen und schweigt. Franz kann wahrnehmen, dass er gedanklich weit weg in einer anderen Zeit war. „Ob sie sich in einer meiner Töchter wiederfinden ließe? Und wenn, in welcher? Und, glauben Sie mir, Herr Theuring, bei aller Verschiedenartigkeit der beiden, ich wüsste gar nicht, welche ich näher bei meiner Mutter sehen wollte!" Franz bemerkt mit einem kleinen bisschen Genugtuung die direkte Ansprache; er fühlt sich dadurch etwas angekommen in der Beziehung zu Klaus. Fraglich, ob er das überhaupt wollte! Für das Gedeihen des Vorhabens aber, das war Franz ganz klar, war die emotionale Nähe von Bedeutung, jedenfalls für ihn.

Klaus ist weit weg von Überlegungen, die mit der Wechselbeziehung zwischen ihm und seinem Gast zu tun haben: „Ich habe ja nicht einmal im Laufe des Älterwerdens von Barbara und Monika erkennen können, welche der beiden nach mir schlägt oder nach meiner Frau! - Sie sind halt so wie sie sind!"

Klaus steht auf und erkundigt sich, ob Franz auch am Sonntag mit ihm arbeiten wolle. Sie vereinbaren einen Frühstückstermin. Umständlich holt Klaus den schweren 525-er BMW aus der Garage. Er ist zum Abendessen mit seinem Freund Matthias in einem Landgasthof am Stadtrand verabredet und bringt Franz auf dem Weg dorthin in sein Hotel. Franz läuft gleich weiter, stadtauswärts Richtung Park. Er lässt sich auf eine Wiese fallen, versucht Augen und Ohren zu schließen. Es ging nicht ohne ein Schütteln, bis er ruhiger atmen kann. Was tut er hier?? Und, warum ist er hier so dünnhäutig, dass er die Situation nur in Anspannung erträgt?? Er hört die Schilderungen Herrn Marquardts und bemerkt, dass er Stimme und Sprechweise seines gedachten Gegenübers als nölig und selbstgerecht abwertet. Eine Weile tobt es in ihm, bis er innehält und sich der Lächerlichkeit seines inneren Diskurses bewusst wird: Welchen Grund gibt es, sich an seinem Auftraggeber so zu reiben? Franz muss eine Antwort finden, um die gemeinsame Weiterarbeit nicht zu gefährden! Ein Ball streift ihn, er springt auf und spielt ihn ab.

Klaus war mit Matthias im „Grünen Jäger" verabredet, sie treffen sich auf der Terrasse des Restaurants inmitten einer sich selbst überlassenen Kulturlandschaft. Matthias flachst: „Du bist ja noch ganz gut beieinander, nix von ‚entblättert'!" Doch Klaus' verständnislose Miene zeigt Matthias, dass er ziemlich danebengegriffen hatte mit seinem Versuch, scherzhaft gleich das Gespräch auf das Abenteuer hinzuführen, auf der Freund sich eingelassen hatte. Klaus schweigt denn auch, ja, er ist so tief in Gedanken, dass er von dem großen Radler – so bestellte er stets das Alsterwasser – nur ein kleines Schlückchen nahm. Doch auch das scheint ihn zu beleben und bald schaut er Matthias an: „Interessiert es Dich wirklich, wie ich die letzten Tage erlebt habe? Und erwartest Du jetzt von mir etwas Spektakuläres, etwa, dass ich Dir um den Hals falle oder dass ich wütend bin und in dieser Stimmung eine Entscheidung treffe, oder jemanden beschimpfe oder Gläser werfe …?", da Matthias nur „ja" antwortet, muss Klaus lachen, „ich weiß schon ewig, dass man mit Dir nicht streiten kann. Also, was willst Du wissen?" Matthias aber erkundigt sich nur nach seinem Wohlergehen: „Wie ist es Dir bei alledem ergangen? Als ich Dich das letzte Mal sah, ich glaube es war vor Deinem Dänemark-Urlaub, warst Du, nachdem Du mir von Deinen Plänen erzählt hattest, doch recht uneins mit Dir selbst, ob Du dieses Vorhaben weiter verfolgen solltest. Und als ich mich dann lustig machte über die Modeströmung, die Anfang dieses Jahrzehnts mit Knef, Palmer, Finck und selbst Röhl und deren Autobiographien über uns hereingebrochen war, drohtest Du mir mit Informationsstopp. - Ja, wie geht es Dir jetzt?" Klaus spürt das ernsthafte Interesse des Freundes. Er schaut ihn an, hob seine Radler und antwortet ebenso ernsthaft: „ Ich weiß es nicht!" Etwas später: „Ich weiß auch nicht, ob das so wichtig ist für den Fortgang. Ich weiß aber, dass ich da durch muss und will!" „Was den Fortgang angeht, deshalb frage ich nicht. Mir ist wichtig, wie es Dir jetzt geht und wie Du Dich in den vergangenen Tagen gefühlt hast. Du wirkst auf mich ein bisschen erschöpft, ein bisschen im Zweifel und ich spüre auch eine leise Unruhe an Dir." Klaus werden die Gedanken in seine Richtung schon wieder zu viel. Sie scheinen ihm Rechtfertigung, zumindest Erklärung, abzufordern. Seine Mundwinkel verharren herabgezogen. Matthias versteht das Signal, er wendet sich seinem Hirschgoulasch zu. „Wie findest du den Wahlslogan der CDU/CSU für die Bundestagswahl im Oktober: ‚Freiheit statt Sozialismus'"? Im weiten Raum der Bundespolitik, in dem es um letzte Werte und um viel Geld ging, teilten sie ihre Ansichten; Fragen der Landes- und gar Kommunalpolitik waren zu umschiffen, denn die wirtschaftliche Selbstständigkeit entwarf schon je nach Branche und Produkt kantige Standpunkte. Das gegenwärtige Befinden war nun nicht mehr wichtig, man bewegte sich auf neutralem Boden, weit weg vom subjektiven Streben. Sie befinden, dass der Slogan wenig seriös war und das Problem in dieser Plattheit erschlug, ja, ob denn die Wähler Sozialismus und Freiheit überhaupt als Gegensatzpaar empfänden! Aber, hinwiederum sei es keine Aufgabe eines Slogans differenziert zu betrachten. „Ich werde morgen den ‚Herrn Irgendwie' ansprechen, was er von dieser Wahlkampfparole hält. Der hat ja schließlich Geschichte studiert und ihm werden wohl vergleichbare Formeln der Volksparteien einfallen." Wieder Ratlosigkeit bei Matthias, „von wem sprichst du?" Und Klaus hat endlich ein Gegenüber zur Entgegenahme allen Verdrusses, der sich zunächst in Verwünschungen äußert, stellt aber dann nur fest: „Dieser junge Mann ist aus Watte!" Er sei von der Sorte, die zu allem etwas sagen zu können glaubte, dabei aber so sehr abwögen, dass ein Standpunkt, eine Meinung, gar eine Schlussfolgerung nicht zu erkennen sei. Eine Meinungsverschiedenheit, ja sogar ein Streit sei für das Vorankommen förderlicher als dieses ‚sowohl als irgendwie auch'. Matthias versteht. Der Liberalismus von Klaus war losgelöst von seiner Persönlichkeit, war politisch zu verstehen. Er neigte zum Bluthochdruck, fühlte sich oft gedrängt, oft von seinen eigenen Gefühlen. Das war aber nichts, worüber jetzt zu sprechen wäre, Klaus war von Mattias so, wie er war, akzeptiert. „Hast du den jungen Mann – wie heißt er eigentlich? – deinen Unmut wissen lassen?" „Natürlich nicht, er ist halt so. - Das läuft so ab: Ich erzähle, ich beantworte seine Fragen, aber ich weiß nicht, was bei ihm ankommt, wie er meine Gedanken, Erinnerungen und erinnerte Gefühle erlebt." „Das kannst du sehen, sobald du die erste Seite liest, die er erarbeitet hat. Andersherum aber, willst du überhaupt noch weitermachen, wenn euer Austausch in deinen Augen so einseitig und damit unerfreulich ist?" Klaus schweigt einige Zeit und bestellt dann für Matthias und sich einen Barolo: „Ich fürchte mich vor dem Weitermachen", sagt er leise, „aber noch mehr Angst habe ich vor dem Schweigen in mir." Matthias schlägt vor, dass Klaus sich und Franz eine Pause gönnten. „Wie stellst du dir das vor, die weite Reise von Heidelberg nach Braunschweig!" „Vielleicht nur die Pause des freien Sonntags? Er könnte ein bisschen schreiben und du denkst mal gar nicht zurück".

Klaus verständigt Franz im Hotel und bittet ihn um einen Entwurf bis Montag früh.

Franz ist zur verabredeten Zeit bei ihm. Er scheint positiv gespannter Stimmung zu sein; Klaus wäre nicht überrascht gewesen, hätte Franz ihn, die Arme im Rücken, gefragt: „Welche Haaand?" Der erwachsene Franz aber legt ihm zwei Schreibmaschinen-Seiten neben den Teller. Er nimmt nur die Jahreszahl 1912 wahr, sein Geburtsjahr. Und beginnt zu lesen und zu vergessen, dass er einen Frühstücksgast am Tisch hat. Er erwartet ein Ergebnis, den Beginn der literarischen Aufarbeitung einer Vielzahl von Einzelergebnissen seiner Rückschau über sein Leben. Produkt eines Kampfes in ihm und nachfolgend des harten Dialoges zwischen ihm und dem Gestaltenden. Klaus liest also.

Die zwei Seiten enttäuschen ihn – er kam nicht darin vor! Bevor er das aber gegenüber Franz anmerkt, will er verstehen, was Franz bewogen haben mochte, diese Seiten so zu schreiben und er versteht: Franz hatte einfach versucht ein Bild des Jahres schreibend zu entwerfen. Und er stellt sich seine Anfänge in der von Franz aufgezeichneten Dichte von Gegensätzlichkeiten vor. Franz hatte dieses Konzept über das ganze Jahr gelegt, beginnend mit Entwicklungen in der Kultur. Von Wagner, dessen antibürgerliches Streben zum Gesamtkunstwerk zielte, - der aber zunehmend in reaktionäre Richtung missverstanden wurde, bis zu einem „neuen Lohengrin", als der sich Wilhelm II. sah -, im Gegensatz zu Brahms und seiner protestantischen Innerlichkeit, und ihren jeweiligen Nachfahren, Mahler bzw. Bruckner. In der Bildenden Kunst von den in Herrschaftskreisen geschätzten Fertigkeiten in fotografischer Treue und Farbenpracht eines Hans Markart, dem gegenüber zeitgleich Franz Marc und Max Liebermann die Richtung angaben. Architektonischen Rückgriffen in den Neobarock standen Entwürfe von Gropius gegenüber. Schopenhauer vs Nietzsche, nicht zuletzt Siegmund Freud. Die Gedanken von Karl Marx und Friedrich Engels und die Bewegungen, die sie ausgelöst hatten, rieben sich an der besitzbürgerlichen Sicherheit. Die konservativen Kräfte hatten nach dem Jahrhundertwechsel noch immer nicht zu einem allgemein akzeptierten gesellschaftlichen Entwurf gefunden. Gesellschaftlicher Konsens bezog sich allenfalls auf die Wertschätzung des Militärs, die es auch im Zivilleben stilbildend idealisierte. Die allgemeine Wehrpflicht galt als Chance zum gesellschaftlichen Aufstieg; Aufrüstung und der Rüstungswettlauf zwischen den europäischen Großmächten, ja, die wachsende Kriegsbereitschaft, waren handfeste Folgen dieses „Gesinnungsmilitarismus". Gleichzeitig führte eine protektive Wirtschaftspolitik für die expansive deutsche Schwerindustrie und die ostelbische Agrarwirtschaft nach Aufgabe der Bismarck'schen Bündnispolitik zu Misstrauen der Entente der anderen europäischen Großmächte und zu einer Isolierung Deutschlands. In diesem Klima gedeiht der Nationalismus in den Köpfen, weichen bürgerliche Tugenden. Selbst Intellektuelle waren dem Gedanken der Mehrung des Wohlstandes

durch ökonomische Expansion, die Rohstoffe und neue Absatzgebiete versprach, und der Anbiederung an die Schwerindustrie, die die Zugänge öffnen sollte, geneigt. Eine Vision von Zukunft hatten auch sie nicht.
„Wie, das haben Sie alles gestern geschrieben? Hatten Sie so viel Material mit? Sie wussten ja schließlich nicht, in welchem Jahr ich geboren wurde. Konnte man Ihnen im Hotel mit einer Schreibmaschine aushelfen?" Klaus erkundigt sich erst einmal nach Fakten, bevor er auf den Inhalt eingeht. Und er erfährt, dass Franz wohl „seine kleine Facit", dass er hingegen keine Bücher aus Heidelberg mitgebracht habe, dass er – da das 19.Jahrhundert sein Spezialgebiet sei – Fakten und Strömungen des beginnenden 20.Jahrhunderts aus dem Kopf so gestaltet habe, wie sie im Jahre 1912 kumulierten. Er habe sich dabei das Eintreten eines kleinen Jungen in die Welt vorgestellt und das, was ihn vermutlich erwartete. Diese Sicht der großen Zusammenhänge will Klaus so nicht gefallen, er spricht davon, dass Fakten und Prozesse den einzelnen Menschen in seiner Eingebundenheit in seine soziale Gruppe in dieser Darstellungsweise dominierten. Franz hält dagegen, was denn daran falsch sei, der Mensch sei doch nun mal in seinem Entscheiden und Handeln abhängig vom Machbaren. Aber er verstünde, Klaus habe sich selbst wiederfinden wollen auf diesen ersten Seiten, und das habe ihm nicht gelingen können! Und er erklärt weiter: „Deutschland befand sich zu der Zeit, als Sie geboren wurden, in einer Art Null-Phase, es ging nichts voran, Entscheidungen wurden kaum noch gefällt, es waren nur noch Bewegungen erkennbar, aber ohne Richtung. Zugleich war nichts mehr offen. Diese Stimmung versuchte ich einzufangen." Klaus wandert mit seiner Teetasse hinaus in den Garten. Die Sonne hatte die Frühstücksterrasse schon erreicht, als er endlich zurückkehrt. Die Zwischenzeit hatte Franz genutzt für Überlegungen zu einem anderen Beginn, mit Klaus als Heranwachsendem, von

der Weimarer Zeit und ihren Erfordernissen geprägt. Klaus setzt sich: „Ich habe wenig Erinnerung an meinen Vater in jenen Jahren. Verwundet, vorzeitig aus dem Feld zurückgekehrt, es war ihm anzumerken, dass er sich als Versager fühlte, so wie das deutsche Volk sich angesichts eines verlorenen Krieges und dem Zusammenbruch des Herrschaftssystems als Versager sah. Ich denke, Sie haben gut daran getan, die Situation, die dahin führte, auszuleuchten. Sozusagen - als Ouvertüre", fasst er zusammen. Der Gedanke, mit dem der Opernliebhaber hier die dunkelsten Stunden Deutschlands, die freilich noch dunkler werden sollten, umrissen hatte, ist für Franz unangemessen leichthin. Und doch wird er in diesem Augenblick überrascht vom Bild der drei Nornen aus dem Vorspiel zur Götterdämmerung, die am Schicksal weben und es doch „nicht wenden noch wandeln" können. Die Ouvertüre als motivisches Netzwerk, als Einstimmung auf das Kommende – touché! Im Folgenden knüpfen Klaus' Erinnerungen an die Novembertage 1918 an, als seine Mutter der Grippe erlegen war. Das Kind nahm die Menschen in seiner Umgebung wahr, wie sie den Herausforderungen durch die materiellen Einschränkungen und die widerstreitenden politischen Kräfte, die Deutschland auf dem Weg zum Frieden an den Rand eines Bürgerkriegs drängten, mit Duldung und Erregung begegneten. Klaus kämpfte in dieser Zeit gegen den Linkshänder, sein Lehrer züchtigte die „böse linke Hand", sobald er sie einsetzte. Alle Kinder führten den Griffel auf der Schiefertafel mit ihrer rechten Hand, er wollte das auch schaffen! Klaus spricht weitaus mehr von seinen Schulerfahrungen als von seinem Erleben in der Obhut des alleinerziehenden Vaters. Er erzählt von Dankbarkeit, Hausaufgaben, stillen langweiligen Nachmittagen, die er damit ausfüllte, aus abgelaufenen Kursbüchern der Reichsbahn Briefmarkenalben zu basteln, er erinnert sich sogar, dass der Vater als Angestellter bei der

Post privilegiert war durch Gehaltszahlungen im Vorhinein, zu Beginn des Monats. Die tagtägliche Leistung des Vaters in der Versorgung des noch jungen Kindes hatte er naturgemäß nicht wahrgenommen. Unterstützung von außen während dieser vielen Jahre, etwa durch Verwandte oder Nachbarn, spielt in den Erinnerungen von Klaus keine Rolle. Sie waren für ihn beiläufige Anwesende an seiner ersten heiligen Kommunion, die mit dem Vater einmütig die politische Situation erörterten. Erst, als er von der Entscheidung für den Erwerb der ‚mittleren Reife' spricht, beschreibt er in warmen Worten den Einsatz seines Patenonkels Klaus für diese kostspielige Verlängerung seines Schullebens.

Am Montagabend waren Klaus und Franz hier angekommen. Klaus hatte berichtet, und dieser Bericht gab rückblickend dem Weg des jungen Menschen etwas so Folgerichtiges und Unausweichliches, dass Franz nichts zu fragen hatte. Dies gilt auch für den 16-Jährigen in der Wahl-Situation für einen Beruf. Für den jungen Menschen galten die Wertmaßstäbe seines engsten Umfeldes und so geriet der Entscheid für den Beruf des Feinmechanikers unumkehrbar und der Lehrling Klaus war zufrieden.

Die aufrechte Haltung von Klaus und die Aufmerksamkeit von Franz waren der Erschöpfung gewichen. Die beiden fühlen eine Zäsur. Sie bezieht sich nicht nur auf die Schwelle, vor der der junge Mensch im Bericht von Klaus steht, sie äußert sich auch im Verhältnis der beiden zueinander, in der größeren Selbstverständlichkeit, die Klaus der Anwesenheit von Franz im Laufe dieses Montags einräumt. Er erträgt es nicht nur, er nimmt dankbar an, dass Franz Tee kocht und den Abendbrottisch deckt.

An diesem Montagabend warten zwei Briefe im Hotel auf Franz. Martin hatte sie ihm dorthin nachgesandt. Die beiden Heidelberger Privatschulen, bei denen Franz sich um eine

Lehrerstelle beworben hatte, hatten im kommenden Schuljahr keine Vakanzen; allerdings schlossen die Schulleitungen eine Anstellung zu einem späteren Zeitpunkt nicht aus.

Nichts hätte Franz im Augenblick mehr gewollt als Lehrer zu sein für seine Unterrichtsfächer! Hier fühlte er sich gut und sicher, frei von Zweifeln über seine Kompetenz, frei für Zuwendung und Aufmerksamkeit! Er sah sich vor einer Schulklasse, in der seine auf Leistung und Kenntnis begründete Einflussmöglichkeit, kurz, seine funktionale Autorität, mit Freude, ja, mit Vergnügen der Wissensvermittlung in einer Atmosphäre der Aufgeschlossenheit durch positiv gestimmte Kinder diente... Pfff, ausgeträumt, vor ihm liegt ein weiterer Tag des Zuhörens, frei von jeder Vermittlung irgendeines Gedankens, gar noch des Aufkeimens von Kompetenz, ein weiterer Tag, an dem er nicht er selbst sein kann! Und Franz schüttelt sich kurz.

Er sieht am Dienstagmorgen die fremde Stadt und die fremde Umgebung mit anderen Augen: Sich um eine Lehrerstelle in einem anderen Bundesland zu bewerben, sein Heidelberg zu verlassen, war durch die Absagen und durch das lebhafte Bild, das er daraufhin von sich in einer Unterrichtssituation entworfen hatte, nicht mehr so ausgeschlossen. Jedem, der ihm vor Wochen zu diesem Schritt geraten hatte, hatte er entschieden erklärt, Dreiländereck Nordbaden, gut und schön! Aber bei einer Bewerbung ganz im Südosten von Rheinland-Pfalz oder in Süd-Hessen könnte er auch in den nördlichen Landesteilen, in Montabaur oder Kassel, angefordert werden, unerreichbar für einen Heidelberger Pendler! Er betrachtet die Bauwerke, die er am Busfenster vorbeiziehen sieht, mit veränderter Vorstellungskraft. Es gibt ein Waldstück, „Pawelsches Holz", das der Bus passiert, - hier bedrängt ihn die Vorstellung der lieblichen Silhouette des Odenwaldes. Womöglich also auch Niedersachsen! Während des kleinen Fußmarsches von der Bushaltestelle zum Bungalow von Herrn Marquardt steckt ihm schon der

Altmännergeruch ungelüfteter Kleidung in der Nase. Wie schwer es ihm fiel! Der Gedanke, Herrn Marquardt um eine Unterbrechung von einigen Wochen zu bitten, läßt ihn sich schon jetzt schütteln vor dem zu erwartenden „ja?!", das alles offen ließ, das möglicherweise, und schlimmer noch, in ein „ach was?!" mündete. Was ihn zwingen würde seinen Vorschlag in eine Bitte, und die Erklärung für seinen Vorschlag einer längeren Suada von Gründen umzuwidmen. Dabei hatte er es stets gehalten mit: **ein** Grund muss genügen! – das schien ihm der Ehrlichkeit und der Nachvollziehbarkeit geschuldet. Doch, die Proportionen dieser Begegnung erwischten ihn wieder, seine Einstellung und Haltung zu irgendetwas waren in der Tat unerheblich! Das Wissen, dass ihm mit der Textgebung das letzte Wort bliebe, dass er am Ende der Gestalter der vergangenen Wirklichkeit sein werde, dass seine Werthaltungen die Akzente setzten, kann ihn nicht aufrichten; er ist noch weit entfernt von Gedanken an eine mögliche Verschiebung des Verhältnisses. Er hatte es stets vermieden zwischenmenschliche Beziehungen unter einem Machtaspekt wahrzunehmen.

Herr Marquardt hatte Tee gekocht, Franz war zwischen Teak-Reihern und schweren Sofakissen mit einem Blick auf die kleine Meerjungfrau durchs Wohnzimmer gehastet, er hofft auf einen freieren Kopf draußen auf der Terrasse. Er wünscht sich, Herr Marquardt richtete das Wort an ihn, nähme Bezug auf sein gewiss angeschlagenes Aussehen, schlösse von daher auf sein Befinden. Franz läßt sich auf einen der Gartenstühle fallen und hofft immer noch, er müsse nicht den Anfang machen mit einer Erklärung dazu, die zugleich eine Einleitung wäre zu dem Ansinnen einer Unterbrechung. „Wir waren ja gestern bei meinem Einjährigen stehen geblieben", wie es schien, wollte Herr Marquardt da anknüpfen, wo sein Bericht am Vorabend geendet hatte. Ungläubig betrachtet Franz den Erzählenden, diese distanzschaffende Sachlichkeit kann er nicht fassen. Der

Mann war in hohem Maße bei sich, seine Authentizität entfaltete unerschöpfliche Energie, gerichtet aufs nächstliegende Ziel, ohne den Blick ins Abseits oder aufs Gegenüber, frei von Sentimentalität und von Gewichtung. In diesen Überlegungen erstürmt Franz die Erkenntnis, es an genau dieser Stelle gegenüber Herrn Marquardt an einer Nachfrage fehlen gelassen zu haben: Wie sieht er eigentlich heute Morgen aus, wie mag er geschlafen haben, wie mag es ihm jetzt gehen? Und Franz fragt Klaus einfach. Irritiert hebt dieser den Kopf und eine Antwort scheint ihm ungelegen – erstens wusste er es nicht, zweitens war es gleichgültig und drittens ging es niemanden etwas an. „Ja, gut, danke!", diese Antwort trifft Franz, der sein Versagen körperlich gespürt hatte. Ja, er hatte versagt, als er nur einen Blick hatte für die kleine Meerjungfrau, nicht aber für sein Gegenüber, dieses Interesse aber umgekehrt dringend erwartet hatte. Sein Missgefühl für sich und die Situation verhindert nun den Versuch einer angemessene Einschätzung für das Lebensgefühl dieses gerade Schulentlassenen: „Endlich frei, endlich konnten Sie die Schule hinter sich lassen!" Klaus nahm den Ball nicht auf. Der gerade Weg über das Abitur zum Studienabschluss war für Franz nie hinterfragt worden. Er, der „Vermittler" zwischen Arbeiter- und sich selbst zugeschriebener ‚politischer Klasse', lernte in diesem Augenblick erst Bildung als Privileg kennen! Klaus' Schweigen war vom Verzicht getragen. Franz wollte später mehr darüber wissen. Klaus berichtet nun von seinem Berufswunsch des Feinmechanikers und wie nun auch hier sein Patenonkel zwischen den Zielen von Klaus und den Plänen seines Vaters zugunsten des jungen Menschen vermittelte. Es standen sich grundsätzlich unterschiedliche Lebensentwürfe gegenüber: Hier setzten Planungssicherheit und Bewahrung von Traditionen, dort Hoffnung auf Entwicklung und Technikfreudigkeit Maßstäbe zur Sinnentfaltung. Klaus lernte nun ein Handwerk. Anforderungen und Möglichkeiten begeisterten ihn, er wollte gut sein und er wollte Angebote wahrnehmen und nutzen. Das gelang ihm, und darüber hinaus waren ihm die Zeit und der Stand der Technik gewogen, so dass er mit anderen neue Wege beschreiten konnte. Seine Fachrichtung war nun die Zahntechnik geworden. Und Klaus berichtet, -ja, es war ein Bericht!- aus seiner Lehrzeit und der kurzen Zeit als Junggeselle in seinem Ausbildungsbetrieb. Er war gut in seiner Arbeit; diese Rückmeldung erreichte ihn vom Chef und von den Kunden. Und diese Bestätigung seiner Leistung ließ ihn die Richtigkeit seiner Berufswahl wissen. Franz fühlt hier die Grundstimmung des Zufriedenen. Er hatte nicht ein Mal eine rückversichernde Floskel wahrgenommen, auch hier war der Erzähler ganz bei sich.

Anfang der 30-er Jahre die Entlassung, die angesichts der wirtschaftlichen Situation der Deutschen für Klaus folgerichtig schien und weder Vorwurf noch Enttäuschung barg. Es war wie es war und in diesem Schluss hatte Klaus den Antrag auf Musterung und Eintritt in die Reichswehr gestellt.

Hier wurde die Wiedergabe einer Abfolge – so erscheint Franz die Erzähl-Situation – durch die Lieferung der Mittagsmahlzeit unterbrochen. Franz verwünscht die Zäsur; denn die Gegenwärtigkeit der politischen Spannung zwischen Versailler Vertragsbedingungen und den militaristischen Zielen der reaktionären Kräfte in dieser Lebensphase des Jugendlichen regte den Historiker mehr an als individuelles Befinden. Blumenkohl mit Sauce Hollandaise und Fleischklößchen, die Speisenden denken in unterschiedliche Richtungen. Franz nimmt sich vor, nach der Mittagspause den Älteren nach seinen Vorstellungen zu fragen, die ihn bewogen haben mochten, in der Reichswehr dienen zu wollen.

Am Telefon meldet sich das Hotel, in dem Franz seit Donnerstag übernachtet hatte. Herr Marquardt übermittelt ihm das

Eintreffen eines Telegramms. Selbstverständlich könne er es im Hotel abholen und dann, abhängig vom Inhalt, disponieren.

„Bitte begleite mich zur Geburtstagsfeier von Onkel Knut in Pirna. Barbara ist verhindert (Püppi ist krank), Georg ebenfalls. Einreisepapiere und Fahrkarten sind ok. Mama". War es das, was Franz sich, seit er hier in Braunschweig war, gewünscht hatte: Eine plausible Begründung zur Flucht?

Franz trägt Herrn Marquardt den Inhalt des Telegramms vor. Für ihn ist es keine Frage, der Bitte seiner Mutter zu entsprechen. Er hofft auf Verständnis für die vorgezogene Rückreise.

„Herr Theuring, hatten wir ein Datum oder einen inhaltlichen Fixpunkt vereinbart, an dem wir das erste Treffen beenden wollten? Sehen Sie, nein! Insofern kann man nicht von ‚vorgezogen' sprechen." Franz hatte auf mehr Widerstand gerechnet und war ein winziges bisschen enttäuscht. Ebenfalls enttäuscht und zugleich erleichtert nimmt er wahr, dass Herr Marquardt keinerlei Anweisungen, Wünsche, Termine an ihn richtete und bis auf die Begleichung der Hotelrechnung für die Fertigstellung der Biographie alles in der Schwebe blieb. Und wie war das „erste Treffen" zu verstehen, Betonung auf „erste" oder auf „Treffen"? Die Antwort blieb flüchtigem Zuhören geschuldet.

Franz führt viel Niedergeschriebenes mit sich; seine Gedanken aber sind in ein unbekanntes Land gerichtet, während der D-Zug den Braunschweiger Bahnhof verlässt.

Klaus ist müde. Es ist ihm eine Lust, nicht sprechen zu müssen.

Postaer Sandstein

Über Bebra waren Franz und seine Mutter in die DDR gereist, ihr Ziel war Pirna, südöstlich von Dresden. Knut, der Bruder von Franz' Mutter, war Anfang der 50-er Jahre hochwillkommen als Techniker und als erklärter Antifaschist in die DDR übergesiedelt, in das Land, das in festem Verbund mit der Sowjetunion ein sozialistisches Menschenbild als Alternative zu den Bedrohungen durch den Kapitalismus aufzwang. Die berufliche Wirklichkeit für Knut fand im VEB „Strömung" statt, wo er als Maschinenbauingenieur an der Entwicklung von Triebwerken beteiligt war. Er hatte auch begeistert am Bau des ersten DDR-Passagierdüsenflugzeugs mitgewirkt, bis dieses Projekt 1961 durch Beschluss der „Bubis am Schreibtisch", wie Knut sich über den Ministerrat äußerte, nach einem Absturz während eines Probeflugs eingestellt worden war. Knut hatte Franz angeboten, ihm während einer Freischicht die öffentlich zugänglichen Firmengebäude zu zeigen. Er sprach überzeugt von seinem Betrieb, der seine Werktätigen wie Führungskader umsorgte: „Die Belegschaft kann Urlaub im werkseigenen Ferienheim in der Lausitz machen und braucht sich nicht um einen Ferienplatz in der sächsischen Schweiz oder an der Müritz zu bewerben. Und wir haben Wahlessen in der Werkskantine mit Bedienung und weißgedeckten Tischen!" Was er nicht erwähnte, war die äußere Gestalt dieser Kantine, die ein Stück gelungener Architektur der Nachkriegsmoderne innerhalb des zukunftsweisenden Entwurfs der Betriebsanlage war. Die Harmonie der Linienführung des Stahlbetonskelettbaus in weichen Rundungen tat dem Auge wohl nach der von Stalin verordneten kantigen Protz-Architektur der Wiederaufbauzeit. Die Werkskantine war über ein in einem verglasten Halbellipsoid, Schmalseite nach vorne, gelegenes Treppenhaus erreichbar. Hier war der Bezug zum Produkt in einem mehrteiligen Wandbild zur Entwicklung des Flugwesens hergestellt. Die Künstler hatten dem jugendlichen Flüchtling Ikarus Pionierleistungen in dieser Technik zugeschrieben und die Geschichte der menschlichen Fliegerei damit beginnen lassen; Sputnik, dessen Start den Westen in Erstarrung versetzt und dann zu einem west-östlichen Wettrennen mobilisiert hatte, war in dieser Bedeutung auch hier gewürdigt worden.

Franz freute sich an der geringen Tritthöhe der Treppenhausstufen, die die „splendide Langsamkeit" des Vorankommens (Franz liebte diese Deutung der Struktur des Goetheschen Entrées aus ‚Lotte in Weimar'), des Innehaltens und Genießens begünstigte. Das Ensemble war stimmig und gelungen. Franz bemerkte die behutsame Linienführung im Treppengeländer, die ausladenden Beleuchtungskörper, die wertigen Türzargen in hellem Holz, es gab einen Speisenpaternoster und einen für die Mitarbeiter, selbst die Stützsäulen fügten sich dem Ganzen und vollzogen die Form des Baukörpers, das Oval, nach.

Die Kollegen blickten neugierig auf Franz, der mit offenem Ausdruck und freundlichem Grüßen ihre Arbeitsumgebung wahrnahm. „Nu, Kollege Dahlmann, haste dir Verstärkung ausm Westen geholt?" Knut lachte und Franz bedauerte, nicht die Qualifikation zu haben hier, in diesem, wie er fände, motivierenden Umfeld, arbeiten zu können. „Des gloobste doch selber nich", entgegnete ihm ein Menschenkenner, und nun musste Franz lachen.

Knut und seine ungarische Frau Marika bewohnten eine 2-Raum-Wohnung im Pirnaer Ortsteil Sonnenstein im sogenannten Roten Hochhaus. Ein rotgetünchter Klotz inmitten von Plattenbauten, 10 Stockwerke hoch, mit Balkon und Fahrstuhl, gut durchdacht. Die beiden ließen deutlich werden, dass sie sich durchaus als privilegiert betrachteten, hier zu wohnen. Frank empfand es körperlich, dass 6 Etagen unter ihm und 3 Etagen über ihm die Menschen in einer Wohnung desselben Zuschnitts lebten, dass über und unter ihm 9 Mal die Bewohner die Mahlzeiten durch die gleiche Durchreiche aus der Winzküche heranholten, dass in allen Wohnzimmern der baugleiche, mit den gleichen Schmuckstücken dekorierte Raumteiler den Essbereich abtrennte, dass in 10 Schlafzimmern übereinander je nach Schichtdienst - Franz war noch nie in einem Hochhaus gewesen.

Die Betriebsleitung hatte die Ausrichtung der Feier des Doppelgeburtstages von Knut und Marika, sie waren 60 bzw. 45 Jahre alt geworden, in der Werkskantine genehmigt. Knut war mit der „Ehrennadel der Technik" für seine Innovationen gewürdigt worden und hatte von daher Anspruch auf aktive Wertschätzung durch seinen Betrieb an seinem runden Geburtstag. Die Damen von Küche und Service waren gerne bereit für ihn tätig zu sein, nach getaner Arbeit wären sie Dahlmanns Gäste. Das Ehepaar hatte Kollegen aus seinen Fachabteilungen, zwei Vertreter des politischen Kaders und die Abteilungsleiter eingeladen. Alle trugen sorgfältig herausgeputzte Festtagskleidung. Frau Theuring hatte sich ihr angepasst, nur Franz hatte das mit dem Arbeiter- und Bauernstaat in nachlässige Kleidung übersetzt. Die beiden waren die einzigen Betriebsfremden in diesem Kreis von etwa 60 Gästen; es wurde deutlich, wie sehr das homogene Wohnumfeld der Siedlung Sonnenstein, in der fast nur Angehörige des VEB „Strömung" lebten, beruflichen und privaten Alltag verflochten hatte.

Die politischen Kader, beide altgediente Mitglieder der SED, hatten die ersten Toasts auf die Jubilare mit kräftigen Hinweisen auf die kapitalistische Herkunft Knuts und die sozialistische Brudernation Ungarn, Marikas Heimat, mit Rotkäppchen Cabinet ausgebracht; die Dahlmannschen Verdienste um die Produktion zu würdigen, überließen sie den Vorgesetzten und Kollegen von Knut und Marika. Da sie, beide begabte Ingenieure, sehr gut wussten, welches ihr Beitrag über Jahre zur Leistungsfähigkeit des Betriebes war, erlaubten sie sich während der Ansprachen den einen oder anderen Kommentar. Die Gäste hatten Platz genommen, ohne Tischordnung, wie es sich gerade ergab. Franz saß neben seiner Mutter mit Blick auf ein Portrait des Staatsratsvorsitzenden. Die Sächsische Hochzeitssuppe wurde schweigend und wohlig gelöffelt. Zum Hauptgang hatten Knut und Marika einen vorzüglichen Riesling ausgesucht, den „Großen Wagen" aus dem sächsischen Staatsweingut Wackerbarth; Knut bedankte sich bei seinen Gästen, und das allseitige Wohlbefinden äußerte sich in zustimmenden kehligen Lauten. Franz lehnte sich zurück und betrachtete die Speisenden. „Hätten Sie gedacht, dass die Sauerrouladen eine sächsische Spezialität sind?" Er wandte sich seiner Nachbarin zur Rechten zu. Eine Dame, etwa Mitte 50, die ihn durch ihre Ähnlichkeit mit Lotte Lenya als Agentin Rosa Klebb aus dem Film „Liebesgrüße aus Moskau" überraschte. Wie erwartet, äußerte Franz Erstaunen. Nachdem sie ihm die Zubereitungsart unter Verweis auf regionale Konservierungstraditionen nahegebracht hatte, fragte sie ihn unvermittelt nach seiner beruflichen Tätigkeit ‚drüben'. „Ich habe Geschichte und Deutsch für das Lehramt studiert und warte seit einiger Zeit auf eine freie Stelle an einem Gymnasium." „Heißt das, Sie sind arbeitslos, obwohl Sie eine hochqualifizierte und sehr teure Ausbildung abgeschlossen haben?" Franz hatte das Garn übersehen, mit dem die Roulade gewickelt war und kämpfte auf der Suche nach dem Anfang des Fadens mit der Sauce. „Nicht direkt arbeitslos. Das Land stellt mich wegen politischer Aktivitäten während meiner Studentenzeit nicht ein, und mit dem Lehramtsstudium bin ich auf den Staat als Arbeitgeber angewiesen." Seine Arbeitslosigkeit war für ihn bisher niemals das Ergebnis eines unausgeglichenen staatlichen Kosten/Nutzen-Saldos gewesen, sondern immer nur Raub von Möglichkeiten an ihm. Und wie immer, wenn er einer neuen Sichtweise begegnete, kniff ihn ein Vorwurf, entweder, weil er von ihr betroffen oder wenigstens, weil er nicht selbst darauf gekommen war. „Übrigens, ich bin Gabi, Gabi Tornow." Franz stellte seine Mutter und sich vor und hoffte, dass das Thema mit seiner Frage nach der Tätigkeit Frau Tornows hier im Hause abgeschlossen sei. „Sie wissen durch Ihren Onkel sicher, welche Produkte die VEB „Strömung" als Teil des VEB Kombinats Kraftwerksanlagenbau herstellt. Ich bin zuständig für die Abteilung Lokomotiven. Wir stellen sicher, dass sie fahren können. Wir bauen und entwickeln die Voraussetzungen für die hydrodynamische Kraftübertragung. Wenn Sie so wollen, kann ich mir ständig einen Jungentraum erfüllen, indem ich mit den Forschungen und Produkten unseres Betriebes die Lokomotivführer begleite." Franz hatte nie Lokführer werden wollen; Berufe, die einer komplizierten Technik vorstanden, hatten ihn nie interessiert. Als kleiner Junge war er mehr einsamen Entdecker- und Naturforschertätigkeiten nahe gewesen. Hier interessierte ihn etwas anderes, nämlich, ob in der DDR bei der Beliebtheit von Berufen die Mädchen andere Schwerpunkte setzten als die Jungen. Als Gabi Tornow von ‚Jungentraum' sprach, war er überrascht, er hatte im Sozialismus gleichgestreute Technikbegeisterung vermutet. Marika, die angeheiratete Tante, und seine Tischnachbarin Gabi hatten diese Annahme nahegelegt. Auf seine Frage antwortete Frau Tornow mit einem gedehnten „Eigentlich …. kann man das nicht sagen. Es entscheiden sich in der DDR immer noch die Jungen mehr für gewerbliche und technisch-naturwissenschaftliche Berufe, die Mädchen wollen lieber etwas Kaufmännisches machen, in die Pflege oder Erziehung". Als Franz sie auf ihre eigene Studienfachwahl ansprach, lachte sie. Ihre Erklärung war für Franz überraschend: „Ich glaube einfach, meine Hinwendung zur Technik steht im Zusammenhang mit meiner Begeisterung für die Möglichkeiten, die die sozialistische Gesellschaft öffnete. Wir waren eine reine Mädchenoberschule, in der von den Mädchen die Umsetzung ihres Eifers in die Erfordernisse des Sozialismus, nämlich die wirtschaftliche und technische Weiterentwicklung voranzutreiben, erwartet wurde." Die Eistorte wurde serviert, zügig gelöffelt und dann gab es Kaffee und Goldkrone-Weinbrand. Franz wollte mehr wissen und wies auf die bemerkenswerte Geradlinigkeit hin, die die junge Gabi hatte handeln lassen. Die Sinnfrage habe sie mit ihrer Entscheidung für das Studienfach und den technischen Beruf für sich auch gelöst, indem sie mit Pflichtgefühl gegenüber der Gesellschaft, Klassenstandpunkt und der Bereitschaft zu lebenslangem Lernen und das Beste zu geben die Anforderungen an die sozialistische Persönlichkeit erfüllt habe. Das Vokabular war Franz vertraut, - sein Inhalt aber begriff einen Menschen aus Fleisch und Blut nicht, das spürte er jetzt.

Was er mit ,Sinnfrage' meine? Man könne die Frage auch in W-Fragen aufdröseln, wer – was – wozu? „Bisschen sehr verkürzt, aber jetzt weiß ich, was Sie meinen. Und ich gebe Ihnen Recht, die marxistisch-leninistische Weltanschauung beantwortet diese Fragen für jedes Mitglied der Gesellschaft. Und ich könnte mir vorstellen, dass der Kapitalismus diese Fragen nicht so eindeutig löst. Zum Beispiel: Ich habe gerade von einem Gesetzgebungsverfahren in Ihrem Parlament in der Zeitung gelesen, nach dem Frauen unabhängig von der Einwilligung des Ehemannes die Erwerbsarbeit möglich ist. Das war in der DDR, soweit ich mich erinnern kann, nie ein Problem". Franz war überrascht von der Kenntnis der Entwicklung in Sachen Gleichberechtigung in der Bundesrepublik; den Beschluss des Gesetzes hatte er selbst kaum wahrgenommen, es betraf ihn nicht. Was ihn jetzt ärgerte, war nicht so sehr die Tatsache, dass es im Sozialismus offensichtlich gleichberechtigter zuging, sondern, dass das Schneckentempo in der Bewältigung dieser Frage, die ganz gewiss eine Menschenrechtsfrage war, folgerichtig dem Wirtschaftssystem zugeordnet wurde. Und so wurde er zum Hardliner und fragte Gabi Tornow nach der Realisierung der Gleichberechtigung in der Betriebshierarchie. Zum Beispiel beim VEB „Strömung". „Wir haben drei Produktionssparten, dazu die kaufmännische und die Entwicklungsabteilung. Die Abteilungen werden alle von fachlich qualifizierten Kollegen geleitet, davon eine Abteilung von einer Frau, von mir. Die politischen Kader, denen auch Frauen angehören, befinden sich nicht auf Leitungsebene. 1:4 also, das entspricht dem Frauenanteil hier im Betrieb". Franz hätte gerne Vergleichszahlen aus weiblich dominierten Sparten, fragte aber nicht weiter; er war Gast, wollte vieles wissen und sich nicht streiten. Gabi Tornow fuhr fort: "Ich war überrascht, als Sie gleich nach Frauen in Führungspositionen fragten. Zunächst ging es in unserem Gespräch doch um die Teilhabe der Frauen in der DDR und in der BRD am Produktionsprozess. Männer und eben auch Frauen als Träger des Faktors Arbeit". Und sie fügte hinzu: „Wobei wir es uns gar nicht erlauben könnten auf die Frauen als am Erwerbsleben beteiligte Personen zu verzichten. Arbeit verbindet sozusagen die beiden anderen Produktionsfaktoren, indem sie mit Arbeitsmitteln Naturstoffe verändert und dies immer unter dem Aspekt der Zweckmäßigkeit für die Gesellschaft".

Franz assoziierte sofort eine Armee von Menschen in Blaumännern, gesichts- und geschlechtslos. Er empfand Arbeit nach dieser Beschreibung als nur nutzenorientiert, nur der Befriedigung der primären Lebensbedürfnisse unterworfen, also nur als Mittel der materiellen Reproduktion. Franz hingegen hatte Berufsarbeit immer als Möglichkeit gesehen, sich selbst zu entdecken, seine Möglichkeiten zu entwickeln und sein Leben zu gestalten. Gabi, überzeugt vom Warencharakter der Arbeit im Kapitalismus, wies Franz auf seine Ferne zu einem Arbeitsverhältnis hin, die ihm solche Träumereien erlaube: „Junge, geh erstmal in einen Beruf und arbeite Deine 48 Wochenstunden, dann weißt Du, wie sich das anfühlt".

Um sie wurde es unruhig, man brach auf. Die engeren Freunde der Dahlmanns begleiteten sie in ihre Wohnung, ein paar Flaschen vom „Großen Wagen" und Radeberger Pilsener wurden geöffnet, und auch ein paar Tüten Engerlinge. Franz vermisste die Weiterführung des Gesprächs, Gabi Tornow hatte sich verabschiedet mit dem Hinweis auf ihren Wochenend-Dienst. Und sie hatte ihm Erfolg gewünscht für seine Bewerbungen. Franz hätte sich noch Antwort erhofft auf seine Fragen, Fragen nach ihrem Bild des Menschen im Sozialismus, der für ihn während des Gesprächs die Gestalt eines Hamsters im Laufrad angenommen hatte. Er war uneins mit sich, und zwar ganz tief und in seinem eigenen Bild von sich. Seine Überzeugung von der Richtigkeit und zukunftsweisenden Stärke des sozialistischen Systems war in die Wirklichkeit gezerrt worden. Er hatte jetzt zwei Möglichkeiten, nämlich, mit dieser Erkenntnis weiter zu denken oder die gewonnenen Einsichten als Ergebnis subjektiver Einzelwahrnehmungen abzuwerten.

Im Wohnzimmer der Dahlmanns war es laut geworden. Die Musik forderte zum Mitsingen auf, Frank Schöbel hatte sein Bestes gegeben, es war Sommer und der Himmel sternenklar. Die Leute schienen sich wohlzufühlen.

Sein Blick fiel auf Marika, und er brauchte für heute keine Entscheidung mehr zu treffen, wohin die Reise ging für ihn, den politischen Analysten, er blieb Zuschauer. Marika lehnte an Knut geschmiegt, Knut hatte den Arm um Marika gelegt, beide schauten ins Leere und sangen den Refrain: „… ist die Liebe, wenn sie strahalend erwacht". Roland Neudert löste Frank Schöbel ab, die Texte waren bekannt und die Melodien populär, man sang mit. Franz' Mutter unterhielt sich mit Marikas Eltern in der Küche, sie sprachen ganz gut Deutsch und erzählten von ihrer Heimat in der Nähe des Balaton. Franz mochte jetzt nichts von fernen Ländern hören, er wäre selbst am liebsten sehr sehr fern. So setzte er sich auf den Balkon und versuchte anzuknüpfen an seine Überlegungen: Ideologiefreie Annäherung an die Erwerbsarbeit. Der Nachthimmel konnte ihn nicht halten, er blickte ins Helle. Knut hatte seine Hand auf Marikas Brust gelegt; sie hielt ihn immer noch umschlungen und streichelte seinen Oberschenkel, sie summten, sangen auch mal den Refrain mit.

Die Gäste unterhielten sich laut, Roland Neudert sang ja auch laut. Franz verstand Politikernamen in Witzen, die aus einem gewaltigen Fundus ähnlicher Geschichten vorgetragen wurden und offensichtlich bekannt waren, weil das Gelächter schon bei der Schilderung der Ausgangssituation ausbrach. Ab und zu ein warnendes „Schsch!", die Lautstärke sank für einen Moment, bis zur Behauptung: "Den kennt ihr aber noch nicht!" Franz' Blick wanderte wieder Marika und Knut, sie waren einander zugewandt, den Feiernden fern. Vielleicht verzauberte die Musik noch ihr Beieinander, vielleicht aber waren sie ganz und gar bei sich.

Vor zehn Tagen hatte Franz sich von Susanne verabschiedet, vor seiner Reise nach Braunschweig. Dazwischen lag die Klausur, in der er sich mit Herrn Marquardt erlebt hatte, die unbekannte Stadt, und dann die Fahrt in ein fremdes Land. Die Körperlichkeit Susannes, ihrer beider Körperlichkeit, war in Braunschweig noch vom Wunsch nach dem jetzt sofort empfunden, hier in der DDR gab es Susanne in Franz' Wahrnehmung nur noch als vergangene Möglichkeit. Liebe als Konstante in sich verändernden Raum-Zeit-Bedingungen, von der Frank Schöbel sang, - Franz war unschlüssig, ob sein Vermögen unzulänglich oder ob es grundnormal war, dass seine Liebe konturloser wurde mit der Dauer der Trennung. Umso heftiger packte ihn die Sehnsucht.

Am folgenden Tag war die Besichtigung Dresdens geplant, für Franz und seine Mutter eine unbekannte Stadt. Sie nahmen im Wartburg Tourist Platz. Franz' Mutter beglückwünschte Knut, und er freute sich, die Geschichte vom Kauf dieses Wagens erzählen zu können. Er war in den Kleinanzeigen der Tagespresse angeboten worden und hatte fast das Doppelte des Neupreises für dieses gebrauchte Mittelklasseauto gekostet. „Glück gehabt und eisern gespart", so waren die Dahlmanns zu beneideten PKW-Eignern geworden.

Sie parkten mitten im klassischen Dresden, am Elbufer oberhalb der Dimitroff-Brücke. Hier begann ihre Besichtigung der Altstadt und ihren bekanntesten Gebäuden, die durch ihre dunkle Gesteinsfärbung auffielen.

„Postaer Sandstein", erklärte Knut, „die schwarze Patina entsteht durch Reaktionsprodukte von Witterungseinflüssen auf Eisenminerale im Innern des Steins und schützt ihn vor weiterer Zerstörung. Hier aber", und jetzt wurden die Konsonanten in Knuts Hinweisen etwas weicher, verwischten, ja, er geriet leicht ins Sächsische, „ hier aber konnte die Zerstörung überhaupt nichts mehr aufhalten." Er wies, nachdem sie über die Brühlsche Terrasse durch die Münzgasse auf den Platz um die Ruine der Frauenkirche gelangt waren, auf das verfallene Bauwerk. „Eine Schande ist das!" Es war zu vermuten, dass er damit weniger den Zustand des Gebäudes seit 31 Jahren als vielmehr das, was zu ihm geführt hatte, beschrieb. Unweit hatten die lebendigen Bedürfnisse der Menschen auf den Trümmern der zerstörten Altstadt mit dem Kulturpalast ihren Platz gefunden, der „Kulti" im Bauhaus-Stil der Moderne. Hier hätten er und Marika manche Veranstaltung besucht, wirklich ein dringend benötigter Ort für gesellige und kulturelle Anlässe. Marika erinnerte sich begeistert.

Nach dem Mittagessen im „Italienischen Dörfchen" besuchten sie die Porzellan-Manufaktur in Meissen und Schloss Moritzburg, dessen fröhlicher Barock Franz, und auch seine Mutter, anheimelte. August der Starke hatte Moritzburg Anfang des 18.Jh in eine Barockanlage umbauen lassen. Begabte Baumeister hatten ihm zur Seite gestanden und seine ästhetischen Ansprüche in Sachsen umgesetzt, so dass sein Land ein international bedeutsames Kunstzentrum werden konnte.

Franz' Mutter, die die Vorstellung eines Barockschlosses mit der strengen Schlossanlage in Mannheim verband, war entzückt über die kunstfertige Verspieltheit der Details, wie die Balustradenfiguren an der Auffahrt zum Schloss und auf der Schlossterrasse. Franz hatte sich in eine Darstellung des Schlossherren vertieft und las in ihr dessen Streben hin zur absolutistischen Herrschaft in Sachsen. Louis de Silvestre läßt nur den Schimmel ins Bild blicken, sein Reiter – August der Starke – greift mit der Linken fest die Trense. Die andere Hand umfasst ein Fernrohr. Damit und mit dem seitwärts gerichteten Blick, vorbei am Betrachter, wird vom Hofmaler Augusts ein kurzes Innehalten und Gewahrwerden all dessen, was August beherrscht, angedeutet. Die leicht angehobenen Mundwinkel zeigen Zufriedenheit über das Geschaute; der energische Ausdruck des Gesichts, die Körperhaltung des Reiters und der Anstieg des Pferdes geben die Absicht wieder, aus Visionen Wirklichkeit werden zu lassen. Auch mit Mitteln des Krieges, wie Rüstung und Waffen erzählen.

In einer Randnotiz hatte die Schlossführerin auf die räumliche Nähe zur letzten Wohnung von Käthe Kollwitz hingewiesen. Die Unterkunft war nicht zu besichtigen, ebenso wenig waren Exponate für Besucher zugänglich. Franz kannte einige ihrer graphischen Arbeiten, ihre ‚Rinnsteinkunst' (Wilhelm II.), - sie gab nämlich, was den Menschen auf den Nägeln brannte, Gestalt, gab ihnen Wiedererkennen in der Kunst. Für

Franz war Käthe Kollwitz gut in der DDR aufgehoben gewesen; ihre Sujets forderten soziale Gerechtigkeit ein, gleich dem politischen Willen dieses Staates: „Wird daran gedacht in Moritzburg ein Museum oder eine Gedenkstätte dem Leben und Werk von Käthe Kollwitz zu widmen?" Knut wusste es nicht: „Hin und wieder taucht die Künstlerin auf einer Briefmarke auf oder ihre Arbeiten werden zitiert, wenn die DDR-Führung das Land als Friedensnation präsentieren will. Mir persönlich gefällt ihr Stil; er hebt sich ab von den markigen Figuren der sozialistischen Kunst, ihre Aussagen sind differenzierter und nicht jedes ihrer Bilder lässt sich propagandistisch vereinnahmen." „Vielleicht nicht jede ihrer Arbeiten, aber umso mehr ihr Leben, ihre Haltung in der Nazizeit. Sie hatte sehr früh, schon 1933, einen Appell zur Solidarisierung gegen den Nationalsozialismus unterzeichnet und hatte ab 1936 ein faktisches Ausstellungsverbot. Von daher hätte ich gedacht, dass die DDR die ausgewiesene Friedensaktivistin dort, wo sie gelebt hatte, durch ein Museum ehrt." „Vielleicht fehlts am Geld, vielleicht – und hier komme ich nochmal auf die Aussagen vieler ihrer Bilder zurück – verhindert die bürgerliche Sichtweise ihrer Sozialkritik eine entsprechende Würdigung. Für Käthe Kollwitz steht immer das individuelle Leiden, der Schmerz eines Einzelnen für das Elend." Franz spinnt den Faden weiter: „Und die Aufgabe der Kunst im Sozialismus ist eben die Überwindung des Elends zu schildern! Und darüber hinaus als revolutionäres Element einen Entwurf zur Natur und zum Leben zu entwickeln." „Ach je, da sind wir aber noch sehr am Anfang! Ich erlebe die Künstler hier im Lande als Funktionäre, die Kunst als Waffe einzusetzen haben zur Unterstützung des Klassenkampfes. Dessen Wirklichkeit aber schlägt sich im Ringen nach Sicherheit, der Erfüllung von Fünfjahresplänen, in der Erledigung irrationaler Ausschläge der menschlichen Existenz nieder. Leute wie Wolf Biermann, die dieses Dilemma nicht nur singen, sondern daran leiden, müssen schweigen." „Soll der sozialistische Staat Leute fördern, deren politische Ziele nicht mit denen des Sozialismus in direktem Zusammenhang stehen, die in erster Linie Kritik am Istzustand zugunsten eines sozialistischen Utopia üben?", Franz ereiferte sich:" Ich zitiere nur mal ‚… und das beste Mittel gegen Sozialismus ist, dass ihr den Sozialismus aufbaut!'." „Weißt Du was", Knut schien müde, „ebenso ungern wie den Sachzwängen, die unser Leben bis ins Detail gestalten und kontrollieren, setzen wir uns gesellschaftspolitischen Grundsatzdiskussionen aus. Und auch Kunst muss mehr sein als die Schaffung von Vorbildern!" Franz schwieg. Er hatte unterschätzt, dass die Lied- und Schlagerszene auch in der DDR über Frank Schöbel hinausführte, dass das politische Lied auch in der DDR Stärke vermittelte und Bürgerrechte einforderte, wie überall auf der Welt. Die Lieder von Joan Baez oder Bob Dylan, Mikis Theodorakis oder Fausto Amodei gaben Zeugnis von einer Protestkultur, der es um die Neugestaltung naher oder ferner festgefahrener Fronten ging, sei es die Partei- oder Jugendorganisation daheim oder der Vietnamkrieg, weit weg.

Und Franz spürte in den Worten von Knut wieder die fraglose Übereinkunft von Marika und ihm, auch hier, wo es um ebenso Grundsätzliches ging wie um eine Liebesbeziehung.

Am nächsten Morgen, einem heißen Julisonntag, fuhren Franz und seine Mutter mit der Reichsbahn von Pirna über Dresden nach Bebra und von dort mit einem D-Zug der Deutschen Bundesbahn nach Mannheim. Vom Südosten der DDR an die Südwestflanke der Bundesrepublik. Und während dieser langen Bahnfahrt endlich quälte sich in Franz die Frage ins Bewusstsein, was die DDR eigentlich ihn und seine Freunde, ja, seine Generation, angehe? Nicht einmal: Was bedeutet mir die DDR, nein, viel gnadenloser war das Desinteresse, das sich daraus ergab, dass politisches und kulturelles Wollen nicht zusammenpassten. Terra incognita? Kann so bleiben, anderes bringt uns nicht weiter! Die Errungenschaften gesellschaftlichen Lebens in der DDR wurden gleichgesetzt mit der Lebenspraxis im Realsozialismus mit autoritären Strukturen, kleinbürgerlichem Lebensstil und einer engen sozialistischen Moral. Der hier gepflegte Antiamerikanismus lehnte – anders als die politisierte Haltung der jungen Westdeutschen gegen den amerikanischen Imperialismus – die Werte der amerikanischen Gesellschaft im Sinne des europäischen Konservativismus ab. Über die Verbundenheit mit der kulturellen Avantgarde in Amerika hinaus fühlten Franz und seine Freunde sich als deren Teil. Die Strahlkraft von Woodstock mag ja in die DDR hineingereicht haben, das Ereignis aber war das der jungen Linken in Westeuropa! Mit dem Eindringen des Staates in fast alle Bereiche der Gesellschaft in den Ostblock-Ländern hatte sich die Hoffnung auf ein absehbares Ende der vorkommunistischen Übergangsphase, wie Marx sie entworfen hatte, erledigt. Damit war auch für die westdeutsche Linke der Gedanke oder gar der Kampf für die Vereinigung beider deutscher Staaten bedeutungslos.

Franz verabschiedete sich auf dem Mannheimer Bahnhof von seiner Mutter und fuhr weiter nach Heidelberg, die Strecke zertrödelte sich zwischen Einfamilienhäuschen, winzigen Bahnhöfen und hochsommerlichen Getreidefeldern.
  Durch die von außen an Franz gerichteten Erwartungen waren die vergangenen zehn Tage im Rückblick undurchdringlich und schwer geworden, so dass sich Franz jetzt nicht einmal einfach freuen konnte auf seine Autonomie, zurück in Heidelberg in seinem Zimmer, bei Martin, bei Susanne.

Niederschrift

Martin hatte schon seinen Dienst in der Klinik angetreten, Susanne beeilte sich in ihre Kanzlei; Franz schlief lange und wusste mit der Freiheit eines nicht verplanten Morgens noch nichts anzufangen. Er könnte weiterschlafen, er könnte sich die Rhein-Neckar-Zeitung schnappen und irgendwo frühstücken, er entschloss sich zu einem Waldlauf von Handschuhsheim hinauf in den Stadtwald. Dort gabs Schatten und jetzt, am Montagmorgen, vermutlich Alleinsein. Wie immer, wenn er seiner Lieblingsstrecke folgen wollte, war er mit der Straßenbahn bis zur Tiefburg gefahren und dann gleich losgelaufen durch die Mühltalstraße, die langsam anstieg und an ihrem Ende Waldboden versprach. Franz spürte das fehlende Training, die Steigung ließ ihn kurzatmig werden, er setzte Wegmarken als Belohnung und Antrieb. Die Spechelsgrundquelle war heute Morgen nicht umlagert von zapfenden Heidelbergern, Franz nahm sich Zeit zur Kühlung von Gesicht und Handgelenken und trank immer wieder. Weiter entlang des Mühlbachs, wusste er, gab es bis zum Ende des langen Weges noch zwei Quellen. Er trabte zwischendurch Spaziergängertempo, hielt den Lauf nicht durch. Eine Gruppe junger Leute überholte ihn, forderte ihn zum Mithalten auf.

An der Hirschquelle ließ er sich erst einmal auf den Boden fallen und beruhigte seine Atmung; so blieb er eine kleine Weile und hörte. Hörte in diesen Waldmittag hinein, er konnte sogar die auf dem Berg lastende Hitze hören. Geräusche, die ohne oder mit ihm geschahen, Töne, von Lebendigem und auch von bloßem Dasein hervorgebracht, und er nahm, wie fast immer, wenn er bei sich war, diese Klänge als Bausteine einer Melodie. Mit ihr lief er weiter. Der Rhythmus wollte sich seinem Lauf nicht anpassen, er wählte eine Gangart, die den Gesang in ihm und die Bewegung seines Körpers vereinte. So erreichte er sein Ziel, die Strangwasenhütte und ihre Quelle, zwar verschwitzt, doch ohne Atemnot.

Die jungen Leute, die ihn vor einer Ewigkeit überholt hatten, waren dabei ihr Picknick zu beenden. Sie boten ihm von den Salaten an und reichten ihm Brot und Bier. Franz hörte viele Sprachen, die romanischen überwogen, vor allem spanisch. Er verständigte sich englisch und französisch und erfuhr, dass sie als Studenten ihre Universitäten innerhalb des in diesem Jahr gegründeten Joint Study Program repräsentierten, für das die Universität Heidelberg Sommerkurse veranstaltete.

Jetzt erst bemerkte Franz den Kleinbus, der wohl das Picknick geliefert hatte und bereitstand, die Gruppe in die Stadt zurückzufahren. Sie luden Franz zur Mitfahrt ein. Er nahm neben einer Studentin Platz. Sie sprach spanisch und englisch, die Verständigung war möglich. Die Wärme, die Mahlzeit und der Lauf hatten alle ermüdet, die Gespräche, das Lachen verebbte, Nachbarn rückten zusammen, um sich anzulehnen. Leise entstand irgendwo in diesem Bus Gesang, nach und nach stimmten die um ihn Sitzenden ein: „Canto aqui Nicola e Bart ..." und Franz sang mit: "... that agony is your triumph".

Wann hatte er zuletzt gesungen, so richtig mit Stimme und war nicht nur innerlich einer Melodie gefolgt! Er hatte es schon als verquast empfunden, wenn damals aus bestimmten Abteilungen der Demonstrationszüge Zeilen aus „Commandante Che Guevara" oder der Internationalen mehr gebrüllt als gesungen wurden, fand sie ähnlich in ihrer stimulierenden Wirkung wie die Refrains in Fußballstadien. Aber er hatte nie auch nur einen Ton mithalten wollen! Und nun saß er an einem Hochsommertag in einem Kleinbus, verschwitzt angelehnt an eine junge Frau, und sang mit einer Gruppe erheblich jüngerer Menschen aus unterschiedlichen Ländern ein Lied, das zufällig alle hier im Bus kannten! Er mochte über den Zufall jetzt nicht nachdenken, - das Lied war amerikanischen Justizopfern gewidmet -, er fühlte sich verbunden, und er wusste, dass das alles ganz schön sentimental war. Dieses Gefühl des Wir hatte sich stets in bestimmten Phasen gemeinsamer politischer Aktionen eingestellt und Franz hatte es damals weder als Handlungsantrieb noch in seiner Gefühlslastigkeit erkannt.

Am Bismarckplatz verabschiedete er sich und verließ den Bus; Francesco war eingeladen, am Sonnabend vom Philosophenweg aus mit der Gruppe die Schlossbeleuchtung mitzufeiern.

Die letzte Strecke nachhause lief er wieder, leichtfüßig, lächelnd. Während er die Wohnungstür aufschloss, klingelte das Telefon. „Sie haben sich aber lange weggeduckt!" Franz konnte mit der Begrüßung von Herrn Marquardt wenig anfangen, ihm wurde aber klar, dass Herr Marquardt es war, der die von ihm selbst geforderte Unverbindlichkeit der Vereinbarung löste. "Na ja, erst schieben Sie ein Telegramm Ihrer Frau Mutter vor, das Sie angeblich in die DDR einlädt, und dann kann man Sie tagelang nicht erreichen! Ich hätte da schon noch ein paar Anmerkungen zum meinen Ausführungen und würde dann ganz gerne damit fortfahren." Franz wollte nichts lieber, als dieses und alle weiteren Gespräche beenden! In der Vereinbarung zwischen Herrn Marquardt und ihm waren sie nun mal aufs gesprochene Wort angewiesen, aber, Franz hatte nicht bedacht, dass diese Vereinbarung auch von Befindlichkeiten getragen war! Galt das auch für Herrn Marquardt?

Ihm fiel im Augenblick nichts Besseres ein, als sich über die Zeiten und die Orte zu rechtfertigen, bis er unterbrochen wurde, es interessiere eigentlich nur der Zeitpunkt, ab dem Franz wieder zur Verfügung stünde.

Franz warf einen Blick auf seinen Schreibtisch. Die Papiere mit seinen Mitschriften krochen auf ihn zu; das Gefährliche schien ihm die formlose Kontinuität des Erzählten. Wie ihn die Maßgabe der Deutschlehrer gepeinigt hatte, vor der Anfertigung einer Erörterung ihren Inhalt in einer Gliederung zu strukturieren! Und heute wie damals hatten die Möglichkeiten, die ein Thema barg, ihm zunächst den Durchblick zu dem versperrt, was er in den Text hineinbringen und welche Schwerpunkte er setzen wollte.

„Wann darf ich Sie in Braunschweig erwarten?" Das handwerkliche Ringen des Autors hatte hier nichts zu suchen. Und außerdem rang es sich so schön, wenn dahinter Gedanken an reizvolleren Zeitvertreib zündeten! „Also, heute ist Montag, wann können wir fortfahren?" Jetzt war Franz doch wieder im Telefongespräch. Er hatte das absurde Gefühl um Zeit bitten zu müssen, die gar nicht bezahlt wurde. „Ich brauche wenigstens eine Woche zur Ausarbeitung der vorliegenden Aufzeichnungen. Anfang der nächsten Woche könnte ich wieder zu Ihnen fahren." Herr Marquardt schwieg und bestätigte dann den kommenden Montag als Reisetermin.

Franz wollte bis zum nächsten Morgen die Verpflichtung vergessen, duschte und freute sich auf Susanne und Martin. Den Nachmittag verbrachte er lesend; er hatte die Städte-Krimis entdeckt und genoss das Wiedererkennen von Heidelberg in dem Thriller „Corrida in der Züchterklause."

Seine Gedanken kehrten zurück zum Gespräch mit Herrn Marquardt. Dabei hatte er manchmal nicht weiterdenken können. Wie innerhalb von Kommunikation doch eigentlich jeder sein Fädlein fortspinnt mit der Absicht, das des anderen zu kreuzen, hatte er diese Kreuzungspunkte jedoch nicht bemerkt und das Fädlein verloren in seinen Bemühungen das andere zu treffen. War es so, oder war er taub gewesen für Verschränkungen? Er erinnerte endlose Mahlzeiten mit Herrn Marquardt, Dialoge, innerhalb derer der Blick auf die Armbanduhr das einzige war, das sich bewegt hatte während er, Franz, sprach, und die endeten mit „ja?" und „ach, was!";

Monologe seines Tischnachbarn, in denen sich ein „dann" ans andere „und dann" reihte, die ihn als Gegenüber nur in dem rückversichernden „Wissen Sie" einbezogen; wenn er Einzelbeobachtungen zu endgültigen, meist negativen, Wahrheiten versponn, aus denen sich nicht mehr herausfinden ließ: „..immer, wenn ich vor dem ersten Mai eine Schwalbe entdecke, wird der Sommer mäßig."

Franz nahm aus diesen Erinnerungen so viel körperliches Unwohlsein, dass ihm die Hand auf den Buchdeckel klatschte und er wusste, er muss sich entscheiden. Er hielt inne, - kam eine Entscheidung für ihn überhaupt in Betracht? Entscheidungen haben mit wirklichen Alternativen zu tun, und die hießen für Franz: Tätig sein oder sich in einen Zustand schicken. Und da er sich immer für das Handeln entschieden hatte und Begonnenes zu Ende zu bringen immer bemüht war, wusste er nun: Er wollte eine Wahl zu treffen zwischen Möglichkeiten, innerhalb derer er sich auf die Anfertigung der Biographie einließ! Und da er sich im Augenblick hinsichtlich eigener Befindlichkeiten überfordert fühlte, Einstellungen großräumig zu denken und künftigen Gefühlslagen Grenzen zuzuweisen, machte er sich daran, dem Lindwurm auf seinem Schreibtisch mit den Waffen der Schreibkunst zu begegnen. Dann verlor er sich in Überlegungen zum täglichen Pensum und wie viel Zeit ihm für die Freunde und für sich bliebe und geriet in frohe Stimmung, allem gerecht werden zu können. Im Bericht für Susanne und Martin beim gemeinsamen Abendessen ersparte er allen den Papierdrachen und auch den Unmut, der den Tod der imaginären Fliege auf dem Buchdeckel verursacht hatte.

Dienstagmorgen: Die kleine Facit wartete auf Arbeit und Franz überlegte den ersten zündenden Satz, der den Text tragen sollte. Natürlich fielen berühmte Werkanfänge über ihn her, erzählende Anfänge wie „Hamilkar Schaß, mein Großvater, ein Herrchen von, sagen wir mal, einundsiebzig Jahren, hatte sich gerade das Lesen beigebracht, als die Sache losging" von Siegfried Lenz, oder „Es war ein strahlend-kalter Apriltag und die Uhren schlugen dreizehn" von George Orwell, oder die knappen, die aber allesamt Lust machten auf den zweiten Satz: „Wie froh ich bin, dass ich weg bin" aus Werther oder „Marley war tot. Soviel zum Anfang" von Charles Dickens. Franz ließ sich von der Fülle, die diese literarischen Edelsteine bargen, verführen und bastelte den Vormittag über am Zustandekommen von Gleichwertigem, bis er beschließen musste, zunächst den ersten Satz zu überspringen. Aber auch der zweite Satz stemmte sich gegen den Erzählfluss, weil er nicht anknüpfen konnte und auch nicht ahnen ließ, wohin es ging. Franz sah Herrn Marquardt vor sich und empfand die Verantwortung des Autors ihm und zugleich der Qualität des Textes gegenüber. Und wieder des Deutschlehrers Appell Inhalt mit Struktur zu versehen.

Grund genug zur kleinen Flucht, Franz speiste in der Mensa, nahm mit früheren Kommilitonen und Weggefährten unter lebhaften Berichten des Heute den Kaffee und ging zu Fuß zurück. Wieder am Schreibtisch, rückte er die Facit zur Seite und begann die Panorama-Sätze zu lesen, die er zur gesellschaftlichen und politischen Ausgangssituation an seinem „freien Sonntag" in Braunschweig formuliert hatte.

Er ertappte sich zunächst dabei, wie er sich schüttelte, um Gefühle abzuwehren, die mit der Entstehungsgeschichte verbunden waren. An die Stelle seiner Schreibmaschine hatte er jetzt seine Füße gelegt und las. Er las und unterbrach seine Lektüre für eine Notiz, er las weiter und ließ Bilder in seinem Kopf entstehen. Diese Bilder verdichteten sich zu Geschichten und in ihnen fand er Beweggründe, Hoffnungen und Enttäuschungen, entdeckte er Empfindungen der handelnden Personen.

Klaus Marquardt als Kind und als Jugendlicher, Phasen eines Menschenlebens zu Beginn des 20.Jahrhunderts; Franz war

eingetaucht in die Zeit des kriegführenden und zerstörten Europas, in das antwortlose Umfeld des jungen Menschen. Und er war weit entfernt vom Wunsch seines Auftraggebers nach einer aus der Chronologie schlüssigen und kantenfreien Schilderung eines Lebens!
Franz sah Herrn Marquardt vor sich, begann zu schreiben und besann sich darauf, was noch ungesagt war:
Mittwoch: Wann und unter welchen Bedingungen hatte Klaus seinen eigenen Willen entdeckt?

Donnerstag: Gibt es Dinge und Situationen, an die Klaus im Laufe seines Lebens immer wieder denken musste? Gibt es Menschen, von denen er immer wieder träumt?

Freitag: Wofür oder worüber könnte Klaus streiten? Wofür kämpfen?

Samstag: Was würde Klaus nicht zulassen?

Sonntag: Kann Klaus im Traum fliegen?

In den Mittagstunden suchte Franz Gesellschaft in der Mensa und am Abend traf er Susanne und Martin und jeder sprach vom Tage. Franz war wohl dabei, vom Vorwärtskommen und von Geleistetem, von überwundenen Hürden und beiseite gerollten Steinen berichten zu können. Er fühlte sich gut, Arbeitsrhythmus und Gleichmaß des Tages gefunden zu haben und fühlte sich als einer derer, die er früher am Werkstor besucht hatte, und freute sich mit ihnen auf das Wochenende.
Gegen sieben am Samstagabend fand er die Gruppe zwischen vielen Zuschauern auf einer Plattform unterhalb des Philosophenwegs. Susanne war bei ihm, Martin hatte Nachtdienst in der Klinik. Ein kleines Picknick war vorbereitet, einer der

Studenten beugte sich über eine Gitarre und bastelte leise an einer Melodie. Er wurde immer sicherer, die Musik legte sich über die Gespräche. Dort, wo der Neckar sich zur Rheinebene öffnet, sank die Sonne leuchtend und wärmend, Schloss und Neckarbrücke im Widerschein, ließen die Dunkelheit schon ein bisschen ahnen. Mit einem Akkord gab der Gitarrenspieler auf. Vor der mit bengalischem Leuchtfeuer angestrahlten Schlossruine stiegen Feuerwerkskörper in den Nachthimmel. Die rotglühende Fassade erinnerte an die Abfackelung des Schlosses und der Stadt 1693 durch die Truppen von Ludwig XIV.; die Inszenierung des anschließenden Feuerwerks aber war älter und hatte einen freudigen Anlass, die Eheschließung des Kurfürsten Friedrich V. (der Sohn des lebensfrohen Pfalzgrafen Friedrich IV: : „… war halt doch ein schönes Fest, bin mal wieder voll gewest …") mit Elizabeth Stuart. Und darüber hinaus feierten die Heidelberger mit dem Feuerwerk seit 1830 regelmäßig den Sieg über Napoleon. Die Menschen unten am Fluss, auf dem Heiligenberg, auf der alten Brücke, zu Schiff und Boot auf dem Fluss genossen das Spektakel, ohne sich um die Tradition zu kümmern, sie schwiegen, lagen sich in den Armen, klatschten bei üppigem Leuchten, und nach einer knappen halben Stunde verglühte der Lichtschein im Tuten der Schiffssirenen.

Die Menschen verliefen sich, die Gitarrenmusik lebte wieder auf. Franz spürte die gewachsene Vertrautheit der Gruppenmitglieder untereinander nach einer gemeinsam erlebten Woche. Sie sprachen Englisch miteinander oder verständigten sich in ihrer Muttersprache, lachten schon über gruppeneigene Anlässe, sie sangen die Lieder der Anderen und auch schon ein deutsches Lied. Sie erzählten Franz von einem Konzert in der Stadthalle – Franz wollte es nicht glauben, diese jungen Menschen wollten mehr wissen über Schubert und „Die schöne Müllerin"; Franz war textsicher im „Lindenbaum". Kleinere

Gruppen standen zusammen, Susanne und Franz und zwei Jura-Studenten mit Studienschwerpunkt Europa-Recht aus Perugia sprachen über Chancen eines einheitlichen Rechtssystems innerhalb der EWG. Aus der Stadt leuchtete es herauf, ein Cassetten-Recorder verzauberte die Nacht mit spanischer Pop-Musik. Franz langweilte sich. Er fühlte Blicke auf sich ruhen und wandte sich um. Seine Anlehn-Nachbarin von der Busfahrt in die Stadt lächelte. Franz grüßte und stellte sich noch einmal vor „Francesco", sie nickte: „Micaela". Sie nahmen auf der niedrigen Begrenzungsmauer des Plateaus Platz, der weiße Haarschmuck Micaelas leuchtete. Wie am Montag trug sie die dunklen Haare nach hinten zusammen gebunden, und jetzt, da sie sich im Gespräch öfter ansahen, fiel Franz in ihren Zügen Eigenwilliges, Fremdes auf, das er im Augenblick nicht zu benennen wusste: Hohe Wangenknochen über dem recht großflächigen Gesicht und ein intensiver Ausdruck der dunklen Augen. Beide bedauerten die Muttersprache des anderen nicht zu beherrschen und sie behalfen sich mit dem Werkzeug Englisch, in dem sie beide nicht zuhause waren. Franz fürchtete Missverständnisse und so erzählte er wenig von sich; wie könnte er auch in einer fremden Sprache jemandem aus einer anderen Gesellschaft seine Situation als examinierter Lehrer erklären, den der Staat einfach nicht haben will, der deshalb seinen Beruf nicht ausübt und folglich arbeitslos ist! Und Franz fürchtete über die sprachliche Hürde hinaus, Micaela zu langweilen, und vielleicht bewegten sie ja ganz andere Sorgen! Deshalb fragte er mehr, als er erzählte und es war ihm höllenpeinlich, dass er nicht wusste, wo die Stadt Constituciòn war, von der sie sprach. Er zweifelte nicht, dass sie in Europa lag, weil er ohne Überlegen angenommen hatte, dass die Teilnehmer des Joint Study Programs Europäer waren. Die spanische Popmusik ging in Tangorhythmen über, es wurde Tango getanzt. Franz bedauerte, mehr als ein La Cucaracha-

Gehopse ginge nicht und er ließ es. Micaela bedauerte nicht, sie spräche gerne mit ihm. Susanne und Paolo tanzten, was Paolo für Tango hielt.

Micaela studierte in Barcelona romanische Literaturwissenschaft, sie war Ende 1974 aus Chile nach Europa gekommen. Jetzt konnte Franz den Städtenamen zuordnen! Sie plante Deutsch zu lernen und an der Heidelberger Universität ihr Studium fortzusetzen, sofern sie ein Stipendium erhielte. Die Gründe, diese gewaltige Sprach-Hürde auf dem Weg zum Universitätsdiplom zu nehmen, nannte sie nicht und Franz nahm ihren Bericht so hin; vielleicht war er auch ein bisschen hoffnungsfroh-geschmeichelt und bestärkte sie heftig und eigennützig in ihrem Vorhaben, Deutsch zu lernen.

Der Tango hatte nachgelassen, die Musik erlaubte freiere Bewegungen, die beiden tanzten nun auch. „Unfortunately", begann Franz, „I've to leave Heidelberg on Monday. I would be happy to stay in contact with you." "When youl'll be back? The Summer Courses will continue until the end of July." "I'm not sure when returning. Don't ask, hard times are expecting me." "Poor boy be brave!" Beide mussten lachen. Micaela notierte ihre Heidelberger und ihre Barceloner Telefonnummer auf einer Serviette. Franz verabschiedete sich von ihr und der Gruppe und wanderte mit Susanne hinunter in die dunkle Stadt. Den Sonntag über verbrachte er am Telefon im Gespräch mit allen möglichen Leuten, die er mit einem rätselhaften „Ich bin nicht erreichbar" und „Ich weiß nicht, wann ich wieder hier bin" erschreckte. Er packte ein paar Jeans, Hemden und Polos und die geordnete Niederschrift in eine Reisetasche. Am Abend war er mit Susanne in der „Rose" in Handschuhsheim zum Essen verabredet, einem ortstypischen Gasthaus, wo man unter Weinranken saß und sich aus einem Bassin die hübscheste Forelle zur Weiterverwendung aussuchen konnte. Sein Magen zwackte, er aß nichts und war einsilbig. „So schlimm?" Franz wehrte ab: „Ich mag mich halt jetzt nicht von Dir trennen, Du wirst mir fehlen!" Er verschwieg, wie mutterseelenallein, wie losgelöst er von seinem gewohnten Leben unsicher und von Zweifeln angenagt er sich in Braunschweig gefühlt hatte und fühlen würde. „Wir können doch abends, wenn Du im Hotel bist, telefonieren! Bist Du überhaupt im selben Hotel wie vor 14 Tagen?" „Ich ruf Dich morgen nach 22:00 Uhr an."

****

Klaus hatte nach Franz' unvermuteter Abreise Matthias getroffen und war nörgelig und für keinen der Vorschläge, die gemeinsame Zeit zu verbringen, zu begeistern. „Ich hatte damit gerechnet, viel länger mit dem jungen Mann zusammen zu arbeiten, wollte einen längeren Berichts-Abschnitt hinter mich bringen. Ja, das ist das richtige Wort: Hinter mich bringen!" „Hattest Du Dich denn auf eine größere Strecke Deines Lebens vorbereitet?" „Was heißt: Vorbereitet! Ich trage die Erinnerung doch in mir herum! Der junge Mann sollte sie aufbereiten oder nachbereiten, was weiß ich. Hoffentlich tat er das auch, nachdem er unter dem Vorwand einer Familienfeier in der Zone vorzeitig gekniffen hatte!" „Du glaubst also nicht an die Echtheit des Telegramms seiner Mutter?" „Er wollte mir ein Papier zeigen, aber er ist ja schließlich nicht mein Angestellter oder Lehrling!" Matthias schwieg, es war zu offensichtlich, Klaus war gereizt, weil ihm die Gestaltung des Ablaufs mit der Abreise von Franz aus der Hand genommen worden war. Er wusste, dass sein Freund es hasste, wenn er auf etwas oder jemanden warten musste. Klaus begründete diesen Unmut mit ‚unnötigem Zeitverlust'; es war aber mehr der Verlust der Handlungsfreiheit, der ihn im Augenblick des Wartens nervte.

Ein früher Sommerabend, die Freunde aßen gemeinsam in Schäfers Ruh am alten Schapener Bahnhof und Klaus beruhigte sich. Nun plante er abendliche Fahrten in den Harz, um bei hereinbrechender Dunkelheit oberhalb Braunlage in den Nachthimmel zu schauen. Längeres Fernbleiben von Braunschweig erlaubte er sich nicht, da er auf baldiger Weiterarbeit mit dem jungen Mann bestehen wollte. Er erreichte ihn nach mehreren vergeblichen Anrufen endlich an einem Sonntagabend, dem 11.Juli. Sie konnten sich nicht auf einen unmittelbar anschließenden Termin verständigen, da Herr Theuring das vorhandene Material erst noch aufarbeiten wollte. Klaus setzte voraus, dass das längst geschehen sei, so ungeduldig wartete er auf den neuen Abschnitt. Es waren diese langen hellen Abende kurz nach Sommeranfang, Klaus legte den Hörer auf die Gabel.

Das „Sich-Vorbereiten" spukte noch durch seinen Kopf, es war vielleicht doch etwas daran. Klaus nahm es als Vorschlag und machte sich auf den Weg hinauf auf den Dachboden. Immer hatte er es seiner Frau überlassen, die eingeklappte Leiter zum Dachboden auszufahren und hinauf zu turnen. Später hatten die Töchter ihm die Wege abgenommen; jetzt stand er mit geklemmtem Daumen und Leiter auf halber Höhe vor diesem nicht beherrschbaren Ergebnis platzsparenden Bauens. Es half nichts, er musste Geduld haben bis zum Mittwochnachmittag, wenn die Arztpraxen geschlossen und seine Töchter für ihn Zeit hatten. Der Juli war ungewöhnlich warm bisher und die Hitze hielt die Leute in den Häusern, an Gartenarbeit war nicht zu denken, so dass er auch nicht en passant einen Nachbarn um Hilfe bitten konnte, ohne jemanden herauszuklingeln.

Karin ließ am Mittwoch die Leiter herunter, bot an, Benötigtes für den Vater vom Boden zu holen. Klaus hob abwehrend die Hände, schüttelte den Kopf und suchte räuspernd nach einer Formulierung: „Eigentlich weiß ich gar nicht so genau, was ich da oben will … Ich dachte, vielleicht ist da noch der alte Rasensprenger, den wir früher hatten, der Garten könnte etwas mehr Wasser brauchen." „Papa, warum fährst du nicht zu Ohlendorf und kaufst einen zweiten! Wann kommt übrigens dein Revoluzzer wieder, oder seid ihr schon fertig?" Klaus wehrte ab: „Ich wollte am Wochenende ein bisschen die Olympiade ansehen, deshalb werden wir erst ab Montag weitermachen."

Der Weg auf den Dachboden war nun frei, Klaus stieg in den Morgenstunden durch die Luke und begann zu suchen. Was wollte er finden? Und, was wollte er besser nicht finden? Er wusste, dass seine Frau sorgfältig Fotos und Dokumente, Briefe und andere sächliche Zeitzeugen bewahrt hatte. Er hatte auf handliche Kartons gehofft, aber Lucy waren Pappumhüllungen zu unsicher gewesen, sie hatte die Dinge in Kommodenschubladen untergebracht. Klaus griff in einen Stapel Papiere und las: ‚Arbeitszeugnis für Klaus Marquardt', er war also an der richtigen Stelle und musste, da er nicht in der Hitze des Dachbodens bleiben konnte, für die weitere Betrachtung den Inhalt der Schubladen transportieren.

Und das gelang in kleinen Päckchen. Päckchen, die sich der Briefnorm fügten, gerollte Päckchen, Päckchen, in denen es ruckelte, als seien viele Einzelteile darin, ungestalte Päckchen, in denen er Handgearbeitetes der Kinder vermutete.

Das Arbeitszeugnis war obenauf liegen geblieben, Klaus las, dass er nach nur dreimonatiger Berufstätigkeit als knapp 19-jähriger Geselle Handlungsvollmacht erteilt bekommen hatte, dass er „stets zur vollsten …" und dass man ihm, da das Unternehmen aufgelöst würde, „viel Erfolg und alles Gute" auf seinem weiteren Lebensweg wünsche. Der frühe Vertrauensbeweis freute ihn aufs Neue, und, so gestärkt, wagte er sich an die anderen Papiere. Die Fotos behielt er sich vor, ebenso die Werkstücklein der Kinder. Er war überrascht, eine Korrespondenz aus den frühen 20-er Jahren zwischen seinem Vater und dessen Schwiegermutter Auguste Sendlinger, die in Grünau gelebt hatte, zu finden. Es war doch eigentlich nichts Ungewöhnliches, dass zwischen seinem Vater und seiner Großmutter mütterlicherseits ein Austausch stattgefunden hatte. Klaus hatte ihn als Kind einfach nicht wahrgenommen. Er überflog die Zeilen, - wie oft er seinen Namen in den Schriftstücken erkennen konnte! Er hatte die Sütterlin-Schrift in der Schule gelernt, kam aber mit der Kurrentschrift der Vorgänger-Generationen ganz gut klar und er las bald fließend. Es schien, dass der Vater nach dem Tod der Mutter den Kontakt mit der Schwiegermutter gesucht hatte. Klaus fiel jäh ein, dass damals in Erwägung gezogen worden war, ihn im Hause seines Onkels Klaus Sendlinger aufwachsen zu lassen, und er spürte die Freude von damals, als er sicher sein durfte, beim Vater bleiben zu können. Immer wieder beschrieb sein Vater Klaus' Bereitschaft jede Anordnung unhinterfragt zu befolgen, wobei der Vater zu durchschauen meinte, dass sein Sohn nicht aus Fügsamkeit, sondern aus der Furcht das Elternhaus doch verlassen zu müssen, so „brav" war. Dem Vater war die Drohkulisse gerade recht. Die Großmutter äußerte sich besorgt: „Lass den Knaben wissen, dass ihm nichts auf der Welt das Vaterhaus streitig machen kann, dann wird er nicht nur den Verlust fürchten, sondern Dich lieben!" Klaus konnte den Briefen nicht entnehmen, ob diese Worte den Vater erreicht hatten; in der Julihitze wurde ihm fröstelig vor Heimweh.

Hauptinhalt der Briefe waren Fragen, die mit der Haushaltsführung zu tun hatten. Der Wunsch des Kindes nach weiterführender Schulbildung und die Unterstützung durch den Onkel waren für den Vater ein schwerer Brocken, den die Großmutter aber mit dem Argument: „Helene hätte sich für Klaus gewünscht, dass er so viel lernen kann, wie er in seinen Kopf kriegt!" beiseiteschob.

Überhaupt war in allen Briefen – ob aus dem Felde, zwischen den Verlobten oder zwischen der Vorgeneration - die Lösung von praktischen Problemen vorrangig, all das, was er heute am Telefon erledigen würde, selten ging es um Gefühle oder Wünsche. Klaus schloss den Karton mit den Briefen und bemerkte zu sich: „Naja, die Sterne vom Himmel holen wollten wir früher auch nicht!", dabei vergaß er, dass er heute dem älteren Klaus das Sternegucken gestattete.

Sein Freund Matthias hatte von einer Interessengemeinschaft gehört, die sich im Osten der Stadt zusammengefunden hatte, um die Sterne zu beobachten. Bislang war Klaus einsamer Himmelsgucker gewesen, der es genossen hatte, mit niemandem seine Entdeckungen mittels langgerecktem Arm und ausgestrecktem Zeigefinger, mit Bewunderungs- oder Enttäuschungsäußerungen teilen zu müssen. Insgeheim aber hoffte er doch auf Fortschritte und Hilfen bei der Bestimmung von Beobachtetem. So war er am Abend dabei, als sich die Sternfreunde in Otto's Gaststätte in Hondelage trafen. Er setzte sich halb abseits, war zuhörend dabei und wartete auf das, was ihm geboten würde. Die großen Observatorien, die er kennengelernt hatte, schienen ihm einen Erfahrungsvorsprung gewährt zu haben und so hatte er den Eindruck, die Teilnehmer der Runde sprächen reichlich hemdsärmlig; er selbst hätte von sich in diesem Augenblick gesagt, er sei hoffärtig.

Höflich erkundigte er sich nach dem Termin des nächsten Treffens – schon sehr bald, informierte man ihn, denn am nächsten Dienstag träfe die Viking-Sonde auf dem Mars ein, das gelte es gemeinsam zu verfolgen! Klaus verabschiedete sich.

Zuhause warteten auch am nächsten Morgen die herbeigeschleppten Päckchen auf ihn, es waren noch der Karton mit kleinteiligem Inhalt und die Handarbeiten der Kinder zu besehen. Das, was er mit schnellem Herzschlag zu finden gehofft hatte, gab es nicht, hatte es vielleicht nie gegeben: Briefe zwischen seinen Eltern. Sie hatten 1911 geheiratet. Was war an Worten, gar geschriebenen, nötig, wenn der Mann wusste, was er und wen er wollte. Klaus verband mit dem Vater seine Sprechweise, die nichts von ihm preisgab; wenige Worte, Allerweltsworte; plumpe Ironie, die gelegentlich Zärtlichkeit besagen wollte. Nein, er suchte vergeblich Briefe seiner Mutter. Er erinnerte nichts von ihr und der Vater hatte sie nie durch Erzählen, durch Schilderungen von Begebenheiten, in denen sie lebte, sich bewegte, eine Frau, seine Mutter war, für seinen Sohn lebendig behalten. So machte er sich an den Karton mit Fotos. Seine Frau hatte Alben angelegt für alle Bilder ihrer kleinen Familie. Der Inhalt dieser Schachtel musste also aus der Zeit vor ihrer Eheschließung sein: Klaus hielt schwere Pappen mit Portraits in der Hand, kleine quadratische Abzüge mit Mausezahnrändchen, auf denen Menschen im Gebirge oder in Biergärten zu sehen waren, stabile große Kartons mit Gruppenaufnahmen von einer Hochzeit oder Kommunion. Hier sah er seine Eltern als Brautleute. Und er sah ein Bild, auf dem eine weißgekleidete Frau sitzend einen etwa vier Jahre alten Knaben leicht an sich zog, der Knabe blickte zu ihr auf. Die Dame lächelte zart, dankbar und glücklich über den Schatz, den sie mit ihrer Rechten hielt. Sie hatte eine hohe Stirn und dunkle Augen und dunkles, wellig zurückgekämmtes Haar umrahmte ein herzförmiges Gesicht. Klaus richtete sich aus seiner gebeugten Haltung auf und rieb sich das Kinn, dann ließ er sich in einen Sessel fallen. In seiner Vorstellung entstand jenes Foto, auf dem starre Personen einen Gegenstand in der Hand hielten, und von dem er geglaubt hatte es sei das einzige noch erhaltene, - und jetzt ließ die Gefühlsdichte dieses gerade entdeckten Bildes ihn flüstern „Mama". Viel später setzte er den Deckel auf den Karton und stellte ihn zur Seite.

Tags drauf war er noch so sehr von Heimat und Zärtlichkeit gewärmt, dass er überwältigt der Übertragung der Eröffnung der olympischen Sommerspiele in Montreal folgte, als sie symbolisch vom Münchner Oberbürgermeister an den der kanadischen Stadt unter den Klängen des Bayerischen Defiliermarsches weitergereicht wurden. Am Sonntag erwachte er in gutem Gefühl, das Kommende, bestmöglich vorbereitet, erwarten zu können und zugleich verzagt, die vorbereiteten Einzelheiten könnten ihn an Körper und Seele überfordern.

Tiefer Tauchen

Franz verlässt den D-Zug am Hauptbahnhof Braunschweig, er hat seinen Heidelberg-Krimi ausgelesen und fährt mit dem Taxi zum Hotel. Im „Eulenspiegel" war nichts frei, hatte Herr Marquardt ihn wissen lassen und ihm das in der Nähe gelegene „Hotel zur Oper" angeboten. 48,00 DM die Nacht plus 4,40 für das Frühstück, entnimmt Franz der Preisinformation an der Zimmertür. Der Blick hinaus geht zur Jasper-Allee, diese großzügige Anlage mit zwei Fahrspuren an einer mit doppelter Baumreihe gesäumten Promenade, ursprünglich als Kaiser-Wilhelm-Allee dem letzten Kaiser gewidmet, jetzt war der Name Tribut an einen in Bergen-Belsen ermordeten Braunschweiger Sozialdemokraten.

Franz findet eine Nachricht vor, „19:00 Abendessen Da Bruno, Marquardt", und ihm fällt sofort der für den Abend mit Susanne vereinbarte Anruf ein, den er womöglich verpassen könnte. Nun, er kann es später am Abend versuchen. An der Rezeption wird ihm der Fußweg zu ‚Bruno' erklärt.

Er bleibt am Theater stehen, er empfindet den Hochmut des Zugereisten und wünscht sich doch, eine Vorstellung zu besuchen, - aber der Spielbetrieb 1976/77 wird erst ab September fortgesetzt. Er blickt den leicht abschüssigen Steinweg in die Richtung, von der aus Braunschweig gewachsen und zur Großstadt geworden war. Die Regierungsgebäude, die die Zeit der Residenz Braunschweig repräsentieren, bedrücken ihn, ihm fallen die Worte aus Stendhals Braunschweiger Tagebuch Anfang des 19.Jh ein, „die Gebäude, in denen sich die Obrigkeit befindet, haben die dem Gotischen eigene Hässlichkeit", und nach so viel Neugotik sucht er das mittelalterliche Zentrum der Stadt auf, den Burgplatz. Die Innerlichkeit dieses Platzes, geschaffen aus einem Ensemble selbstgenügsamer Bauwerke, die dem Bronzelöwen auf seinem Podest Schutz und Respekt zollen, lädt ein. Er lässt sich auf einer der Steinbänke nieder und lehnt sich an die raue Außenwand des mittelalterlichen Domes. Die Löwen, die die Steinbänke tragen, äußern ganz unterschiedliche Meinungen über die ihnen zugewiesene Aufgabe, sie blicken dumpf und biegen den Rücken durch, manche verrichten ihre Arbeit stoisch mit abwesendem Blick, einer wendet sich dem Sitzenden zu und lacht ihn an. Franz holt tief Atem, dieser Platz ist für ihn ein Friedensangebot der Stadt Braunschweig.

Nun also, da Bruno. Keine Gelegenheit zum draußen sitzen, im Gegenteil, im Eingangsbereich die Bar, und der Platz für die Speisewilligen eine Treppe höher. Franz schleppt seine Füße Stufe um Stufe hinauf, die Anmutung des Burgplatzes kann ihn nicht mehr beflügeln. Wie geht es ihm mit seiner Aufgabe? Wie würde es weitergehen? Klaus hatte am Geländer der Empore Platz genommen und beobachtet Franz. „Freudige Bereitschaft sieht anders aus", denkt er und findet die Situation auch ein bisschen quälend. „Ich darf sitzen bleiben?", er reicht Franz die Hand, „hatten Sie eine angenehme Reise?" „Danke, alle Anschlüsse waren pünktlich." „Ich bin schon ewig nicht mehr mit der Bahn gefahren. – Haben Sie überhaupt einen Führerschein?" „Ja, meine Eltern haben ihn mir zum Abitur geschenkt." Klaus denkt nach: „Meine Töchter waren beide für ein Schuljahr in den USA und haben dort ihren Führerschein gemacht, sie mussten ihn nur noch in Deutschland anerkennen lassen. Eine so große Geste zum Abitur kam für uns damals nicht in Frage. Meine Frau und ich hielten das Abitur für ein Geschenk von uns an Karin und Monika. Eine Art Angebot. Die Mädchen haben sich am Tag des Reifezeugnisses mit einem Blumenstrauß bei uns bedankt." Franz hält innerlich Ausschau nach etwas Verbindendem: „Und sie haben dieses Angebot ja auch mit großer Tüchtigkeit anerkannt!"

Klaus empfiehlt die Saltimbocca und bestellt eine Flasche Barolo.

Franz schiebt sich ein Stückchen Kalbschnitzel in den Mund, als er von Klaus mit der Frage nach seiner Einschätzung überrascht wird: „Kann man das wirklich so darstellen, als grundsätzlich gegensätzlich?" Er weist mit seiner Gabel auf ein Plakat auf der Werbewand gegenüber. Die CDU stellt in Richtung Bundestagswahlen die Forderung: „Freiheit statt Sozialismus". Franz nimmt sich nicht die Zeit zum Überlegen seiner Antwort während er kaut: „Nur im Sozialismus ist Freiheit möglich!" Klaus zieht die Mundwinkel nach unten, nicht spöttisch-distanziert wie sonst, er ist ratlos, kann mit dem Beton-Satz nichts anfangen. Franz fährt fort, als er sieht, dass sein Gegenüber nicht versteht. Seine Stimme wechselt von der Gesprächs- in die Diskutierlage; sie wird lauter und heller: „Im Sozialismus handeln die Menschen ohne das Diktat äußerer Zweckmäßigkeit, die menschliche Arbeit ist nicht mehr auf die Linderung von Not gerichtet, sondern die Verwirklichung eigener Schöpferkraft. Also, wenn der Sozialismus vollendet ist, also im Kommunismus, wenn also die materielle Basis für die Gemeinschaft geschaffen ist, dann beginnt erst das Reich der Freiheit." Klaus waren das entschieden zu viele ‚alsos', er lehnt unbedingte Schlussfolgerungen in Bezug auf gesellschaftliche Entwicklungen, unabhängig vom Inhalt der Aussage, ab: „Sie meinen wirklich die persönliche Freiheit?" „Entschuldigen Sie, das ist bürgerlich gedacht, persönliche Freiheit ist Abgrenzung der Individuen, um sich Handlungsspielräume gegeneinander offenzuhalten. Wirkliche Freiheit ist nur als eine Beziehung des Einzelnen zur Gemeinschaft denkbar, denn nur sie gibt ihm die Mittel, seine Anlagen auszubilden." „Bürgerlich hin oder her, ich sehe das Bürgertum als Fortschritt gegenüber dem Feudalismus. Wo stünden Sie und ich und all diese Menschen hier, wenn nicht Persönlichkeit, Intellekt, Fleiß und vor allem Ideen eine Position gegenüber den Erb-Mächtigen erkämpft hätten! Nehmen Sie als Beispiel Marx, er war ja selbst bürgerlicher Querkopf mit abweichenden Ideen und schöpferischem Mut!" Franz fürchtete im Weiteren die Darstellung von Lenin als Eisenbahn-Hitch-Hiker und beeilte sich zu antworten: „Die Basis jeder menschlichen Erkenntnis ist nun mal die Erfahrung, Sie kennen das ‚Das Sein bestimmt das Bewusstsein'. Erfahre ich also die Befreiung vom Zwang vorgegebenen Zielen zu folgen, weil die Lebensgrundlage für die Gemeinschaft geschaffen ist, werden die aus meiner Freiheit selbstgesetzten Ziele immer der Gemeinschaft dienlich sein".

Hier entscheidet sich der Liberale aus dem Gespräch auszusteigen. Die Verantwortlichkeit, letztlich Fragen von Schuld und Moral, droht sich dem Gattungsbegriff Mensch unterordnen zu müssen, alle wollen ja das Gleiche!

So grundsätzlich war seine Frage auch nicht gemeint gewesen, sie hatte doch eher etwas mit der Ernsthaftigkeit von Wahlwerbung zu tun, nicht mit der Enteignung von Privateigentum!

„Lust auf was Süßes? Sie haben hier ein ausgezeichnetes Tiramisu." Franz wird unruhig, er denkt an das Telefonat mit Susanne und dankt. Klaus hätte sich gerne noch mit Franz über mögliche Wahlergebnisse unterhalten und entwickelt verschiedene Koalitions-Szenarien. ‚Ich werde mich nicht zu einer Bewertung hinreißen lassen, sonst dauert das hier noch endlos!', stöhnt Franz innerlich und äußert Sowohl-als auch-Überlegungen. Es ist noch hell, als die beiden sich nach einer Verabredung für den nächsten Tag verabschieden.

Franz eilt zurück ins Hotel und schaut mit einiger Erwartung zur Rezeption. „Nein, kein Anruf für Sie!" Franz macht auf dem Absatz kehrt, ihm war, als sei eine Telefonzelle in der Nähe gewesen. Er wählt oft Susannes Nummer in Heidelberg an, immer hört er das Besetzt-Zeichen schon nach der Ortsdurchwahl, die ganze Bundesrepublik will den günstigen Nacht-Tarif nutzen und die Kapazitäten sind überlastet. Endlich das Freizeichen, er lässt es läuten, Susanne meldet sich nicht.

Als Franz am nächsten Morgen mit dem Bus ‚zur Arbeit' und wieder durchs Pawelsche Holz fährt, tauchen seine früheren Überlegungen zum Wechsel des Bundeslandes empor. Und, nach den wärmenden Tagen in Heidelberg, der Nähe seiner Freunde, des heimeligen Odenwaldes, erscheint ihm eine solche Möglichkeit, ja, nur der Gedanke an das Zurücklassen dieses Rahmens, als unvereinbar mit seinem Leben.

Als hätte Klaus davon gewusst, knüpft er beim Frühstück auf der Terrasse mit seinem Angebot einer Abschlagszahlung an die wirtschaftliche Situation seines Gegenübers an. „Wovon leben Sie, wenn Sie nicht hier sind? Erlauben Sie, dass ich Ihnen einen Teilbetrag des zwischen uns vereinbarten Honorars überweise?" „Ich habe mit dem Abschluss meines Hochschulstudiums ein Anrecht auf staatliche Unterstützung in Form von Arbeitslosenhilfe erworben und beziehe nun wöchentlich 160 DM." Seine trotzige Haltung lässt das "Ich will ja, die wollen mich nicht, also sollen sie zahlen" ahnen. Klaus fasst halblaut und durchaus anerkennend zusammen: „Die wenigsten tun etwas." „Wie meinen Sie?" „Verzeihen Sie, dass das Gespräch so persönlich geworden ist. Dass Sie Ihr Angebot in die Zeitung gesetzt haben, war schon ein Schritt in die Richtung auf eigenen Füßen zu stehen. Ich bin der Meinung, dass staatliche Grundsicherung wie Arbeitslosengeld über einen überschaubaren Zeitraum aktueller Arbeitslosigkeit hinaus keine gesellschaftliche Eingliederung der betroffenen Schichten bewirken kann, sondern deren Situation am Rande der Gesellschaft zementiert." Franz war sprachlos. „Sie haben mir doch selbst von Ihrer Zeit der Arbeitslosigkeit erzählt, damals 1930, bevor Sie sich selbstständig gemacht hatten." "Genau! Ich habe etwas unternommen! Nachdem ich mich bei der Reichswehr beworben hatte und abgewiesen worden war, aus Gründen, die man sich heute nicht mehr vorstellen kann, habe ich mich weiter bemüht. Und die Arbeitslosenversicherung gab es nur dem Namen nach, sie erbrachte noch keine Leistungen – und sie verhindert ja auch heute noch keine Arbeitslosigkeit. Die Reichsanstalt hatte vor der Weltwirtschaftskrise keine Reserven bunkern können für die 6 Mio Arbeitslosen im Deutschen Reich, deshalb – die Zeiten von Arbeitslosigkeit damals und heute lassen sich nicht vergleichen. Und, Arbeitslosigkeit war nicht nur eine wirtschaftliche Grenzerfahrung, der Arbeitslose galt als Kommunist! Zur Ächtung gesellten sich gesellschaftliche Ressentiments, die auch durchaus die Wehrhaftigkeit derer hervorriefen, die noch etwas besaßen. – Nun sind wir aber schon wieder mitten drin, Herr Theuring, haben Sie's bemerkt?" Franz steckt noch die These in den Knochen, die der Ältere in den Raum gestellt hatte und deren ungeheuerliche Aussage über die Wirkung staatlicher Fürsorge in der darauffolgenden Debatte nicht einmal gestreift wurde! Welch ein absurder verachtender Gedanke, diese Versicherungsleistungen als den Mörtel zur Klassengesellschaft zu betrachten!

Und es kam noch absurder, als Franz einfiel: Mörtel wird im Pfälzischen „Speis" genannt – vielleicht war doch etwas dran?

Klaus unterbricht seine Überlegungen mit der Abendplanung: Er wolle sich mit Bekannten zur Fernsehübertragung der Mars-Landung der Viking Sonde 1 treffen. Ob Herr Theuring nicht mitkommen wolle? Franz klammert sich an telefonischen Hoffnungen, deutet Verpflichtungen an und bedankt sich. Er kehrt innerlich zum Gesagten zurück: Sozialleistungen verfestigten den Zustand, zu dessen Milderung sie per Gesetz geschaffen worden waren. Und er befragt sich nach seiner Bereitschaft, ohne Unterstützung weniger Bedingungen zu stellen, offener für angebotene Möglichkeiten zu sein. Es lag auf der Hand, er würde! Denn es bliebe nur Verhungern oder Vertrauen auf der Tasche zu liegen! Nun versucht er sich eine Million arbeitsloser Menschen vorzustellen, denen gleich ihm ohne staatliche Hilfe nur diese Alternative blieb, zu verhungern oder sich von hilfsbereiten Menschen durchbringen zu lassen. Eine Million kann er sich schon mal gar nicht vorstellen, - ihm fallen die Kollegen vor dem Werkstor von Boehringer in Mannheim ein, und der Wunsch des einen nach einer kurzfristigen Reparatur-Diktatur in Form eines reinigenden Gewitters. Hatten sie bei Jobverlust ebenfalls die Chance auf bezahlte Arbeit, wenn sie nur weniger wählerisch in der Annahme von Angeboten vorgingen? Franz sieht für sich ein Spektrum von Arbeitsplätzen, für die sein politisches Vorleben bedeutungslos wäre. Mörtel bliebe Speis', und mit der Einbringung vielfältiger Fähigkeiten würden die Menschen in die Lage versetzt, auszuwählen und nachgefragt zu werden. So bräche mit einem erhöhten Bildungsangebot die simple These über die Allfälligkeit von Klassengesellschaften zusammen.

„Sie sind nicht hier!" „Ich hab nachgedacht." „Darf ich wissen?" Insgeheim freut Franz sich über das Interesse an seinen Überlegungen, wich aber aus: „Es hatte nichts mit unserer Arbeit zu tun.

Sie haben Recht, wir waren in unserem Gespräch über einen Grundkonflikt – Angebot und Nachfrage von Arbeitskraft, heute 1 Million Arbeitslose, in Ihrer Jugend 6 Millionen – tatsächlich zurückgekehrt in einen Abschnitt Ihres Lebens." Klaus schenkte sich Tee ein. „So ganz langsam wurden die Produkte meiner Firma wieder interessant, ich hatte, ohne Arbeitsvertrag, ein bisschen in meinem Gewerbe zu tun. Mein Vater ermunterte mich, mich bei der Reichswehr zu bewerben. Er erhoffte für mich Zutritt in den elitären Verband einer durch den Versailler Vertrag begrenzten Zahl von Berufssoldaten, von denen mehr als ein Viertel dem Adel angehörten. Die Heeresführung aber verzichtete auf die Dienste des bürgerlichen Klaus Marquardt, der auf hinderliche Weise auch noch städtischer Herkunft war. Stadtkinder wurden erstens als nicht so robust und belastbar eingeschätzt wie rechtselbische Junker und zweitens als anfällig für sozialdemokratische Träumereien. Mich hat die Absage nicht erschüttert, ich hatte den Antrag nur halben Herzens gestellt."

Klaus ergreift seine Teetasse, wie sich die Menschen häufig nach Gesagtem, so sie ein Trinkgefäß vor sich haben, mit einem Schluck daraus etwas Gutes tun, nachdem sie ja mit ihrem Redebeitrag den Anderen etwas Gutes getan hatten.

„Ich sagte Ihnen vorhin, die Gründe, die hinter meiner Ablehnung standen, sind heute nicht mehr vorstellbar. Und verstehbar waren sie erst 1935, als nach Erlangung der Wehrhoheit des Deutschen Reiches die Wehrmacht sofort über ein schlagkräftiges Heer verfügen konnte. Jeder Soldat war mindestens 12 Jahre dienstverpflichtet gewesen und für höhere Verantwortungsstufen ausgebildet."

Franz, der als Wehrpflichtiger in den Genuss der Dienstverkürzung auf 18 Monate gekommen war, schüttelt es bei dem Gedanken einer 12-jährigen Verpflichtung und er unterstellt den Deutschen der Weimarer Zeit eine allem Militärischen offenere Haltung, einfach deshalb, weil sie den Krieg nicht im eigenen Land erlebt hatten. Außerdem – er hatte mit diesen 18 Monate seines Lebens nur noch über Geschichten, Witze und Bitterkeit zu tun, vertane Zeit, zu Recht vergessen.

„Haben Sie mir denn etwas mitgebracht? Sie erlauben, dass ich neugierig bin auf Ihre Nacherzählung des ersten Drittels meines Lebens." Franz reicht ihm das Manuskript. Er spürt, wie in Klaus die Lust aufs Gleich-Lesen mit disziplinierter Enthaltsamkeit widerstreitet und verweist auf die Nützlichkeit sofortiger Lektüre, um grundlegende Fehler und Versäumnisse, falsche Richtungen und unpassenden Stil sogleich einräumen zu können. Klaus, ein bisschen ertappt, schiebt sogleich Franz den Schwarzen Peter zu: „Und was machen Sie in der Zeit?" „Ich denke darüber nach, wie Sie geworden wären, hätte man Sie in die Reichswehr aufgenommen." „Dummes Zeug, so gut kennen Sie mich doch gar nicht, dass Sie nur einen Faktor ändern müssen, um angemessen den Verlauf beschreiben zu können! Bei diesen Waswärewenn-Spielchen wird immer vergessen, dass ein Rädchen ins andere greift! Und man muss alle kennen!" Während Franz' Hände feucht werden, langt Klaus nach dem Stapel Papier und beginnt zu blättern. Er liest sich fest, blättert vor und zurück, schaut hoch, runzelt die Stirn und blickt wieder auf den Text. „Was haben Sie sich denn dabei gedacht? Ob ich „im Traum fliegen kann"? Und diese anderen Fragen? Was haben die mit dem Vergangenen in meinem Leben zu tun?" Franz hatte die Fragen in das Manuskript eingefügt, wie sie entstanden waren in der Zeit des Schreibens und er hatte befunden, sie dort zu lassen, bis ihre Beantwortung Erlebtem, Erfahrenem und vielleicht Erlittenem Sinn gaben oder ergänzten. Klaus versteht kaum die Erklärung von Franz, seine Mundwinkel verharren herabgezogen. „Ich glaube", setzt Franz an, „wir kommen besser weiter, wenn wir uns um die paar Fragen später kümmern."

„So kommen Sie mir nicht davon! Ich will wissen, was es mit mir zu tun hat, wenn ich träume, ich kann fliegen! Solche Überlegungen von Ihnen gehen mir einfach zu nahe, sind mir geradezu - peinlich!" Klaus schweigt einen Augenblick, „und fallenlassen können wir diese, na, ich will mal sagen, Indiskretionen, jetzt nicht mehr. Ich hätte von Ihnen wirklich mehr Distanz erwartet!" Franz bemüht sich erneut: „Während ich schrieb", erklärt er, „entstand in mir der Eindruck, das Leben, Ihr Leben, entwickele sich eins aus dem anderen, als müsste alles so sein, wie es dann geworden ist; Sie erscheinen darin fast als Objekt, mit der Zwangsläufigkeit des ‚Kindes Ihrer Zeit'. Die Fragen, die ich notiert habe, sollen ein bisschen den Hintergrund ausleuchten, die Rädchen, von denen Sie sprachen, erkennen lassen, sollen Sie als handelndes Subjekt zeigen mit eigenem Willen, eigenen Plänen."

Jetzt ist es Franz, der einen Schluck Tee nimmt, das gönnt ihm eine Pause und gibt dem Gesagten Nachdruck. Erschrecken und Ratlosigkeit stecken ihm in den Knochen, Klaus schien ihre gemeinsame Aufgabe mit einem Friseur-Besuch gleichzusetzen: Maximal bis an die Epidermis, und wenns schief geht, es wächst ja alles wieder nach.

Auch Klaus schweigt, er nähert sich dem Gedanken – und zunächst ist es ja auch nur ein Gedanke –, dass Erinnern zugleich Verstehen ist und dieses Verstehen nur im Zwiegespräch mit sich selbst, aber auch mit seinem Gegenüber, wächst.

Beide erleben in diesem Augenblick die Autorität des Erkennens. Klaus war es sein Leben lang gelungen, sich Fragen zu entziehen, seine Wahrnehmung mit der der anderen in einer weit von ihm gelegenen Schnittmenge zu teilen, kurz – niemanden an sich heranzulassen. Franz war mit seinen Fragen auf die Sinnebene geraten und würde es weiterhin tun. Klaus hat ihn gut verstanden.

Die Julisonne wärmt diesen Spätvormittag schon so, dass die Luft diesig wird und die Farben bedeckt erscheinen lässt. Franz ruckelt, ihm ist alles unbehaglich und er will sich entziehen; er sieht sich aus einem Rinnsal odenwaldnah zur Erfrischung Wasser schöpfen. Das Bild trägt ihn mit sich fort, bis er wieder auf der Terrasse landet und lachen muss. „Was haben Sie denn?" Franz grinst noch immer vor sich hin: „Siegfried. Und kein Drache weit und breit." „Ach ja, der Wagnerianer. Aber damit ist noch nichts gewonnen." Klaus hält einen Moment inne: „Und was entscheidet Siegfried jetzt zu tun?" Franz gibt sich zuversichtlich: „Siegfried konnte nicht wählen. Sie aber haben Alternativen. Und dabei können Sie nur gewinnen: Entweder wieder die Ruhe in Ihr Leben einkehren zu lassen oder die Unruhe annehmen, die im Fragen entsteht und zu Antworten führt."

Klaus lehnt sich zurück. „Gut, Herr Theuring, verbleiben wir so: Wir trennen uns nach dem Mittagessen, das ich ja schließlich für uns beide bestellt hatte, für heute. Ich werde den Tag nutzen, um Ihre Ausarbeitung zu lesen und", er lächelte, „dabei Ihre Fragen ausklammern und entscheiden, wie und ob es weitergehen soll. Sie haben frei. Allerdings möchte ich Sie bitten, einen Teil des Abends für ein Treffen mit meinem Freund Matthias Stutzke zu reservieren. Er möchte Sie gerne kennenlernen. Ich selbst bin ja mit den Sternfreunden zum Viking-Mars-Spektakel verabredet. Und Sie hatten eine Verabredung für heute Abend angedeutet, aber vielleicht lässt sich ein Abendessen mit Herrn Stutzke doch noch unterbringen. Sagen wir, 19:00 Uhr nicht weit von Ihrem Hotel, im Stadtpark-Restaurant?"

So hatte noch nie jemand über die Zeit, ja, und auch das Interesse von Franz verfügt! Er fühlt sich übergangen und umso schmerzhafter trifft ihn die Vorstellung eines vergeblichen Anrufs von Susanne.

Die Mittagstunden verschläft er im Hotel und läuft dann endlich einmal wieder, zuerst durch den nahen Park, dann die Straße entlang zwischen Teichen und zuletzt wieder durch Waldstücke, auf deren Boden die Sonne nicht durchdringen kann. Auf dem Rückweg trifft er im Park auf Väter, die mit den Söhnen Fußball spielen, er schließt sich an.

Franz trifft pünktlich im gut besuchten Stadtpark-Restaurant ein. Nicht weit von einem Musikpavillon am Rande des Biergartens erhebt sich ein Herr und deutet auf seinen Tisch. Er stellt sich vor „Matthias Stutzke, und Sie müssen Herr Theuring sein!". Franz sieht Herrn Stutzke lächeln, „da hat Klaus sich schon Sorgen gemacht, ob ich Sie oder Sie mich, jedenfalls ob wir uns erkennen und tatsächlich unser Bier gemeinsam trinken können! Sie nehmen doch auch eins von unseren guten Braunschweiger Bieren?" „Sie haben mich ja offensichtlich als den erkannt, den Herr Marquardt Ihnen beschrieben hat", Franz blickt sein Gegenüber an, als wisse er schon, welche Merkmale Herrn Stutzke in dieser biederen Umgebung auf Franz aufmerksam gemacht hatten. „Die Lässigkeit Ihrer Kleidung, gewiss. Vor allem aber, Ihre Jugend! Sie sehen ja die anderen Gäste, doch schon die Rente vor Augen! – Wollen wir etwas essen?" Franz betrachtet seinen Tischnachbarn, während dieser die Speisekarte vor- und zurückblätterte. Matthias Stutzke war ein zierlicher Mann, wohl so Mitte fünfzig. Er sah nordisch aus, wenn es sowas gibt, meinte Franz zu sich, vielleicht, weil blond und keine beginnende Glatze erkennbar, längliches Gesicht, gut proportioniert. Franz findet ihn sympathisch, - er lächelte ohne Vorteilsnahme und blickte offen, freundlich. „Ich empfehle die Forelle, sie schwamm vorher in den Teichen, die nicht weit von hier vor vielen Jahren von Zisterziensermönchen angelegt worden waren." Franz hatte die Teiche beim Vorüberlaufen gesehen und berichtet davon. „Ach, Sie laufen? Wenn ich beruflich nicht bis in die Abendstunden eingespannt wäre, würde ich mir auch viel öfter diese Freude antun. Vielleicht ergibt es sich ja mal, dass auch Sie Zeit haben, dann könnten wir zusammen eine Strecke bezwingen." Er lacht, „das hängt natürlich von Klaus ab!" Franz hat gar keine Lust mit einem sehr viel Älteren zu laufen, und außerdem ist er passionierter Einzelläufer, „gerne! - Ja, ich nehme auch eine Forelle." „Sie kommen aus Heidelberg? Ich habe diese Stadt kennengelernt, nein, nicht kennengelernt, dazu war keine Gelegenheit. Ich kam aus amerikanischer Gefangenschaft, die Entlassung lief über die Headquarters der Amerikaner, die ja aus gutem Grund ihre Zelte dort aufgeschlagen hatten – auch in dieser dunklen Stunde Deutschlands übte diese Stad ihren Zauber aus." Franz ist zufrieden, die diesem Zauber unangemessenen Topoi nicht anhören zu müssen, vom Schloss, dem Fass, dem Karzer und der pittoresken Hauptstraße mit der ebenso pittoresken Straßenbahn, die sich lebensgefährlich den Weg durch die Fußgänger suchte. „Vielleicht hätten Sie Freude daran, die Stadt unter weniger belasteten Umständen einmal wiederzusehen?" Die Wirtin serviert die Forellen, gleich bestellt Herr Stutzke für sie beide noch ein Bier. „Mir geht nicht aus dem Kopf, was Klaus mir erzählt hatte, dass Sie sich in Ihren Beruf nicht beweisen können – aus welchen Gründen auch immer. Ich bin gelernter Goldschmied, meine Familie ermöglicht mir, das Gewerbe anständig auszuüben. Es gibt da ganz schreckliche Preziosen, mit denen habe ich – Dank des Anspruchsniveaus unserer Kundschaft – nichts zu tun. Sie sollten als Lehrer arbeiten können! Mögen Sie darüber sprechen, weshalb Ihnen das verwehrt ist?" Franz scheut sich, diesem offenen und interessierten Menschen gegenüber seinen Kanon von Vorwürfen, Schuldzuweisungen, Buhlen um Verständnis, Heiligsprechung seiner Ziele, als Erklärung vorzutragen. Er bemüht sich um Distanz und Sachlichkeit. Matthias Stutzke schweigt. Dann weist er auf den im Januar erfolgten Regierungswechsel in Niedersachsen von der SPD zur CDU hin und die Fraglichkeit eines liberaleren Umganges mit zukünftigen Beamten als in Baden-Württemberg. „Wissen Sie, nach dem, was Klaus mit erzählt hatte, habe ich mich ein wenig in der Braunschweiger Schullandschaft umgehört und mich nach freien Trägern erkundigt." Er legt eine Notiz auf den Tisch, „in den nächsten Wochen wird in Braunschweig die Freie Waldorfschule eingerichtet. Hier sähe ich eine Möglichkeit für Ihre Bewerbung als Lehrer, allerding wären Sie nicht verbeamtet, Sie erhielten auch nicht so viel Gehalt wie ein Staatsdiener und Sie müssten sich noch einige Zeit in der Waldorf-Pädagogik ausbilden. Interessant hört sich auch der Plan einiger Lehrer und Lehrerinnen an, im kommenden Jahr die Stiftung Knabenhof St.Leonhard in eine Schule mit Internatsbetrieb als Christliches Jugenddorf zu gründen. Nachteile sind die zuvor genannten." „Ach", durchfährt es Franz, „es gibt nur einen richtigen Nachteil: Alle Vorschläge bedingen einen Wechsel weg von Heidelberg, von Susanne und Martin." Franz äußert diesen Hinderungsgrund nicht, er sieht selbst die sentimentale Note. Herr Stutzke unterbricht seine Gedanken: „Mir fällt ein, dass Sie mein Beispiel vom Juwelierskitsch als unzumutbarer Betätigung für einen gelernten Goldschmied missverstehen könnten in Bezug auf das Projekt Biographie von Klaus und Ihre Ausbildung als Lehrer." Nein, Franz hatte diese Assoziation nicht hergestellt. Er erfülle diese Aufgabe wissenschaftlich redlich, zugleich schöpferisch, und mit dem notwendigen Einfühlungsvermögen, teilt er Herrn Stutzke mit. Wenn auch, Franz blickt an ihm vorbei, er sich meist schon sehr schwer tue im Gespräch und im Umgang mit Herrn Marquardt. Es ist schwül und einige Stechmücken sind unterwegs, so dass beide beschäftigt sind mit ihrer Abwehr. „Da haben Sie beide sich aber auch ganz schön was vorgenommen – der eine hat seine Erinnerung und der andere muss sie sortieren. Da bleibt eine unterschiedliche Gewichtung nicht aus. Was aber zählt, ist doch das gelebte Leben, ich bitte Sie das nie zu vergessen!" Franz hätte ganz gerne gehabt, dass Herr Stutzke ihn ein bisschen verstand, Solidarität zeigte gegenüber der Kompliziertheit des Charakters von Klaus Marquardt. Doch der Freund blieb loyal, an der Sache orientiert. „Ich erwarte einen Anruf im Hotel. Erlauben Sie, dass ich mich verabschiede?" „Seien Sie mein Gast gewesen, vielleicht führen Sie mich einmal durch Ihr Heidelberg?"

Im Hotel verneint der Chef der Rezeption den fragenden

Blick von Franz, nein, kein Anruf für ihn. Und wieder kehrt er auf dem Absatz um Richtung Telefonzelle. Auf dem Weg treffen ihn die ersten schweren Regentropfen. Und wieder die Versuche, in Heidelberg ein Freizeichen zu bekommen, und wieder erreicht er Susanne nicht. Er beschließt, ihr zu schreiben. Das Gewitter tobt nun mit allem, was es aufzubieten hat, und treibt Franz vor sich her.

Auch am nächsten Morgen regnet es noch. Klaus und Franz nehmen unter der Lampe am Esstisch im Wohnzimmer Platz. Die Hitze steht noch im Haus, doch Herr Marquardt hält Terrassentür und Fenster geschlossen. Er nestelt an den Papieren und Fotos herum, ohne sich auf ein Dokument festzulegen, verschüttet Tee, spricht in Halbsätzen. „Mögen Sie von der Mars-Landung erzählen?" „Die Sonde landete weich und kann ihre Aufgabe erfüllen." „Ich weiß wenig davon, welche Aufgabe?" „Gewisse Oberflächenschichten auf Leben zu untersuchen, und da waren sie wieder, diese - Spinner!" „Marsmännchen?" Klaus ist genervt: „Nehmen Sie wenigstens heute Rücksicht auf mich!" „Bitte, welche Spinner?" „Es gibt bei den Sternenfreunden ein paar Leute, denen der Umgang mit gegebenen Zusammenhängen wie Natur, Technik, allem Machbaren, nicht freundlich genug ist. Diese Leute unterhielten die an der Fernsehübertragung Interessierten mit ständigen Kommentaren, durch den Viking-Forschungsauftrag würde mögliches Leben auf dem Mars zerstört." Für Franz sind diese Befürchtungen nicht ganz von der Hand zu weisen, doch ist im Augenblick sein Laienverständnis weniger wichtig als das Raumklima. So unaufgeräumt war ihm Herr Marquardt noch nie begegnet, sogar sein kurzärmliges Oberhemd ist falsch geknöpft. „Ist noch etwas passiert?" Klaus blickt kurz auf: „Nur das Gewitter." Franz unterdrückt eine flache Bemerkung über das gewitterfürchtige Alter, aus dem man schließlich raus sei und im Bemühen um Sachlichkeit zählte er auf: „Wassereinbruch im Keller, Dach abgedeckt, Kurzschluss, Fernseher implodiert?" „Ich hatte Sie gerade um Rücksichtnahme gebeten. Also." Und nach einer Weile: „Sie wissen ja nicht Bescheid. Ich bin vor drei Jahren vom Blitz getroffen worden." Franz war, wie die meisten Menschen, noch nie jemandem begegnet, der Berührung mit einem Blitz gehabt hatte und hilflos in seiner Reaktion. „Ist es, dass Sie noch etwas spüren davon?" Klaus wehrt ab: „Sie meinen, körperlich. Nein, obwohl Spätfolgen nicht ausgeschlossen sind. Aber das, was dieser Unfall mit mir angerichtet hat, wird eben immer sehr deutlich, wenn die Wetterlagen vergleichbar sind. - Wir sollten jetzt etwas anderes machen als in die Vergangenheit, in meine Vergangenheit, zu schauen. Haben Sie eine Idee?" „Nicht ohne Vergangenheit, aber auch mit Gegenwart", nahm Franz den Vorschlag auf, „ich würde sehr gerne kennenlernen, was Sie hier aufgebaut haben. Meinen Sie, es ist möglich in Ihren ehemaligen Betrieb hineinzuschauen? Immer vorausgesetzt, Sie hätten nichts gegen dieses Vorhaben einzuwenden oder es wäre Ihnen doch zu vergangenheitslastig!" Klaus schaut lange ins Licht der Lampe, die Angespanntheit seiner Züge mildert sich, er legt seine Hände ineinander und stützt die Arme auf: „Lässt sich machen. Ich werde telefonieren." Klaus kehrt zurück, das Hemd war jetzt korrekt geknöpft, „ich hätte es wissen müssen, die Zahntechniker-Innung veranstaltet in diesem Jahr in meinem Betrieb den praktischen Teil der Gesellen-Prüfungen für die Lehrlinge. Meinem ehemaligen. Heute ist der dritte und letzte Prüfungstag. Unser Besuch würde stören. Ihr Interesse hat mich gefreut, ich werde eine Betriebsbesichtigung einrichten. Schließlich ist dieses Unternehmen auch ein Teil von mir."

Der Regen war weitergezogen, Franz bittet, die Fenster und Terrassentür öffnen zu dürfen und macht die Terrasse halbwegs wohnlich. Das Mittagessen wird geliefert, die beiden essen schon früh. Sie schweigen, Klaus in Erinnerung, Franz in der Ungewissheit des Weiteren. Und dennoch, das Schweigen ist mehr als ichbezogener Ausdruck, es ist spürbar getragen von der Bereitschaft , sich jeden Augenblick auf den anderen einzustellen. „Gut", stellt Klaus fest, „gestern Mittag hatte ich zu Bedenken gegeben, nach der Lektüre Ihrer Ausarbeitungen entscheiden zu wollen, ob und wie es weitergehen wird, Sie erinnern sich?" Franz nickt und wird unruhig, schließlich geht es um die Bewertung seiner Leistung! Franz ist sich im Klaren darüber, dass Klaus nur zufrieden sein könnte, wenn er sich wiederfand, angemessen wahrgenommen wiederfand. Er ist aber der Aufgabe derart verbunden, dass eher literarische Kriterien ihn als Autor bemessen sollten. Tribut an das allzeit gültige Gesetz der selektiven Wahrnehmung, dessen Konfliktpotenzial in sich zusammenfiele, wäre jeder Beteiligte sich des vom anderen abweichenden Bewertungspodests bewusst!

Klaus, weit entfernt von Künstler-Egoismen, hatte sich einiges zur Frage des ‚ob' überlegt: „Natürlich, lieber Herr Theuring, hatte eine Entscheidung zur Anfertigung dieser Schrift schon viel früher, nämlich vor meiner Antwort auf Ihre Anzeige in der Welt am Sonntag, stattgefunden, sonst wären Sie ja nicht hier. Soviel zur Frage, ob es weitergehen soll. - Ich habe den gestrigen Nachmittag damit zugebracht, Ihre Wiedergabe meiner Berichte aus meinem Leben zu lesen. Über die Behandlung Ihrer „Fragen" haben wir ja schon gesprochen, zunächst bleiben sie ausgeklammert. Sie müssen mir gestatten Ihre Begründung zur Heranziehung dieser Fragen ohne Zeitdruck sozusagen als Blaupause über Ihren Text legen.

Sie sind jetzt schon den dritten Tag hier und wir sind noch immer an dem Punkt, an der wir am 06.Juli aufgehört haben. Da wir die von Ihnen vorgeschlagene Kurzweil eines Besuches in meinem ehemaligen Betrieb nicht haben können, möchte ich, dass es weitergeht. Ich bin übrigens einverstanden mit dem, was Sie geschrieben haben." „Einverstanden!"- Franz fällt in sich zusammen, „eine Woche meines Lebens habe ich damit zugebracht, aus Fakten die Persönlichkeit Klaus M. werden zu lassen. Und dieser Mensch ist ‚einverstanden'!" ‚Was zählt, ist das gelebte Leben!' – das Bedenken, das Herr Stutzke ihm mitgegeben hatte, holt Franz ein und lässt ihn ruckeln. „Genau.- Die Stelle, der Punkt unseres Innehaltens in Ihrem Leben ist ca 1933 oder 1934 festzumachen, Sie hatten gerade beschlossen, nach der Ablehnung Ihrer Bewerbung bei der Reichswehr, einen Meisterkursus zu besuchen, nachdem sich gezeigt hatte, dass Sie Ihr Leben mit gelegentlichen Aufträgen Ihres ehemaligen Ausbildungsbetriebes finanzieren konnten. Sie wohnten noch in der elterlichen Wohnung. Ist das richtig?"

Klaus nach einem Weilchen: „Ja, die Liebe hat bunte Flügel …'." „Wie kommen Sie jetzt da … ach, ja … ‚solch einen Vogel zähmt man schwer'." Die Habañera hatte sie jetzt beide gepackt. „ … si je t'aime prends garde à toi!" „Es muss 1935 gewesen sein. Ich hatte Luzie, meine spätere Frau, zu Carmen eingeladen, und dieser Besuch in der Münchner Staatsoper hatte etwas zwischen uns geschehen lassen. Fragen Sie mich nicht, doch – vielleicht wirkt Musik ähnlich zwingend wie Glück oder eben Liebe. Sie sehen ja uns beide Zausel, wie wir uns fortreißen lassen! Ich habe eine schöne Aufnahme mit der Callas, vielleicht haben wir später Gelegenheit sie zu hören."

Luzie bereitete sich im Sommersemester 1935 auf das Physikum vor. Sie und Klaus nutzten die wenige Zeit dieses warmen Sommers, die ihnen blieb, für gemeinsame Unternehmungen. Schon bald wussten sie, dass sie heiraten wollten und verlobten sich Ende 1935 in Braunschweig. Franz, für Statusfragen stets offen, stellt sich Luzie als eine der wenigen Kommilitoninnen in der zahnmedizinischen Fakultät vor, umschwärmt von schneidigen zukünftigen Zahnärzten und bekommt Klaus, den Handwerksmeister, nicht in dieses Bild hinein. Dabei verkennt Franz in akademischem Hochmut das Selbstverständnis, das der Mittelstand in den 30-er Jahren nach tiefer Verunsicherung im Sog riesenhafter wirtschaftlicher Organisationsformen als strukturell unterlegene Existenz in einer gnadenlosen Konkurrenzwirtschaft entwickelt hatte: Wer hier hatte überleben oder aufbauen können, konnte dies nur in Wahrnehmung einer besonderen moralischen Verpflichtung gegenüber einer vertrauten Kultur, die ihn auszeichnete. In dieser Kultur wurde auch das Männerbild einer Persönlichkeit gepflegt, darin Ehre, unhinterfragte Tugenden, Todesliebe und die Geneigtheit zur ‚Natürlichkeit', die Gefühle nicht zuließ, den Blick rückwärts richteten. „Im September 1935 konnte ich als angehender Meister ein vakantes Labor übernehmen." „Vakant?" „Ja, freigeworden. Aufgegeben vom vorherigen Eigentümer." „Mangels Nachfrage, Aufträgen, Kundschaft?" „Das kann ich Ihnen nicht sagen – es wurde mir von der Stadt angeboten und ich erhielt einen günstigen Kredit für die Übernahme der Einrichtung und des Inventars. Die Patientenkartei allerdings war wertlos für mich, es waren fast alles Juden." Jetzt begreift Franz, dass Klaus hier Begünstigter des Arisierungsgesetzes geworden war. Er wird unruhig, steht auf, schiebt den Stuhl heftig unter den Tisch als wolle er sich verabschieden. In der Tat, er muss hier weg, das räumliche Beieinander mit dieser Wirklichkeit erträgt er nicht! In sein Auf- und Abgehen fragt Klaus nach dem Grund seiner Unruhe. Franz sieht sich außerstande sich jetzt auf einen Diskurs mit Argument und Gegenrede einzulassen, wo es keine Begründungen geben konnte!

Und Klaus fährt fort und berichtet, wie er sich im Münchner Mittelstand durch unternehmerischen Erfolg und leistungsstarke Verbandsarbeit nach innen und nach außen eingerichtet hatte. Bald war er Obermeister einer kleinen Innung. Probleme mit jüdischen Kollegen, wie Klaus es formulierte, gab es nicht, weil die Meisterprüfung erst seit 1936 abgenommen und kein jüdischer Aspirant zugelassen wurde. 1936 hatten er und Luzie dann auch geheiratet. Die ersten klinischen Semester absolvierte sie erfolgreich, dann hatte ihre Schwangerschaft ihr Studium unterbrochen. „Aber es war keine Unterbrechung, sie hat es nie wieder aufgenommen. Ein zweites Kind 1938, der Krieg, meine Gefangenschaft – da hatte man anderes zu tun!" Franz, inzwischen wieder auf seinem Platz, notiert. Er will dabei die als nebensächlich hingeworfenen Einschätzungen auslassen, übergehen, vergessen, nicht gehört haben – er notiert Fakten und wird ruhiger. In der Schilderung des familiären und beruflichen Lebens von Klaus entdeckt Franz eine Grundmelodie, die Verlust ahnen lässt. Die ironisierende Herausstellung des Geleisteten, der distanzierte Stolz, den er für seine Braunschweiger Existenz stets hatte spüren lassen, färbt seinen Bericht nicht, sobald er von der Münchner Zeit spricht. Klaus' Worte werden getragen von der Wärme des Selbstverständlichen, zu ihm und den Seinen Gehörenden. Und hier spürt Franz die lebenslange Verwundung eines heimatlos Gewordenen. ‚Heimat' war für Franz nie eine bedenkenswerte Kategorie in einem Leben gewesen, im Gegenteil, das Krähwinkelige, das sie barg, das eng Regionale, bedeutete für ihn Provinzialität. Ihm, der sein nordbadisch-pfälzisches Plätzle für nichts in der Welt hätte verlassen wollen! Überhaupt ist ja alles für alle anders, und nur langsam dämmert in Franz der Begriff Heimat als Teil von Persönlichkeit. Franz spricht Klaus darauf an, Klaus hält inne, überdenkt, was die Frage mit ihm zu tun hat und besinnt sich: „Ich habe 25 Jahre daran gearbeitet, mich hier in Braunschweig nicht hinterfragt zu bewegen. Das ging so weit, dass ich mein bayerisches Idiom ganz bewusst ablegte, so dass nach Jahren des gemeinsamen Lebens mit meiner Frau in Braunschweig mich niemand mehr süffisant nach dem Beweggrund meiner Übersiedelung vom hohen Freizeitwert München in den Norden befragte: ‚Na, nach Braunschweig der Liebe wegen?' Worauf meine Frau stets geschwiegen hatte und ich, im Zugzwang, etwas von ‚den Spuren Heinrichs des Löwen rückverfolgend' entgegnete. Es war in den 50-er Jahren nicht üblich, soweit wirtschaftliche Bedingungen den Ernährer nicht zwangen, als Mann einfach aus Zuneigung dorthin zu gehen, wo die Frau, die er liebte, wohnte. Luzie lebte wieder in Braunschweig, ich greife jetzt vor, weil meine kriegsbedingte Abwesenheit sie dazu veranlasst hatte." Der hölzerne Vortrag gegen Ende zeigt Franz – soweit ist ihm inzwischen Klaus' Sprache vertraut – wie wenig Klaus eigentlich dazu sagen möchte. „Könnte es sein", versucht Franz zum Hier und Jetzt zurückzukehren, „dass Ihr Wunsch einer Biographie mit diesem Heimatverlust zu tun hat? Dass der Ortswechsel, auch an der Seite Ihrer Frau und mit Ihren Töchtern, auch ein Identitätsverlust für Sie bedeutete, oder, die Ortsfremdheit auch eine Seelenfremdheit Zeit Ihres Lebens in Braunschweig barg?" „Schauen's", Klaus richtete sich auf, „schon der Baustil hier ist so anders als in Bayern. In München sind von der Gründerzeit her viele repräsentative Gebäude, so wie hier im Norden auch, aber das wilhelminische ist so protzig dabei, wir in München habens bodenständiger, zum Teil auch heiterer in der Bebauung." Franz bemerkt nicht die Volte über die Architektur zur Vermeidung einer Antwort auf seine Frage. Er sieht die Sonne im Flusswasser glitzern und hört Joy Flemings Neckarbrückenblues, er sieht vor sich den im Jugendstil gehaltenen Mannheimer Friedrichsplatz, die schwerelosen Renaissancebauten des Heidelberger Schlosses, und immer wieder den Fluss. Er erhebt sich und fragt Klaus in seine Rückbesinnung hinein, ob er ein Ferngespräch führen dürfe. Klaus stimmt zu und Franz ruft in Susannes Kanzlei an. Es ist noch Geschäftszeit, das Büro ist besetzt. Seine Bitte, zu Susanne durchzustellen, ruft Erstaunen hervor, sie habe doch seit Montag für die ganze Woche Urlaub genommen, es sei schwierig genug gewesen, Terminvertretungen für sie zu organisieren. Franz verbirgt seine Überraschung nicht und bedankt sich. Er schließt einen Anruf auf Susannes Privatnummer an, doch auch heute meldet sie sich nicht. Franz bleibt in dem unbequemen Stil-Sessel hängen und starrt auf die Brokatverkleidung des Telefons, dessen Wählscheibe mit einer Goldlitze eingefasst ist. Eine Konstante in seinem Leben wankt, Franz zweifelt nicht, es wird nicht gut ausgehen.

Aber er will handeln! Zunächst lässt er sich auf den Terrassenstuhl fallen und macht so Klaus auf eine Veränderung aufmerksam. „Schlechte Nachrichten?"

„Ja. Ich muss Sie um Beurlaubung bitten, es gibt einiges zu klären in Heidelberg." „Ist ja Ihre Sache, aber ich nehme an, mit Ihrer Freundin?" ‚Freundin'! – seine Susanne, sein Lebensmittelpunkt, seine Überlebenstrainerin, und wenns ihm gut ging, - seine Muse! Er nickt.- „Gut, ich werde die hellen Nächte zur Himmelsbeobachtung nutzen. Was meinen Sie, wie lange werden Sie zur Regelung Ihrer Angelegenheiten" – Himmel, Angelegenheiten!! – „benötigen? Reicht das Wochenende, bis Sie klarer sehen?"

Franz ist froh über die gewährte Zeit, er ist zuversichtlich. „Heute, lieber Herr Theuring, fürchte ich, fährt kein anständiger Zug mehr diese lange Strecke, dafür ist es zu spät jetzt. Versuchen Sie es über die Zugauskunft, vielleicht gibt es einen Nachtzug." Tatsächlich würde Franz in Kreiensen um halb zwölf einen D-Zug erreichen können, der gegen halb acht am nächsten Morgen in Mannheim wäre. Ob man bis zur Abfahrt des Eilzuges nach Kreiensen noch ein bisschen arbeiten könne? Franz starrt an Klaus vorbei in die Tiefe des Gartens. „Herr Theuring, bitte nehmen Sie sich zusammen, wir wollen noch etwas tun!" Kann man sich und den einem unter den Füßen entgleitenden Boden zusammennehmen, bloß weil man will! „Vielleicht sollten wir das, was Sie ‚Heimat' nannten, nicht so arg strapazieren. Wenn ich daran denke, dass meine Töchter oder meine Braunschweiger Freunde – und meine Freunde habe ich nur hier, in München nur noch ganz entfernte Verwandtschaft – lesen könnten, dass ich mich hier nie richtig zuhause gefühlt habe, dann müsste ich mich immerzu rechtfertigen. Ach was, ‚zuhause' war ich nur hier – ein Haus können Sie überall bauen und bewohnen. Ich meine so etwas wie Wurzeln." „Und die", wirft Franz ein, „kann man nicht und braucht man nie zu rechtfertigen! Ich denke doch, dass Sie das in Ihrem Buch ansprechen sollten. Dieser Verlust gehört zu Ihrem Leben, gehört zu Ihrem Wesen, zeichnet Sie aus. Vielleicht kann der eine oder andere Freund oder Leser dann auch manche Äußerung von Ihnen besser einordnen." „Wie kann man etwas verlieren, das man nie besessen hat? Glauben Sie, ich war mir in meinen ersten Lebensjahrzehnten meiner räumlichen Herkunft bewusst?" „Wurzeln recken und strecken sich einfach so, die erarbeitet man sich nicht!" „So, Herr Poet, genug geplaudert. Sie müssen los, Ihre Sachen packen. Wir sehen uns am 27.Juli morgens um 9:00 hier wieder, dann haben Sie den Montag als Reisetag. Ich habe den Betrag von 500 DM auf Ihr Konto überwiesen."

Franz stimmt dem Terminvorschlag zu und bedankt sich.

Abgrundtief

Franz hatte in Heidelberg übermüdet den Zug verlassen. Nicht nur das zweimalige Umsteigen und Warten auf den Anschlusszug hatte ihn wach gehalten, es war viel mehr, dass er gedanklich von Situationen vereinnahmt wurde, die er doch verändern, auflösen, beendigen – selten vollenden - wollte. Sie beanspruchten ungeheuren Raum und Bedeutung, es war nicht möglich, sie in die unwichtigen Ecken, aus denen sie kamen, zurückzuschicken. Franz kämpfte während der langen Fahrt gegen Bilder, die ihm keine Möglichkeit ließen, sie mit Argumenten aus Logik, Lebenserfahrung oder Selbstbetrug zu löschen.

Er hastete mit seinem Koffer zur Straßenbahn und in Neuenheim bis ans Ende der Blumenthalstraße, wo Susanne wohnte. Er klingelte, nichts tat sich, auch nicht beim zweiten Mal. Franz sank auf die Eingangsstufe, legte die Arme über seinen Koffer und schloss die Augen. „Was machen Sie denn hier, Herr Theuring? Ist die Susanne nicht da? Ich hab sie doch gestern Abend noch gesehen!", hörte Franz nach einer Zeit den Vermieter, einen umgänglichen emeritierten Medizinprofessor, „wollen Sie vielleicht im Haus warten, es wird langsam wieder sehr heiß." Da hinein zu gehen, war für Franz unmöglich, die Unkenntnis der Situation und die Furcht vor unvorbereiteter Klarheit legten Flucht nahe, und er bedankte sich. Seine Wohnung war verwaist, Martin nahm an einem Forschungsprogramm an der Duke University, North Carolina, teil. Franz versuchte erfolglos Susanne telefonisch zu erreichen. Er legte sich für zwei Stunden hin, dann drängte es ihn zur Mensa, die Nahrung und Nachrichten für Jungakademiker vorhielt. Niemand Bekanntes aus der politischen Bewegung, kein Kommilitone aus Examenszeiten – vorlesungsfreie Wochen. An einem der Fenstertische im Marstall eine Gruppe junger Leute, seine Picknickfreunde! Er grüßte in die Runde, nickte Micaela zu und setzte sich mit seinem Tablett neben den Jurastudenten aus Perugia. „Hello, sei solo… dove è Paolo?" Giorgio wusste es nicht, ob er, Franz, ihn nicht gesehen hätte? Franz verneinte, er sei heute erst aus dem Norden angereist, wie er denn Paolo habe treffen können! Ist auch nicht so wichtig, ob es ihnen gut gehe, fragte Franz auf Englisch. Die jungen Leute führten ihre Gespräche fort und beachteten Franz nicht weiter, auch Micaela wandte sich ihrem Nachbarn zu. So kannte Franz seine Freunde nicht, er fühlte sich draußen, nahm sein Tablett und verabschiedete sich. Als er es auf das Laufband stellte, sah er Susanne und Paolo zwischen den Tischen auf die Gruppe zugehen. Quer durch die Mensa eilten die Blicke von den beiden zu Franz, von Franz zu den beiden, so, dass Franz sich mit dem Paar in einem Fokus der Aufmerksamkeit sah. Flucht war also ausgeschlossen. Er näherte sich ihnen und entnahm Paolos Geste, mit der er seinen Arm um Susannes Schulter legte, das, was sie aussagen sollte. Aber er versuchte es, er bat allein Susanne um ein Wort. „Können wir uns heute irgendwann treffen?" „Heute nicht, wir haben Verschiedenes vor. Morgen Vormittag geht. 11:00 Uhr im Café an der Tiefburg?" Franz stöhnte innerlich, Himmel, eine ganze Nacht, ein endloser Abend, ein hitzeflirrender Nachmittag bis dahin! „Susanne, ich habe dich um ein Treffen heute gebeten und es ist heute wichtig!" „Ich frag Paolo." Die beiden tauschten sich aus und Susanne beschied Franz mit der Zusage eines Gesprächs am gleichen Tag, das aber leider zeitlich begrenzt sei, da man später einen anderen Termin einhalten müsse.

Erinnerungen an gemeinsam verbrachte Tage und Nächte, in denen ihr Zusammensein keinen Beginn und kein Ende barg, ließen Franz fassungslos schweigen. Er rührte sich nicht, blieb mit hängenden Schultern stehen und schaute den beiden nach, wie sie zwischen den anderen Gast-Studenten Platz nahmen. Mit Mühe brachte er die Kraft auf, nicht in den nächsten Stuhl zu sinken, aber er starrte einige Sekunden zu lang hinüber zu jener Tafel, an der es schon wieder munter zuging. Franz legte die lange Strecke zwischen den Tischen zum Ausgang zurück und sah sich gehen wie einen ausgetricksten Westernhelden im Saloon Richtung Schwingtür. Dieses Bild ließ ihn den Rücken strecken, er grinste unter Tränen. Doch, als er endlich draußen und die Mensatür zugefallen war, wich die Spannung von Franz. Er suchte Schatten und Alleinsein. Er schaffte es bis zum schmalen Wehrsteg über den Neckar und streckte sich hier aus, unter sich, zwischen den Bohlen des Steges sichtbar, das schäumende Wasser, in dessen Rauschen sich sein Schluchzen verlor. „Andere schlafen in solchen Situationen irgendwann vor Erschöpfung ein", erinnerte sich Franz vergleichbarer Szenen, die die Weltliteratur reichlich bietet, „ich bin immer viel zu wach." Aber ihm wurde wenigstens klar, dass, wenn er auch jetzt, außer Zweifel, der einsamste Mensch auf dieser Erde war, das ihm Widerfahrene in gewöhnlichen oder abenteuerlichen Mustern stets präsent menschliches Leben überzog. Es war nur ein kleiner Augenblick, in dem Franz sich von außen und zwischen 4 Milliarden Menschen sah, schon hatte ihn wieder der Schmerz eingeholt, die Verletzung war aufgerissen, er war allein damit.

Als er zur verabredeten Zeit Susanne auf dem Bismarckplatz traf, hatte er das Gefühl seine Augen von ihr abwenden zu müssen. Ihre Erscheinung machte seine Rechtlosigkeit so deutlich, Finger weg! Schweigend erreichten sie das Neckarufer, bis Susanne warnte: „Du, ich hab nicht viel Zeit!" Franz ignorierte die Warnung und sagte nichts und Susanne war vermutlich erleichtert, nichts sagen zu müssen. Irgendwann das allfällige „Warum?", auf das sich aus Gründen der Schonung nie viel mehr antworten lässt als „es hat sich so ergeben." Was ja als

eine notwendige Folge aus x und y und als unausweichlich angesehen werden muss. Und gerade die Beibehaltung dieser Unbekannten hilft zu vermeiden, dass die Vorwürfe sprudeln und der folgenlose Irrealis „hättest du" und „würde ich". Susanne trat dann allerdings noch mit einer Verallgemeinerung nach: „Ces sont les choses qui arrivent. Weißt du, ich hab das ja auch nicht geplant mit Paolo."
Er sah Susanne an und fragte hilflos: „Und, wie soll es jetzt weitergehen?" Ihre Augen waren vollkommen ohne jede Teilnahme: „Klar werde ich dich in deinen Prozessen weiterhin vertreten, wenn du möchtest." Daran hatte Franz überhaupt nicht mehr gedacht und diese Windung, die sie in seine Verzweiflungsfrage hineindrehte, machte ihm seine Hilflosigkeit nach allen Seiten klar. „Ich muss jetzt los. Deine Sachen kannst du, da ich nicht weiß, wann ich zuhause bin, bei Wolfgang abholen." Wolfgang war ihr Vermieter. „Also, Franz, machs gut!"
Diese Floskel ist gar nicht so nichtssagend, dient sie doch mehr der Selbstberuhigung: Der andere wird schon irgendwie die Kurve kriegen. Aber Franz hörte nur am Klang ihrer Stimme, dass jetzt für sie alles gesagt war; kein ‚wir wollen Freunde bleiben' oder ‚wenn du mich brauchst, ruf mich an' – also gar kein Hoffnungszweiglein, das versprach: wäre doch schön, wenn wir uns gelegentlich sähen!, gar nichts!
Franz wusste nicht, wohin. Zurück auf seine Holzbohlen, ging nicht, der Wehrsteg war ihm Zuflucht gewesen, als seine Verwundung rein und frisch war. Der schmutzige Verband des Wortes, der Lüge, der Strategie hatte sie jetzt verunreinigt. Aber – hätte er auf ein Gespräch verzichten sollen?

In seiner Wohnung legte er sich hin und hoffte etwas schlafen zu können. Er war immer eingeschlafen mit einem Gedanken, mit dem er zugleich Susanne sah. Nun war an dieser Stelle Wut, das Gefühl der Erniedrigung und des ewigen Verlassenseins. Damit lässt sich kein Schlaf finden. So horchte er aufs Telefon, die wichtigsten Menschen wussten ja, dass er wieder in Heidelberg war, aber sie hatten nichts zu telefonieren. Er wünschte diesen Prachtsommerabend zum Teufel, es würde noch lange nicht dunkel sein. So zog Franz seine Sportsachen an und lief nach draußen. Heute nicht der Heidelberger Stadtwald, er blieb auf der südlichen Neckarseite und lief Richtung Gaisberg, am Bergfriedhof vorbei. Die Steigung machte ihm zu schaffen, und das war gut. Franz konzentrierte sich auf die Atmung, auf die Balance zwischen seinem Vorankommen und einem angemessenen körperlichen Umgang damit. Er hatte im Augenblick sein Wichtigstes gefunden. Als er zuhause war, war auch diese Selbstbestimmung erledigt, er lag mit geöffneten Handflächen duldungsbereit und fühlte den Minderwert des Verlassenen. Inzwischen war es auch draußen dunkel geworden, er versuchte zu schlafen. In der Nacht wurde er Opfer einer Schlacht von Vorwürfen, Versagenseingeständnissen und Schuldzuweisungen, die ihn vereint vornahmen oder sich im Proszenium besonders quälend einzeln hervortaten. Es gab nur Vergangenheit und in der Gegenwart Leiden, alle Zukunft war versperrt.

Franz stand zerrieben auf an diesem Samstag, fand nur etwas warme Cola; Frühstück ist etwas, das man zu zweit genießt. Er blinzelte verwundert in die Sonne, dass sie, trotz allem, die Welt erhellte. ‚Bloß schnell hinter mich bringen', dachte er, machte sich auf den Weg in die Blumenthalstraße und nahm sein Bündel in Empfang. Wolfgang mochte eigentlich nicht teilhaben an den Vorgängen zwischen seiner Mieterin und ihrem, ja doch ehemaligen, Freund, und war entsprechend einsilbig. Was Franz, der, als die Welt noch in Ordnung war, häufig mit dem Emeritus geplaudert hatte, natürlich als Parteinahme und gegen sich gerichtet empfand. Er fand seine Siebensachen, die bei Susanne geblieben waren, in der Tasche, Toilettenartikel, T-Shirts und einige Bücher. Darunter auch der Erzählband „Un altra vita" von Alberto Moravia, vermutlich aus dem Besitz von Paolo, wenn auch versehentlich.

Da er schon in Neuenheim war, und ganz sicher nicht Richtung Stadtwald oder Tiefburg wollte, nahm er den Bus bis zum Schwimmbad am Neckar. Er erinnerte sich, hier war er nie mit Susanne gewesen; an heißen und arbeitsfreien Tagen waren sie zum Naturschwimmbad oberhalb Schriesheim gefahren.

Franz ließ sich im Schatten auf der Liegewiese auf den Bauch fallen, verschränkte die Arme unter dem Kopf und hoffte auf freundliche Bilder statt bunter Kreise und Punkte. „Mensch, der Franz, jetzt wär ich fascht auf dei Brill gedrete! Sieht ma dich auch mal wieder?" Franz hob den Kopf. Vor sich, in abgeschnittenen Jeans und Feinripp-Achselhemd, mit schütterem, dafür kinnlangem Haar, Ingo und Karl, zwei seiner Mitbewohner im Sozialistischen Wohnkollektiv Sandgasse. Sofort fielen die alten hierarchischen Zwänge des in der angesagten Theorie ewig unzulänglichen WG-Mitgliedes über ihn her. Dabei freute Franz sich über die Unterbrechung seiner inneren Wehklage, doch wusste er zugleich, dass man sich nicht viel zu sagen haben werde. Die beiden bestanden darauf, zur Feier des Wiedersehens mit Franz ein Bier zu trinken. Im Schatten der Schwimmbad-Gastronomie die Fragen nach dem Wo und Was. Es stellte sich heraus, dass diese drei ehemaligen WG'ler noch alle in Heidelberg wohnten, keiner von ihnen hatte beruflich so Fuß gefasst, dass er vom Ertrag seiner Arbeit hätte leben können. Der vierte, der Gaston genannt worden war, hatte Jura studiert. Er trug diesen Namen, weil er, wie der bei jeder Demonstration in Berlin in der ersten Reihe marschierende Gaston Salvatore, nur rote Socken trug. ‚Gaston' also soll in einem sozialistischen Anwaltskollektiv tätig und sehr erfolgreich sein. Franz erzählte von seiner Hoffnung auf Anstellung als Lehrer und dem Hinderungsgrund, den er nicht als ‚Berufsverbot' bezeichnete, sondern nur auf den SDS verwies. Von seinem Projekt als Biograph sprach er nicht, die Arbeit erschien ihm dafür immer noch zu gestaltlos. Ingo hatte sein Chemiestudium abgebrochen und war einige Zeit in einem pharmazeutischen Kleinstbetrieb beschäftigt. Das Unternehmen produzierte Kosmetika auf der Basis von Bodensee-Schlick, bis das Garagentor behördlicherseits geschlossen wurde, nachdem in den Produkten gesundheitsschädliche Schwermetalle nachgewiesen worden waren. Karl, immer noch der Meinung, sein Vorname sei Programm und Sinnantwort seiner Existenz, werkelte seit seiner Magisterprüfung an einer Dissertation mit dem Titel „Der Anti-Proudhon." Und in breitem Pfälzisch ging es weiter: „Da haschd auf die eine Seit die an Hegel geschuhlde sauwwere und schtringende Theorie vom Marx und dann die moralische Keule eines Mesjöh Proudhon, der's net von de innere Widersprüch zwische Kapital und Arbeit her aufrollt, sondern rumdrompetet, wies sein soll, also e Messlatt aus seim Vorverschtändnis anlegt." Franz nahm schon an, dass diese Inhaltsangabe seiner, Franzens, Enthaltsamkeit gegenüber Theoretikern des Sozialismus geschuldet war; denn er hatte Karl als Denker mit hohem Abstraktionsvermögen kennengelernt. Und gleich ging es weiter: „Un, was macht die Susanne? Schafft sie immer noch für die Kapitalisten?" Ingo und Karl grinsten, Franz' fiel in sich zusammen. Ingo fuhr sogleich fort: „Die Susanne hat ja verdammt gut ausgesehen. Sind eigentlich die blonden Haare echt? Ich mein, weil sie ja so dunkle Augen hat. Schon toll!" Franz fühlte sich mit glühenden Zangen gezwickt und schwieg weiter. „Ach so. Ihr habt Euch getrennt. Ehrlich gesagt, ich hab Dich auch nie verstanden. Net nur, dass Du Dir das angetan hast mit diesen Leuten, die das Herrschaftswissen wie eine Monstranz vor sich her tragen und alles besser wissen!" Karl grinste: „Dabei sind **wir** doch im Besitz der Wahrheit! -

Jetzt aber im Ernst: Dass die Susanne net bei uns mitgemacht hat und dass sie dich immer für sich allein haben gewollt hat!" Franz nahm die Vorwürfe aus der Vergangenheit, die Karl jetzt herausließ, gar nicht wahr. Er wollte sich auch die Zeit, in der Susanne ihn für sich allein beansprucht hatte, um nichts in der Welt jetzt vorstellen; denn nichts wünschte er sich mehr! Ingo war aufgestanden, um noch eine Runde Bier zu besorgen, es schien spannend zu werden. Aber Franz tat ihnen nicht den Gefallen, Susanne zu verurteilen oder abzuwerten, er erzählte nicht einmal ein paar Einzelheiten. Franz setzte die Bierflasche ab, „und wie siehts bei euch aus – immer noch nach der Devise: ‚Wer zweimal mit derselben pennt, gehört schon zum Establishment'?" Die beiden schauten ins Leere, „also kein Nachschub von Mitkämpferinnen? In einer festen Beziehung leben zu wollen habt ihr immer als bourgeoisen Reflex abgelehnt. Und jetzt? Dient die Liebe noch immer der Konterrevolution, weil sie sich der Analyse des gesellschaftlichen Gesamtprozesses entzieht, innerhalb dessen Betroffene sich verhalten?" „Es schleeft sich alles ab", kam Karl ihm dazwischen. „Was schleift sich ab – Eure kantige Einstellung zu einer Zweier-Beziehung oder das Interesse der Frauen an Euch?" Zwei tiefe Schlucke aus der Eichbaum-Bierflasche; das Gespräch klemmte an allen Seiten. „Ist denn sonst noch irgendwas los in Heidelberg – ich meine, politisch?", Franz war lange aus dem Geschäft gewesen und eigentlich ganz zufrieden über Nachrichten aus erster Hand. „Dass sie des CA schließen wollen, weißt du sicher. Das letzte selbstverwaltete Studentenwohnheim hat der Zundel jetzt auf der Abschussliste". Der im Mai mit fast 80% der Stimmen erneut gewählte Oberbürgermeister hatte seit 10 Jahren die Stadt und die Exekutive fest im Griff, um der Universität den ihr seiner Meinung nach angemessenen Platz in Relation zur Stadt Heidelberg zuzuweisen. Das Collegium Academicum war Kommunikationszentrum der politischen

Köpfe, Gastredner, Ort der Selbstdarstellung, kultureller Veranstaltungen und nicht zuletzt bot es billige Studentenzimmer. Aus! Es hatte ein Wandel in der Nutzung stattgefunden. Er hing mit der veränderten Kultur der Studenten zusammen, die das CA nicht mehr mit dem Ziel der Selbstverwirklichung durch das politische Gespräch, der intensiven Auseinandersetzung mit den Schriften von linken Theoretikern oder mit ihnen selbst, mit politischen Träumen: Marx und Freud zusammen zu denken, geht das?, nutzten. Es diente immer mehr als Unterschlupf für jene Übriggebliebenen, die der Wirklichkeit keine Veränderung durch die Theorie abtrotzen konnten, die Opfer geworden waren, Opfer häuslicher Gewalt, der gesäuberten Stadt oder des Heils durch Drogen.

„Dein germanisches Seminar ist Kriegsschauplatz geworden zwischen örtlicher Parteipolitik und dem wissenschaftstheoretischen Ansatz der älteren Semester; es lebe die Ordinarienuniversität! Die studentischen Verbindungen, auch die schlagenden, sind wieder aktuell. Und im Neckar kannst du auch net mehr baden. Aber, das alles hast du ja gewusst." Franz war in der Tat nicht überrascht, aber abgelenkt. Jetzt schwiegen alle drei, ermüdet vom Bier, der Wärme, dem Lärm. Sie tauschten Telefonnummern aus, falls mal was sei, und verabschiedeten sich.

Franz war nun wieder mit seinem Elend alleine und nicht weiter als zuvor. Er war auch zu müde, ein paar Bahnen zu schwimmen; Sport hatte ihn immer kurzzeitig zu sich selbst und seinen körperlichen Grenzen gebracht. So stellte er sich, um sich und die Müdigkeit abzukühlen, einige Minuten unter die Dusche am Beckenrand. Sein Sarkasmus meldete sich mit der fernöstlichen Weisheit, nach der häufiges Onanieren gegen kaltes Duschen hilfreich sei.

Dieser Tag dauerte noch und Franz wusste nicht, wie er ihn bewältigen sollte. Konnte es sein, dass er vor einer Woche erst vor der Kulisse der Schlossbeleuchtung Susanne mit der

Studentengruppe auf dem Philosophenweg zusammengeführt hatte, vor einer Woche erst? Er dachte an das im Verborgenen Zwingende, das den Zufällen anhaftet. An jenem Abend glaubte er alles, alles, was er brauchte, um sich zu haben: Susanne und die Wertschätzung zugewandter Menschen. Und er hatte sich unmittelbar vor dem Absturz befunden! So mussten diese Luxusgefühle der Sehnsucht, Missgunst, Selbstverachtung und Wut, ja, Eifersucht, weichen.

Und hier, unter hunderten fröhlichen, lärmigen, erholungssuchenden großen und kleinen Schwimmbadbesuchern, empfand er sich allein, und war weniger als die Hälfte eines ehemals Ganzen. Es reizte ihn, sein Unglück mit einer gewaltigen Arschbombe öffentlich zu machen, er begnügte sich aber mit der Vervollkommnung seiner Kopfsprünge vom Fünfmeter-Brett. Doch bald kam er sich zwischen den wuseligen Teenagern auf dem Sprungbrett fehlbesetzt vor und verließ das Bad.

Zuhause klingelte das Telefon. Franz stürzte darauf zu. Marie war zu hören. „Ja, schön, dass ich Sie erreiche! Ich hatte befürchtet, Sie sind noch bei Ihrer Arbeit in Norddeutschland. Ich möchte Sie zu meinem Geburtstag am nächsten Freitag einladen. Mögen Sie kommen? Bringen Sie doch Ihre Freundin mit!" Franz verneinte. „Was jetzt, ohne Freundin oder Absage?" „Es geht mir nicht so gut. Darf ich mich später melden?" Marie begriff schnell und schlug ihm eine Tasse Tee für den morgigen Sonntagnachmittag vor. Franz war noch flau von der zerschlagenen Hoffnung, mit der er zuvor nach dem Telefonhörer gegriffen hatte, er nahm die Einladung mit kleiner Stimme an.

Marie und ihre Familie wohnten in einem Gartenhaus in der vornehmen Otto-Beck-Straße in Mannheims Oststadt. Er fühlte sich sofort aufgenommen, nachdem Marie ihn mit „Hallo, mein Ghostwriter!" begrüßt hatte. Franz hatte den Anlass ihrer Bekanntschaft weit hinter die aktuellen Ereignisse und auch hinter die Arbeit mit Herrn Marquardt verlegt und holte die Einzelheiten erst nach Maries Worten wieder hervor. Er war wieder überrascht von der Strahlkraft ihrer Stimme und welche Weichheit sie dem –s und dem –ch gab. Marie war Anfang 50, sie war schön. Auffallend ihre hohe Stirn; dunkelbraune Augen, klar und stetig ihr Ausdruck; ihre dunklen Haare in leichten Locken bis zum Kinn, vereinzelte grauen Strähnen. Sie stellte ihm ihre drei Kinder, obschon fast junge Erwachsene, vor und Luh, die Freundin und ehemalige Nanny aus Indonesien, wie auch einen Kater von mindestens 10 kg, mit dem Namen Louisquatorzedervierzehnte, genannt Louie, und ein weißgraues Energiebündel, ein Rassenmix namens Ciottolo. Sie alle lebten in dem kleinen Gartenhaus auf dem Gelände rückseitig eines der Gründerzeit-Stadthäuser. Die Kinder und der Kater trollten sich, Luh bot an den Tee zu bringen und Franz und Marie mit Hund nahmen im Schatten eines Nussbaumes Platz. Alles, fast alles in der Welt hätte Franz eingetauscht für das Anrecht sich in einer solchen Umgebung, in dieser Farbigkeit und Wärme, in dieser Selbstverständlichkeit rücksichtsvollen Umgangs und lebhaft angemeldeter Ansprüche, ungefragt und dauerhaft aufhalten zu können.

„Hier feiern Sie also nächste Woche Ihren Geburtstag?", nahm Franz ein bisschen ungelenk den Faden auf. „Ja, und es wäre wirklich schön, wenn Sie kämen! Verzeihen Sie die Kurzfristigkeit der Einladung, ich hab ein Problem mit Telefonnummer-Zetteln. Werden Sie kommen?" Franz war so sehr mit der Vorstellung befasst, sein Schmerz ließe ihn womöglich den nächsten Freitag nicht mehr erleben, dass er vergaß sich für die Einladung zu bedanken. Er schwieg. „Ich möchte Sie nicht drängen, lieber Herr Theuring! Sie können mir im Lauf der kommenden Woche zusagen oder absagen. Nochmal: Ich würde mich freuen! So, und jetzt lassen wir den Geburtstag und Sie erzählen mir, wie es Ihnen ergangen ist mit dem Projekt ‚Biographie'." Franz betrachtete Marie und bemerkte erst jetzt ihren Arm, der im rechten Winkel eingegipst war. „Sie sind hoffentlich Rechtshänderin! Was ist denn passiert?" „Ich bin blöd von der Leiter gefallen. Louie fand keinen Weg mehr vom Baum herunter, dachte ich, wollte ihn retten, vergaß aber, welches Gewicht er mitbringt. So habe ich mir den Arm gebrochen. Ja, ich bin Rechtshänderin. Wenn es zu beidhändig wird im Labor, brauche ich Hilfe. Sonst geht es mit der Arbeit und hier zuhause ersetzt mir Luh oder eines der Kinder die linke Hand. Aber jetzt müssen Sie erzählen, ich bin schon rasend neugierig auf Ihren Bericht in Sachen Biographie. Sie sind doch noch dabei?" „Im Augenblick nicht so richtig, aber grundsätzlich, ja." „Hin und wieder braucht man Abstand, denn man muss die Dinge gelegentlich von außen betrachten. Lieber Freund, ich habe Sie diesbezüglich noch nicht aufgegeben. Erzählen Sie doch, wie gehen Sie mit der Situation um? Wie muss ich mir Ihre gemeinsame Zeit vorstellen – haben Sie viele Nachfragen oder sprudelt es nur so an Informationen?" Franz hatte überhaupt keine Lust, sich an die Zeit mit Herrn Marquardt zu erinnern und wurde übellaunig, er zerdehnte ein „ja". „Ich verstehe, der Abstand, von dem wir eben sprachen, ist zurzeit sehr groß. Mögen Sie mit mir einen Spaziergang am Neckar machen, er ist ja nicht weit und der Hund würde sich freuen." Franz freute sich nicht, er wäre lieber im Nussbaum-Schatten auf seinem Leid sitzen geblieben. Marie holte lachend Ciottolo aus fremden Vorgärten und beglückwünschte sich zu ihrem Wohnort, sie wies auf die ‚hinreißende' Bebauung und Landschaftsgestaltung um den und im Luisenpark hin, der zu beiden Seiten der Otto Beck-Straße parallel zum Neckar Grün und Kurzweil bot. Franz hatte ja eine recht pragmatische Beziehung zur Natur und stapfte neben der begeisterten Marie. Er sah Kinder auf Spielplätzen toben und Erwachsene auf den Grünflächen des Parks liegen. Jäh fiel ihm die Mittagsstunde im Marquardtschen Garten ein, seine Siesta auf dem

Rasen und das Gedicht von Brecht „… war sie nimmer da." Das, damals, alles war vorher! Marie nahm den Hockey-Faden wieder auf, sie erinnerte sich, dass er den Hockey-Verein der Kinder kannte und bedauerte, dass deren Interesse an diesem Mannschaftssport durch schulische Anforderungen gesunken sei. Franz hatte auch dazu nicht viel zu sagen, er erkundigte sich lediglich nach den Klassenstufen, die die Kinder besuchten. Und nach ihren weiteren Plänen, besonders denen der großen Tochter, die gerade ihr Abitur geschafft hatte. Aber als Marie anhob und Wünsche der Kinder und ihre Begabung kreuzte, hörte er merklich schon gar nicht mehr zu. „Ich denke, wir haben heute keinen glücklichen Tag für unser Kennenlernen gefunden, ich hätte Sie nicht zu diesem Besuch heute drängen sollen", räumte Marie ein, „aber ich erhoffe mir dennoch Ihre Zusage für Freitag." Franz wollte nun kurzerhand den Weg zur Straßenbahnhaltestelle nehmen, doch ließ sie eine Verabschiedung unterwegs nicht zu. Wieder im Garten unter dem Nussbaum, spürte Franz wenig nur noch von seiner anfänglichen Begeisterung diesem Ort zugehören zu wollen. „Übrigens", beschloss er die noch offene Erwiderung zur Geburtstagseinladung und räusperte sich, „wenn ich kommen werde, dann ohne meine Ex-Freundin." „Ach, Sie orientieren sich gerade neu? Dann wünsche ich Ihnen viel Glück!" Und hier begriff Franz, dass man es auch so sehen konnte.

Zuhause legte Franz sich hin, griff nach der Single von Simon and Garfunkel „Sound of Silence" und der Schmerz verdichtete sich in der Zartheit der Stimmen und der Melodie zu jener „vision that was planted in my brain, still remains within the sound of silence."
Franz verließ sein Bett erst am Mittwochabend wieder.

****

Klaus Marquardt sah auf die Uhr, er wollte aber nicht die Uhrzeit, sondern das Datum wissen. Freitag, der 23.Juli. Ein stilles Wochenende lag vor ihm – er hatte mögliche Zerstreuungen im Vorhinein abgesagt, weil er geplant hatte mit Herrn Theuring ordentlich voran zu kommen. Karin, seine ältere Tochter, war mit ihrer Familie im letzten Drittel der Sommerferien in die Normandie gefahren; Monika, die jüngere, machte eine Praxisvertretung in Hannover und hatte an diesem Wochenende zahnärztliche Bereitschaft.

In dieser Mittagstunde eines heißen Julitages erreichte Klaus zum ersten Mal seit dem Tod seiner Frau die Vorstellung einer neuen Verbindung. „Könnte es noch einmal so etwas wie Nähe in meinem Leben geben?" Er dachte nicht an Liebe, Verliebtsein, körperliche Vertrautheit; eine Beziehung entwickelte für ihn zunächst räumliche Kräfte und schon die überforderten ihn. Wenn er an die gemeinsamen Stunden mit Herrn Theuring dachte, die doch wenigstens einen Arbeitsbezug hatten, waren seine Grenzen bereits angezählt. Nein, nein, es war schon recht so, vielleicht ein bisschen wenig. Er könnte sich heute ja mit Peter Ihme oder Matthias auf ein Bier verabreden und es blieb ihm dann ja immer die Sternguckerei. Und der Dachboden! Klaus beschloss, in den Frühstunden des nächsten Tages noch einmal die Vergangenheit in sein Leben zu holen, soweit sie sich verdinglicht hatte. Er wusste, dass diese Wiederbegegnungen während des Sichtens ihn rührten, ihn empfindsam werden ließen für Reize, die das Vergessene auslösten. Ihm fielen seine Tränen beim ersten Besuch auf dem Dachboden ein. Und er wusste sehr genau, dass Ergriffensein keine Erinnerung füllte. „Ich habe das erlebt, und, bei all dieser Rührseligkeit – wo bleibe ich? Wo mein Leben? Wo in meinem Leben und aus welchem Grund konnten vergangenen Erlebnisse diese Signalwirkung entfalten, dass sie zu Merkmalen wurden, die mich heute beunruhigen?"

Auch, wenn am Dienstagabend Herr Theuring wieder zur Stelle sein würde, bliebe er in seinen Berichten an der Oberfläche. Sie führen fort mit der Erinnerungsarbeit und Fragen der Beweggründe, der Abhängigkeiten von Abläufen, letztlich das Einzigartige, das seine, Klaus' Biographie mit Inhalt füllte, würde wieder zerbröseln unter der Wucht vieler Fakten.

Soweit die Planung der nächsten Tage, wobei Klaus noch immer den Zeitverlust durch die vorzeitige Abreise Herrn Theurings als geradezu uneinholbar beklagte. Den Abend verbrachte er mit Matthias wie so oft im Biergarten von Schäfers Ruh.

Er hatte sich den Mechanismus der Bodentreppe erklären lassen und schaffte es, sie herunterzuklappen ohne gequetschten Daumen. In den von Luzie eingerichteten Kisten und Schubladen mit abgelegten Unterlagen und Erinnerungsstücken hatte er auch bald einen Umschlag mit Luzies Handschrift ‚Klaus WKII' entdeckt. Mit seinem Fund kletterte er die Leiter hinab und legte ihn auf den Terrassentisch.

Viel war nicht in diesem Umschlag, einzelne Feldpostbriefe und –karten, Fotos, Zeitungsausschnitte, Briefe von Luzie an ihn, – die Zeichnungen der Kinder waren in einer anderen Box aufbewahrt zusammen mit seinen Antworten. Er fand in dem „WKII"-Umschlag ein Foto, rückseitig in Sütterlin dokumentiert: Klaus 1921, er im Matrosenanzug. Der Anzug erstaunte ihn, hatte er doch seine Kindheit lang nur Lederhosen getragen! Der Knabe trug kein Unterhemd und keine Krawatte, als habe es nur zur Bluse und der Hose aus dunkelblauem Tuch gereicht. Klaus blickte auf seine Hände – sie hatten sich nicht verändert. Wie auf dem Foto waren sie auch heute noch recht groß und feingliedrig. Klaus gefiel die Offenheit, die seine Haltung versprach. Ein rundes Gesicht mit kleinem Mund und Kinn und ernstem, doch zuversichtlichen Ausdruck.

Klaus las und betrachtete die Dokumente. Ein Zettel fiel ihm in die Hände, auf dem nur ein Name in hastiger Schrift zu lesen war, - Klaus meinte, nicht seine Handschrift - „J.B.Perronneau". Zunächst sagte ihm diese Angabe nichts, doch während er nachdachte, fühlte er sich warm und heftig angerührt. Und ihm fiel zu dieser Welle, die ihn bewegte, das Foto ein, das ihn als Vierjährigen im Arm seiner Mutter zeigte. Der Name auf dem Notizpapier musste mit seiner Mutter zu tun haben!

Er steckte den Zettel ein, kletterte die Leiter hinunter und rief Matthias Stutzke an. Ob ihm diese Angabe, er vermute einen Namen, etwas sage. Klaus buchstabierte. Matthias verband nach längerem Nachdenken nichts damit, und auch seiner Frau, der er nun seinerseits den Begriff buchstabierte, fiel dazu nichts ein. Matthias riet ihm, in Meyers Enzyklopädischem Lexikon, das doch einen Ehrenplatz in seiner Schrankwand einnehme, unter dem Buchstaben P nachzuschlagen. Wäre der Name dort nicht auffindbar, wolle er sich an einen Bekannten wenden, der in der Universitätsbibliothek tätig sei. „Und viel Glück da oben auf Deinem Dachboden! Du weißt, wenn Du mich brauchst, ich bin im Wochenende und kann sofort bei Dir sein!"

Klaus befragte das Lexikon, aber er kam nicht weiter, kein Peronneau. Er versorgte den Zettel in seiner Brieftasche für das nächste Zusammentreffen mit Matthias, um von seinem Angebot der akademischen Hilfe Gebrauch zu machen. Er blieb unruhig bei alledem, wüsste so gern weiter!

In seinen Händen blieb der Umschlag mit Papieren aus seiner Zeit als Soldat, die Luzie aufbewahrt hatte. Er wollte ihn nach unten transportieren, um ihn in der Nähe zu haben, wenn er ihn brauchte. Er wusste noch nicht, wie er die Zeit vom Jahr seiner Einberufung 1940 bis zum Ende seiner Gefangenschaft 1947 in seine Biographie einarbeiten – lassen – wollte. Während er sich und die Papiere auf der Leiter nach unten balancierte, meldete sich das Telefon. Matthias ließ ihn wissen, dass er in seinem Lexikon fündig geworden sei und fragte nach seinen Suchergebnissen. Klaus antwortete kaum, fragte ungeduldig nach: „Und, wer ist dieser Mensch und was macht er?" „Machte", korrigierte Matthias, „er ist seit fast zweihundert Jahren tot und war Maler. Hilft Dir das weiter?" Klaus besann sich und bat Matthias um Nachdenkzeit. Er griff nochmals zum Lexikon und fuhr mit dem Zeigefinger die in Frage kommenden Artikel unter p-e-r-o ... stopp zwei r! hinunter. Hier fand er denn auch eine Notiz über den Maler Jean Baptiste Perronneau mit Lebensdaten und wichtigsten Werken und ihrem Verbleib, aber darüber hinaus fand er nichts, was ihn auf die richtige Spur zu seinem jähen Gefühl gebracht hätte. Wenigstens hatte er nun eine Richtung, der entlang er überlegen könnte.

Er nahm den Umschlag mit auf die Terrasse, die beschattet war durch die heruntergerollte Markise und ohne jeden Luftzug, so dass die Schätze bei Klaus sicher waren. Er hatte sich auf eins der Polster sinken lassen und wanderte, die Hand aufs Papier gelegt, in die Zeit. Eigentlich hatte er vorgehabt, dem jungen Mann die „Geschichte des Soldaten K.M in der Reiseagentur Wehrmacht" zu erzählen, wenn er am Dienstag wieder erschiene und seine Arbeit aufnähme. Und für diese Erzählung, die er streng chronologisch gestalten wollte, brauchte er nur ein paar Daten, Orte, Geschehnisse.

Als er begann, den Soldaten in der 3.Person zu denken, fiel ihm auf, dass er noch nie diesen Teil Leben als Abschnitt, als Ganzes, als Erzählung geschildert hatte. Er hatte auch angenommen, dass kein Mensch, auch Luzie nicht, ihm längere Zeit ihre Aufmerksamkeit geschenkt hätte. Niemand hört gerne von Schlachten, die, vom Soldaten erfolgreich geschlagen, zur

Niederlage geführt hatten. Und niemand will die Zustände wissen, die ein einzelner auf diesem Weg erstritten und erlitten hatte. Oft hatte er erlebt, dass die Zuhörer sich mit hochgezogenen Schultern und kopfschüttelnd entfernten, wenn WK II-Soldaten das Ziel ihres Tuns auf sentimentale Details vom Pferdchen, das sie gerettet hatten, einschmolzen.

Sollte er einem jungen Mann, der möglicherweise nicht gedient hatte, überlassen, seine, Klaus', Zeit als Soldat im Krieg angemessen wiederzugeben? Was hieße denn überhaupt ,angemessen'? Ausgehend vom Umfang im Vergleich zum Gesamtumfang seiner Biographie, oder, inhaltlich, vom Stellenwert in seinem Leben, oder, von der Bedeutung des Krieges für Europa und die Welt, oder sogar von der moralischen, von der Schuldfrage her? Klaus bezweifelte, dass Franz die Aufgabe zu seiner Zufriedenheit erledigen könnte.

Und wieder klingelte das Telefon, Matthias meldete sich mit der Nachricht, dass einem schöngeistigen Freund, der an der Hochschule für Bildende Künste in Braunschweig über die Malerei des 18.Jahrhundert forsche, nicht nur der Maler Perronneau bekannt war, er hatte auch im Katalog einer Ausstellung von 1909 in Paris „100 weibliche Portraits der französischen und englischen Schule des 18.Jh" einige Abbildungen seiner Werke gesehen und könnte Klaus Einblick verschaffen. Ob Klaus ihn am Montag in der Bibliothek der SHfBK aufsuchen wolle? Matthias informierte ihn über den Sitz der Bibliothek und Klaus sagte zu. Mit Herzklopfen.

Als er die Terrasse wieder betrat, war die Sonne hinter dicken Wolken verschwunden und böiger Wind rüttelte an der Markise. Klaus brachte den Umschlag vor den dicken Regentropfen in Sicherheit und beschwor den Himmel, das Gewitter vorbeiziehen zu lassen. Er ließ alle Rollläden herunter, zog den Netzstecker des Fernsehapparates aus der Dose, überprüfte die

Türen, die nach außen führten und stellte Streichhölzer und ein paar Haushaltskerzen bereit. Jetzt fühlte er sich unerträglich auf sich selbst geworfen, sah ständig aus dem nicht verdunkelten Fenster der Gästetoilette zum Himmel. Dass nur der Essensbote jetzt nicht läutete, dann müsste er die Tür öffnen und so den Elementen Zutritt zu seinem Haus verschaffen! Er verließ seinen Küchenstuhl nicht mehr, hielt den Kopf auf die Hände gestützt und die Augen geschlossen. Da er es hasste zu warten, nahm zur Angst auch Gereiztheit von ihm Besitz. Nur gab es so recht nichts und niemanden, der diese Situation – Verlust seiner Kontrolle und zugleich Unfähigkeit etwas daran zu ändern – herbeigeführt hatte, außer eben jenem Gewitter, das indessen auf sich warten ließ. Umso schlimmer! Klaus klopfte alle Tätigkeiten, derer er sich erinnerte sie vor oder während eines Gewitters in den vergangenen Jahren ausgeführt zu haben – und er erinnerte sich jedes einzelnen! – auf Gemeinsamkeiten ab und kam zu dem Schluss, dass es sich dabei immer um Situationen handelte, in denen er etwas gerne tat oder etwas wichtig für ihn war. Ihm fiel da besonders der Besuch bei den Hondelager Sternfreunden am vergangenen Dienstag ein. Mechanisch nahm er wieder den Weg zur Gästetoilette und betrachtete den Himmel. Er gab schon wieder blaue Flecken preis, bald ließe die Sonne nasse Straßen und Blätter leuchten! Klaus beschloss, seinen Zusammenschnitt von Gewitter und seiner Befindlichkeit für heute zu vernachlässigen, gab dem Haus seinen vorgewittrigen Zustand und kochte Tee.

Nachts jagte er hinter aufgewirbelten Zetteln her, die bei alledem noch in den Regen geweht wurden, und Monikas Hund verfolgte bellend menschliche und papierne Beute. „Was tu ich mir eigentlich an?", fragte sich Klaus, nachdem er die Nachttischlampe angeknipst und den Umschlag daneben liegen gesehen hatte.

Morgens ging ihm der Hund nicht aus dem Kopf, und als es an der Haustür mit Hundegebell und Klingeln unruhig wurde, fiel ihm ein, seine jüngere Tochter hatte sich zum Frühstück angesagt. Monika schien ein bisschen enttäuscht, dass noch nichts vorbereitet war – „schließlich hatte ich Wochenenddienst bis heute früh!", Klaus schwieg. Man konnte es ihr nie recht machen, sie wäre mit seinem Angebot sowieso nicht einverstanden gewesen, oder, ja, - hätte er ihre Arbeitsbelastung bedenken und sie mit einem gedeckten Tisch überraschen sollen? Jetzt sprach Klaus diese Überlegungen einfach aus und ihm fiel dabei auf, dass er schon lange nicht mehr ohne Rückhalt mit Monika gesprochen, sie schon lange nichts mehr gefragt und eine von ihm vergeigte Handlungsalternative als solche zu erkennen gegeben hatte. "Aber ... Papa...", die Offenheit ihres Vaters hatte Monika so eingeholt, dass sie ins kindliche ‚Papa' gefallen war. Klaus war nun seinerseits überrascht, - seine Töchter hatten ihn seit ihrer Schulzeit mit ‚Vati' angesprochen – und sah auf seine jüngere Tochter. Sie trug ein lindgrünes Hemdblusenkleid und helle Slipper, mit denen sie gewiss standfest mit dem großen Hund umgehen konnte und ihre naturgewellte Kurzhaarfrisur hätte gut wieder einen Friseurbesuch vertragen! Klaus nahm die Position der kritischen großen Schwester ein, ohne es zu merken. Seine verlegen vorgetragene Frage nach dem Werk eines Malers namens Perronneau konnte auch sie nicht beantworten.

Monika war schon dabei das Frühstück vorzubereiten, buk Brötchen auf und kochte Kaffee. Der Hund hatte sich in den Schatten unter der Hollywood-Schaukel verzogen. „Du weißt doch, dass ich keinen Kaffee vertrage!", - touché! Monika hatte in ihrer Müdigkeit und dem Bedürfnis nach einer Tasse Kaffee in Ruhe und nicht zwischen zwei Notfällen im Sozialraum der Praxis, die ehernen Gesetze im Hause Marquardt missachtend vergessen Tee zu kochen. Und schon hatte der eine wieder

Grund, sich vernachlässigt und die andere sich schuldig zu fühlen. Wobei Monika den in der Tat überflüssigen Hinweis vermied, dass ihr das Versehen ja nicht beabsichtigt unterlaufen sei, um nicht die Entgegnung hören zu müssen, „das wäre ja noch schöner!"

„Viel zu tun gehabt am Sonnabenddienst?" „Eigentlich keine Notfälle im Sinne von Unfällen, sondern hauptsächlich …", Monika nahm wahr, dass ihr Vater auf seine Armbanduhr sah, „… Akutpatienten in der Nachbehandlung. Und in der Nacht ein 9-jähriger Junge …" der Vater zog die Mundwinkel nach unten und blickte in die Tiefe des Gartens. Monika schwieg. „Ich bin froh, dass ich mit den Patienten nie direkt zu tun hatte", gab Klaus zu verstehen und Monika kommentierte, nach kurzer Nacht und arbeitsreichem Vortag, spontan: „Die Patienten, für die du gearbeitet hast, sicher auch!" Sie war erschrocken und hätte fast die Hand über den Mund gelegt. Ihr Vater hatte ihr gar nicht zugehört. „Wusstest du eigentlich, dass ab 1933 Medizinerinnen nur unter erschwerten Bedingungen eine Kassenzulassung erhielten?" „Was willst du damit sagen?" „Nichts, es fiel mir nur gerade ein." „Zweifelst du an meiner Kompetenz in meinem Beruf und gibst indirekt den Nazis Recht, bei denen Frauen auch erst mit der Eheschließung Bürgerinnen mit politischer Mündigkeit werden konnten?" „Dann hättest du ja nicht einmal wählen dürfen!" Monika wusste, dass ihr Vater ihre Wahlentscheidung für die SPD missbilligte, verkniff sich aber eine Bemerkung. Man ging im Hause Marquardt deshalb offen mit diesen Informationen um, weil der mittelständische Haushaltungsvorstand seine Neigung zu den Liberalen als alternativlos für sich, aber auch für seine Angehörigen, erachtete. Und so posaunte jeder unnötig laut die Partei seiner Nähe heraus.

Die Bemerkung des Vaters sollte seine Tochter darüber hinaus auch in ihrem Status als unverheiratet treffen. Nicht, dass er sich unbedingt noch einen Schwiegersohn gewünscht hätte, vielmehr fehlte ihm ein von ihm akzeptiertes Regulativ in ihren Entscheidungen, man sehe sich nur ihre Verrücktheit mit dem Hund an! Und, sehr kurzgeschlossen, aber für ihrer beider Verhältnis bedeutend, focht es den Vater an, dass seine Töchter nun ihrerseits den Zahntechnikern Auftrag und Weisung geben konnten. Mittelständischer prosperierender Betrieb hin, stetig wachsende Ertragslage durch gut gefüllte Patientenkartei her, man war abhängig von den akademischen Zahnärzten! Monika war sich im Klaren über diesen Knacks in der Ich-Stärke ihres Vaters und suchte ihn zu schonen.

Sie brachte die Küche in Ordnung und verabschiedete sich mit ihrem Hund. Peter Ihme erkundigte sich am Telefon, ob er denn dieses Mal am Stammtisch der Zahntechniker-Meister teilnähme, morgen sei ja der letzte Montag im Monat, und man träfe sich wieder im Deutschen Haus. Klaus wollte es sich überlegen. Jetzt war er erst einmal allein und hatte einen ganzen Sonntag und einen Umschlag mit Anregungen vor sich.

Nein, seine Soldatenzeit bei der Wehrmacht wollte er nicht der Feder des jungen Mannes überlassen! Seiner Generation war das Militärische vertraut, schon die Erziehung orientierte sich an militärischen Tugenden, es gab eindeutige Anordnungswege; Ordnung, Disziplin und Gehorsam wurden nicht hinterfragt. Ja, das Diskutieren – Klaus konnte sich nicht erinnern, mit seinem Vater ein Gespräch geführt zu haben, - aber das konnte er sich jetzt auch wieder nicht vorstellen. Irgendwann war er ja auch erwachsen gewesen mit ernstzunehmenden Argumenten.

Also, die Wehrmacht hatte, als er eingezogen wurde, schon den Bonus des Erwarteten für ihn und seine Kameraden. Diese Haltung hatte er dem jungen Mann voraus und deshalb sah er sich auch eher in der Lage, über diesen Abschnitt seines Lebens zu schreiben.

Klaus legte also Papier und Stifte zu seinem Umschlag und besann sich. Der Anfang, Schrecksekunde für jeden Schreibenden, fing einfach an. Klaus erinnerte sich, das Erzählen kostete keine Anstrengung, es flocht sich von Gedanke zu Gedanke, gestaltete den Raum. Als er von seinem ersten Fronturlaub schrieb, war er berührt, legte den Stift ab und wanderte durch den Garten. Genug für heute, und morgen wartete eine Verabredung und Erkenntnis oder Erinnerung auf ihn.

Matthias wies ihm den Weg zur Bibliothek der Kunsthochschule, sie war im Untergeschoß des Hauptgebäudes untergebracht, in dem auch der Priv.Doz. Hellmut C.Falius sein Büro hatte. Der Freund verließ ihn, Klaus sollte in möglicher Bewegtheit ihm nicht noch antworten müssen! Falius warnte ihn: Die Wiedergabe der Werke von Perronneau in den Katalogblättern der Ausstellung ‚Portraits in Pastel' von 1909 entspräche nicht heutigen Standards, sie seien großrastrig und natürlich schwarz-weiß. Ohne die Farbgebung, Perronneaus großartige Begabung, in der er seinem Lehrer und Konkurrenten Quentin LaTour in nichts nachstand, verlöre die Kunst des Malers in der Wiedergabe ganz erheblich, aber vielleicht hätte der Besucher dennoch in der Betrachtung ein Vergnügen.

Sie waren im Archiv angekommen, in dem Falius auf einem hohen Tisch schon einige Blätter vorbereitet hatte. Klaus las den Namen des Malers neben den abgebildeten Werken: „La petite fille au chat", „Mme Chevotet", „Mme Sorquainville" und „Mme Sara Hinloope". Es war Perronneau gelungen, jedem Portrait ein Stückchen Persönlichkeit der Abgebildeten mitzugeben, Klaus ließ sich in die Bilder fallen.

Und jetzt erst entdeckte Klaus sie, Mme Sorquainville! Paris, Louvre 1940! Eine Museumsangestellte hatte ihm auf seine Bitte auf einem Papier, jenem Papier!, den Namen des Malers dieses Bildes notiert. Die Farben hatte er jetzt wieder im Kopf,

Blau- und Grüntöne vor einem dichten petrolfarbenen Hintergrund. Was hier auf dem Tisch lag, war für ihn nicht mehr nur schwarzweiß. Klaus näherte sich dem Gesicht der jungen Frau auf dem Bild, er bat Falius das Blatt in die Vertikale zu halten, und erkannte es wieder, ein Lächeln von Selbstsicherheit und, für den, der es betrachtete, Auszeichnung. Ein Willkommen. Klaus hatte diesen distanzierten und zugleich warmen Ausdruck seiner Mutter vor sich, hier und damals im Louvre. Aushalten, festhalten, behalten, Klaus wollte die Empfindung nicht enden lassen. Er spürte, dass Falius seiner Arbeit nachgehen und sich verabschieden wollte. Und er beschloss ein Wiedersehen mit diesem Bild in Paris. Heute morgen in Braunschweig nahm er Wärme und Zuversicht mit. Er gab kurz Rapport an Matthias, Besatzungszeit, Louvre, ohne den ekstatischen Moment, und war zum Mittagessen wieder zuhause. Feldpostbriefe, Fotos von Uniformierten, Telegramme, weitere Notizzettel warteten auf ihn im Umschlag und Klaus griff erneut zum Stift. Er erwartete Herrn Theuring am morgigen Dienstagvormittag und freute sich fast, ihm dann die Niederschrift seiner Spurensuche für seine Zeit als Wehrmachtssoldat überreichen zu können. Seine Wiederbegegnung mit dem Bild machte ihm die Verknüpfung von Vergangenem mit der Gegenwart deutlich, seine Identität durch die Jahrzehnte. Das war etwas, das, auch jetzt, nur ihn anging. Am Nachmittag und Abend setzte er das Protokoll seiner Zeit beim Militär und in der Gefangenschaft fort. Er war ganz bei sich in seinem Erzählen, ertappte sich aber, als er von Walter schrieb, dabei, dass er eine Melodie summte, „Ob's stürmt oder schneit, ob die Sonne uns lacht, ob der Tag glühendheiß oder eiskalt die Nacht …", das Panzerlied hatte sich in seine Erinnerung gemogelt. Jede Musik war in diesem Augenblick weit weg von Klaus, diese Melodie verband ihn mit Walter und den Tagen und Nächten der Kommiss-Vergeblichkeit.

Nachdem er über den Dienstagvormittag vergeblich auf Herrn Theuring gewartet und auch das Hotel sein Nichteintreffen bestätigt hatte, versuchte er, ihn über seine Heidelberger Nummer und über die Anwaltskanzlei seiner Freundin zu sprechen. Der zuverlässige und pünktliche junge Mann war nicht erreichbar.

Am Mittwochvormittag setzte Klaus Marquardt sich in seinen BMW 2500 und fuhr mit Dauertempo 160 km/h nach Heidelberg.

Zusammentreffen 2

Klaus hatte an der Autobahn mittaggegessen und dann auch noch einen Tank- und Kaffeestopp gemacht, so dass er erst gegen vier Uhr am Nachmittag in Heidelberg eintraf. Während der Fahrt überraschte ihn, nachdem er den Harz hatte links liegen lassen, das Auf und Ab der Autobahn, Knüllgebirge, Taunus, Odenwald, er hatte Berge einfach vergessen, er, der Münchner! Zuletzt war er 1965 im Süden gewesen, zu Beerdigung seines Onkels Klaus. Mit Luzie hatte er seitdem keine Reise gemacht, und nach ihrem Tod war es nur der Ausflug nach Kopenhagen, der ihn aus der Norddeutschen Tiefebene herausgeführt hatte.

Es gefiel ihm, wie nun die Stadt Heidelberg im Nachmittagslicht vor ihm lag. Zuvor war ihm danach umzukehren, - was soll ich hier! Um zu einem Schluss zu kommen, buchte er ein Hotelzimmer in dem am Ende der Heidelberg-Autobahn gelegenen Marriott. Er parkte seinen Wagen, duschte und nahm auf der Terrasse über dem Neckar Platz. Er fürchtete sich, wenn er in sich hineinhorchte, vor einer Fortsetzung der Gespräche, und er wusste, diese Furcht hing mit seiner Arbeit in den vergangenen zwei Tagen zusammen, als er sich daran gemacht hatte, die Kriegszeit zu erzählen, wie er sie erlebt hatte. Er hatte sich nicht schlecht gefühlt dabei, er fasste etwas an, das ihn unfassbar als Tiefenströmung immer begleitet hatte. Matthias hatte seine Stimmung erkannt und völlig gegensätzlich umschrieben: „Mein Lieber, du schaust nach vorne, stimmts? Du ziehst die Mundwinkel nicht ständig nach unten." Jeder lebt mit dem Wissen um den Tod, um die stete Möglichkeit von Krankheit, Unfällen, Abschieden als Continuo des Menschseins, und jeder geht damit um. Krieg und äußere Gewalt gehören nicht dazu, die Bewältigung ihrer Folgen verlangt ein anderes Bewusstsein, andere Verarbeitungsstrategien. Klaus hatte sich darin eingerichtet, aber die erlernte Distanz zu den Geschehnissen bestimmte ihn. Es hatte ihm gut getan von Matthias zu hören, dass er freier in Gestik und Mimik geworden sei. Doch verunsicherte ihn auch dieser größer gewordene Spielraum, ließ ihn sich vor weiterem fürchten.

Da die Ankunft Franz Theurings in dem Braunschweiger Hotel auf seine telefonische Anfrage nicht bestätigt wurde, müsste Klaus sich nun zu einem zweiten Schritt nach seinem spontanen Entschluss zu der Reise hierher entscheiden und den jungen Mann aufsuchen. Er ließ sich von einem Taxi in die Kleinschmidtstraße bringen und läutete am Klingelschild Genthner/Theuring.

Klaus wiederholt das Läuten und hört endlich eine Tür. Franz lässt ihn ins Treppenhaus eintreten und steht wortlos im gestreiften Bademantel, mit wirrem Haar und unrasiert in der Wohnungstür. „Herr Theuring, ich hatte Sie gestern in Braunschweig erwartet. Sie hätten absagen können, wenn Sie erkrankt sind." Franz sagt noch immer nichts, er bittet Klaus herein. Klaus nimmt in der Küche, denn deren Tür ist geöffnet, Platz. Vor einer halben Stunde wäre es ihm noch vorstellbar gewesen, sich zurückzuziehen, jetzt nicht mehr. Der Kerl ist irgendwie versackt und hat mich auf der Strecke gelassen, so nicht! „Wollen Sie nicht duschen und was anziehen? Sie sind doch gar nicht krank. Haben Sie eine Erklärung?" Franz sinkt auf einen Küchenstuhl: „Nein." „Ist das Ihr Ernst? Was kann denn so schlimm sein, dass Sie sich derartig gehen lassen?" Schweigen. „Mir ist das jetzt zu dumm hier, ich erwarte Sie um 20:00 Uhr im Restaurant des Marriott. Aber bitte, lassen Sie Ihren jämmerlichen Gesichtsausdruck hier und ziehen Sie sich manierlich an."

Um zehn nach acht erscheint Franz auf der Restaurantterrasse des Hotels, die Jeans mit einem Gürtel festgezurrt, das T-Shirt

lässt seine Ärmchen mit den viel zu großen Händen sehen, er trägt Riemensandalen und einen ungepflegten Haarschnitt. Klaus begrüßt ihn und bittet ihn sich einen Platz mit Blick Richtung Neckar oder Richtung Stadt auszuwählen. Franz setzt sich, schaut auf die Häuserzeile der Vangerowstraße, bis Klaus ihm eine Speisekarte reicht: „Bloß kein Fleisch! Und ein Wasser, bitte!"
Klaus spürt, dass er diesen Augenblick gestalten muss und alles Weitere von ihm abhängt, dass er aber für Franz keine Entscheidungen treffen darf: „Wie Sie möchten. Erlauben Sie, dass ich etwas Ordentliches esse und einen Odenwälder Wein trinke." Klaus bestellt tatsächlich nur ein Wasser für Franz. Natürlich ist es schön hier, der sonnenbeschienene Blick aufs Schloss und weit hinein ins Neckartal, die Brücken, das bevölkerte Neckarvorland und die großbürgerlichen Häuser an den Ufern. Nachdem dies festgestellt ist, wiederholt Klaus: „Ich habe Sie gestern Morgen in Braunschweig erwartet. Warum sind Sie nicht erschienen?" Franz ist sofort wieder bei Susanne und ihrer Einschätzung der Warum-Frage, und, folgerichtig, entsteht in Franz der Wunsch sich zu rechtfertigen und Wut darüber, dass – wie ihm in diesem Augenblick bewusst wird – sein Leben in der näheren Zukunft ständig solch eine Verknüpfung mit der Vergangenheit erfahren, viele Wahrnehmungen und Worte ein Fädlein zu ihr spinnen werden. Er räuspert sich: „Ich weiß. Es ging nicht." Klaus säbelt in seinem Essen herum. „Herr Theuring, ich möchte verstehen, was Sie veranlasst hat, unsere Verabredung zu ignorieren. Dann sehen wir weiter. Hat es etwas mit Ihrer Freundin und deren Nichterreichbarkeit zu tun?" Franz nickte. „Ich verstehe. Haben Sie sich getrennt?" „Sie hat einen anderen." „Das soll vorkommen, damit muss man rechnen. Warum haben Sie nicht geheiratet? Wenigstens lebt sie noch." Franz hatte befürchtet, dass der Ältere sofort und gefühllos wieder Bezug auf sein eigenes Leben nähme,

und jetzt trifft ihn die Enttäuschung über Klaus wie auch die über sich, dass er überhaupt etwas gesagt und damit das erwartete Verhalten heraufbeschworen hatte. „Menschen sind schlimmer noch als Schicksalsschläge", jammert es in ihm, und er antwortet nicht. Klaus will auch nicht ernsthaft über derlei alltägliche Wendungen – es hätte ja ebenso gut umgekehrt geschehen können! – palavern, sondern wissen, wie es mit ihrem gemeinsamen Projekt weitergehen soll. „Wie lange brauchen Sie, um wieder auf die Füße zu kommen, wenn Sie das überhaupt vorhaben? Kann ich mit Ihnen rechnen?"

Eine Reihe von Bildern zieht an Franz vorbei: Er hat eine Idee, er startet etwas, es wird daraus Wirklichkeit, er arbeitet daran, das Begonnene seinen Ansprüchen genügen zu lassen, er will es zu Ende bringen!

Und so bittet er Klaus um Zeit bis zum nächsten Morgen und bestellt einen Salat. Die Dinglichkeit schaffte Begehren; ein paar Kresseblättchen bargen ihre Auflösung. Die beiden beratschlagen, wo und wie die Arbeit fortgeführt werden soll. Gegen Franz' unmittelbare Rückkehr nach Braunschweig spricht die Einladung von Marie für den übernächsten Tag, Klaus schüttelt genervt den Kopf über ein solches Maß an Missachtung von Absprachen, will aber nicht das Risiko eingehen, dass Franz wieder kneift, wenn Klaus ihn der Bundesbahn überlässt. Franz schlägt vor, dass Klaus ihn nach Mannheim begleite, was Klaus zunächst entschieden ablehnt, aber nach der Versicherung von Franz, Marie vorab zu informieren, sich doch überlegen möchte. Am morgigen Donnerstag könne man ja schon ein bisschen auf der Hotelterrasse fleißig sein, oder aber, Franz könne Klaus mit Heidelberg bekannt machen. „Also, Herr Theuring, darf ich Sie um 11:00 Uhr morgen, gefrühstückt und, bitte, nach einem Friseurbesuch, hier erwarten? Ganz sicher? Ich bin müde nach der langen Fahrt und nach der anschließenden Aufregung. Und, falls Sie auf andere Gedanken kommen wollen, hier habe ich drei Seiten für Sie. Bitte unkommentiert zurück!"

Franz nimmt die mit Schreibmaschine beschriebenen Blätter, schaut auf die Überschrift und kann einen kleinen Ausruf nicht unterdrücken. Er bedankt sich für die Essenseinladung und geht zu Fuß zurück zu seiner Wohnung. Er ruft Marie an und bittet sie, seinen unerwarteten Gast zu ihrem Fest mitbringen zu dürfen. Dazu Marie kurz, seine Gäste seien ihre. Vor allem erkundigt sie sich nach seinem Befinden und freut sich auf sein Kommen. Am Abend liest er tatsächlich und notiert Fragen zu gegebener Zeit, kein Kommentar.

Er ist noch ein bisschen sauer wegen des empfohlenen Friseurbesuches, befindet aber nach einem Blick in den Spiegel, dass er mit sich in diesem Zustand auch nicht gerne herumspazieren würde. Und so sucht er am nächsten Morgen einen Weststadt-Friseur auf und schafft es, um 11 Uhr Herrn Marquardt im Marriott zu treffen. „Waren Sie eigentlich schon mal in Paris?", begrüßt Klaus ihn. Franz kann die Frage nicht zuordnen, weder dem, was er der Lektüre am Abend zuvor hatte entnehmen können, noch den Plänen für den heutigen Tag. „Ja, in der Oberprima, vor dem Abitur." „O la la!" „Nicht, was Sie denken. Weil wir sprachlicher Zweig waren, durften wir nach Paris. Aber wir wurden durch Museen getrieben, durch das Schloss und den Park von Versailles, hörten eine Gastvorlesung in der Sorbonne, nix Nachtleben." „Sie waren tatsächlich im Louvre? Und Sie sprechen Französisch? Ich kenne in Braunschweig niemanden, der diese Sprache beherrscht. Und ich würde Paris – Sie haben meine Aufzeichnungen gelesen? – gerne wiedersehen. Was halten Sie von einer Reise dorthin?" ‚Ausgerechnet Paris', durchfuhr es Franz, ‚Paris mit dem alten Knacker statt mit Susanne!', und er antwortete nicht. Ihn durchfuhr der Chanson von Edith Piaf, der jedem Verliebten, und jeder Verliebte ist paristouchiert, sofort einfällt: „Mais le ciel de Paris n'est pas longtemps cruel, pour se faire pardonner il offre un arc en ciel …"

Wirklich, Franz sieht die Ahnung eines Regenbogens über seinem düsteren Himmel, oder einen Lichtschimmer am Ende des Tunnels, mehr aber noch immer nicht. Herr Marquardt holt ihn zurück: „Dann lassen Sie mich meine Garderobe dem Vorhaben anpassen und führen Sie mich zu einem Herrenausstatter. Ich war ja nur auf einen kurzen Besuch eingerichtet." Franz hat nur die Melodie im Kopf und keine Meinung zu Paris. „Herr Marquardt, ich bin seit drei Tagen und Nächten nicht aus dem Bett gekommen, und jetzt sind Sie da mit Ihren Einfällen, die absolut nichts mit mir zu tun haben!" „Einfälle", wiederholt Klaus, „Einfälle hatte ich noch nie. Dass ich jetzt Einfälle habe, hat vielleicht doch etwas mit Ihnen zu tun, Sie merken es nur nicht!" Franz: „Ich glaube eher, das hat etwas mit dem Breitengrad zu tun. Paris ist natürlich von hier aus näher als von Ihrer norddeutschen Heimatstadt." Franz will auf keinen Fall Paris in seiner gegenwärtigen Verfassung besuchen, und sowieso niemals ohne Susanne! „Apropos Breitengrad, trauen Sie sich zu, den BMW zu fahren? Dann könnten wir uns abwechseln." „Mein Vater fährt einen 1602, mit dem kenne ich mich ganz gut aus. Aber ich möchte nicht mit Ihnen nach Paris. Lassen Sie uns heute über Ihre Aufzeichnungen sprechen. Morgen sind wir, wenn Sie wollen, in Mannheim und am Samstag könnten Sie schon nach Braunschweig zurück fahren." Franz meint darauf etwas wie ‚Spielverderber' gehört zu haben, sie schweigen beide. Noch einmal Klaus: „Lieber Herr Theuring, es geht Ihnen nicht gut. Ich lade Sie auf ein paar Tage – nicht ganz uneigennützig, weil ich dorthin will und nicht Französisch spreche - nach Paris ein. Vielleicht kommen Sie auf andere Gedanken. Und dann machen wir mit unserer Arbeit weiter."

Franz sieht sich wieder in seinem Elend seinen Verlust beweinen, ja, richtig, es ging um einen Verlust! Er wusste es immer besser, wenn Liebesschwüre in der Literatur, im Film, Liebe mit ‚brauchen' zusammenbrachten. Liebe hatte für ihn viel mit Nähe, mit Identifikation, mit Verbundensein über gemeinsame Ziele, zu tun. Und nun entdeckt er, dass ihm das Abhandengekommensein des besitzanzeigenden ‚Wir' und ‘meine', vor allem zusetzte, er erinnert sich, wie er sich beim letzten Gespräch zwingen musste, seinem Körper nicht ehemals gewünschte Grenzverletzungen gegenüber ihrem Körper zu gestatten, Susanne einfach anzufassen. Der Verlust von Gemeinsamkeiten, das muss er sich eingestehen, war in den vergangenen Tagen geschrumpft auf den Verlust von angenehmen Gewohnheiten. Franz setzt sich in seinem Sessel gerade hin: „Ich danke Ihnen für die Einladung. Ich komme gerne mit." Klaus ist nicht erstaunt, wirft lediglich noch einmal die Garderobenfrage auf. Franz begleitet ihn bis zum Bismarckplatz, wo Klaus in einem Sportgeschäft ein paar Polohemden kauft, und erklärt ihm den Weg die Hauptstraße entlang bis zu Kraus, der gute Herrengarderobe führt. Sie verabreden sich auf 5 Uhr am Nachmittag für die Besprechung des Weiteren und vielleicht schaffe man ja, wenn überhaupt nötig, noch die Überarbeitung der von Klaus vorbereiteten Notizen über seine Zeit als Wehrmachtssoldat. Klaus ist zufrieden mit dem empfohlenen Geschäft für Damen- und Herrenkonfektion und kauft eine helle Popelinehose, ein helles Leinenjackett und eine dunkelblaues kurzärmliges Hemd, bügelfrei. Im nahegelegenen Café mit Kaffeegarten überlegt er, dass es in Braunschweig eigentlich nur Eiscafés mit Freiluftbewirtung gibt und Biergärten, die alteingesessenen Cafés aber, in denen man eine anständige Torte und Kaffeevariationen zu sich nehmen kann, bieten keine Stühle und Tische in einer solch herrlichen Gartenanlage wie dieses hier. Er nimmt einen Erdbeerbecher und denkt über die bevorstehende Reise nach. Für die Einreise nach Frankreich reicht der Personalausweis, für den Aufenthalt muss er die Hotelbuchung noch mit dem jungen Mann beratschlagen, den Rest macht das Auto.

Im Hotel legt er sich noch eine Stunde hin und überfällt dann Herrn Theuring nach dessen Eintreffen mit der Frage nach ihrem Verbleib in Paris. Franz hatte darüber auch schon nachgedacht und fragt vorsichtshalber, welche Hotelkategorie es denn sein solle. Klaus will nur nicht weit vom Zentrum logieren, was auch immer in Paris das Zentrum sei. Touristische Anziehungspunkte wie der Eiffelturm, die Champs Elysées, Sacre Cœur sind weit voneinander entfernt. Klaus betont, er möchte vor allem den Louvre besuchen. Franz erinnert sich an das kleine Hotel unweit der Sorbonne in der rue Victor Cousin, nahe dem Boulevard Saint Michel und dem Jardin du Luxembourg, in dem er mit seinen Mitschülern gewohnt hatte. Klaus ist begeistert und bittet an der Rezeption des Marriott Heidelberg um Vermittlung einer Buchung zweier Zimmer in diesem Hotel. Der Weg zum Louvre wäre fußläufig zu machen, den Boulevard hinunter, an der Seine entlang, über den Pont du Carrousel direkt in die Louvre-Anlage, erinnert sich Franz. Er habe damals einem der Bouquinisten am Seineufer einen Stich mit dem Portrait von Wagner als jungem Mann abgekauft. „Wie alt waren Sie damals? Dafür haben Sie mit 19 Jahren Geld ausgegeben?" Franz verriet dem Älteren nicht, dass es die Musik und die revolutionäre Haltung des frühen Wagner waren, die ihn zu diesem Kauf angeregt hatten. Was musste Klaus auch immer und zu allem seine Meinung kundtun, und die so unumstößlich!

Zeit für das Abendessen, Klaus bat Franz dazu auf die Hotelterrasse. Als Entrée für das Fest bei Marie schlug Klaus die Bestellung eines Sommerstraußes über Fleurop vor; Franz hatte, angeregt durch seine Reise in die DDR, für Marie schon ein Buch besorgt, Die wunderbaren Jahre von Rainer Kunze. Klaus blickt den Fluß hinab nach Westen, wo er nur wenige Kilometer weiter in den Rhein mündet, und verkündet mit erhobener Stimme programmatisch: „Vom Neckar an die Seine!" Das kommt Franz bekannt vor und er erinnert an die gemeinsame Arbeit. „Heute, lieber Herr Theuring, trinken wir Champagner und halten uns nicht mit meiner Vergangenheit auf. Ich habe gelesen, dass nicht weit von hier der Ort sein soll, an dem Siegfried einst von Hagen getötet worden ist. Die Nibelungen haben ja hier in der Nähe gelebt und waren, natürlich, zur Jagd in den Odenwald geritten. Wollen wir morgen ein wenig ihren Spuren folgen?" Franz hatte das Trauerspiel von Hebbel und den Wagnerschen Ring immer in den Bereich der Mythen gepackt, die zwar in der Aussage beständig, im Geschehen aber vielfältig, die Nichtauflösbarkeit des Widerspruchs zwischen Freiheitswillen des Individuums und der Macht einer gesellschaftlichen Ordnung erzählten. Wirkliche Orte hatten ihn nie interessiert, wie er sich umgekehrt stets von der gestalterischen Wucht, die die Allgemeingültigkeit des Grundkonflikts auf alles Zusammenleben ausübte, hatte vereinnahmen lassen. „Bemerkenswert, dass der Bayer aus Norddeutschland weiß, dass er sich in der Umgebung möglicher Schauplätze des Nibelungenliedes – Worms, Odenwald, am Rhein – aufhält", und Franz stimmt dem Ausflugsziel zu.

Die Odenwälder Heimatforscher haben sich angestrengt und Siegfriedquellen und Nibelungenstraßen für sich und ihre Wohnorte reklamiert. König Gunthers Burgundenreich zu Worms hatte sich im 5.Jh indessen nur gut 20 Jahre behaupten können; das Epos hatte diesem Stamm aus Skandinavien Unsterblichkeit verliehen. Und so klettern Klaus und Franz an einem Julimorgen im Wald des Felsberges entlang einer mit Granitbrocken zugewürfelten Rinne im Odenwald in Richtung einer dieser Brunnen, an dessen Wasserspender man sich

Siegfrieds letzte Labung vorzustellen hatte. Mit der Figur des Meuchlers Hagen von Tronje verbindet seit jeher jedermann seinen Lieblingsbösewicht, das ist so sicher wie seine Stimmlage der Bass ist in jeder Inszenierung und jeder möglichen Oper. Nur gut, unweit der Quelle liegt eine Waldgaststätte, in der Klaus und Franz unbehelligt Erholung finden. Franz fallen die verschiedenen Brunnen im Odenwald ein, die er beim Waldlauf entdeckt hatte. Und er spürt das erste Mal seit jenem Freitag in der Erinnerung Wärme mit der Freude der Entdeckung der Quellen, mit dem Genuss, mit der Freiheit, die sie gespendet hatten. Franz drückte das Kreuz durch.

Maries Fest sollte schon um sechs am Abend beginnen, da auch kleine Kinder eingeladen waren. Deshalb beenden Klaus und Franz ihren Ausflug nach dem Mittagessen und fahren an der Bergstraße zurück nach Heidelberg. Klaus hatte Franz eindringlich gebeten, in den Nachmittagsstunden sein Gepäck fertig zu machen, damit sie am Samstag früh aufbrechen könnten.

Franz beschäftigt sich in der Tat mit den Reisevorbereitungen und muss feststellen, dass er seinen Personalausweis nicht findet. Er vermutet, dass das Papier nach Griechenland-Reise bei Susanne geblieben sei. Nun hätte er einen Grund, Kontakt mit Susanne aufzunehmen! Klaus, den er telefonisch in Kenntnis setzt, schlägt vor, statt des Personalausweises den Reisepass mitzunehmen. Franz, ein bisschen enttäuscht, wendet ein, er befinde sich in Mannheim, bei seiner Mutter. „Nun, dann holen wir Ihren Pass dort ab! Ich habe keine Lust, Sie nach einem Zusammentreffen mit Ihrer Exfreundin wieder in die Verzweiflung versinken zu sehen, bitte verstehen Sie!" Franz packt also weiter, aber in ihm ist wieder die Leere, als habe er in einen Apfel gebissen, spüre aber nicht den Geschmack und da sei nichts zum Kauen. Den Weg nach Feudenheim, wo sie den Reisepass nicht ohne die Frage nach ihren Plänen von Franz' Mutter überreicht bekommen, beschreibt er so umständlich, dass die beiden mit einer halbstündigen Verspätung bei Marie eintreffen. Der Garten hinter der Stadtvilla ist einladende Kulisse für einen Geburtstag im Juli, unter hohen alten Bäumen, Groß und Klein, Musik vom Tonband, das Buffet, weiße Bänke, Rattanmöbel, Bierzeltgarnituren, Lampions, die Schaukel am Ast einer Kastanie, die Sandkiste für die ganz Kleinen, ein paar Pavillons aus gestreiftem Markisenstoff, jemand bietet ringsum ein Tablett mit Getränken an, - die beiden Neuankömmlinge treten zurück, um sich zurechtzufinden.

Franz fällt auf, dass einige Herren nicht besonders gut gekleidet sind, weder Abend- noch Freizeitgarderobe, und sie tragen ein Namensschild: Karl. Er entdeckt weiße Allongeperücken, Strumpfhosenmännerbeine, Damen in enggeschnürten Taillen, einen Weißbezopften in gelber Livrée, gemessenen Schrittes und stets zurückgewiesen den Herren eine Glaskaraffe mit weitem Hals auf halber Höhe darbietend*.

Marie drückt ihre Freude über ihr Kommen aus, weist auf einen üppigen Strauß Blumen und bedankt sich bei Klaus. Sie neigt den Kopf zur Seite und betrachtet ihre Gäste: „Franz, Sie haben das Thema des Festes vergessen?" Franz hatte. Und sogleich entschuldigt Marie ihn, er habe wirklich anderes zu bedenken als die Kostümierung für eine Party. Nun erkundigt sich Klaus, was es mit dem ‚Motto' auf sich habe. Mit „Liselotte trifft Joy" könne er nichts anfangen und Marie bittet ihn sich im Laufe des Abends überraschen zu lassen. Die Kinder und Luh begrüßen die Ankömmlinge, Ciottolo umwedelt sie, nur Louisquatorzedervierzehnte hatte sich schon am Nachmittag in Sicherheit vor den Eindringlingen gebracht. Franz fragt nach dem Befinden des verunglückten Armes, der aber kaum noch Erwähnung bedürfe.

---

*le pipi-page

Klaus steht neben ihm und, wie es scheint, neben sich – er kennt die umwerfende Aufmerksamkeit nicht, die sie genießen, und blickt Franz von unten her an. Marie spricht für alle Gäste ein paar Begrüßungsworte, die sie in umständlichem Französisch und einem breiten Pfälzisch wiederholt. Sie schaut noch einmal bei Franz und Klaus vorbei und macht sie mit anderen Gästen bekannt. Sie weist auf Franz gegenüber einem Herrn, der sich mit akademischem Titel vorstellt. „Herr Theuring, mein Biograph in spe." „ So, soweit sind wir schon! Ich möchte keinesfalls in etwas hineingezogen werden! Und die Kinder halte bitte auch heraus!" Ein adipöser Tenor, petrolfarbenes Schnittkleid unter einem Trench, beginnt geburstagsangemessen: „Schau auf dein Leben, was hat es gegeben Jahre, die drehn sich nur im Kreis ...", um dann eine Quint höher zu schmettern: „Ein Lied kann eine Brücke sein ...", Joy Flemings Beitrag zum Grand Prix d'Eurovision. Die Gäste singen mit und verlangen Wiederholung und dann natürlich „Mannemer Dreck" und den „Neckarbrücken-Blues". Nun kann auch Klaus die vielen Karls zuordnen. Nach der allerletzten Zugabe – Marie kümmert sich bereits um den Künstler - fährt der Herr fort: „Vielleicht könnten Sie vor Arbeitsaufnahme mit mir Rücksprache nehmen, hier ist meine Karte, es soll Ihr Schaden nicht sein!"

Franz, noch eingenommen von der gewaltigen Stimme des Sängers, schaut auf die Karte, Dr.med. Eduardo Schulte. Ach so! Klaus und Franz nicken kurz und wenden sich einer jungen Schauspielerin zu, die, gekleidet wie die eifrige Briefeschreiberin Liselotte von der Pfalz, aus Briefen der Prinzessin an Gottfried Wilhelm Leibniz über ein „Rencontre mit Joy" liest. Sie beklagt die freimütige Zunge und Manieren der Jüngeren, ein rechtes Rompompel, und keine Madame, obwohl, Madame zu sein auch ein elendes Handwerk sei. Aber, sie könne sich nicht entbrechen, den Jüngeren ihren gusto sein zu lassen, die Mamsell Fleming habe eine angenehme Figur und eine hübsche Stimme und sei ihr recht zutunlich gewesen. Die Prinzessin sei indes nach dem Besuch im Pfälzischen übel zufrieden, dass ihr Elternhaus (das Heidelberger Schloss) nicht wie vordem wieder errichtet worden sei.

Klaus schüttelt den Kopf über so viel Blödsinn und drängt auf baldigen Heimweg. Die Kinder haben ein Feuerwerk am Neckar vorbereitet und bitten darum, dass Klaus und Franz mit den anderen Gästen zuschauen. Die Dämmerung ist der Dunkelheit gewichen, die Gesellschaft bricht auf zum Neckarvorland. Ein Tisch mit Gläsern und Getränken, die Brücken, die Lichter der Stadt im Fluss und dann das Feuerwerk am Himmel! Und zusammen mit der Händelschen Suite, die ein Kassettenrecorder abspielt, wird es ein prächtiges Spektakel. Franz fällt in die Erinnerung an die Schlossbeleuchtung vor vierzehn Tagen, als ihn nicht mehr erschüttert hatte als der baldige Abschied von Susanne auf eine kleine Weile; Klaus hingegen, fern von derlei Kurzweil seit Jahren, nimmt das Dargebotene ohne Ablehnung und Kritik einfach auf, wird in die allseitige Stimmung aus Staunen und Mitfreude getragen. Als die letzte Kaskade verglüht war, besinnt er sich und wirft Franz zu: „Sie kennen aber auch Leute!" Marie blickt begeistert auf ihre Kinder: „Ich glaube, Andrea, ihr Halbbruder, war hier der Pyrotechniker. Die Überraschung aber ist allen Kindern gelungen. Ich danke Ihnen, dass Sie bei uns sind. Sie fahren morgen nach Paris? Wenn Sie auf dem Rückweg hier vorbei kommen, schauen Sie doch herein, Sie müssen erzählen!" Klaus und Franz danken und verabschieden sich.

Am nächsten Morgen fahren sie über Saarbrücken nach Frankreich hinein und Franz wird sich auf dieser Fahrt an einen einsilbigen Austausch gewöhnen müssen. Er führt das

Schweigen von Klaus auf eine Erinnerungsdichte zurück, die schmerzen könnte. Er hatte zwar seine Aufzeichnungen über die Wehrmachtszeit gelesen, er war dabei aber noch immer so befangen in seinem Verlust, dass er die Leibhaftigkeit des Berichtenden in seinem, Franz' Leben, einfach vergaß. Gewiss, Klaus hatte nüchtern, fast wie von einer zwangsläufigen Abfolge der Kriegsereignisse geschrieben, so dass der Eindruck einer Reportage entstehen konnte. Es gab aber doch Einwürfe, die den Schreibenden erkennen ließen. Franz war während der Lektüre um eine umfassende geschichtliche Einordnung bemüht gewesen, er hatte übersehen, dass sie von Klaus vielleicht gar nicht gewollt war. Es werde sich Gelegenheit ergeben, darüber zu sprechen. Jetzt wollte er erst einmal den Mund halten, bis Klaus zur Unterbrechung seines Schweigens bereit war. In Reims bittet Klaus Franz ans Steuer, nimmt neben ihm Platz und schließt die Augen. Franz tut sein Bestes, er war zuvor noch nie einen solch starkmotorigen Wagen gefahren. Klaus räuspert sich: „Es geht mich nichts an, Herr Theuring, und Sie müssen mir nicht antworten. Ich frage mich, wie einem jungen Mann Ihrer Bildung und Ausbildung und im besten Alter so viel Zeit zur Verfügung stehen kann. Warum gehen Sie nicht einem Beruf nach, sondern verdingen sich für eine Aufgabe, die man nun wirklich nicht als Beruf bezeichnen kann?" Franz hatte diese Frage immer schon befürchtet und ist dennoch nicht auf eine Antwort vorbereitet. Und so geschieht es, dass er ist viel zu ausführlich, rechtfertigend und wertend spricht. In seiner Entgegnung verweist Klaus auf Haarschnitt, Garderobe, Körperhaltung und den Beamtenstatus. Franz spricht von den 1,5 Mio Überprüfungen, die noch nicht abgeschlossen seien.

Er schafft es einen Parkplatz am Panthéon zu finden, die paar Schritte zum Hôtel Cluny laufen sie mit ihrem leichten Gepäck. „Sie werden sich daran gewöhnen müssen, dass ich hier nicht viel spreche – umso weniger müssen Sie dann auch übersetzen!"

Klaus und Franz tauschen Geld und nehmen Platz vor einer Brasserie an der Place de la Sorbonne. Klaus stellt klar: „Ich werde den morgigen Vormittag auf eigene Faust gestalten. Ich erwarte von Ihnen, dass Sie mich zum Louvre begleiten und mir dort den Weg zu der von mir gewünschten Abteilung zeigen. Einen Treffpunkt können wir dann vereinbaren, wenn mir das Gelände bekannt ist. Wissen Sie, ob man im Louvre fotografieren darf?" „Da schau her – Sie wollen's Liserl ablichten? Jetzt im Ernst, ich weiß es nicht mehr. Sicher werden wir am Eingang darüber informiert. Wenn ja, dann aber ganz sicher ohne Blitzlichtgerät." „Gut. Meinen Sie, dass ich Sie alleine lassen kann und Sie mich zur vereinbarten Zeit erwarten?" Beide müssen lachen, „immerhin verdanke ich Ihrer Unzuverlässigkeit, dass wir jetzt hier sind! Ist Ihnen eigentlich bewusst, wo wir sind?" Franz nickt nur, Susanne fehlte ihm so sehr, gerade hier!

Am nächsten Morgen frühstücken sie in einer Bäckerei am Boulevard Saint Michel, schon auf dem Fußmarsch zum Louvre. Ein kleiner Umweg auf die Île de la Cité zu Notre Dame, Klaus schweigt und starrt auf das gewaltige Kirchengebäude. Zurück auf das linke Seine-Ufer – es geht sich hier angenehmer – und über die Brücke, die geradewegs zu einem arkadenüberwölbten Eingang zum Museum führt, in dem sich auch eine Kasse befindet. Hier fragt Franz, den Zettel mit dem Namen des Malers ausbreitend, nach dem Ort seiner Werke in der Gemäldegalerie und sie werden in den Sully-Flügel geschickt. Franz begleitet Klaus bis zum Eingang dieses Flügels, Klaus verabschiedet sich sehr kurz mit Hinweis auf Ort und Zeit des mittäglichen Treffens. Franz sieht ihn gedankenverloren die Treppe emporsteigen und hinter einer Nike verschwinden.

Er vermutet in diesem Louvre-Besuch den Anlass für die Paris-Reise.

Nun bleiben ihm zwei Stunden, zwei lange Stunden, in denen er nicht auf der Hut sein muss und sich der Trauer hingeben kann, Trauer um Susanne mit dem zwackenden Missbehagen ohne sie in Paris zu sein. Der Louvre kann ihm jetzt nichts bedeuten! Er sucht das Wasser und findet nahe der Brücke einen schmalen gemauerten Quai mit einem Plätzchen für ihn, der nur dem Morgenlicht und seiner Bewegung auf dem Wasser folgen möchte. Zwischen ihm und dem Sichfallenlassen in den Fluss ist kein Halt, kein Zurücklehnen und Augenschließen. Aber das möchte Franz. An der Place du Carrousel, ihrem Treffpunkt um ein Uhr, sinkt er in einen dieser hellgrünen Park-Metallstühle und kann hier endlich nach innen schauen, sich Erinnerung und Schmerz hingeben.

„Francesco!", er ruckelte sich zurecht und blinzelt gegen die Sonne, Herr Marquardt nennt ihn nie mit Vornamen und schon gar nicht in der spanischen Fassung. Ihn umstehen die Teilnehmer des Studenten-Austausches aus dem Heidelberger Stadtwald. Auch Paolo, auch Giorgio. Ja, und auch Micaela! Er springt auf, schon wird er in den Arm genommen, bisebise, lächelnde freundliche Menschen – Franz erinnert allzu gut die Gleichgültigkeit und Kälte ihm gegenüber beim letzten Zusammentreffen in der Mensa und ihm wird jetzt bewusst, dass doch nur Peinlichkeit und Unsicherheit dem Nichtwissenden entgegengeschlagen waren. Nun aber war das neue Gefüge offenbar und das Opfer vergnügte sich in Paris! Die Freunde fragen gar nicht, was er hier treibe, sie bewerten seinen Aufenthalt als einzig vernünftige Reaktion eines Verlassenen. Nachdem Franz von einer Verpflichtung um 13:00 gesprochen hatte, verabreden sie ein Picknick am Seinequai unterhalb von Notre Dame auf der Île de la Cité für den Abend um neun Uhr und weg sind sie zum nächsten touristischen Ziel.

Franz hat wenig Zeit zum Verarbeiten dieses unwahrscheinlichen Zusammentreffens, Klaus nähert sich. Er ist blass und äußert nur seine Zufriedenheit, Franz pünktlich am vereinbarten Ort anzutreffen.

Hier, zwischen den Flügeln des Louvre, haben die Soldaten einst auf den Grünflächen gelagert, mit einem Hausherrenblick auf den Triumphbogen weit in der Ferne, den Obelisken und um sie herum auf die Üppigkeit barocker Parkgestaltung. Klaus entsinnt sich der Überheblichkeit gegenüber der Bevölkerung von Paris. Aber er erinnert sich auch an den Besuch der Gemäldegalerie im Louvre, den ein Vorgesetzter organisiert hatte; sie hatten noch „Kultur fassen … marsch!" gespottet. So war er zu dem Zettel mit dem Namen eines Malers aus dem 18.Jh gekommen, Klaus hatte nicht mehr gespottet. Das Wiedersehen mit dem Original der Madame de Sorquainville, hatte ihn wie beim ersten Mal 1940 ein Kennen erleben lassen, das sich so gar nicht zutragen konnte! Er war sechs Jahre alt, als seine Mutter starb, sechs Jahre war sie für ihn da gewesen. Fotos konnten ihm auch nicht diese Wesensähnlichkeit, die der Gesichtsausdruck der Dame in Pastell für Klaus wiedergab, vermitteln, denn er kannte nur zwei Aufnahmen seiner Mutter, und die auf den Fotos abgebildeten Menschen schauten todernst, ja, fast furchtsam in ihrer schwarzen Sonntagskleidung. Und Madame ruhte in sich, lächelte distanziert. Von einer Polsterbank in der Mitte des Bildersaales aus kommt Klaus dem Gemälde nahe, wird er von der Schönheit vereinnahmt. Er wollte nicht wissen, wie diese Berührung entstehen konnte, vielmehr wollte er sich die vorbehaltlose wärmende Liebe einer Mutter, die ihn hätte aufwachsen sehen dürfen, in seinem Leben vorstellen. Doch lässt er bald ab davon, seine Überlegungen bedrohen seine Geschichte, zerstören gegebene Antworten, begangene Wege, verhindern an der Wirklichkeit gemessene Entscheidungen. Er verliert den Boden unter den Füßen, verschiebt weitere Hinwendungen zu seiner Mutter und geht hinaus in den Sonnenschein. Wie vor 36 Jahren kann der Blick durch die Tuilerien, über die Place de la Concorde, die Champs Elysées wandern, die Bebauung und Gestaltung sind nicht weniger üppig. Dankbarkeit blitzt in ihm auf gegenüber der Befehlsverweigerung eines deutschen Generals Paris zu schleifen. Klaus will sich einen weiteren Besuch im Louvre vorbehalten.

Der junge Mann döst am vereinbarten Treffpunkt, jetzt schaut er, als erwarte er Erklärung und Bericht, schließlich war dieser Museumsbesuch ja Reiseanlass. Klaus mag nicht reden. In einer Seitenstraße zur Rue Rivoli essen sie zu Mittag und tauschen sich über die Ziele aus, die sie für sehenswürdig halten. Diese bestimmten die Dauer ihres Aufenthaltes, beschied Klaus Franz' Frage. Ganz sicher möchte Klaus die Opéra Garnier und den Triumphbogen sehen, Franz zieht es zum Eiffelturm und dann bliebe noch eine Fahrt nach Versailles zu entscheiden. Franz erzählt vom Wiedersehen mit Freunden aus Heidelberg, worauf es Klaus wieder entfährt: „Sie kennen Leute!" „Ich bin heute Abend mit diesen Leuten verabredet." „Kein Problem, ich bin dabei!" Au, das ist es, was Franz gerade nicht gewollt hatte, er wollte vielmehr - nicht zuletzt Paolo gegenüber, aber auch ein bisschen in Richtung Micaela - ein Bild von einem vermitteln, der nach einer Trennung attraktive Möglichkeiten aus dem Ärmel zieht. Paolo sollte es Susanne weitererzählen, und Micaela sollte sein Freisein bemerken. Franz druckst und stimmt dem Ansinnen nicht sofort zu. Bestimmt hatte Susanne von Franz' Job erzählt und dann war klar, wer der alte Mann in seiner Begleitung war und nix wars mit der Vorstellung des Phönix. „Wir wollen uns aber erst um 21:00 Uhr treffen, unten am Seine-Quai." „Sie meinen, das sei nichts für ältere Menschen. Wissen Sie was? Sie dürfen ruhig direkter sein, dann weiß ich auch, woran ich bin. Ich gehe dann mal früh ins Bett heute. Aber essen können wir am Abend noch zusammen?"

Sie nehmen den weiten Weg zur Place Charles de Gaulle zu Fuß. Klaus schweigt die meiste Zeit und steht dann vor dem

Grabmal des unbekannten Soldaten, leicht nach vorne gebeugt und unruhig, als befände er sich in einem Austausch mit der ewigen Flamme unter dem Triumphbogen.

Das Abendessen nehmen sie in einem überfüllten Restaurant gegenüber dem Brunnen St Michel ein. Sie waren mit dem Taxi vom Etoile zu ihrem Hotel gefahren und waren nach einer Siesta im Strom dinnerwilliger Touristen hier gelandet. „Was haben Sie damit gemeint, als Sie in Heidelberg anmerkten, ich sei nicht ganz unschuldig daran, dass Sie ‚Einfälle' haben?", Franz will es eigentlich gar nicht wissen, sondern versuchen, mit dieser Frage Klaus zu signalisieren, dass er ihre Beziehung nicht nur auf geschäftlicher Plattform sehe, nachdem Klaus, obwohl Finanzier des Ausflugs nach Paris, sich gegenüber Franz' eigenen Plänen zurückgenommen hatte. Klaus schweigt zunächst und zerfasert seine Fleischportion. „Es ist ganz einfach und ich bitte Sie, zu entschuldigen, wenn ich daneben liege: Sie haben Zeit und Sie sind jung, Sie müssen nicht so sehr Konventionen respektieren und auf niemanden Rücksicht nehmen – soweit habe ich Ihr Leben wahrgenommen. Durch Sie sehe ich, was geht und gehen könnte. Das nenne ich ‚Einfälle'." Er spießte ein paar pommes frites auf, „Sie haben mein Leben in Braunschweig kennengelernt, ich finde, es erlaubt nicht viele Spielräume. Vielleicht sollte ich sagen, ich erlaube sie mir nicht. Schauen Sie, der Anlass zu dieser Reise, die ich ohne Ihre Sprachkenntnisse und Ihre Begleitung nie angetreten hätte, war die Wiederentdeckung einer Erinnerung. Das hatte natürlich mit unserer gemeinsamen", Klaus zögert, „Aufgabe zu tun." „Der Entschluss zu dieser, wie Sie es nennen, ‚Aufgabe' war der Ihre. Schon die Wortwahl ‚Aufgabe' zeigt doch, wie bedeutsam Ihnen für Ihr Leben die Biographie ist, vielleicht auch nicht nur für Ihr Leben, sondern auch für Ihre Töchter, vielleicht wollen Sie mitteilen, was Sie ihnen nicht sagen würden?" „Was ich zu sagen habe, sage ich auch! Nein, es geht nicht um geheime Botschaften, es geht gar nicht um Dritte, und außerdem war der Anlass, Ihrem Angebot in der DamS damals im Februar meine Aufmerksamkeit zu schenken, ein ziemlich oberflächlicher Biographiewunsch, der nur mit meinem fortgeschrittenen Alter, aber mit mir – lachen Sie bitte nicht –, K.M., nicht viel zu tun hatte. Sehen Sie, in den drei Tagen, in denen ich mit der Niederschrift meiner Erinnerungen über den WKII beschäftigt war, habe ich an meine eigene Geschichte gedacht. Noch nicht über diese Geschichte, aber schon daran, dass es sich tatsächlich um eine Geschichte handelt, die von Ereignissen gelenkt und die gelebt wurde. Und der Anlass", hier unterbricht Klaus seinen Gedanken, „die Kriegserinnerungen aufzuschreiben, war tatsächlich der gleiche, der uns nach Paris geführt hat." Franz war zufrieden, keine Fragen stellen zu müssen. Jetzt wird aber etwas aktives Interesse gewünscht: "Hat das etwas mit dem Louvre zu tun?" Und Klaus erzählt von dem Zettel, seinem Besuch in der Kunsthochschule, von seinem Wiedersehen mit dem Bild. „So, als hätte ich eine Erinnerung an meine Mutter und sie würde mir als die Dame auf dem Bild entgegentreten!" Klaus schweigt einen Augenblick und fährt fort mit seiner gewohnt distanzierten Stimme: „Und damit wäre Frage zwei zum Teil beantwortet!" Franz blickt ihn beunruhigt an und jetzt erst fällt ihm ein, was Klaus gemeint haben könnte, - die Fragen, mit denen er Klaus in den Ausarbeitungen von Mitte Juli allein gelassen hatte. Er hatte heimlich auf seiner Uhr gesehen, dass es schon halb zehn war und bittet Klaus, ihn am nächsten Tag, so er seinen Besuch im Museum wiederholen wolle, mitzunehmen. Er kenne den Maler auch nicht und das Bild sei ihm unbekannt. Klaus möchte ihm jetzt dazu nichts versprechen. Und außerdem sei es schon nach halb zehn, warum er ihn denn nicht unterbrochen habe?

Klaus versichert ihm, den Weg zum Hotel zurück zu finden und Franz verabschiedet sich.

Nahe Notre Dame steigt er hinunter zum Seinequai und sucht die Freunde. Er wandert am Fluss entlang nach Osten und findet sie unterhalb der Brücke, die zur Ile de St Louis führt. Sie sitzen im Kreis auf den grob behauenen warmen Steinen des Quais, leise Gitarrenmusik. Franz sucht einen Platz neben Micaela, alle schenken ihm ihre Aufmerksamkeit, begrüßen ihn und fragen nach, wie es ihm gehe. Sie fragen auch nach dem Grund seines Parisbesuches, und Franz dampft alles auf Interesse an bildender Kunst des 18.Jh ein. Für die Gruppe war Paris ein Angebot im Programm, das die jungen Leute, besonders die aus Übersee, begeistert angenommen hatten. Morgen, nach der Rückkehr nach Heidelberg, gehe dann jedes Gruppenmitglied seinen eigenen Plänen, Verpflichtungen oder Interessen nach. Franz fragt sich durch die Runde, wobei ihm allerdings nur die Ziele von Micaela und, natürlich, Paolo wichtig sind. Letzterer äußert sich unbestimmt und Micaela hält an ihrem Wunsch nach intensivem Sprachunterricht und einer Weiterführung ihres Literaturstudiums in Deutschland fest. Nach und nach verabschieden sich die Freunde, bis Franz und Micaela zurückbleiben in der Nacht über der Seine. „Chacun pour soi est reparti dans l'tourbillon de la vie …" summt Micaela. „Du kennst den Film Jules et Jim?" Franz ist begeistert. „Ich habe ihn in der Originalfassung gesehen und leider nicht viel verstanden. Mais …", Micaela wechselt ins Französische, „vielleicht können wir ihn in Heidelberg nochmal sehen?" Franz' Begeisterung über ihren in die Zukunft weisenden Vorschlag schlägt über ihm zusammen und er legt seinen Arm um ihre Schultern. Sie sprechen über die Zartheit des Films, über François Truffaut, über die Nouvelle Vague, über das deutsch-französische Verhältnis, und bald sprechen sie nicht mehr.

Weit nach Mitternacht bringt Franz Micaela in das für ihre Gruppe angemietete Hostel in der rue Monsieur le Prince, nicht weit von Franz' Unterkunft.

In ihrer „Frühstücksbäckerei" beschließt Klaus, wenn es Franz recht sein sollte, diesen Tag in Paris zu verbringen und am kommenden, am 03.08., zurück zu fahren. Franz ist, außer einer Rückfahrt über Braunschweig, alles recht, aber Klaus äußert sich dazu nicht, ja, er wirkt, als habe er noch weitere Pläne. Den heutigen Tag wollen sie mit einem Besuch im Louvre beginnen. „Sie werden bitte verstehen, wenn ich das Bild lieber alleine noch einmal aufsuche. Glauben Sie mir, meine Bitte hat nichts mit Ihnen zu tun. Ich könnte es nicht ertragen, wenn eine dritte Person auch nur mit ihrem Betrachten in mein Zwiegespräch mit Madame eindringt. Wollen wir uns danach den Eiffelturm ansehen? Vielleicht bleibt dann noch Zeit für die Oper, oder aber wir gehen nur im Park bei uns in der Nähe spazieren." Sie laufen, wie gestern, links der Seine bis zum Pont du Carroussel und betreten dann das Areal des Louvre. Franz kennt den Weg, doch heute leuchtet das Grün der Bäume, der Putz der ehrwürdigen Gebäude, das Sonnenlicht auf dem Fluss nur für ihn! Er darf sich, nicht ohne Klaus eine gute Zeit gewünscht zu haben, zurückziehen auf sein Sesselchen mit Blick auf die Tuilerien, er schließt die Augen und sieht sich als Teil einer Rokoko-Idylle, meinetwegen einer Schäferszene, vielleicht auch eines impressionistischen Picknicks im Grün des Parks. Franz zwischen gestern und heute, der Ort ist unverändert, doch heute ist alle Schönheit nur für ihn!

Klaus kommt zurück und blickt entschlossen: "Hier war ich nicht zum letzten Mal!" Sie nehmen die Metro an der Place de la Concorde bis nahe dem Marsfeld. Franz möchte als homunculus politicus zunächst das UNESCO-Gebäude auf dem Gelände der Militärakademie ansehen, dann nähern sie sich dem Eiffelturm. Und schon sind sie in allen Sprachen der Welt von Unvermeidlichem umzingelt: "Ich hätte nicht gedacht, dass der so hoch ist. – Mike, klettere da nicht herum! – Ob das da oben sich dreht? – Was der wohl wiegt? – Ich möchte den nicht anstreichen. – Wie viele da schon runtergefallen sind?" Sie beschließen, die wahre Größe könne man doch nur in einiger Entfernung auf sich wirken lassen und so wandern sie in Richtung Invalidendom. Hier entdeckt Franz die Hoheitszeichen der chilenischen Botschaft. Sie hätten ihn zuvor gleichgültig gelassen, heute hingegen spürt er etwas Dazugehörendes und dreht sich noch ein paar Mal um in Richtung des roten Gebäudes. Klaus ist erschöpft, er möchte etwas essen und hat dann keine Besichtigungswünsche mehr. So viel auf Stein gelaufen, so viele Menschen, Autos, so viel gesprochen – ihm brummt der Kopf. Sie tauchen ein in die Ruhe des Jardin du Luxembourg und nehmen einen Tee. Klaus erkundigt sich nach dem Verlauf des vergangenen Abends und Franz antwortet mit „ja".

Abschied von Paris für zwei, die etwas mitnehmen.

Auf der Rückfahrt eröffnet Klaus seinem Mitfahrer, dass er über Heidelberg nach München führe. Ob Franz am Sonntagabend, 08.08., in Braunschweig eintreffen könne, damit man am Montag mit der Arbeit fortfahre. Und er möchte bitte die drei WKII-Seiten lesen bis dahin.

An der Grenze tauscht Klaus seine Francs nicht zurück in DM.

Umwege

Klaus hatte sich unmittelbar nach der Ankunft in Heidelberg von Franz verabschiedet, war im Marriott erschöpft ins Bett gegangen und früh am 04.08. aus Heidelberg nach München abgereist. Da der Kontakt zu den Nachkommen seines Onkels Klaus Seidlinger versandet war, hatte er in München keine aktuelle Adresse, er konnte sich nur noch auf die seines Betriebes in der Luisenstraße besinnen und die Schießstättstraße, in der die Wohnung seiner Eltern gelegen war. Klaus hatte im Eden Hotel Wolff ein Zimmer buchen lassen, leicht zu finden am Hauptbahnhof.

Zunächst zog es ihn zur Isar und er wanderte verwundert durch die Fußgängerzone Richtung Ludwigsbrücke. Nein, so bunt hatte er die Münchner Innenstadt nicht in Erinnerung! Hin und wieder erkannte er ein Denkmal, eine Plastik, ein Gebäude, die ihm bedeuteten, dass er sie sehr wohl gekannt habe; er hätte aber nicht gewusst, wo er sie finden würde. Ganz anders der Blick von der Brücke auf die Isar, der Fluss, mit dem er alle Jahreszeiten geteilt hatte. Er erinnerte sich, dass er oft hier her gekommen war, um bei klarem Wetter in Richtung des Gebirges zu sehen, die Alpen, die ihm doch so wenig vertraut waren. Er nahm sich für den nächsten Tag einen Spaziergang am Fluss vor und ging weiter Richtung Rosenheimer Straße. Er erinnerte sich auch, dass ihm ein Besuch des Volksbades, das hier hoheitlich und raumgreifend das Isarufer besetzte, selten erlaubt worden war. Onkel Klaus hatte dafür gesorgt, dass sein Neffe an einem ihm geeignet scheinenden Flussabschnitt schwimmen lernte. Klaus hielt inne, Kindheit in München, seine Kindheit, verband sich mit kaum einer Erfahrung, einem Erlebten in seinem Gedächtnis. Sie muss ja wohl stattgefunden haben, sagte er sich und ging weiter, denn er war erwachsen geworden.

Weiter die Rosenheimer Straße hinunter, der Bürgerbräukeller war wieder zur Großgaststätte geworden. Klaus hatte den Onkel vor Augen, der 1923 als Katasterbeamter auf Einladung des Staatskommissars dort eine Veranstaltung besucht hatte. Obwohl die Ereignisse jenes Abends strafrechtlich verfolgt worden waren, hatte sein Onkel sich Sprache, Verhaltensweisen und Visionen der Ruhestörer zu Eigen gemacht und war der NSDAP beigetreten. Nein, so richtig Fuß gefasst hatte der Onkel in der Demokratie nicht, auch wenn, anders als in der kulturellen Aufbruchsstimmung der zwanziger Jahre, die junge Republik sich geistig an vordem bestimmenden Werten Familie und Gott orientierte und im Katholischen heimisch geworden war. Und wie der Onkel während des Tausendjährigen Reiches in brauner Uniform mitmarschiert war zu Massenspektakeln in tausendjähriger Architektur, so marschierte er später mit politischer Prominenz in Prozessionen durch die Flur, nachdem er sich in seiner Pfarrgemeinde seine stete Loyalität zur Kirche hatte bescheinigen lassen. Man hatte sich auch aus den Augen verloren, nachdem der Neffe sich „im Preußischen" niedergelassen hatte. Der hatte dem Onkel mehrmals versucht nahezubringen, dass Braunschweig nie Teil Preußens gewesen war. Doch der Onkel hatte jeden, der freiwillig im Norden lebte, als Wächter preußischer Gewissensherrschaft beargwöhnt.

Klaus war schon auf dem Rückweg und versank von der Corneliusbrücke aus in die monumentale Architektur des Deutschen Museums. Bei Pschorr am Viktualienmarkt ließ er sich eine ordentliche Fleischportion mit Knödeln schmecken.

Am nächsten Morgen musste er wieder eines dieser Buffet-Frühstücke ertragen, während derer so viel Bewegung erforderlich war, um halbwegs satt zu werden. Er suchte weit oben in der Luisenstraße den Ort, an dem er seinen Betrieb geführt hatte. Auch diese Straße hatte ein ungewohntes Äußeres erhalten, breiter, bunter, verspielter. Ebenso das Gebäude. Ein großes Ladengeschäft mit Schaufenstern in Hausfrontbreite, wo früher Fenster in Normgröße seinen Angestellten genug Tageslicht für ihre Arbeit hereingelassen hatten, die Eingangsstufen plattgemacht, riesige schwingende Glastüren. Ihnen hatte der Teil der Sandsteinfassade weichen müssen, an der einst sein Firmenschild, und dahinter das des Voreigentümers des Geschäftes, befestigt gewesen war. Nach der Meisterprüfung war ihm das Ladenlokal von der Kommune angeboten worden. Schon der Preis signalisierte damals, dass hier die Beute politischer Maßnahmen, der „Arisierung", verscherbelt wurde, ein „judenbefreiter Betrieb". Der Onkel hatte den Vertrag mit der Stadt eingefädelt, Klaus Marquardt hatte nicht gezögert sich auf den Handel einzulassen, ja er dachte erst jetzt darüber nach, zu wessen Lasten er in die Selbstständigkeit hatte starten können. Ihm war, als müsse er das Firmenschild seines Vorgängers suchen. Dabei hatte er es 1936 selbst, zertrümmert durch Unbekannte, abgenommen. Das Haus war vom Krieg im Wesentlichen verschont geblieben, er verkaufte nach seiner Rückkehr aus der Gefangenschaft die Gewerberäume und gewann so ein Polster für den Neustart in Braunschweig. Hier versagte Klaus sich, von Anfang an zu denken und es gelang ihm.

Er ließ sich mit dem Taxi zum Königlichen Hirschgarten bringen. Der Biergarten, auf den er abseits des Geländes traf, war ein anderer als der, in dem er endlose Sonntage mit der Familie absitzen musste, und als der, den er mit Luzie auf deren Wink hin, einfach verlassen hatte. Er fand die Gewichtigkeit des Ortes nicht wieder, die er damals empfunden hatte, bunte Sonnenschirme, Spielplatzgerät und jagdtümelndes Dekor vertrieben die schwarzgekleideten Menschen mit Hut seiner Erinnerung. Er bestellte ein Hefeweizen und sah sich in der Gesellschaft Luzies.

Später, vor dem Wohnhaus in der Schießstättstraße, in dem er die ersten zwei Jahrzehnte gelebt hatte. Er hatte sich ein

bisschen viel zugemutet an Vergangenheitsbetrachtung. Müde blickte er den löchrigen Verputz entlang nach oben, im zweiten Stock hatten sie gewohnt. Die Fenster ließen doch viel Licht herein, - wie kam es, dass sich, dachte er an seine Kindheit und Jugend, alles Leben in dunklen Räumen abspielte? Um Einlass bitten und die Erinnerung korrigieren? Ach was. Eigentlich möchte er noch einmal zur Isar an diesem hellen Tag und von der Brücke aus das Gebirge ahnen. Der Tag hatte ihm seinen Lebensbeginn naherücken lassen, ihm aber auch viel abverlangt. So kam es, dass Klaus sich auf die Stille und das Grün seines Gartens in Braunschweig freute.
Er fühlte sich auf dem Heimweg, als er am 06.August 1976 München verließ.
Das beständige Juli-Hoch war nach Südosten gewandert und mit ihm Hitze und Gewittergefahr. Der Himmel über Braunschweig war bedeckt und Klaus musste auf das Sternegucken im Harz am Samstagabend verzichten.

****

Am Dienstagabend, dem 03.August, einem schwülen Tag in Heidelberg, entdeckte Franz nach der langen Fahrt von Paris und der Aufeinanderbezogenheit mit dem Älteren die Lust des Alleineseins. Und die bedeutete im Augenblick nur Laufen, asphaltfrei. Ohne Fußgängervorfahrtspielchen, wie sie auf den schmalen und breiten Bürgersteigen der französischen Hauptstadt üblich und denen die Touristen nicht gewachsen waren. Warum auch!
Franz lief im Neuenheimer Feld bis zur Bergstraße, das Höllenbachtal hinauf. Die hohe Luftfeuchtigkeit, das mangelnde Training und ein Blick in die dunklen Wolken ließen ihn, nachdem er etwas Wasser geschöpft hatte, umkehren. Er schlief so fest, dass das Gewitter, das sich über der Stadt entlud, ihn nicht wecken konnte.

Am Mittwochmorgen umkreiste er das Telefon, er wollte sich bei Micaela zurückmelden. Natürlich besuchte sie ihren Deutsch-Kurs und war nicht erreichbar. So blieb Franz nichts übrig als seine Hausaufgaben zu machen. Doch mochte er heute Herrn Marquardt nach den Tagen der Nähe nicht wieder so viel Raum in seinem Leben zubilligen. So griff er nochmals zum Telefonhörer und wählte Maries Nummer, danach wollte er sich in der Unibibliothek ein wenig über den Frankreichfeldzug schlau machen, bevor er die subjektive Sicht des Davongekommenen aufnahm.

Marie war am Apparat, zeigte sich begeistert über Franz' Rückmeldung und bestand auf einem Reisebericht: „Lieber Herr Theuring, Sie MÜSSEN erzählen!" Und doch war es Franz, als sei Marie in ihrer Zugewandtheit reservierter gewesen, und er verabschiedete sich, nachdem er Ort und Tag eines Wiedersehens offen gelassen, sich nach dem Befinden aller erkundigt und sich noch einmal für den gelungenen Geburtstagsabend bedankt hatte. Franz war die Intervention des Dr. Eduardo noch gut erinnerlich. Es war dem Vater von Maries Kindern gelungen, sie und Franz in ihren möglichen Plänen zu verunsichern. Und vielleicht war es die Ungewissheit über die Verbindung zwischen ihrem Mann und Franz, die ihre Herzlichkeit einschränkte.

Franz schnappte sich einen College-Block und seinen Seminarausweis und ließ sich in der Bibliothek des Historischen Seminars in der Grabengasse an einem der Tische nieder, nachdem er sich mit einigen Bänden zum zweiten Weltkrieg, hier den Kriegsverlauf im Westen, genauer die Infanterie- und Panzerdivisionen der Heeresgruppe A, versorgt hatte. Denn hatte er Herrn Marquardt so verstanden, dass er diesem Wehrmachtsabschnitt zugeordnet gewesen war. Er vermied es sich mit Strategien und Plänen der Generale weiter auseinanderzusetzen, weil er sich für Details der Kriegsführung nicht interessierte. Das war anders, als es um die Schilderung europaweiter Maßnahmen der Nazis ging, ihre – und hier fiel Franz nur ein schmächtiger Begriff ein, der das Morden nicht ahnen ließ – Bevölkerungspolitik durchzusetzen.

Mittags aß er etwas in der Institutscafeteria. Für einen Besuch der großen Mensa fühlte er sich noch nicht stabil genug, weniger, weil er ein mögliches Zusammentreffen befürchtete als vielmehr der unseligen Erinnerung wegen. Er arbeitete am Nachmittag weiter und schloss spät die Bücher. Er war jetzt in der Lage zu einer angemessenen, ja, so fühlte er, Konfrontation mit der Niederschrift von Herrn Marquardt.

Am nächsten Vormittag lief er am Neckar entlang bis Wieblingen, er schaute kurz auf „seinen" Wehrsteg, lief weiter und nahm dann an die Straßenbahn zurück in die Stadt. Er wollte die Lektüre hinter sich bringen! Herr Marquardt hatte um Nichtkommentierung gebeten, das hieße doch aber nicht, keine Fragen zu stellen. Und am frühen Abend hatte Franz die Seiten gelesen, Fragen zugelassen und notiert. Jetzt war ihm klar geworden, was der Verfasser gemeint hatte, als er in Paris von ‚seiner eigenen Geschichte' gesprochen hatte, einem Erleben, das etwas mit ihm gemacht hatte.

Meine Zeit als Soldat

Als wir Ende August 1940 am Hauptgüterbahnhof München zum Abtransport eintrafen, wurden wir und unser Gepäck erst einmal auf unzulässige Gegenstände kontrolliert, also alles Nichtmilitärische wurde entfernt und an die Heimatadresse geschickt. Wir hatten zuvor eine Art Grundausbildung erhalten und wussten darüber eigentlich Bescheid. Nur nicht, wohin wir transportiert werden sollten. Es gab natürlich Mutmaßungen, die die Wünsche der Urheber widerspiegelten. Außerdem waren wir sicher, dass unsere Zeit bei der Wehrmacht durch ein zeitnahes Kriegsende nach dem Abschluss des Freundschaftspaktes mit der Sowjetunion nur kurz sei. Als wir durch Saarlouis fuhren, war ziemlich klar, wohin die Reise ging – nicht in den Norden. In Saarlouis wurde der Zug geräumt und wir mussten auf Lastwagen aufsitzen. Die deutsche Infanterie stieß in diesen Wochen nicht mehr auf französischen Widerstand, die LKW fuhren hinter dem deutschen Vorstoß bis Paris. Belgien und Holland waren von den Deutschen schon besetzt worden. Die Kanal- und die Atlantikküste waren in deutscher Hand. In Paris bewegte sich das deutsche Militär sicher vor Angriffen und möglichem Hinterhalt. Durch unsere mehrere Tage dauernde Stationierung in Paris hatte ich einige Zeit die Bevölkerung zu beobachten. Ich hatte den Eindruck, die Pariser hatten sich nach dem Wiederbezug ihrer Wohnungen nach dem Waffenstillstand vom Juni mit den Deutschen mit der Anwesenheit der fremden Soldaten und einer deutschen Kommandantur in ihrer Stadt abgefunden. Zivile Flüchtlinge aus dem Norden und Nordosten erreichen Paris über die Bahnhöfe und werden weitergeleitet, aber Katastrophenmeldungen werden unterdrückt. Hitler hatte ja schon im Juni geprahlt, dass der Krieg im Westen beendet sei. Meine Kameraden und ich fühlten uns wie auf einem Schulausflug, abgesehen vom Morgenappell, lebten wir, in Hotels zu drei Mann pro Stube untergebracht, wie Gott in Frankreich. Wir erlebten die deutsche Militärmacht nicht als willkürlich handelnde Sieger, wir waren uns bewusst, als Deutsche gesiegt zu haben, Besatzer zu sein und diese Rolle hatten auf der ganzen Welt die militärischen Sieger inne. Wir einfachen Soldaten hielten die Stellung durch unsere Anwesenheit, die wir als unter diesen Umständen angenehm empfanden.

Die Tage in Paris, in denen meine Kameraden und ich uns die Stadt angesehen, Museen und Sehenswürdigkeiten besucht hatten, gingen zu Ende. Die deutsche Infanterie und Panzerdivisionen hatten mit den stark verminderten französischen Truppen den

Waffenstillstand zu verteidigen, und zwar auch gegen England, an dessen Seite Frankreich zuvor gekämpft hatte. Wir Infanteristen wurden mit LKW weiter in den Süden der besetzten Zone verbracht, ich wurde in der Stadt Montargis stationiert. Dort hatten wir für Ruhe zu sorgen, die Versorgung der Bevölkerung mit dem Notwendigen zu kontrollieren und die ordnungsgemäße Durchführung der Verbringung der Juden in die östlichen Provinzen des Reiches zu überwachen. Weiterhin war unsere Aufgabe die Organisation und Durchführung der Zwangsrequirierung junger französischer Männer nach Deutschland.

Die besetzte Zone war natürlich nicht frei von politischen Gegnern. Wir hatten den sog. „Inneren Widerstand" zu kontrollieren und Rädelsführer bzw Einzelaktionisten und kommunistische Gruppen, die aber damals noch nicht als bewaffneter Widerstand bezeichnet werden konnten, unschädlich zu machen. Dies geschah durch Verhaftung, Beschlagnahmung von Privat- und Geschäftsvermögen, Deportation und – äußerstenfalls – standrechtliche Maßnahmen.

Nach meinem ersten Urlaub, den ich 1941 in München bei meiner Familie verbrachte, änderte sich meine Aufgaben in Frankreich nicht, ich wurde Anfang 1941 in Orléans stationiert. Die Versorgungssituation hatte sich verschlechtert, auch die der Soldaten. Sie kamen nicht umhin, ihren Besatzervorteil auszunutzen gegenüber der Bevölkerung, indem die wenigen vorhandenen Lebensmittel der Wehrmacht zugeteilt wurden. Die Bevölkerung war durch diese Maßnahmen und die Zwangsarbeit in Deutschland, die viele zuvor neutrale Franzosen verbitterte, nicht mehr in dem gewohnten Maße zur Unterstützung der französischen Regierung unter General Pétain bereit und die Soldaten mussten eine Zunahme der Sabotagetätigkeit gegen die Wehrmacht beobachten und entsprechend reagieren. Nie werde ich die Verlautbarung der Präfektur vergessen, in der gegenüber der Besatzungsmacht die Situation in angemessener Weise geschildert werden sollte: „Am Ende dieses Winters (1941/42), der die Leiden noch verstärkt hatte, konnte man eine gewisse Irritation in der Bevölkerung feststellen … " Der Winter war außerordentlich streng gewesen, die Menschen ausgehungert und durchgefroren. Der Franzose hielt aber die Form und sprach von Irritation!

Ab Oktober 1940 gab es eine Meldepflicht für alle Juden und jüdischen Unternehmen in Frankeich und ab 1941 wurde den Juden die französische Staatsbürgerschaft entzogen. Sie wurden als Staatenlose festgenommen, inhaftiert und deportiert. Die Hauptaufgabe der Wehrmachtssoldaten war die Durchführung dieser Anordnungen. Ich war bei der Sache und dachte nicht darüber nach, dass ich die Seite, auf der ich stand, nicht selbst gewählt hatte.

Die Aktionen des Widerstandes wurden massiver, oft wurden wir von der französischen Miliz, die mit der Wehrmacht zusammenarbeitete, gewarnt und hatten dann Strafaktionen durchzuführen.

Im Herbst 1942 besetzte die Wehrmacht infolge der Landung der Alliierten in Nordafrika ganz Frankreich. Die Festsetzung der Juden, die in die sog. Freie Zone geflüchtet waren, und ihre Verbindungen zur Résistance, war nun vor allem unsere Aufgabe. Die Wehrmachtssoldaten hatten durch immer zahlreichere Sabotageakte zunehmend um ihre Sicherheit zu fürchten, obwohl überall auf Plakaten Saboteuren mit Todesstrafe gedroht wurde. Meine Frau schrieb mir im Frühjahr 1943, dass ihr aus Sicherheitsgründen die Übersiedelung nach Braunschweig zu ihren Eltern nahegelegt worden sei und dass sie und die Kinder nun dort wohnten. Meine Kinder würden nun in Braunschweig eingeschult!

Wir hörten 1944, dass im Juni die Alliierten im Norden gelandet waren, dass es deutsche Kriegsgefangene gab, und dass der aus dem Exil heimgekehrte General de Gaulle Anspruch auf Übernahme der Regierungsgeschäfte erhoben hatte.

Dennoch wurden wir im Sommer 1944 nach Osten verlegt, um den Widerstand im Vercors zu brechen. Durch einen Hin-

terhalt der französischen Miliz konnten wir die Verteidigung der Resistance zerstören. Da half auch die Solidaritätsgeste der amerikanischen Flieger nichts, die am 14. Juli eine große Anzahl von Behältern abwarfen, aus denen sich kleine blaue, weiße und rote Fallschirme lösten. Deutsche Flugzeuge warfen Phosphorbomben.
Im August rücken alliierte Kampfverbände von Norden nach Osten vor. Wir hören, dass der Stadtkommandant von Paris die Kapitulation unterzeichnet hat. Wir hören auch, dass die Alliierten in der Provence gelandet und Teile der Wehrmacht über die Westalpen zurückgewichen waren. Die Amerikaner erreichten Grenoble und befreiten die Stadt. Auf ihrem Marsch wurden deutsche Soldaten in Gefangenschaft genommen, auch ich. Ich wurde mit einigen meiner Kameraden in das Lager Air-sur-la-Lys nahe Arras verlegt. Nachdem die Kampfhandlungen beendet waren, wurden wir zum Minenräumen abkommandiert. Im Norden hatten die Deutschen, um die Atlantikküste zu sichern, auf eine Tiefe von ca 1 km die Küste mit Panzer- und Schützenminen bestückt. Zunächst waren die Lageorte der Minen unbekannt und folglich die Verluste unter den Gefangenen groß. Wehrmachtspläne haben unsere Einsätze effizienter gemacht, aber nur wenig sicherer. Hinzu kam, dass die Verpflegung der Lagerinsassen unzureichend war, so dass viele Gefangene unterernährt waren und sich aufgaben, sie stolperten in die Minen hinein. Ich hatte mit meinem Kameraden Walter ein, wie wir meinten, System entwickelt, das uns vor „Fehltritten" schützen sollte. Anfangs hatten wir so gut wie keine Ausrüstung und die Todes- und Verletzungsquote lag sehr hoch, später erhielten wir eine Grundausbildung und besseres Gerät für unsere Arbeit und auch bessere Ernährung. Aber all das und auch unser „System" schützte Walter nicht, er wurde im Herbst 1946 tödlich verletzt.
1948 wurde ich aus der französischen Gefangenschaft nach Braunschweig entlassen, weil dort meine Familie lebte.

Franz war nicht sonderlich beeindruckt von den Ausführungen. Er legte die Blätter zur Seite und stellte fest, dass der Verfasser zu Beginn und am Schluss die Zeit und die Gefühlslagen in Wochen und Tagen, voller Mitgefühl und sentimental, die Jahre dazwischen aber in großen Schritten und mehr vom Ergebnis her beschrieben hatte. Dem Ungeheuerlichen -Zwang, Deportation, Gewalt, Besatzerterror - hatte er sich auf der Gefühlsebene nicht nähern können. War er unbeteiligt, hatte er sich als Befehlsempfänger reduziert oder fand er keine Worte?

Franz beschloss, Herrn Marquardt zu konfrontieren mit von ihm angeführten Maßnahmen: Requirierung, Festsetzung der Juden, Strafaktionen, Brechung des Widerstandes, um hier eine Antwort zu finden. Mit einer Antwort ließe sich der Text vielleicht so schreiben, dass er sich – in der Endfassung - dem Autor näherte. Vielleicht aber war das, wie es hier geschrieben vorlag, tatsächlich schon Klaus Marquardt.

Franz hatte weitere Fragen:
›Wie erlebte der Autor die Zeit des Naziterrors in Deutschland vor dem Krieg und den Kriegsausbruch vor seiner Zeit bei der Wehrmacht, also 1936 bis 1940?
›Was wusste er von dem Massaker in seiner unmittelbaren Nähe in Vassieux en Vercors? ›Von der Résistance de Fer?

Das Telefon unterbrach. Micaela lud ihn ins Studentenwohnheim ein, sie habe gekocht, ob sie miteinander zu Abend äßen? Sie wolle zudem ihre Deutschkenntnisse anwenden. Sie lud zu einer in Deutschland üblichen Abendbrotzeit ein, Franz sagte gerne zu und machte sich auf den Weg. Leichtfüßig und zuversichtlich gestimmt, dass ein Abend auf sie wartete, der für sie beide wichtig sein würde, eilte er über die Brücke und war an einem Fußgängerüberweg in Betrachtungen über den Anteil, den er selbst der Bedeutung des Abends zukommen lassen wollte, versunken, als er sich angesprochen fühlte: „Schloofhaub!" Franz, die Schlafmütze, hatte den hinter ihm Stehenden den Weg versperrt. Wie er Heidelberg liebte! Micaela hatte Spaghetti Bolognese und einen Salat auf chilenische Art mit Koriander vorbereitet. Ihr kleines Studentenzimmer ließ Knoblauch und gebratene Zwiebel ahnen, sie aßen an einem niedrigen Couchtisch, der Cabernet Sauvignon war, wie Micaela berichtete, in der Nähe ihrer Heimatstadt gewachsen. Franz gestand ihr ein, wenig, viel zu wenig über ihr Heimatland zu wissen. Gewiss, jeder in Europa hatte seine Meinung zum Putsch von 1973 und jeder wusste, was das Land politisch brauchte! Die wenigsten hatten Süd- oder Mittelamerika bereist, sie sprachen mit betroffener Stimme von der Freiheitsbewegung gegen den Diktator Somoza in Nicaragua, aber kaum jemand wusste zu erzählen, wie die Menschen lebten, arbeiteten, liebten, aßen, lernten und beteten. Darüber war Micaela nicht erstaunt und sie führte an, dass ihre Landsleute vielleicht von Spanien oder Frankreich, ganz gewiss viel über die USA wüssten, ihre, wie Micaela einschob, moderne Kolonialmacht, aber von Deutschland kein Bild hatten. „Und welches Bild hast du von Deutschland? Hat es sich im Laufe deines Aufenthaltes hier verändert? Ich glaube, dass du gerne hier lebst, du wärest sonst nicht geblieben und jetzt lernst sogar noch diese schwierige Sprache!" „Ich heiße Micaela Deisler, ich bin 26 Jahre alt und komme aus Chile – so viel zum Deutschkurs", fuhr sie auf Englisch fort. „'Mein Deutschland' gibt es noch nicht, höchstens literarisch. Aber du hast Recht, ich halte mich hier gerne auf. Und ich habe gute Nachrichten, die Römerberg-Stiftung finanziert mein Stipendium bis zum Magister-Abschluss in Literaturwissenschaft. Und so lange reicht auch meine politische Aufenthaltsbewilligung in Deinem Land." Sie tranken auf die guten Neuigkeiten, die Micaelas Leben in ruhiges Fahrwasser führten. Er wusste nichts darüber, welche Geschichte sie und ihre Familie in der Zeit des Putsches erfahren hatte. Er ging davon aus, dass der Umsturz keinen Chilenen unberührt gelassen hatte, so oder so. Jetzt aber sollten sie die Welt da Draußen lassen, sollte es für heute nur sie beide geben!

Am Donnerstagmorgen begleitete Franz Micaela zu ihrem Institut, sie frühstückten bei einem Bäcker in der Hauptstraße. Er freute sich den Tag über, an dem er sich mit Schreiben, Lesen und Laufen unterhielt, auf den gemeinsamen Abend. Er hatte sie zum Essen eingeladen und viel Zeit mit der Vorbereitung verbracht. Seine Spezialität war Risotto mit Pilzen, und es schien ihr geschmeckt zu haben. „Du bist Lehrer, so viel weiß ich von dir. Wo und was unterrichtest du? Hast du jetzt Ferien?" Franz fühlte sich nicht wohl, sein Unterlegenheitsgefühl gegenüber allen, die ihre Profession tagtäglich unter Beweis stellen konnten, war nicht kleiner geworden. Micaela war noch Lernende, aber sie war zielorientiert. Und Franz erzählte von Zeiten seiner SDS-Zugehörigkeit, seinen Zusammenstößen mit der Obrigkeit und dem Ausschluss von Tätigkeiten im Staatsdienst. Und er fuhr fort und sprach von seinem großen Wunsch Lehrer zu sein. Von seiner augenblicklichen Einbindung in die Zusammenarbeit mit einem anderen sagte er noch nichts. Micaela schien sich seine Situation vorzustellen, Franz hielt es für möglich, dass sie solche Regelungen aus Chile kannte. „Sag mal, bedauerst du dich damals so engagiert zu haben? Ist dir deine politische Aktivität für deine Entwicklung wichtig?" Franz hatte keine entschiedene Antwort, er war aber dankbar, dass Micaela seine Vergangenheit nicht bewertete, sondern ihn, wie er war, in ihren Rahmen stellte. Das hatte er sich selbst noch nicht erlaubt, viel weniger hatten dies Menschen getan, die ihm nahe standen, gestanden hatten. „Ich weiß heute, dass vieles ziemlich kindisch war, dass wir unser Leben und unser Handeln in ein Muster einpassten, das wenig darüber hinaus Bestand hatte. Der Kampf gegen die Klassengesellschaft, gegen die Ausbeutung hat noch nie ein humanes gesellschaftliches System hervorgebracht, doch vielleicht waren es der Widerstand, vielleicht endlich die Macht des Zweifelns nach all den Jahren der wohlfeilen (ihm fiel dazu nur der englische Begriff ‚cheap' ein) Sicherheit des Kalten Krieges, die einen Beitrag zur Veränderung der westdeutschen Gesellschaft leisteten." Er fühlte, dass seine Worte als Rechtfertigung gehört werden konnten. Deshalb hatte er seine Sicht über die Beziehung zwischen Staatsmacht und Staatsentwurf mit Hinblick auf den Vietnamkrieg und seine Beendigung verschluckt. Und er wusste auch nichts, noch immer nichts, über mögliche Traumatisierungen oder aber persönliche Vorteile in der Familie Micaelas mit dem Putsch der Obristen 1973. „In dem, was du sagst, Francesco, sehe ich den moralischen Relativismus unserer Generation. Er kann uns zu angepassten Erwachsenen machen oder die Welt un peu verbessern. Was tust du, um endlich als Lehrer arbeiten zu können?" „Ich führe einen Prozess gegen das Berufsverbot gegen mich, in dem ich aber lediglich meine Rolle während der Aktionen des SDS zu entkräften versuche – also, innerhalb von staatlichen Argumenten agiere. Mein eigenes Wertesystem hat hier keine Bedeutung. Das sind nun mal die Spielregeln der Rechtsprechung. Verliere ich den Prozess, könnte ich versuchen, an einer Privatschule eingestellt zu werden. Das ist mir in Heidelberg nicht gelungen, aber vielleicht versuche ich es im Umland. Zurzeit arbeite ich an etwas ganz Verrücktem ..." Und Franz erzählte von seiner Übereinkunft mit dem alten Mann und seinem Wunsch zu einer Biographie. Und er sprach davon, dass er kommenden Sonntag schon wieder abreisen und die Arbeit fortsetzen müsse. Micaela schwieg zunächst, besann sich dann aber und fragte: „Aber du wirst doch das, was du jetzt in dieser Stadt hören und erfahren wirst, hier ausarbeiten?" „Du meinst Braunschweig?

Ja, dort sitze ich im Hotel, habe keine Sekundärliteratur und auch keine Zeit. Wir haben aber erstmal noch zwei Tage oder Abende hier für uns." Die beiden brachen auf zu einem kleinen Spaziergang über den Bergfriedhof. Micaela freute sich über das deutsche Wort, das Frieden versprach, wenigstens den Toten. Das spanische Wort cementerio beschriebe hingegen einen Ort des Schlafens. In Chile seien die Friedhöfe etwas üppiger, parkähnlich mit viel Marmor.

Micaela schlug, falls das Wetter es erlaube, am nächsten Abend ein Picknick auf dem Neckarvorland vor. In der unaufgeräumten Küche saß Martin und aß die Risotto-Reste. „Hallo?" Franz machte sie miteinander bekannt und äußerte seine Freude über die Rückkehr von Martin, dieser erstaunte sich in amerikanischem Englisch über den netten Besuch. „So sehr Besuch nun nicht", so Franz auf Deutsch, „finden wir morgen Zeit oder musst du dann gleich wieder in die Klinik?" „Klar, sonst wäre ich noch nicht zurück." Sie verabredeten in der Mediziner-Mensa zusammen Mittag zu essen. Die Zeitverschiebung hatte Martin im Griff, er zog sich zurück. Die vorletzte Nacht für Micaela und Franz, fürs erste.

Er wartete in der Mensa an der Berliner Straße auf Martin, der müde und abgehetzt, wirkte. „Höchste Zeit hier wieder einsatzfähig zu sein. Ich hoffe nur, dass das, was ich in Duke gelernt habe nicht versandet im Alltäglichen! Es war ja eine interdisziplinäre Fortbildung zum Thema role distance in bedside care , das ist bislang für den medizinischen Krankenhausbetrieb in Deutschland terra incognita. Aber jetzt sag mal, was ist hier denn alles passiert, was habe ich noch an Überraschungen zu erwarten? Was macht Susanne?" Franz erzählte, was ihm widerfahren war und schloss vorwurfsvoll: „Dass sie das nach all den Jahren geschehen lassen konnte!" Martin schluckte: „Du meinst, du hattest ein Recht auf Susanne, darauf, durch sie nicht enttäuscht oder verletzt zu werden? Wirklich?" Franz nickte erstaunt über Martins Folgerung aus seinem Vorwurf, und er wiederholte ihn mit Hinweis auf Paolo. „Franz, ich verkürze jetzt einmal: In Liebesbeziehungen gibt es keine Rechte, nur Geschenke! Nimm die Zeit mit Susanne als wunderbares Geschenk in deinem Leben." „Soweit mir erinnerlich, ist Hochwürden noch nie von einer Frau verlassen worden." „Ex cathedra ist mehr Wissen als dein weltlicher Verstand glauben möchte. Zumal, wenn es sich um dieselbe Frau handelt. Und ich bin ganz schön überrascht darüber, dass du dich offensichtlich schon getröstet hast! Mit Verlaub, eine tolle Tröstung!" Franz glaubte sich verhört zu haben: „Du und Susanne?" „Ja, du warst mit einem Hauptseminar auf Exkursion im Kloster Maulbronn. Aber, nachdem du zurück warst, war für Susanne klar, dass ich (a) mich zurückziehe und (b) den Mund halte, was ich bis jetzt auch getan habe. Ich fand das sehr loyal von mir, aber es hat nicht weniger geschmerzt." „Du sprichst von Loyalität?" Die gemeinsamen Abende am Küchentisch, Susanne war in Franz' Erinnerung oft Teil ihrer Gespräche, nicht als Objekt, sondern ihre Argumente und Ansichten – und Martin hatte so viel mehr gewusst! „Ich werde jetzt gehen. Die Vorstellung ist unerträglich für mich, dass du und Susanne …" Martin wiederholte sich: „Wirklich, tolle Tröstung!" Franz entdeckte dann doch in seinen Verletzungen eine kleine Genugtuung, dass es nicht der Juristen-Schnösel Paolo als erster geschafft hatte, dass vielmehr da auch schon andere waren, ja, der Schmerz verdoppelte sich nicht, er wurde etwas kleiner; dafür war Martin nicht mehr der für ihn, der er gewesen war. Aber, wenn er es recht besah, hatte sie nie viel mehr als die gemeinsame Schulzeit und Wohnung verbunden. Es tat dennoch weh. Er mochte nicht laufen, nicht fürs Picknick einkaufen, er wartete auf Micaelas Ankunft und sprach dann von trouble. Sie bezog, völlig ratlos, sich in den trouble mit ein und bat um Klärung. Franz hielt sie fest und begann zu schluchzen,

„… something about Suzanne?", vermutete Micaela. Es fiel ihr nicht ein einen Vorschlag zu machen für ihren gemeinsamen Abend; vielleicht traute sie sich nicht in seine verzweifelte Stimmung hinein zu handeln, vielleicht aber hütete sie sich vor einer Ersatz-Rolle, sie verabschiedete sich. Hier musste Franz wieder einmal alleine herausfinden, und das Selbstmitleid hemmte ihn, jetzt Micaela gegenüber das richtige zu tun.

Am Samstagmittag holte er sie vom Sprachkurs ab und sie verbrachten den Tag und die Nacht zusammen. Sie waren in der Wirklichkeit der Beziehungen mit ihren Täuschungen und Spiegelungen angekommen. Am Sonntagmorgen brachte Micaela Franz zum Bahnhof. Sie vereinbarten täglich zu telefonieren.

Zusammentreffen 3

Franz nimmt den Weg vom Bahnhof zum Hotel zu Fuß, so hat er das Gefühl des Aufschubs. Klaus erwartet ihn in der Lobby und lädt ihn zum Essen ins Haus zur Hanse ein. „Schön, Sie zu sehen, Herr Theuring! Ich hatte fest mit Ihnen gerechnet. Oder – hat es wieder Katastrophen gegeben?" „Ja, mittelschwere. Aber Sie sehen mich hier! Gibt es nicht ein Hotel oder eine Pension in Ihrer Nähe? Die lange Busfahrt am Morgen ist mühsam." Erschreckt hält Franz inne, - wenn Herr Marquardt nun auf den Gedanken kommt – nein, der winkt ab und denkt nicht an das Angebot einer Herberge bei sich zuhause, und es gibt nichts in der Nähe, was er Franz zumuten wolle. Und die anderen akzeptablen Häuser seien ebenfalls mit einer Nutzung öffentlicher Verkehrsmittel zu ihm ins Kanzlerfeld verbunden. Dafür sei es schön still und grün bei ihm da draußen.

Klaus setzt sein Rotweinglas ab und alle Leichtigkeit fällt von ihm: „Eine Ihrer Fragen glaube ich beantworten zu können. Sie wissen ja, dass ich nach Ihrer Ankunft in Heidelberg nach München weitergefahren bin, um mich dort umzuschauen. Also eine Reise in die noch weiter zurückreichende Vergangenheit als die nach Paris." Klaus spricht jetzt sehr langsam, denkt viel beim Formulieren: „München war ja verschont von großflächigen Bombardements, mein Elternhaus und das meines Betriebes schienen unversehrt. Und wie ich die Umgebung meiner Kindheit auf mich wirken ließ, fiel mir Ihre Frage ein, wann und unter welchen Bedingungen ich meinen eigenen Willen entdeckt hätte. In meiner Jugend wurde das Bravsein als kindliche Tugend gelobt, wer brav war, ‚folgte' einem Erwachsenen, war folgsam. Ich war sechs Jahre alt und wusste genau, was ich nicht wollte, nämlich, nach dem Tod meiner Mutter auch noch meinen Vater verlieren, indem ich in die Familie des Onkels aufgenommen wurde. Jetzt weiß ich, dass ich eine erwachsene Verbündete hatte: Meine Großmutter mütterlicherseits. Gelungen ist mir die Durchsetzung meines Willens aber hauptsächlich dadurch, dass ich keinen Willen zeigte, folgsam und damit unproblematisch war. Ich wollte Gewissheit haben darüber, wohin ich gehörte." „Sie wissen, dass ich die Frage anders gemeint hatte, nämlich im Sinne von ‚aktiv seinen Willen durchsetzen'. Zum Beispiel, als Sie, wie Sie schilderten, beruflich nicht den vom Vater vorgeschlagenen Weg in den öffentlichen Dienst gehen wollten, sondern sich zielbewusst im Handwerk, und da auf einem noch wenig beackerten Feld, dem Zahnersatz für viele, orientierten und sogar schon recht früh die Meisterqualifikation anstrebten. So war meine Frage gemeint, aber natürlich haben Sie sich schon sehr viel früher Entscheidungen des Weitermachens oder Veränderwollens gestellt." Klaus ist sprachlos, weil er das Vorwärtsdrängen seines jungen Erwachsenenlebens immer nur als Reihe von Zufällen und nie als einen von ihm selbst gewollten Zusammenhang erlebt hatte. Und Franz fährt fort: „Es bleibt ganz wichtig für unsere weitere Arbeit, dass wir sehr genau mit dem umgehen, was wir zu hören meinten. Ihre Interpretation meiner Frage finde ich übrigens genial, weil Ihre Beantwortung strategische Muster, auch schon von Kindern, aufblättert." Das war dann doch zu viel der Deutung für Klaus; er schweigt, nachdem er ein „Schwätzer" verschluckt hatte, und zieht die Mundwinkel nach unten. „Und wie schauts aus in Heidelberg? Gibt es Neuigkeiten?" Franz brummelt Unverständliches und nun schweigen beide.

Die Nacht bringt Regen und am Montagmorgen ist es zu ungemütlich auf der Terrasse. Die Herren frühstücken in der Esse-

cke, deren Dunkelheit Franz so zusetzt, dass er die Terrassentür aufreißen möchte. Klaus hatte sich ein Poster des Louvre, von den Tuilerien aus fotografiert, mitgebracht und rahmen lassen; es verträgt sich nicht mit der Zartheit der Meerjungfrau daneben. Doch trägt es für beide spürbar das gemeinsam Erfahrene in den Raum hinein.
„Sie haben also meine Zeilen gelesen. Können wir die so übernehmen oder haben Sie Einwendungen?" „Zu dem, was Sie erlebt haben, kann ich nicht viel sagen, es ist schlimm genug. Stilistisch möchte ich da auch nichts ändern, denn Sie werden hinter Ihren Worten sichtbar. Sie schrieben so wie Sie sprechen." Klaus blickt Franz zweifelnd an, ob das denn möglich sei, aber er unterbricht nicht. „Ich habe inhaltlich einige Fragen, nein, eigentlich nur zwei Fragen zur Ergänzung und Vertiefung. Zunächst meine Bitte – wir waren in unserer gemeinsamen Arbeit bis ins Jahr 1936 gelangt. Wie es ab 1940 für Sie weiterging, davon weiß ich nun, ein wenig. Die Zeit dazwischen ist für mich unbelichtet, war aber für Sie und Ihre Familie sicherlich wichtig." Klaus stimmt einer Nacharbeitung dieser Jahre zu und erkundigt sich dann nach den ‚inhaltlichen Fragen'. „Sie waren der Heeresgruppe A zugeteilt und zwar der Infanterie und Sie haben die Kriegsjahre ja im Südosten Frankreichs zugebracht . Sie schreiben wenig über die mittleren Kriegsjahre." Klaus verschließt sein Gesicht und wird unruhig, als Franz weiterspricht: „Wie haben Sie den französischen Widerstand erlebt? Sie schreiben von Transporten – also haben auch Sie Folgen des Eisenbahn-Widerstandes wahrgenommen." „Ja, natürlich haben die Sabotagetätigkeiten des französischen Untergrundes massiv in die Logistik der Judenfestsetzung eingegriffen, das schrieb ich aber doch." „Sie waren ja auch im Vercors stationiert, von dort ist ein Massaker in dem Dorf Vassieux bekannt, bei dem 70 Zivilisten hingerichtet worden waren …." „Hören Sie", unterbrach Klaus ihn, „ich habe den

Eindruck, Sie haben ein paar Detailkenntnisse, auf die ich jetzt eingehen soll, damit Sie sich die Rolle der Wehrmacht richtig schön schwarzmalen können. Ich möchte, dass der Text, den ich zum Krieg schrieb, unverändert und undiskutiert bleibt." „Ich verstehe das gut. Wir übernehmen dann Ihren Text in der vorliegenden Fassung." „Danke für Ihr Verständnis!", setzt Klaus ironisch nach. Die Stimmung in der düsteren Essecke wird gewittrig, Franz weiß, warum, Klaus vermutlich auch. Die deutsche Vergangenheit hat die Protagonisten eingeholt, wohlfeile (cheap) Erschütterung und Schuldzuweisung gegen gängige Rechtfertigung und verlogenes Nichtwissen, die Rezeptur für die Sauce über Tausende von Familientischen, an denen fast nur noch geschwiegen wurde. 17 Millionen Wehrmachtsangehörige im Bewusstsein im Krieg ihre Pflicht getan zu haben, Franz ist beunruhigter Nachfahre. Eine Generation, die schuldlos die Schuld geerbt hat und mit ihr eine Richtschnur finden muss in dem, was Recht und richtig ist.

Franz verlässt also den Tisch, es ist draußen heller geworden, er holt die Sonne herein. Klaus schweigt noch immer, äußert kurz, dass er um die weitere Arbeit fürchtet, wenn der, wie Klaus formuliert, ausgestreckte Zeigefinger noch gegen ihn gerichtet sei. Franz lacht, hebt die Hände, Handflächen zu Klaus gerichtet. „Sie wissen genau, wie ich es meinte, Herr Theuring. Ich will weder Ihr Verständnis noch Ihr Besserwissen, Ich will lesen, wie es für mich war, um meinen Erfahrungen einen Sinn zu geben."

Klaus schwieg ein paar Minuten. „ Bitte gehen Sie für heute, ich erwarte Sie morgen wieder um 9 Uhr." Franz, der nichts lieber möchte, als in Heidelberg sein, wendet ein: „Sie werden verstehen, dass ich mich möglichst bald an die abschließende Arbeit machen möchte. Wir sollten heute weiterkommen und nicht erst morgen, mir geht hier fast ein ganzer Tag verlo-

ren." Dieses Wort reizt Klaus, in dessen Schuld, wie er meint, Franz mit zwei auf der Autobahn verplemperten Tagen steht und er beharrt auf seinem Wunsch: „Vergessen Sie nicht, Herr Theuring, weil Sie sich außerstande sahen, unsere Verabredung einzuhalten, bin ich Ihnen nachgereist, damit es voran geht!" Hier war er wieder, der Knoten aus durch uneingestanden Motive hingebogene Wahrheiten und Schuldzuweisungen. Es gibt kein Entrinnen und kein Entwirren, hier hilft nur ein Schnitt: „Gut, ich bin dann morgen um 9:00 Uhr bei Ihnen."
Es geht keinem der beiden so richtig gut an diesem Tag und für keinen wird er freundlich.

Am Abend versucht Franz aus der Telefonzelle Micaela zu erreichen, es ist nach zehn, als sie endlich verbunden sind, Franz hatte sich in seiner Unruhe oft verwählt. Beide sind angeschlagen, Micaela hat die Hoffnung verlassen, diese Sprache jemals zu sprechen, und noch viel weniger, die Schätze der deutschsprachigen Literatur im Original zu heben. Franz macht ihr Mut, bald sei er zurück und dann habe sie doch mehr deutsche Sprachpraxis. Sie fragt auf Deutsch: „Wann?" Das weiß Franz auch nicht.

Am nächsten Morgen die gleiche Frühstückssituation, doch wissen beide, dass sie aufgebrachte Gefühle und einen weiteren in welche Richtung auch immer ausgestreckten Zeigefinger nicht verkraften würde.
Deshalb bittet Franz gleich darum, die Terrassentür öffnen zu dürfen, und Klaus gestattet, obwohl er die Luft da draußen als gewittrig empfindet.
Er bittet nun seinerseits Franz um die Geduld, ihm erklären zu dürfen, weshalb er am Vortag beleidigt gewesen sei. Er sagt tatsächlich ‚beleidigt', als wenn der Koloss, der im Raum gestanden hatte, mit Erklärung, Entschuldigung und Ehrenrettung hätte vertrieben werden können! „Wie ich Ihnen sagte,

Herr Theuring, Ihre Kritik fand ich ungerecht, weil Sie das, was wir erlebt haben, niemals nachvollziehen können, aber sie traf mich dennoch. Ich hatte mit keinem Menschen jemals über den Krieg gesprochen." Franz verspricht sich in Zukunft tiefergehender Fragen zu enthalten, beantwortet aber nicht die Äußerung von Klaus, die Vorstellungsmangel und moralische Beliebigkeit unterstellt. Jetzt wird Franz mit seiner Welt und seinen Werten sich seiner Rolle als Handwerkszeug erst bewusst.

„Gut, fangen wir bei 1936 an. Wir hatten in Braunschweig geheiratet, katholisch, weil ich das gewünscht hatte. Luzie und ihren Eltern war das nicht so wichtig. Ich glaube, sie trennten einfach das, was sie ihren Glauben nannten, von den Tagesgeschäften. Nach der Hochzeit ging es nach München zurück, meine Frau an die Universität und ich an die Meisterschule. Bald meldete sich Karin an und Luzie unterbrach ihr Studium. Nach bestandener Meisterprüfung gelang es mir mit Hilfe meines Onkels in einer sehr guten Lage Münchens einen gerade aufgegebenen Betrieb samt Kundenstamm und technischer Ausstattung zu übernehmen." Er hob abwehrend die Hand: „Ich weiß, woran Sie jetzt denken, Herr Theuring. Aber, Sie können sich die Situation damals überhaupt nicht vorstellen. Die Folgen des Versailler Knebelvertrages hatten aus einer Industrienation ein Volk von Leistungsempfängern gemacht, deren Hände und Kraft gebunden war auf Grund zurückgehaltenen Materials. Heute sehe ich schon den Zusammenhang zwischen Pressionen gegen Juden und, sagen wir, selbstschützenden Umtrieben der Politik." Dieser ewige Fehler in der Argumentation, nämlich die Tatsache der Auslöschung wirtschaftlicher Konkurrenten als Folge des Versailler Vertrags zu erklären, wird von Franz umkreist, um eine vertretbare Anknüpfung für das Weiter zu finden. „Die erste große Welle aufgegebener wirtschaftlicher Existenzen gab es 1937. Die

Übernahme Ihres Betriebes Ende 1936 ist Teil dessen. Wissen Sie etwas über den Vorbesitzer?" Klaus wusste und weiß nichts, da der Handel vom Onkel organisiert worden war. „Können wir jetzt weitermachen? 1937 wurde dann Karin, die Sie ja auch kennengelernt haben, geboren. 1938 unsere Monika. Ich musste sehr viel arbeiten in jenen Tagen, weil ich mir noch keine Angestellten leisten konnte. In München galt optischer Zahnersatz für eine bestimmte Schicht als unverzichtbar, und es war Geld dafür da." „Und diese vermögende Bevölkerungsschicht – waren das die gleichen Leute wie die, die Sie schon immer als vermögend eingeschätzt hatten?" „Schwierig zu beantworten, denn mit solchen Menschen hatte ich ja erst als Selbstständiger zu tun. Sagen wir mal so, es waren immer mehr Männer in Uniform dabei, mit ihren Ehefrauen." „Und wie haben Sie die Stimmung in der Öffentlichkeit erlebt? Es gab immer mehr Gesetze, die die deutsche Bevölkerung einschränkte, auf einmal wurden Abstammungs-Unterschiede gemacht, die – wir sprachen schon darüber - gewaltige wirtschaftliche Folgen für die Betroffenen hatten, aber dann auch gesellschaftliche und letztlich existenzielle. Ist Ihnen damals aufgefallen, dass die öffentliche Meinung, Rundfunk und Presse, ihre Selbstständigkeit verlor? Oder die Militarisierung der Zivilgesellschaft?" Klaus dachte nach: „Wenn ich ehrlich sein soll – man erwartete geradezu, dass etwas mehr Druck in die Wirtschaft, etwas mehr Ordnung in der Kunst und im öffentlichen Leben geschaffen wurde, man war beruhigt. Anders als heute, wo jeder macht, was er will." Diese Volten in die 3.Person führen weit weg von der Sinnsuche, von der Klaus gesprochen hatte. Franz versucht aufs Neue die nationalsozialistische Diktatur in die Welt des jungen Handwerksmeisters und Unternehmers schrumpfen zu lassen: „Sie lebten ja damals in München, in dessen unmittelbarer Nähe, in Dachau, das erste Konzentrationslager schon 1933 eingerichtet worden war. Für Menschen, für die die Nazis nur die Schablone ‚Randgruppe' hatten. 1938 sendete der reichsdeutsche Rundfunk Erklärungen über Pläne, nichtarische Menschen in ‚Reservaten' anzusiedeln. Wie sind Sie mit diesen Informationen umgegangen?" „Wie ich Ihnen schon sagte, man kümmerte sich um das wirtschaftliche Vorankommen. Ja, und dann hatten wir die kleinen Kinder …" Franz will das alles nicht hören und muss es doch, muss sogar damit umgehen, muss auf Sinnhaftigkeit hinarbeiten, wo Gewalt jeden Sinn ersetzt hatte. Er spürt jene Nervosität im Raum, die häufig schon zu Schweigsamkeit und Abbrüchen geführt hatte. Doch jetzt fragt Klaus und dabei scheint er zur Abwehr weiterer Fragen den Gegenschlag führen zu wollen, er fragt eigentlich nicht, er sitzt sehr aufrecht und stellt im Vergleich zweier Lebensläufe Irritationen im rechten Handeln fest: „Sie sind doch in Ihrer Zeit bei diesem Verein auch einer Ideologie hinterhergelaufen, Sie haben, nach eigenem Bekunden, Sachschäden angerichtet und gegen Personen gepöbelt. Ja, Ihre ganze Bewegung hat mehr zerstört als die Nazis und nichts bewirkt, gar nichts. Sie haben gar kein Recht, mir und meiner Generation moralisch zu kommen!"

Franz, der noch immer Micaelas angelegentliche Frage nach dem Beitrag seiner politischen Aktivität zu seiner Persönlichkeitsentwicklung im Sinn hatte und damit die narzisstische Seite der Revolte, Franz war stolz auf die Internationalität und die Solidarität der Mitstreiter, auf die in der Suche nach Selbstverwirklichung geformten Ansprüche an das Leben. Die Vorwürfe der Älteren, die 68-er mit ihrer Kritik, der Aufkündigung des Gehorsams, der Setzung neuer Maßstäbe in Normen und Erwartungen, der antiautoritären Erziehung, der Verachtung von Konsum hätten einen gesellschaftlichen Grundkonsens zerstört, diese Vorwürfe waren ihm bekannt und schienen handhabbar. Ihm war erklärlich, dass das Spielerische, Bunte, die Entdeckung von sexueller Freiheit und einer eigenen und internationalen Mode und Musik Bedrohung war für eine Generation, die glaubte, alles neu und richtig zu machen, nachdem sie schmerzhaft den Irrweg hatte erkennen müssen. Aber er hatte sich noch nie in einem solchen Vergleich bewegen müssen. Er wusste in diesem Augenblick, dass der Ältere den Vergleich nicht in Hilflosigkeit getroffen hatte, er musste vielmehr gefestigt worden sein in der sehr vereinzelt und gezielten Verarbeitung von Informationen der öffentlichen Medien. Franz würde nicht dagegen argumentieren. In einer Kindheit und Jugend in der Zeit des Nationalsozialismus wäre auch für ihn die blaue Bluse des Jungvolkjungen Verheißung von Gemeinschaft gewesen, zu deren Aufnahme er sich in sportlichen Herausforderungen, „70 m in 15 Sek." hätte beweisen dürfen. Und auch für ihn hätte die Anwendung von Regeln persönliche Verhaltensmaßstäbe gesetzt. Wie könnte Franz sich seiner sicher sein? Sicher in der Ablehnung, im Abscheu, in den persönlichen Toleranzen?

Er beschließt weiter auf Sinnsuche für Herrn Marquardt zu gehen, weiß aber, dass die Würzelchen der kümmerlichen Pflanze Vertrauen und Verständnis für den Älteren ihren Boden verloren haben. Das Mittagessen wird geliefert, Franz bittet um eine Anregung für einen Lauf während der Mittagsruhe von Herrn Marquardt. Dieser schlägt einen Rundweg durch die Felder, durch ein nahes Dorf vor und Franz atmet durch, während er seine Laufschuhe anzieht. Außerhalb der Ortschaft begegnet er einem schwarzen Hund mit angegrauter Schnauze, der konzentriert einen Feldstein an einer Weggabelung beschnuppert. Jäh fällt es Franz ein: In Heidelberg werden solche Steine ‚Hundsbrunzerle' genannt. Franz verlangsamt seinen Laufschritt, der Hund aber kümmert sich nicht um den Läufer und Franz kann weiterdenken an Heidelberg und seine Menschen, und weiter geht's, weg vom Ort des Überfalls auf das Einssein von Franz mit seiner Vergangenheit. Gerade, weil er gedanklich so verbunden ist mit seiner Heimatstadt, bemerkt er während des Laufens, wie anders die Landschaft ihn aufnimmt – er scheint nicht voranzukommen, obwohl er das gleiche Tempo vorlegt wie sonst. Die riesigen Ackerflächen um ihn herum, das Dorf und hier und da ein Waldstück in der Ferne, ganz hinten ist der Harz zu ahnen, machen aus ihm einen Punkt, der die Weite fast unmerklich durchmisst. Durch den Wald gerannt, lässt man im Nu den einen und dann den nächsten Baum hinter sich. Doch Franz erlebt die Sicht auf das Erwartete während des Laufens als Freiheit der eigenen Zeitsetzung. Und das gleichbleibende Licht beruhigend.

Der Nachmittagstee ist vorbereitet, Franz macht sich ein bisschen frisch, und Klaus nimmt den Faden wieder auf: „Ich wollte Sie nicht in eine Ecke stellen mit diesen Terroristen, von deren Anschlägen wir dauernd hören. Und ich wollte Ihnen meine Situation und die der Deutschen allgemein nach dem Friedensdiktat von Versailles erklären, die doch dazu geführt hat, dass die Richtung, die die Nazis vorgaben, für die Deutschen akzeptabel war." Franz konnte sie nicht mehr hören, diese Verknüpfung der Folgen wirtschaftlicher Sanktionen und die Bereitschaft sich einer tödlichen Ideologie unterzuordnen und war überrascht über das hohe Maß an politischer Argumentation von Klaus. Er vertrat eine etwas krude, fast kindliche Theorie von Kausalzusammenhängen mit durch die Alliierten vertanen Chancen: Als hätte Deutschland mit der Weimarer Verfassung nicht die wesentliche Vorgabe geleistet mit der Abkehr von einer militaristischen und imperialistischen Regierung und hin zum friedenswilligen demokratischen Staat im Schoße des Völkerbundes. So seien die Friedensbedingungen unglaublich hart und zukunftsfeindlich gewesen, hätten gar nationale Identität zerstört, so dass ‚demokratisches Wohlverhalten' wirtschaftlicher Not geopfert werden musste. „Mit den Konsequenzen, die Sie, Herr Theuring, vorhin angedeutet hatten."

Klaus scheint an einem Austausch gelegen und Franz versucht seine eigene Geschichte draußen zu lassen. In der Tat ist die linke Szene so auseinander gedriftet, dass sie selbst, Außenstehende aber noch mehr, zwischen Kampfblättchen, Bemühungen um Parlamentszugehörigkeit, dem ‚Gang durch die Institutionen' und lebenvernichtendem Terrorismus um den richtigen Weg rang. Und Franz sah sich nicht den „Arbeiterkampf" verteilen! Nein, sein Weg war schon auf den von Rudi Dutschke vorgegebenen und an Ostern 1968 jäh unterbrochenen großen Fußstapfen durch die Institutionen orientiert. Wenn man ihn denn ließe.

„Gut, Herr Marquardt, wir sind jetzt am Ende des Krieges angekommen. Ihre Familie lebt in Braunschweig."

Unwillig schließt Franz mit einer Strukturvorgabe dieses Stück Leben von Klaus. Er war ohne weitere Veranlassung als die des Inhalts dieser Zeit davon ausgegangen, dass es genau sie war, die den Biografiewunsch in Klaus geweckt hatte. Und er hatte für die Arbeit an diesem Zeitabschnitt Diskurs, Sinn und Erkenntnis erhofft. Aber, Klaus atmet auf und beginnt zu erzählen, die Schwere hat den Raum verlassen und einzig wichtig wird die Tatsache, dass er erzählt.

Es hatte nach dem Gestellungsbefehl für Klaus keinen Grund gegeben für Luzie mit den Kindern in München zu bleiben, sie wollte die Zeit der Abwesenheit ihres Mannes bei ihren Eltern in Braunschweig verbringen. Die Wohnung in der Herzogin-Elisabeth-Straße war groß genug, Spielflächen für die Kinder im Park gegenüber und Klaus war einverstanden mit dem Ortswechsel während seiner Dienstzeit. Es stellte sich aber bald heraus, dass immer mehr Kinder aus Braunschweig im Rahmen der Kinderlandverschickung in den Harz oder nach Bayern gebracht wurden. Von Evakuierung war offiziell nicht die Rede, deshalb konnte Luzie auch auf dem Verbleib ihrer

Kinder bei ihr bestehen. Die Stellung ihres Vaters im Vorstand der IHK Braunschweig stärkte zudem ihre Position und den Erhalt von Lebensmittelbezugsscheinen. Luzie war gern nach Braunschweig gekommen, sie war in der großen Stadt München noch nicht heimisch geworden, obwohl sie einst die Stadt ihres Herzens gewesen war. Doch auch Braunschweig hatte sich verändert, man sprach nicht mehr vom „Dom", es wurde Wert auf die Bezeichnung „Staatsdom" gelegt, den die Nationalsozialisten zur Nationalen Kultstätte „Halle Heinrichs des Löwen" reduziert hatten; Luzie fand auch ihr Lieblingsbekleidungsgeschäft Hamburger & Littauer nicht wieder, es gehörte jetzt Parteimitglied Friedrich W. Risse und Paula Rosbach, neue Stadtteile waren am Reißbrett entstanden, Braunschweig war an die Autobahn angebunden und der Flughafen ausgebaut, und, für die Anwohner der Herzogin-Elisabeth-Straße deutlich merkbar, war auf dem nahegelegenen Nussberg-Gelände ein weiterer „Dom des nationalsozialistischen Deutschland" als Thingplatz geweiht worden. Daneben hatten sich die Parteiführer in einem Flak-Bunker eine bemerkenswerte Verteidigungsanlage errichtet. Die Kinder spielten heimlich „Splittersuche" und die Nächte wurden unruhig, später mussten sie auch am Tag Bunker aufsuchen, so dass auch an einen geregelten Schulunterricht nicht zu denken und eine Evakuierung angeordnet worden war. Doch Karin und Monika konnten bei Mutter und Großeltern bleiben. 1944 war die Braunschweiger Innenstadt zwei Mal Angriffsziel der englischen Luftwaffe, was im Februar stehen bleiben konnte, wurde im Oktober zerstört; die Braunschweiger Industrie wurde seit 1943 tags und nachts angegriffen.

Nach Kriegsende wurde jede Hand und jeder m3 umbauter Raum gebraucht und auch die vorklinischen Kenntnisse der ehemaligen stud.med.dent. Luzie wurde als Pflegehelferin im Luftwaffenlazarett eingesetzt, zwei Zimmer der großen Wohnung für drei Generationen einer Familie aus Dargislaff beschlagnahmt. So waren immer Erwachsene für die Fragen und die Versorgung der Kinder erreichbar und der Vater in der Kriegsgefangenschaft fehlte den Kindern nicht so schmerzlich.

Herr Marquardt hält inne, nachdem er von sich gesprochen hatte, er senkt die Mundwinkel und verschränkt die Arme über der Brust: „Ist Ihnen eigentlich schon aufgefallen, Herr Theuring, dass man schon wahrnehmen kann, dass es früher dunkel wird? Und bei diesem Wetter sind die vielen Sternschnuppen nachts und die Helligkeit der Nächte, die typisch für den August sind, nicht zu sehen, weil der Himmel immer bedeckt ist." Der Himmel ist Franz völlig gleichgültig, wenn er nicht mit einem lieben Wesen zu ihm aufschauen kann. Und die früher einsetzende Dunkelheit ist ihm auch egal, er will fertig werden und zurück zu Micaela, wenigstens. So antwortet er nicht, Klaus öffnet die Arme und fährt fort von der Nachkriegszeit in Braunschweig zu sprechen.

Schon im September 1945 konnte, da das Gebäude der Comeniusschule nur durch Schürfwunden versehrt war, der Unterricht wieder aufgenommen werden. So waren die beiden Töchter und auch die Kinder der pommerschen Familie in Obhut und nicht so sehr der Unruhe ausgeliefert, in die die Familie von Luzie versetzt wurde, nachdem ihr Vater als einflussreiches Parteimitglied nach einer sechsmonatigen Internierung einem Überprüfungsverfahren durch eine Spruchkammer unterzogen worden war. Er wurde als „minderbelastet" eingestuft. Bei der Sichtung hatte sich herausgestellt, dass ihm als kleines Licht im IHK-Vorstand nur das Wirtschaftsleben Braunschweigs wichtig gewesen, dass er gar nicht in die Entscheidungssituation für Terrormaßnahmen gelangt war und dass er sich als wirtschaftsnahes Mitglied der Kommission für Bauerwartungsland – laut Protokoll - dagegen ausgesprochen hatte, Grundstücke auf dem Zuckerberg, die dem Eigentümer im KZ Dachau abgepresst worden waren, als der Kommune zur Verfügung stehend anzuerkennen. Die Internierungszeit war als Strafmaß genommen und Luzies Vater Mitte 1946 in den Wiederaufbau entlassen worden. Außer Luzie vermisste den in Frankreich Kriegsgefangenen niemand so recht. Leise sprach Herr Marquardt diese Vermutung und schloss mit heruntergezogenen Mundwinkeln. „Und wie haben Sie die Jahre der Gefangenschaft in Frankreich erlebt?" Franz fragt nicht des Vorankommens wegen. Er kannte niemanden, der je von der Kriegsgefangenschaft in Frankreich gesprochen hätte und will wissen. Doch auch Klaus verweist nur auf die letzten Zeilen seines Berichtes.

„Ich denke, Herr Theuring, wir machen für heute Schluss. Wenn Sie sich noch fit fühlen, können Sie heute Abend schon ein bisschen an die Ausarbeitung gehen."

Franz verabschiedet sich. Er möchte ein wenig im Park um das Theater herumzustreifen, hatte er doch gesehen, dass er oberhalb des kleinen Flusses lag, und das Wasser fehlt ihm doch sehr. Er verlässt die Straßenbahn zwischen zwei klassizistischen Torhäusern, die in besserem Zustand hätten sein können, aber doch einen unerwartet harmonischen Einlass in die Innenstadt boten. Franz findet sich auf seiner Suche nach dem Theater in reizlose Wohnstraßen wieder, rechts und links gesäumt vom hastigen Wiederaufbau nach dem Krieg. Er gerät ins Grübeln über eine Hinweistafel an einem dieser Gebäude. Darauf wurde der Bombennacht im Oktober 1944 und ihrer Toten unter den Trümmern an dieser Stelle als „Opfer des von den Nationalsozialisten begonnenen zweiten Weltkriegs" gedacht. Erstaunlich war für Franz in diesem Text die Auslagerung des Nationalsozialismus aus dem ganz normalen Leben der Stadt.

Bald findet er das Café, in dem er sich zum ersten Treffen mit Klaus verbredet hatte und weiter unten den Fluss. Er lässt sich unter den Weiden nahe einem Brückenbogen nieder. Die Anstrengungen des Tages sitzen in seinen Knochen und es ist nicht nur die Konzentration beim Zuhören, beim Nachvollziehen des Berichteten. Er spürt, dass ihn noch viel mehr die Konfrontation des heutigen Tages mit einer möglichen Nähe, vielleicht sogar mit der Unausweichlichkeit einer Schuldverstrickung – wäre er um einige Jahre früher geboren – angegriffen hat. Wie auch die durch den widersinnigen Vergleich von Klaus der 68-er mit den Nazis hervorgerufene Trennung seiner Selbstwahrnehmung von einem Bild, das der andere von ihm haben könnte. Er lässt sich auf den Rücken fallen und will nicht weiterdenken. Franz kann nach all den Jahren strenger theoretischer Schulung, strategischen Planens, das ja immer die Motivlage der anderen umfassend berücksichtigt, und politischer Aktivität noch immer nicht einfach annehmen, dass nicht nur staatliche Institutionen und die Massenmedien, also: ‚das System', sondern Menschen ihn und seinen Weg ablehnten. Er spürt, dass er um eine Einordnung seiner politischen Haltung in sein Bild von sich oder um die Frage: Warum bin ich links geworden? nicht herumkommt. Und er spürt so etwas wie Verständnis für die hilflose, wiewohl geplante Verwicklung ihm ferner politischer Ideen mit denen der Nazis, die der alte Mann abgefeuert hatte. Er spürt das alles, weil er sich noch nie über eine so lange Zeit selbstbestimmt Befremdlichem ausgesetzt und die Wärme der unausgesprochen geteilten Meinungen verlassen hatte. Franz springt auf und sucht im nahen Prinzenpark ein paar Leute zum Fußballspielen.

Wenn Klaus gefragt würde, wie er den Abend des 10. August 1976 verbracht habe, würde er sich nicht erinnern können. Als die Gartentür hinter Franz geschlossen war – er kürzte den Weg zum Bus gerne auf diese Weise ab, fällt Klaus in einen Terrassensessel und bleibt regungslos mit dem Gefühl, alles sei gesagt. Seine Töchter melden telefonisch ihren Besuch für den Mittwochnachmittag an, er empfindet die Unterbrechung nicht als solche und nicht als möglichen Zeitverlust, - was soll noch kommen. Wenn es nur kein Gewitter ist!

Am nächsten Morgen steht Franz pünktlich um 9:00 im Garten. Er hat unruhig geschlafen, hofft, dass heute oder spätestens morgen wirklich alles gesagt ist und die Ausarbeitung beginnen kann. Klaus hat es nicht eilig, er bittet zum Frühstück, man diskutiert den Einfluss des Boykotts der afrikanischen Staaten auf den Medaillenspiegel der Olympischen Sommerspiele, dann räumt Klaus umständlich den Tisch ab. Das Telefon klingelt und Klaus spricht lange. Als er zurückkehrt auf die Terrasse fällt Franz auf, dass er sich nicht schlurfend bewegt wie sonst, sondern aufrecht und mit Spannung im Körper auf ihn zutritt: „Lieber Herr Theuring, Sie werden in der nächsten Zeit auf mich verzichten müssen. Mein Nachfolger braucht meine Unterstützung für die Anfertigung eines Großauftrages, zwei seiner Gesellen sind im Urlaub und er traut mir immer noch etwas zu." Bevor Franz nicht weiß, wie lange ‚nächste Zeit' dauert, wagt er sich nicht zu freuen, doch Klaus bietet ihm die Alternative an, und natürlich entscheidet Franz sich für die Rückfahrt nach Heidelberg. „Vielleicht können Sie den Text bis hierher vorbereiten. Mit den 50-er Jahren kommen ruhigere Zeiten auf Sie zu und wir werden mit dem nächsten Treffen das Vorhaben abschließen können. Aber" – Klaus erhebt den Zeigefinger – „nicht wieder kneifen!" Schon hat er sich umgewandt, eilt zum Telefon und spricht mit seinen Töchtern. Er will heute noch die Arbeit im Labor aufnehmen. Franz erwischt den Mittagszug in den Süden.

Westlicher Außenposten

Franz hatte vom Hauptbahnhof Heidelberg aus versucht, Micaela telefonisch zu erreichen. Vergeblich. Er fand in der Wohnung, die er mit Martin noch immer gemeinsam bewohnte, ein Schreiben vom Oberschulamt Karlsruhe und eines der Sozietät, in der Susanne arbeitete. Man teilte ihm behördlicherseits mit,

> dass man im Falle seines Widerspruches gegen die Nichteinstellungsverfügung mit seiner juristischen Vertretung außergerichtlich einen Vergleich geschlossen habe. Das Land stimme einer Einstellung Herrn Theurings als Gymnasiallehrer im Angestelltenverhältnis mit Einstiegsgehalt BAT IIa (entsprechend Beamtentarif A13) zu. Im Anhang seien Gymnasien des Regierungsbezirks Karlsruhe mit Schwerpunkt Rhein-Neckar genannt, die Bedarf seiner Fächerwahl entsprechender Unterrichtsversorgung hätten.
>
> Rechtshilfebelehrung, Widerspruchsfrist, Hochachtungsvoll.

Das Schreiben aus der Anwaltskanzlei enthielt lediglich eine Abschrift des Amtsschreibens und war nicht von Susanne abgezeichnet. So brauchte sich sein Herzklopfen also nur auf die ihm angebotene Berufsperspektive einzupendeln: Franz äußerte sich recht familiär bezüglich des Beamtenwesens, wollte sofort zugreifen, auf jeden Fall, sah überhaupt keine Einschränkung im unterschiedlichen Status zu verbeamteten Kollegen, endlich – unterrichten!

Martin war abgekämpft aus dem Klinikum nach 20 Stunden Dienst nachhause gekommen, er schien sich zu freuen über die Entwicklung in Franz' Berufsleben und auch darüber, dass Franz wieder zurück war aus dem Norden. Er las das Schreiben und äußerte seine Erfahrungen in den Gesundheitsinstitutionen: „Du darfst die gleiche Arbeit machen und hast so gut wie keine Aufstiegsperspektiven." Wer denkt denn an Aufstieg, Amtsbezeichnungen und derlei kaiserlichen Mummenschanz, wo es doch ums Unterrichten geht! „Kannst du dir nicht vorstellen, dass du mal dein Aufgabenfeld erweitern möchtest, dich spezialisieren, eine Leitungs- oder Ausbildungsfunktion übernehmen willst?" Franz fühlte sich durch Martins Fragen gehemmt in seiner Begeisterung. Was kümmerten ihn Pensionsansprüche, Beihilfen und Amtskarrieren im verbeamteten Schulwesen, jetzt, da er endlich andocken konnte in seinem Wunschberuf!

„Lass mal. Ich mach uns ein anständiges Sugo und dann erzählst du ein bisschen von hier. Eigentlich war ich ja auch gar nicht so lange in Braunschweig, es kommt mir nur so vor, weil die Zeit dort sehr intensiv verbracht wird." Martins Frage, was die Zeit so konzentriert gefüllt habe, ließ Franz innehalten: „In solchen Rückblenden, auch denen eines Wildfremden, suchst du dich, und wenn du dich findest, dann wertest du. Es sei denn, du bist in der Lage, dich aus allem herauszuhalten. Dass du weder mitfühlst, noch um etwas streitest, noch eine gemeinsame Baustelle auf diesem Globus suchen gehst." Franz würfelte Zwiebeln und rieb Knoblauchzehen. „Wollten wir das jemals?" Martin war am Küchentisch eingeschlafen. Das Sugo köchelte, je länger, desto besser, und Franz ging zum Telefon.

Micaela freute sich ihn zu hören und war überrascht, dass er von Heidelberg aus sprach. Morgen und am Freitag warteten Klausuren auf sie, sie habe kaum Zeit. Aber für Samstag hätte sie sich mit den übriggebliebenen Stipendiaten für die Aufführung von „The Student Prince" im Schlosshof verabredet, ob er dabei sein wolle. Franz hielt inne und Micaela beruhigte ihn, Paolo und Giorgio seien nach Italien abgereist. Nein, das meine Franz nicht, ob sie sich dann erst sähen. „You're right, ich werde heute Abend noch lernen, bis du kommst. Wann kannst du hier sein?" Bei dem italienischen Essen tranken Franz und Martin sich zu mit einem leichten Roten vom Kalterer See und Martin erzählte aus der Klinik. Beamtenstatus und Seitensprung blieben unerwähnt, wichtiger waren Martins Überlegungen zu einer Facharzt-Ausbildung; wobei Martin sich mit der Alternative Orthopäde oder Chirurg trug. „Hat ja beides nichts mit patient's welfare zu tun, die dir noch vor wenigen Tagen, nachdem du aus Duke zurückgekehrt warst, so am Herzen gelegen hatte." „Ich gebe dir Recht, Franz. Die paar Tage in der Klinik haben mir sehr deutlich gezeigt, dass mein Problem die Distanz zum Patienten ist. Daran muss ich in dessen Sinne arbeiten, sonst kann ich meine Ausbildung knicken. Als Kinderarzt oder Allgemeinpraktiker würde ich jeden Leidenden in den Arm nehmen." „Das könnte dich durchaus auszeichnen und zur Zuflucht werden lassen." „Ich weiß. Aber so läuft der Laden nicht. Ich habe ja noch drei Monate Zeit bis zu einer Entscheidung. Lass uns weiter davon sprechen, es hilft mir." Franz bat um Martins Fahrrad, verkorkte den Rest vom Kalterer See und eilte damit zu Micaela.

Sie war mit den in jeder Sprache zur reinen Lernsache bestimmten Präpositionen beschäftigt und überschüttete ihn mit der Lektion dativgefolgter Verhältniswörter. Franz nahm sie so fest in seine Arme, dass die Übervonzuaufnach glucksend verstummten. Wie hatte sie ihm gefehlt!

Am nächsten Tag nahm er wie gehabt ihre Begleitung auf, sie frühstückten beim Bäcker in der Hauptstraße und Franz musste sie in ihre Klausur ziehen lassen. Er machte sich nun daran, die Liste des Oberschulamtes der umgebenden Gymnasien, die seine Fächer vielleicht brauchen könnten, genauer zu betrachten. Das war in Heidelberg das Ottheinrich-Gymnasium, in Mannheim das Karl Theodor-Gymnasium, in ein paar Odenwald- und Neckartal-Gemeinden und in der Rheinebene das jeweils einzige Gymnasium am Ort. Franz schrieb eine Bewerbung nach Heidelberg, nach Mannheim, nach Weinheim und, wegen der leichten Erreichbarkeit, eine an das Wilhelm und Alexander von Humboldt-Gymnasium (WAH) in Walldorf.

Zeit, Micaela abzuholen. Sie hatte doch öfter, wie sie meinte, die Fälle verwechselt, die jeweils auf die Präposition folgten, aber richtig übersetzt. So war sie gut gelaunt. Franz tat ein bisschen feierlich, als er ihr von dem „settlement" – er hatte eigens im Wörterbuch ein passendes Wort für ‚gerichtlichen Vergleich' gesucht – berichtete, der trotz politischer Vorbehalte seine Beschäftigung als Lehrer an einer staatlichen Schule vorsah. Die Reaktion Micaelas darauf überrascht ihn, der am Tag zuvor selbst an die Decke gesprungen war. Micaela rief mehrmals: „How is it possible!", sie umarmte ihn und versicherte er ihm, wie glücklich er sein könne und wie glücklich sie für ihm – nein, für ihn - sei. Franz zweifelte angesichts ihres Überschwanges, ob er ihr die Vorgeschichte, seine politischen Aktionen, sein Engagement in einer nichtparlamentarischen Gruppierung der Wirklichkeit halbwegs entsprechend vermittelt oder doch, ‚das System' zum Buhmann und sich selbst zum Kämpfer für die reine Idee stilisiert hatte. „Findest du, ich sei ein ... cauchemar ... für die Demokratie in Deutschland gewesen?" Es fiel ihm nichts Besseres ein zur Beschreibung seines Aktivismus und als Terroristen mochte er sich nicht bezeichnen. Micaela winkte ab: „Du musst entschuldigen, wenn ich gelegentlich Dein Land und mein Land vergleiche. In Chile wäre ein solcher Weg niemals möglich gewesen." Franz unterbrach sie: „Soweit ich weiß, wird dein Land von einer Militärdiktatur regiert, das ist nicht auf Deutschland übertragbar."

„Ich weiß, ich weiß, dennoch sind es die Beispiele aus dem Leben, die ganz konkreten Lösungen, die ein Staat anbietet, die Kompromisse, die im Sinne der demokratischen Idee ein Volk einzugehen bereit ist, die vermiedene Gewalt, die, sobald ich sie wahrnehme, glücklich machen." „Wir haben noch nie über dein Heimatland gesprochen, ich weiß wenig darüber und will viel wissen, weil du dorther kommst. Zum Beispiel, du heißt Deisler mit Nachnamen, das klingt deutschsprachig." „Das ist Zufall und hat nichts mit meiner Familiengeschichte zu tun." „Zufall ist aber sicher nicht, dass du hier in der Bundesrepublik bist und nicht in der DDR. Ich habe gelesen, dass es dort viele chilenische Emigranten gibt." „Da hast du Recht, viele von der Junta verfolgte Allende-Anhänger konnten in sozialistischen Ländern politisches Asyl finden. Ich falle aber nicht unter die Kategorie der politischen Flüchtlinge. Wie du weißt, ich studiere hier und habe für die Zeit des Studiums ein Bleiberecht in deinem Land. Aber dafür will ich jetzt was tun und für die Klausur morgen lernen. Hast du dich schon um ein Ticket für das Musical „The Student Prince" gekümmert?"

Sie hatten im Germanischen Seminar etwas gegessen und trennten sich nun mit einer Verabredung für den späteren Abend.

Franz nahm Papier in die Hand, viel Papier. Der Zeitpunkt der Rückberufung nach Braunschweig war ungewiss, und er wusste nicht, wann er sich für einen Vorstellungstermin in einem der angeschriebenen Gymnasien einzufinden habe. Am morgigen Freitag gingen die Sommerferien in Baden-Württemberg zu Ende, mit einer Einstellung zu Schuljahresbeginn konnte es nichts mehr werden; die Stundenpläne hingen fertig in den Direktorstellvertreter-Zimmern. Franz atmete tief, er wollte sich jetzt dieser begonnenen Aufgabe widmen und mit ihr seinen Auftraggeber zufrieden stellen. Er spürte aber, dass er nicht mehr ganz bei der Sache war, so wie zuletzt im Hause Marquardt, als es noch darum ging, für die Richtigkeit einer Deutung, für einen angemessenen Umgang mit ihr und für seine persönliche Integrität in der Entwertung seines politischen Handelns durch Klaus zu streiten. Bei aller Faktenfülle zogen doch die Fragen als roter Faden durch seine Ausarbeitung: Welche Konstanten gibt es im Leben des K.M., welchen Menschen und welchen Prinzipien blieb er treu? Und wo geschahen Veränderungen? Franz war ganz zufrieden mit sich, eine Richtschnur beim Schreiben herausgearbeitet zu haben und so zu einer über der Chronologie gelagerten inhaltlichen Ordnung zu finden. Die half ihm, wenn er sich in seinen Gedanken plötzlich im Kreise von Quartanern, in der Diskussion mit Sekundanern wiederfand.

Franz musste sich zusammenreißen auf dem Weg in das ihm eigentlich unzugängliche Innere der Lebenserfahrung des Älteren. Franz schrieb und schrieb und war am Abend da angelangt, von wo aus die Weichenstellung die Fahrt nur noch vermuten ließ, Orte und Fakten sich noch nicht eingefunden hatten.

Spät am Abend hatte Micaela ihn inmitten seiner Papiere aufgelesen und ihm einen Spaziergang vorgeschlagen. Sie war nervös wegen der Klausur am folgenden Tag, bei der es um die Präfixe gehen sollte. Franz hatte sich auf Information über ihr Land gefreut, aber jetzt hatten die trennbaren und untrennbaren Vorsilben Vorrang; auch für ein Spielchen mit ihnen, das Franz vorgeschlagen hatte, weil er Sprache gern leicht handhabe, hatte sie keinen Sinn. Sie wanderten über die Brücke, betrachteten die Sterne im dunklen Wasser und sprachen nicht viel.

Es war sinnvoll gewesen, die Bewerbungsschreiben in der Hauptpost aufgegeben zu haben, denn schon einen Tag später meldete sich die Schulleiterin des WAH-Gymnasiums in Walldorf am Telefon. Montag sei der Beginn des neuen Schuljahres mit all den Turbulenzen des Neuanfangs, routinisierter Notstand sozusagen. Sie sei am Samstag schon in der Schule und es sei ihr eilig mit der Neubesetzung der Stelle, ob er morgen für ein Gespräch bereit sei – „sagen wir, 10:00 Uhr bei mir im Direktorenzímmer?" Ihre junge Stimme, ihre distanzierte Haltung zu den Eigenbewegungen in ihrem Laden und ihre Spontaneität stimmten ihn so froh, dass er sich vorstellen konnte, sich für diese gewiss wenig traditionsreiche Schule in der Rheinebene entscheiden zu wollen. Die Wurzeln der Gymnasien in Mannheim und Heidelberg, die er auch angeschrieben hatte, reichten bis weit in den Feudalismus hinein, waren Gründungen der Landesherren, und vielleicht passte er besser in eine Schule, die ihre Identität in der Bildungssituation der 60-er Jahre fand.

Er machte sich auf Micaela abzuholen, die unglücklich lachte über alberne Fehler, die sie gemacht hatte: „Ich habe vergessen, dass bei den nichttrennbaren Präfixen die Partizipbildung –ge wegfällt. Und da sind mir die Wörter fallen und gefallen durcheinandergeraten." Sie lachte ihn an und sagte auf Deutsch: „Du gefällst mir - du bist mir gefallen!" Franz legte den Arm um sie, er hatte nie geglaubt, dass es so schwierig sei, ordentliches Deutsch zu sprechen und sagte ihr das. Sie vermieden wortlos die große Mensa, es zog sie hinaus aufs Neuenheimer Feld in eine Gartenwirtschaft. Micaela deutete auf die Ruine der Strahlenburg, die von drei Seiten aus gut sichtbar vom Berg aus ein Dorf dominierte. „Welchen Zweck verfolgte man mit dem Bau dieses massiven Turms?" Franz kannte nicht viel vom Ritterleben, er wusste nur, dass diese Türme Bergfried genannt wurden und versuchte eine Übersetzung, die dann auch erklärte. Die Schutzaufgabe der Burgen entlang des Neckartals war somit auch eine Friedenssicherungsaufgabe. So etwas kannte Micaela nur vergleichsweise aus Chile, ihr waren die südlich ihrer Heimatstadt Concepciòn und des Flusses Rìo Bío Bìo von den Spaniern bis Mitte des 19.Jahrhunderts errichtete Grenzbefestigungen gegen die indianischen Araukaner bekannt. „Aber seit 100 Jahren hat Chile trotz seiner 4000 km langen Grenze mit anderen Staaten niemals wegen bilateraler Grenzprobleme einen Krieg geführt. Es gab Spannungen, vor allem wegen des Südens - Patagonien, der Magellan-Straße und der Falklands. Aber kriegerische Grenz-Auseinandersetzungen gab es mit Chile seither nie, sondern es wurde vieles verträglich oder juristisch geregelt, zuletzt hat der ICJ ein Urteil zur Küsten-Grenzziehung zwischen Peru und meinem Land gefällt. - Kriege gab es der Bodenschätze wegen, und da gibt es noch einen Dauerstreit mit Bolivien", schloss sie.

„Verrätst du mir, was dich nach Deutschland geführt hat? Ich habe verstanden, dass du nicht aus politischen Gründen hier bist, sondern sozusagen offiziell, als Repräsentantin deines Landes, als Stipendiatin." Micaela nahm sich Zeit, bevor sie antwortete: „Hast du schon einmal den schwierigen Begriff ‚innere Emigration' kennengelernt? Ich glaube, damit kann man meine psychische Situation in dieser repräsentativen Funktion am besten beschreiben: Ich wurde aus dem Widerstand herausgenommen, ich bin in Sicherheit und das Morden in meinem Land geht weiter." Ihr Gesicht, in dem stets Neugier und Offenheit zu lesen waren, verschloss sich. Franz war unzufrieden mit sich, dass er seine Angelegenheiten hatte so wichtig und groß werden lassen, während sie erhebliche innere Spannungen auszuhalten hatte, und er bat Micaela darum, ihn näher an die Anfänge des Drucks, der von mehreren Seiten auf sie einwirkte, zu führen, ihm von ihrem Land zu erzählen. „Anders als hier, hat in Chile die Familie, der Familienclan eine hohe gesellschaftliche Bedeutung und ist umgekehrt für die einzelnen Mitglieder unentrinnbar. Dass ich hier sein kann, ist nur dem außerordentlich guten Verhältnis zwischen meinen Eltern und mir zu danken. Und auch der Tatsache, dass meine Eltern – wie alle Chilenen, übrigens auch Allende – Konfrontation und Polarisierung nicht gut aushalten können und schon gar nicht in der eigenen Familie. Ungeachtet nationaler Besonderheiten wie dieses Harmoniebedürfnis, gibt es nationale Aufgaben zu erfüllen. Mein Vater war schon vor 1973 Offizier der chilenischen Armee, meine Mutter war im öffentlichen Dienst tätig. Mit dem ‚Putsch der Obristen', wie ihr hier sagt, also mit dem militärischen Angriff gegen die Unidad Popular und gegen den Führer der chilenischen Revolution Allende, wechselten meine Eltern zur DINA, zum Geheimdienst. Dafür zogen wir in die Hauptstadt Santiago um. In dieser Zeit ging ich noch zur Schule, verbrachte aber meine Nachmittage in La Victoria bei den Pobladores. Ich konnte Vertrauen gewinnen, trotz der Tätigkeit meiner Eltern. Meine Freunde dort verschwanden, sehr wenige kehrten zurück, sie waren verändert. Kurz nach dem Abitur wurde ich verhaftet. Nur mit der Zusicherung, mich aus dem Widerstand herauszunehmen, konnten meine Eltern meine Freilassung erreichen, ohne dass ich gefoltert wurde. Jetzt bin ich hier." Franz legte den Arm um ihre Schulter, er schwieg. „Du weißt jetzt", fuhr Micaela fort, „weshalb ich dich fragte, welche Bedeutung deine politische Aktivität für deine Entwicklung habe. Wir haben noch nicht darüber gesprochen. Ich glaube es ist sehr wichtig für uns, Antworten zu finden; wie kann es sein, dass das, was unsere Eltern für gut und richtig halten und hielten, in unseren Augen nicht so ist und nicht so war. Und", sie lachte, „auch die Natur stimmt den Ereignissen in Chile nicht zu: Noch wurde jeder Präsident zu Beginn seiner Amtszeit von einem Vulkanausbruch begrüßt, nicht aber Pinochet!"

Franz spürte die Kraft, die Micaela barg, wenn sie mit einem Schmankerl schließen konnte, und wie sie, anders als er in seinen mentalen Trockenschwimmübungen bei der Konfrontation mit der Nazivergangenheit der Älteren, sich für ihre gesellschaftlichen Ziele in Lebensgefahr begeben hatte. Zwischen den Gärten des Neuenheimer Feldes waren sie zurückgelaufen. Sie baten einen Bewohner des Trübner-Hochhauses, den Lift mitbenutzen zu dürfen, sie standen ganz oben und blickten auf die Rheinebene. Der Fluss glitzerte in der Abendsonne.

Jeanshose, Hemd, Jackett, Abiturzeugnis, Prüfungsurkunden, Beurteilungen aus dem Referendariat - so konnte es gehen. Er nahm zeitig den Bus nach Walldorf. Das Gymnasium war am Ortsrand gebaut worden, wie viele der neueren Schulen, die hastig errichtet worden waren im Zuge der düsteren Analyse des Philosophen Picht mit der „deutschen Bildungskatastrophe". Franz nahm die Anmutung des freundlich möblierten Schulhofes, frei von jungen Stimmen, Lachen, Aufheulen, Rufen und Schreien, in sich auf und sah sich umringt von lernwilligen Menschen, draußen in der Natur unterrichten. Würfelige Gebäude mit stark horizontal ausgerichteten Glasflächen, dazwischen farbige, schwarz abgesetzte Fassadenteile, Mondrian winkt, viel Licht im Innenraum. Er las Hinweisschilder: MINT-Bereich, Ateliertrakt, Verwaltung, Mensa, A-, B-, C-, D-Flure, AGs. Franz klopfte an der Tür des Geschäftszimmers und eine junge Frau öffnete: „Herr Theuring? Seien Sie willkommen!". Er erkannte die Stimme und begrüßte sie mit ihrem Namen. Sie ließ Franz Zeit, sich in seine Situation hinein zu finden, sprach von der Gründungsgeschichte und -notwendigkeit eines Gymnasiums in Walldorf, vom Schulkonzept mit den Patenschaften auf den Fluren der vierzügigen Klassenstufen, vom Schulprogramm und den Bildungsschwerpunkten und sie band Franz sogleich fachlich ein. Da er ihre Frage nach seinen aktiven Fremdsprachenkenntnissen lebhaft mit Levelangabe beantworten konnte, teilte sie ihm ihre Fernplanung mit, das WAH-Gymnasium als Europäische Schule einrichten und führen zu wollen und ihn als Koordinator dafür vorzusehen. Sie zeigte ihm die Klassenräume der Unter-, Mittel- und Oberstufe, deren Aufteilung mit der üblichen Schulklassenmöblierung Franz sofort vermittelte, dass man hier weg war vom lehrerzentrierten Unterricht. Das sagte er denn auch und die Schulleiterin freute sich, dass es ihr gelungen war, einem Außenstehenden ihre Ziele ohne weitere Erklärung nahe zu bringen. Sie waren wieder ins Direktorenzimmer zurückgekehrt: „Sie haben den Weg ausgemacht, lieber Herr Theuring, den wir alle hier gemeinsam gehen wollen. Sie haben ihn nicht nur dem Schulprogramm – Sonntagsreden! – entnommen, Sie haben vielmehr in der konkreten Situation erkannt, was uns wichtig ist. Ist das auch Ihr Weg?" Franz wusste, dass es jetzt darauf ankomme, der Idee Gestalt zu geben. Ihm schoss der Titel eines Aufsatzes durch den Kopf, den er gelesen hatte: Pygmalion in the classroom. Eben nicht! „Der Lehrer sollte als Unterstützer wahrgenommen werden, der Schüler ist aktiver Bildungsmittelpunkt. Ich möchte das ‚aktiv' hier betonen. Das könnte sogar so weit gehen, dass die Bildungsinhalte selbst von den Schülern vorgestellt werden." „Ich denke, Sie passen zu uns", die Schulleiterin strahlte ihn an, „nun müssen nur noch Sie wollen. Einstellungstermin wäre, weil die Pläne schon stehen, zum 01.November, nach den Herbstferien." Franz konnte nur noch nicken: „Sie haben sicher Verständnis, wenn ich alles überschlafe. Ich melde mich mit meiner Zusage bis spätestens bis Mittwoch, 18.August." Er wedelte mit seinen Papieren: „Wollen Sie denn gar keine Zeugnisse und Beurteilungen sehen? Und …", er schaute sie hilflos an, „soll ich nichts zu den Vorbehalten, nein, eigentlich sind es ja sogar Auflagen, die das Oberschulamt Ihnen gegenüber bestimmt genannt hat, sagen?" Franz trat von einem Fuß auf den anderen, was er da geäußert hatte, war überflüssig, ja, sogar ein bisschen kumpelbuhlend. „Ihre Offenheit ehrt Sie. Sie sind als Pädagoge hier und nicht Ihre Vergangenheit!" Er fühlte sich verabschiedet und wünschte ihr und ihrer Schule einen gelungenen Start ins neue Schuljahr.

Nachdem er nachhause gekommen war, erreichte ihn Marie am Telefon. Sie lud ihn ein für den nächsten Tag auf einen Tee im Garten. „Wie ich Sie kenne, sind Sie bald wieder unerreichbar. Oder ist das Projekt schon beendet? Und, Sie haben noch gar nichts von Paris erzählt, lieber Herr Theuring." Franz deutete an, dass seine reisende Tätigkeit demnächst beendet und er immer erreichbar sei. „Sie MÜSSEN erzählen! Ich erwarte Sie morgen, ja?"

In der Post fanden sich zwei Schreiben von Schulleitern, er möchte sich doch bitte telefonisch für weitere Gespräche anmelden. Abends Operette im Schlosshof; für diese Kulisse war die Zeit nicht zu schade, dennoch hätte Franz lieber etwas anderes mit den Stipendiaten unternommen. Es gab viel „you remember?", als sie später auf dem Schlossberg mit Blick ins Neckartal Platz gefunden hatten, und einer stimmte das Lied der italienischen Landarbeiterinnen an, ‚Bella Ciao'. Ein sentimentaler Abend.

Martin hatte frei, so konnten sie gemeinsam frühstücken. Franz stellte seine Eindrücke vom WAH zur Disposition, er suchte Hilfe bei einer Entscheidung. Martin riet ihm, unbedingt die anderen möglichen Arbeitsplätze kennen zu lernen, „deinen Marktwert testen kannst du nicht unter den Bedingungen der restriktiven Tarifzuweisungen im öffentlichen Dienst, aber deinen Horizont erweitern." Während Micaela da sehr pragmatisch war und an seiner Stelle seiner Begeisterung folgen würde. Das Telefon meldete sich, Herr Marquardt sprach von der Fertigstellung des Großauftrags in seinem ehemaligen Labor und dass er jetzt wieder Herr seiner Zeit sei. Wann Herr Theuring mit ihm das eigene Auftragswerk vollenden wolle? Franz tat diese Formulierung gut, sie schloss Partnerschaft ein. Und er erzählte von den Veränderungen in seinem eigenen Berufsleben. Nachdem er über den Arbeitsbeginn - erst im November - informiert worden war, gratulierte Herr Marquardt. Franz äußerte den Wunsch, am Beginn der folgenden Woche Rücksprachen mit weiteren Schulen einplanen zu wollen – „spätestens am 19. abends bin ich in Braunschweig." Auf Herrn Marquardts offenkundige Enttäuschung bot Franz an, ihm die fertiggestellten Seiten – bis etwa ins Jahr 1948 – per Post zuzusenden, aber das lehnte er ab. „Und, was machen Sie so?" Franz erzählte von ‚The Student Prince' im Schloss, das er ja auch kenne, worauf Klaus kommentarlos von Karten berichtete für Bayreuth, die Walküre aus der Ring-Inszenierung von Chéreau, die ihm die Braunschweiger Wagner-Gesellschaft angeboten hatte, die er aber ihrer Zusammenarbeit wegen zurückgegeben habe. Franz blieb die Luft weg: „O, da hätte man doch ..." „Nein, hätte man nicht, Sie waren in dieser Zeit abgetaucht und ich musste Sie ja suchen gehen!" Franz hatte nicht vor, nochmals mea culpa das Gewesene und, jetzt, das Verpasste, zu verantworten. Er schwieg. Klaus bat ihn sich dann zu melden, sobald seine Zeit es erlaube.

In der Zwischenzeit hatten Micaela und Martin ihr Erleben des amerikanischen Kontinents ausgetauscht, als Bewohnerin und als Gast, Süd und Nord, wenig Verbindendes. Micaela brach auf zum Clinch mit der deutschen Sprache, wie sie sagte. Franz zockelte nach Mannheim. Er blickte auf abgeerntete Felder, üppige Gärten, den ruhig fließenden Neckar, ihm trat das August-Gedicht von Benn nahe, es beunruhigte ihn, er verstand es nicht. Vielleicht könnte er sich dem Gedicht mit dem Sinn der Jüngeren noch einmal nähern? Und die Freude auf seine Arbeit erfasste seinen Körper und seine Seele. So traf er bei Marie ein.

Der Hund Ciottolo sprang auf, Louie blinzelte aus einem Polster zu ihm herüber und Luh begrüßte ihn knapp. Marie trug keinen Gips mehr, schonte aber den Arm merklich. „Die Jungen genießen den allerletzten Ferientag im Strandbad am Rhein und meine Große ist bei Freunden. Sie müssen mit mir vorlieb nehmen, aber, es gibt genug zu erzählen." Luh brachte den Tee, und langweilte sich sichtlich bei der beruflichen Perspektive, die Franz entwickelte. Marie hingegen betonte immer wieder, wie interessant sie die Lösung fände, den die Kultusbehörde angeboten hatte. Sie konnte allerdings die Begeisterung Franz' für das Schulkonzept in Walldorf nicht teilen: „Und was machen die armen Kinder, die der selbstständigen Arbeit nicht gewachsen sind? Das ist doch etwas, das man lernen muss, wir haben das erst im Studium gelernt und mancher eben gar nicht." Franz blieb nichts anderes übrig als zu bedauern, dass heute dieses Konzept erst im Gymnasium greife, es böte sich eigentlich schon im Kindergarten und in der Grundschule, pardon Volksschule, an. Marie stimmte halbherzig zu, wünschte ihm Glück.

„Das können Sie auch mir wünschen. Christiane, meine Große, Luh und ich planen einen Ortswechsel um den halben Globus. Ich hatte Ihnen ja schon in unserem ersten Telefongespräch angedeutet, dass ich irgendwann dieser kleinen Insel etwas von dem zurückgeben möchte, womit sie mich reich beschenkt hatte: Lebensmut! Ich werde meinen Arbeitsplatz hier aufgeben, ich verlasse nur Käfigtiere, keine Patienten. Auf Bali geht es um Menschen, nicht um Versuchsanordnungen und deren Auswertung. Ich möchte dort als Ärztin arbeiten, Christiane will an der Udayana Universität Denpasar Medizin studieren. Und Luh ist unendlich glücklich, auf Dauer wieder in ihrer Heimat leben zu können." „Und die Jungen?" Marie hielt inne, „sie sagen, es mache ihnen nichts, jetzt noch einmal die Schule zu wechseln. Sie freuen sich auf ein Leben in München, bei ihrem Vater und ihrem Halbbruder Andrea. Das Freizeit-Argument zieht ja immer. Sie mussten mir versprechen, auch in München Hockey zu spielen, nicht nur segeln und Ski fahren. Ich lasse sie nicht gern hier, aber ich weiß, dass ich aus Gründen meines Lebensalters kaum später diesen Schritt tun kann. Ja", schloss sie und sie wirkte innerlich abgelenkt, „zurück zu den Wurzeln!" „Ganz sicher", Franz äußerte sich ungewöhnlich entschieden, „haben Sie Ihre Wurzeln hier! Ihr Umfeld, Ihr Lebensstil und Ihre Identität sind verschmolzen mit diesem Ort. Könnte es nicht sein, dass Sie die ‚Wurzeln' bemühen, um Ihrem Vorhaben schon jetzt so etwas wie Authentizität zu verleihen?" Marie schwieg. „Meinen Sie, dass es das braucht?" „Ich glaube schon. Denn es ist ein ungewöhnliches, ein vermutlich unumkehrbares Vorhaben. Ihre Kinder sind darin eingebunden. Und Sie erwarten von sich eine unglaubliche Stärke und Durchsetzungsfähigkeit in dieser männerorientierten Gesellschaft. Doch ich weiß, Sie haben sich entschieden und ich sollte Sie unterstützen." Er sah auf Ciottolo und Louisquattorzedenvierzehnten, dann sah er Marie an. „Die Tiere dürfen mit nach München." „So gut wie bei Marie geht es ihnen nie!", holperte er und musste lachen, „ja, ich bin zu weit gegangen in meiner entschieden wirkenden Haltung. Dabei bewundere ich Sie, wirklich!" Marie nahm ihn beim Arm, „lassen Sie uns zum Neckar gehen. Sie haben Recht, ein Teil von mir gehört hierher."

Marie versprach beim Abschied, sich vor ihrer Abreise noch einmal zu melden, ihn ihre Erreichbarkeit auf Bali wissen zu lassen und Adieu zu sagen. Sie tat es nicht, Franz sah sie nie wieder.

Die folgenden Tage trieben Franz um, eine Entscheidung war von ihm gefordert. Er wollte so vieles bedenken: Übereinstimmung mit den örtlichen Gegebenheiten und den Personen, vor allem den Vorgesetzten, Konzeptuelles, die Erreichbarkeit des Arbeitsplatzes. Früher hätte er mit Susanne und seinem Bauchgefühl eine bündige und stimmige Wahl getroffen, wobei er nach innen zu horchen hatte und Susanne die – wie sie zu sagen pflegte – Parameter absteckte. - Micaela hatte handfestere Probleme und Martins Situation ebenfalls wenig belastbar, sie war ähnlich der seinen: Wie werde ich mir und meinen Zielen am ehesten gerecht?

Franz hatte inzwischen mit den Schulleitern in Mannheim und in Heidelberg Termine vereinbart und wahrgenommen. In beiden Schulen zu arbeiten, war für ihn vorstellbar: Das Mannheimer Gymnasium hatte den Schwerpunkt Musik, das in Heidelberg war ein humanistisches, natürlich mit Fokus auf den Sprachen. Und beide Schulleiter hatten ihn wissen lassen, er sei willkommen.

Franz lief und lief; er wollte laufen, bis er sicher war, bis ein Argument überwog, bis Widerstände unüberwindbar schienen, bis die Soll- und Habenseite einer jeden Möglichkeit entschieden war. Er sah sich Schultüren öffnen: Hier die schwere Tür eines klassizistischen Gebäudes, und hier noch klassischer mit einem Tympanon hoch über dem noch schwereren Tor und der unvermeidlichen Widmung: Deo et studiosae iuventuti, dort die Glastür mit dem roten HEWI-Griff, er sah sich prächtige Treppenhäuser betreten, Fensterbögen vor hohen Klassenräumen, die kindgerecht oder jungen Erwachsenen angemessen eingerichtet waren, aber immer in Ausrichtung zur Tafel!, und dort der niedrigere Klassenraum mit einer vollverglasten Seite, Tischgruppen, Whiteboard, in den Räumen der Unterstufe mit Kuschelecke. Er sah sich in den Lehrerzimmern, in den

Funktionsräumen, ja, er sah sich bei der Pausenaufsicht auf dem Schulhof. In der Mannheimer Schule war immerzu und von überall her Musik zu hören, Chorstimmen, trauriges Saitenspiel, stolperndes Piano, die Flötenklasse. Der Schulhof in Heidelberg war parkähnlich bewachsen, mitten in der Stadt, mit hohen Bäumen, Buschwerk und Rückzugsmöglichkeiten für die Schüler. Traditionsinseln hier und dort die aufstrebende Hightech-Stadt. Und er wusste noch immer nicht, wo er sich am liebsten sah, und er lief weiter.

Franz dachte eine Woche zurück. Als er, deutsche Vergangenheit überall greifbar und in einem irrwitzigen Vergleich nach ihm greifend, aus der Situation nur noch durch Flucht herauskommen zu können glaubte. Wie es ihm mit viel persönlicher Zurücknahme dann doch gelungen war, den Bruch zu vermeiden. Und wie er erkennen musste, dass sein Gegenüber genauso feststeckte wie er. Und heute – er kann aktiv sein, seinem Leben eine Richtung geben! Es stimmte ihn froh, er lief unter erhöhter Körperspannung und sah nach rechts und links. Franz sah sich nun in der Unterrichtssituation, und schon lief er langsamer, schlaffer:

Vorn, an der Tafel sah er sich, mit Kreide und einem Overheadprojektor ausgestattet, gut vorbereitet, vor sich fünfundzwanzig Augen- und Ohrenpaare in seine Richtung, erklären, helfen, darstellen, entwickeln. Und er sah Schüler, die sich über nicht verordnetes Arbeitsmaterial beugten, die leise einen Dialog führten, von dem er nicht wusste, ob er ‚unterrichtsrelevant' war, er sah gar Schülerrücken und ohne besondere Rücksprache umherwandernde Schüler vor sich, der meistens zu schweigen hatte, - Franz blieb stehen, er schwitzte und atmete hastig. Das wars, dachte er, das Unterrichten wird doch mehr als alle Äußerlichkeiten mein Leben sein, und die Schülerzentriertheit habe ich einfach nicht gelernt! Franz hatte über das Kerngeschäft des Lehrers zu einer Entscheidung gefunden.

Sein Gang verriet, wie ihm dazu war: Er schlurfte Richtung Stadt zurück.

Dienstagmorgen, das Unangenehmste zuerst: Er rief die WAH-Schulleiterin per Durchwahl an und teilte ihr seine ablehnende Entscheidung mit. Sie zeigte sich überrascht: „Herr Theuring, Sie haben unser Konzept verstanden, ohne dass ich es Ihnen erklären musste. Es kann doch nicht sein, dass Sie genau dieses Ansatzes wegen hier nicht mitmachen wollen?" Franz wurde sehr leise: „Von wollen ist keine Rede, nein, ich packe das nicht. Sie wirken so souverän, als hätten Sie und Ihr Team nie einen anderen Unterricht kennengelernt. Ich traue mir das nicht zu." „Umgekehrt, lieber Herr Theuring, mit Ihrem Verständnis würden Sie einer der wenigen im Kollegium sein, die mit der entscheidenden Haltung in den Unterricht gingen! Und ich brauche Leute wie Sie, weil ich überzeugt bin von unserer Pädagogik!" Sie erkundigte sich danach, welcher Schule er den Vorzug geben wollte: „Karl Theodor in Mannheim? Keine schlechte Wahl. Musik und darstellendes Spiel als Hauptfächer! Haben Sie schon zugesagt?" Als Franz verneinte, meinte sie, ihm ein Leckerli zuwerfen zu müssen: „Sie werden auch nicht alleine gelassen, das Kultusministerium hat Mittel für die Fortbildung freigegeben. Also, wie schaut es aus?" Franz sagte zu und schlurfte nicht mehr. Aber es war nicht das Leckerli, sondern ihre Versicherung seiner Qualifikation, die ihn nicht mehr befürchten ließ, in dieser Schule heillos mit der pädagogischen Exzellenz Baden-Württembergs konkurrieren zu müssen.

Martin, der vom Nachtdienst gekommen war, wies auf die sozialistische Kunst im Wandkalender der Peking-Rundschau über dem Küchentisch: „Der breite und der schmale Weg! Herzlichen Glückwunsch!"

Micaela hatte in den Tagen zuvor seine Ruhelosigkeit bemerkt und war beruhigt, dass er nun wusste, wohin er gehören würde. Er stellte seine Entscheidung auch nicht mehr in Frage. Nun wollte er sich der Biographie zuwenden, damit er dann den Kopf frei hätte für das Kommende. Er beabsichtigte am Mittwoch nach Braunschweig zu reisen und teilte dieses Datum Micaela mit, und zugleich, dass es die letzte Fahrt dorthin und dass er in spätestens einer Woche zurückgekehrt sein werde. Herr Marquardt äußerte sich ungeduldig am Telefon, als sei dies der letztmögliche Termin seines ‚Erscheinens' in Braunschweig. Dieser Begriff hat ja entweder einen spirituellen Bezug oder er beschreibt die befohlene Ankunft von Rangniedrigeren in einer Hierarchie. Franz wusste, dass mit ihm nicht der Heilige Geist gemeint war und steckte leicht diese Sicht der Umstände weg. Er bereitete ein Picknick für Micaela und ihn vor und freute sich auf den Abend mit ihr am Fluss.

„Magst du mir von deinen Eltern erzählen?" Micaela schob etwas mit der Hand weg: „Du musst dich nicht beunruhigen, sie fehlen mir zwar, aber ich habe kein Heimweh nach Chile, nach meinem Land." Und sie beschrieb ihre Bindung in wunderbaren Worten mit ‚terms of belonging', die ihren Zorn, ihre Wut über die politischen Zustände in ihrem Land auch dem Außenstehenden glaubhaft machen konnten. „Wie alle Menschen in Chile, leben meine Eltern den Katholizismus mit all seinen gesellschaftlichen Folgen der Regelsetzung und der wenig durchlässigen Klassengesellschaft. Die Mittelschicht, zu der sich ungefähr 40% der Bevölkerung rechnet, war mit dem Bild des marxistischen Politikers als Demagogen und Eroberer aufgewachsen, so dass das kubanische Modell nicht greifen konnte. Die Chilenen hatten keine praktische politische Erfahrung, Alternativen zum faschistischen politischen Konzept auf jeden Fall zu bevorzugen. Immerhin hatte Allende es über drei Jahre geschafft, das Land demokratisch zu regieren. Er hat auf Dialog, Überzeugung und Einsicht gesetzt und damit den demokratischen Prozess so expansiv betrieben, dass die Opposition mit Verweis auf die sich verändernden sozialen Strukturen Stimmen gewinnen konnte und die Unidad Popular die absolute Mehrheit bei den Parlamentswahlen 1971 verlor." Micaelas Stimme war leise geworden. „Ich komme zurück zu meinen Eltern. Ich meine, sie haben innerfamiliär Botschaften des Christentums gelten lassen, die die strenge Rechtgläubigkeit im Lande durchschritten. Ich spürte immer ihre Bereitschaft, ihre Erwartungen an mich zu korrigieren, wenn ich sie überzeugen konnte. Das Vertrauen zwischen uns verband unausgesprochen. Aber es handelte sich dabei eben nur um ihre Einstellung zu mir, der sie vielleicht die erforderliche Reife zumaßen und die sie sogar aus der in Diktaturen verbreiteten Paranoia heraushielten. Ich konnte sie nicht davon überzeugen, daraus eine Haltung zu entwickeln; für unser Land bauen sie auf Klassenunterschiede, tradierte Werte und einen starken Staat." Sie trank einen Schluck Roten. „ Und jetzt beobachte ich von außen die Entwicklungen in meiner Heimat – die seit 16000 Jahren bewohnt und im 16.Jahrhundert spanisch besetzt wurde und seit 3 Jahren von einer Militärdiktatur beherrscht wird." Wieder hatte sie es geschafft, aller Betroffenheitsschwere mit einer Wendung das richtige Gewicht zu geben.

Franz hörte in eigener Sache genau hin. Er hörte die Kritik Micaelas an der politischen Überzeugung ihrer Eltern. Er spürte die Bitterkeit über die von ihnen vertretenen mörderischen Maßnahmen und Zielen. Er war überrascht über die sachliche Analyse, die Micaela in diesem Konflikt treffen konnte, während er für die Generation vor ihm doch nur ängstliche Verachtung übrig hatte.

Im Kopf bewegte er das eben Erfahrene, im Herzen machte sich schon die Nähe des Kommenden breit: Wie er sich fürchtete vor den Tagen auf der Terrasse, oder, schlimmer noch, am Tisch in der dunklen Essecke, mit dem gedankenschweren alten Mann! Er hatte sich schon am Abend von Micaela – ein letztes Mal Richtung Braunschweig! – verabschiedet, weil es zu Hause einiges zu richten gab, und er radelte durch die Nacht. Martin hatte ihm eine Nachricht auf den Küchentisch gelegt: Du brauchst nicht zu fahren, Herr M. will morgen nach Heidelberg kommen ☺ Franz radelte sofort wieder zurück; Micaela war noch wach.

Zusammentreffen 4

Herr Marquardt erreicht Heidelberg am Nachmittag und meldet sich am Telefon: „Sie sehen, der Berg kommt zum Propheten! Seien Sie bitte um sieben heute Abend im Marriott, wir können dann zusammen essen und das Weitere besprechen." Tagsüber sortiert Franz die Papiere, formuliert neu, ergänzt, entnimmt, ist halbwegs zufrieden mit dem Text, ganz unzufrieden mit der Situation. Er hofft, die Abende für Micaela und sich zu haben, aber nicht einmal das ist sicher. Er weiß, dass die Gastrolle Herrn Marquardts ihn mehr Zeit kosten wird als seine Dienstleister-Rolle in Braunschweig; dort hatte er die Abende für sich, hier wird er sich auch dann für seinen Auftraggeber verantwortlich fühlen. Ja, die Sehnsuchts-Abendstunden im Hotel, im Park, in der Telefonzelle, waren trostlose Zeit, aber seine Zeit. „Ich befürchtete, Sie schafften es wieder nicht zur vereinbarten Zeit nach Brauschweig …". Franz blickt ihn an: „Das glaube ich Ihnen nicht!" Aber er rechtfertigt sich doch: „Ich habe eine berufliche Perspektive, ich habe bis dahin nicht viel Zeit mehr, und, ja, ich habe eine Freundin – von alledem wissen Sie. Halten Sie mich wirklich für so unzuverlässig?" Herr Marquardt räuspert sich, er schwächt seinen Vorwurf ab und gesteht dann ein, dass er es einfach schön fand hier in dieser Stadt. Ach ja, und „ich habe in einer Fachzeitschrift gelesen, dass es hier irgendwo auf einem Berg eine Sternwarte gibt. Sie kennen sicher den Weg dorthin? Aber zunächst wollen wir unsere Arbeit machen, möglichst abschließend." Franz schlägt vor: „Das Wetter scheint beständig zu bleiben. Was halten Sie davon, wenn wir unseren Arbeitsplatz von der Hotelterrasse in eine der Hütten im Odenwald verlegen? Ich kenne einige und weiß, dass sie unter der Woche wenig von Wanderern aufgesucht werden.

Diese Örtlichkeit wäre für Ihre Erinnerung der ‚Nachkriegszeit in einer zerstörten Stadt' ein echtes Kontrastprogramm", stimmt Franz Klaus ein. Klaus hemmt den Versuch: „Sicher gibt es im Hotel so etwas wie einen Seminarraum, in dem wir ungestört sitzen können. Morgen Nachmittag würde ich gerne in Ihrer Begleitung die Sternwarte aufsuchen." Franz wusste von den Astronomischen und Astrometrischen Instituten der Universität auf dem Königstuhl und wusste auch, dass es kombinierte Führungen für Königstuhl und Landessternwarte gab. Er regt an, die Serpentinen den Berg hinauf zu vermeiden und die Bergbahn zu nehmen. Aber auch hier bevorzugt Herr Marquardt die von ihm gewählten Mittel. Er ist mit seinen Gedanken weit weg, soweit kennt Franz ihn. Franz glaubt, er macht sich nicht die Mühe der Vorstellung, Gedanken und Erinnerungsgefühle in der freien Natur aufkommen zu lassen, oder einen großen und schweren BMW um enge Kurven den Berg hinauf und wieder herunter zu stemmen, er denkt nicht so weit und in ganz andere Richtung. Klaus setzt das Glas Trollinger ab: „Sagen Sie, Herr Theuring, wir waren doch in Mannheim auf dieser Geburtstagsfeier. Ich würde mich gerne revanchieren und unsere freundliche Gastgeberin zum Abendessen einladen. Hätten Sie einen Vorschlag, wo wir schön sitzen könnten? Sie sind natürlich auch eingeladen!"

Jetzt hatte für Franz die Richtung von Klaus' Gedanken Gestalt angenommen: „Sie meinen Frau Dr. Schulte?" Hier gibt es für Franz nichts zu kommentieren und er sagt ein paar Worte über die geplante Veränderung in Maries Leben; es wäre unpassend gewesen, Klaus dieses Wissen vorzuenthalten. Während er spricht, werden die scharfen Linien in Klaus' Mundwinkeln immer dünner und länger, und doch zeigen seine Augen Interesse, nicht nur Abwehr. Doch er wird zynisch: „Eben wollten wir noch zurückblickend eine Biographie schreiben, und jetzt beginnen wir ein neues Leben!" Als Franz von den

Plänen Christianes erzählt, entfährt ihm ein „Donnerwetter!"
„Im Garten des Europäischen Hofs sitzt und isst man gut", schlägt Franz vor, „das Hotel liegt in der Innenstadt und hat einen Parkplatz." Klaus hustet leicht und bedankt sich für die Telefonnummer, die Franz ihm notiert.

In dem vom Hotel zur Verfügung gestellten Raum sitzt man nicht gut. Er ist in der Nähe des Innenpools gelegen, die Geräusche und die feuchte Wärme von dort umgeben sie. Eine Thermoskanne mit Kaffee und ein Teller mit Gebäck soll sie stärken; selbst Franz zöge die stille Terrasse oder den himmelwärts blickenden Reiher in Klaus' Wohnzimmer diesem Gemach, in das er sich mit Klaus eingesperrt fühlt, vor. Klaus scheint entschlossen, auszuharren und Franz hat den Stift zur Hand. „Wissen Sie, Herr Theuring, in diesen Tagen stelle ich mir oft die Frage nach dem Glück. Ich erinnere mich ganz genau, wie Luzie auf meine Frage, wie sie die Zeit während des Krieges ohne mich und mit all den Sorgen erlebt und überstanden habe, von einem Konzertbesuch erzählte. Es wurden in Deutschland ja durchaus bis Kriegsende kulturelle Veranstaltungen angeboten, und Luzie hatte Gelegenheit, im heutigen Neustadtrathaus eine Vorstellung des Staatstheaterorchesters mit der ‚Kunst der Fuge' zu besuchen. Luzie sagte, diese Musik, die hohe Kunst der Komposition habe für sie das Himmlische auf diese Erde geholt und sie für alles Kommende stark gemacht. Glück macht stark und lässt nach vorn blicken. Als ich dann aus der Gefangenschaft gekommen, aber in der fremden Stadt nicht wirklich angekommen war und zunächst nicht absehen konnte, ob unsere Zukunft nicht doch in München sei, war ich für meine Frau eher eine Last als Stütze. Und in meinem Nachdenken über das Glück meine ich, dass ich in meinem Leben dem Unerwarteten, das allein das Glück bergen kann, zu wenig Raum und zu viel Verplanung geboten habe."

Franz kann ihm nur beipflichten, aber er tut dies nicht von Herzen. Die Gedanken über das Glück mögen ja durchaus berechtigt sein und vielleicht gerade heute einen Anlass haben. Auch, dass Herr Marquardt im Rückblick Schwerpunkte seines Handelns und seiner Haltungen erkennt, Richtungen aus der Distanz betrachtet, stimmt Franz weich. Aber jetzt will er dem Erkennen der Katastrophe begegnen, in deren Mitte das deutsche Volk gelebt hatte. Franz sitzt zurückgelehnt in der Erwartung: Erzähl doch mal von früher, aber die Richtung, die Klaus' Erinnerung vorgibt, passt ihm nicht. Er weiß, wenn er Klaus fragte, holte er die Gesamtsicht aus dem Schützengraben herauf. Und diese Sicht konnte nicht leisten, was Franz erwartete, die Erklärung seiner, Klaus', Welt. Er weiß, er werde sich nun auf die in diesem historischen Augenblick stets bemühte Triade von Marshall-Plan, Ausgrenzung des Kommunismus und der Aufbauwut der Westdeutschen einlassen müssen, in deren scheinbarer Allfälligkeit sich ein kollektiver Verdrängungswille politisch gewollt durchsetzen konnte. Später würde Klaus auf Franz' Frage nach seiner Wahrnehmung der Amtsführung des Braunschweiger Oberstaatsanwaltes Fritz Bauer nur mit herabgezogenen Mundwinkeln antworten. Bauer, der 1952 die Aufarbeitung des Widerstandes gegen das NS-Regime mit neuen juristischen Bewertungen geführt, der nach 1956 in den Frankfurter Auschwitzprozessen die Anklage vorangetrieben hatte, wirft er vor, den sozialen Frieden im Land zu beschädigen.

In jenen Jahren des Aufbaus der Republik und der bürgerlichen Existenzen war die Angst vor Unruhe auch die vor der Deklassierung. So wie er den Ausdruck des Erstarkens der Bürger gegenüber dem Staat in Ostermärschen oder im Widerstand gegen die Remilitarisierung ablehnte, tat er dies gegenüber Forderungen nach innerbetrieblicher Mitbestimmung, wie sie die Montanunion aus politischen Gründen vorsah. Er fühlte sich Theodor Heuss nahe, der, als es galt die Revolution von 1848 zur 100-jährigen Wiederkehr zu bewerten, den Blick nicht auf den Kampf der Bevölkerung gegen Restauration und für nationale Einheit richtete, sondern mit „Paulskirche" einen gestaltlosen Liberalismus feierte. Klaus hatte schon in den 30-er Jahren mit einem „Bund für Freie Wirtschaftspolitik" sympathisiert und sich mit dem Gedanken eines Parteieintritts in den FDP seit 1948 getragen.

Hier unterbricht sich Herr Marquardt und schaut auf seine Armbanduhr. „Holen Sie mich ab zum Ausflug zu den Sternen?"

Der Weg hinauf zu Heidelbergs Hausberg ist erwartungsgemäß beschwerlich für den großen Wagen, Schweißperlen auf Klaus' Stirn verraten die Mühe des Fahrens. Franz verschluckt an der Spitzkehre Molkenkur mit Blick auf die Bergbahn, die gemütlich mit Zahnradkraft den direkten Weg nimmt, einen Hinweis. Die Aussicht auf das Städtchen, die Flüsse und die Erhebungen des Odenwaldes nimmt Klaus ungeduldig wahr, er will die Gelegenheit für den Besuch der Sternwarte nutzen. Als sie sich dem Haupttor nähern, das sie mit einer kindlichen Sonnendarstellung überrascht, fragt Klaus, ob sie denn hier richtig seien – die Ziegel- und Naturstein-Bebauung auf dem Gelände macht einen eher zufälligen und betagten Eindruck. Später wissen sie, die Gebäude stehen unter Denkmalschutz, die wissenschaftliche Redlichkeit und Kompetenz dieses Forschungsinstitutes ist unbestritten. Sie lernen ein seit 1900 betriebenes Teleskop kennen, den derzeitigen Forschungsschwerpunkt und sie dürfen im Gästebuch der Rechtsvorgängerin der Sternwarte das zierliche Original-Autograph des „maître de Chapelle Mozart" ansehen. Klaus ist begeistert, zumal hier Kometenforschung betrieben wird. Er erkundigt sich über die „Astronomieschule", die ein Verein unterhält und beantragt Mitgliedschaft.

Zurück im Tal bittet Klaus Franz, ihm den Weg zum Europäischen Hof zu zeigen. Franz vermutet ein gemeinsames Dinner mit Marie; von seiner Teilnahme ist nicht mehr die Rede. Klaus macht sehr deutlich, dass er für den nächsten Tag die ausgearbeiteten Erinnerungen vom Vormittag erwartet. So bleibt nicht viel Zeit für Micaela. Franz trollt sich.

Es regnet. Der Feuchtraum neben der Schwimmhalle steht ihnen wieder zur Verfügung, Franz hat die Unterlagen präsent. Klaus packt sie ungelesen in seine Mappe und schweigt ein Weilchen: „Ach, wissen Sie, Herr Theuring, - es ist nicht der Hauptspiegeldurchmesser des Sichtinstruments allein, der Neues in den Blick rückt, sondern sich - wenn ich mal so sagen darf – auf etwas Unentdecktes einlassen zu wollen, macht den Forscher. In diesem Falle ist es mein Leben, auch mein zukünftiges Leben. Mein Großvater Seidlinger sparte nicht mit Sprüchen; bei einem seiner Weisheiten ging es um Lebensführung und es hieß darin: „…wünschen wirst, gelebt zu haben", ich habe dieser Sentenz nie geglaubt, dass man sich wünschen kann, wie man lebt. Jetzt verstehe ich", schließt Herr Marquardt. Könnte es sein, dachte Franz, dass diese wortreich ins Leben gerufene Erkenntnis Herrn Marquardts Art war mit jener Verzauberung umzugehen, die auch er empfunden hatte nach jedem Gespräch mit Marie? Und, als hätte Klaus die Überlegungen von Franz zu Vorbildern erraten, fährt er fort: „Wir hatten ja gestern meine parteipolitische Orientierung nach dem Krieg auf dem Tisch. Ich muss mit Ihnen nochmal zurück in Ihr 19.Jahrhundert. Es gab da einen Braunschweiger Handwerksmeister, dessen Persönlichkeit heute wie damals zu Respekt verpflichtet. Johannes Selenka wurde mir bekannt durch seine kräftebündelnde Zielstrebigkeit, das Handwerk in der Zeit der Industrialisierung zu schützen. Und zwar mit standespolitischen Maßnahmen aus der Handwerkerschaft heraus gegen eine schrankenlose Gewerbefreiheit. Ja, Selbstregulierung ist für mich politisch vorbildliches Handeln! Und diese Zielsetzung stünde einer liberalen Partei optimal zu." Franz hörte den Namen Selenka nicht zum ersten Mal, er war ihm bekannt als entsandter Beobachter des Handwerks, das im Honoratioren-Parlament der Paulskirche zwischen Emeriti, Bürokraten, Industriellen und Regionalfürsten keinen Platz hatte; sein Interesse an einer FDP ist mäßig, nicht aber für die Inhalte, die Klaus ihr zumaß.

Der Regen lässt nach, Klaus ist unruhig. „Herr Theuring, eine Bitte, könnten wir morgen Mittag vielleicht soweit fertig werden mit dem Inhalt, dass ich mir für den Nachmittag etwas vornehmen kann?" Bevor Franz schmunzeln konnte, offenbart ihm Klaus seine tiefe Verbundenheit mit den Löwen von 1860 München, und die Saison habe doch wieder begonnen. Das letzte Spiel hätten die Löwen verloren und morgen gehe es in München gegen Jahn Regensburg, das müsse er sich anhören, im Norden bekomme er keinen süddeutschen Sender ins Radio! Franz sichert sein Bemühen zu; diese zeitliche Beschränkung ist inzwischen auch sein Wunsch. Ihm war deutlich geworden, dass die Autobiographie Abfolgen erzählen würde, als ergäbe sich zwischen Eckpunkten eins aus dem anderen, und nicht einmal die Eckpunkte seien mit einer eigenen Entscheidung belastet und alle Fragen beantwortet. Franz erwartet die Erinnerung der Nachkriegsjahre deshalb auch ohne innere Anspannung, ohne Neugier, ohne eigene Frage.

Klaus lebt die junge Republik als durch die Selbstständigkeit qualifizierter Bürger, der Bedeutung und Deutung in wirtschaftlichen, politischen, weltanschaulichen und kulturellen Vorgängen beansprucht.

Nachdem er als Rückkehrer aus der Gefangenschaft in seiner Familie die Zeichen auf „Nord" gesehen hatte, kümmerte er sich um den Verkauf der Geschäftsräume in München und um den Umzug ihrer Habe nach Braunschweig. Die in München erzielten Verkaufserlöse erlaubten ihm die Einrichtung einer Zahntechniker-Werkstatt mit modernster Ausstattung. - Franz verhält die Sprache, er denkt an die Anfänge dieser Eigentumsübergänge 1936. - Mit der Währungsreform waren auch Mittel für Zahnkorrekturen und -ersatz vorhanden, sein Labor war gefragt, er konnte Fachpersonal einstellen. Die Töchter wechselten von der Volksschule nach erfolgreichen Aufnahmeprüfungen ins Gymnasium. Luzie hielt die Familie zusammen: Die Abende im Labor waren lang, der Papa wirkte von fern und dies taten auch seine Vorschriften. Kleidung, Frisur, Musikwünsche, Zeit für Freunde, - als hätte nicht ein Krieg und zweifeltötende terroristische Moral die Hohlheit dieser Vorgaben entlarvt und gerade Frauen entmündigt. „Klaus", sagte meine Frau häufig, „was willst du? Sollen sie nicht genießen dürfen? Meine Töchter sprachen von ‚Spaß', ich betrachtete diesen ‚Genuss', diesen ‚Spaß' mit Argwohn, musste aber mit ansehen, dass ganz Braunschweig voll war von diesen Teenagern, die noch nie zuvor gesellschaftlich eine derartige Bedeutung erhalten hatten wie nach dem Krieg. Da hatte unsereiner schlechte Karten! War das bei Ihnen auch so mit dieser ganzen Jazz- und Jeansmode? Und, haben Ihre Eltern Ihnen alles erlaubt? Na ja, Sie waren ein junger Mann, da ist das ganz etwas anderes!" Franz hatte als Stichwort ‚Popkultur' notiert und antwortet nicht. „Lassen Sie uns zusammen essen, den Abend brauchen Sie sicher für die Reinschrift", regt Herr Marquardt an. Und es wurde ihr letzte gemeinsame Mahlzeit.

Während der abendlichen Niederschrift sitzt Franz regungslos vor seinen Papieren: er hatte die Wirkung der ‚Popkultur' auf Menschen dieser Generation niemals klarer gesehen als jetzt, nicht auf der Straße, nicht vor den Werkstoren, nicht im Gerichtssaal: die bürgerliche Fassade aus Marktwirtschaft und Demokratie vor einer Vergangenheit der Vernichtung sucht immer neuen Halt angesichts des Lebensgefühls einer nachwachsenden Generation, die an sich glauben darf.

Klaus wird am nächsten Tag diese Orientierung in zukunftspessimistischer Haltung als ‚Gleichmacherei' und proletarische Freiheit bezeichnen und dies belegen mit dem im Mai beschlossenen Gesetz zur paritätischen Mitbestimmung, das die Mitbestimmung der Arbeitnehmer in den Aufsichtsräten der Großbetriebe vorsieht. Hier befindet er sich im Kleinklein dessen, was im Rahmen des Parlamentarismus geschehen kann, weit weg von den Möglichkeiten beim Umbau der Welt: Sexualität, Musik, Internationalität, Spaß, den die jüngere Generation gerade vollzieht. Und doch wird dieses Gesetzeswerk zunächst die Nation spalten und später international wegweisend sein.

Für Klaus genug diskutiert, er will erzählen. Von der Aufbauphase, vom Weg in die Braunschweiger Bürgerlichkeit, von der Gier nach Anbindung an die, wie man dortzulande sagt, ‚soliden Familien' über die Einladung des Oberbürgermeisters zum Neujahrsempfang und das Premierenabo im Staatstheater hinaus, von der Suche nach Heimat. Ich habe mich meiner Frau zu Liebe der Fremde gestellt und ihre Entdeckung hat mir gesagt, wo meine Heimat ist." Klaus sinkt in sich zusammen, schweigt. „Nur 55 Jahre ist meine Luzie geworden und sie fehlt mir sehr. Ich habe viel zu häufig auf die Zukunft als Privatier verwiesen, wenn sie eine Reise plante oder andere Vergnügungen, die über unsere Statusbindung hier in Braunschweig, wie etwa Abos fürs Konzert und Theater, Teilnahme an Empfängen oder Bällen, hinausgingen. Immer habe ich sie … ausgebremst. Sie hat sich sicher nicht wohlgefühlt, nachdem die Mädchen aus dem Haus waren. Ich war den ganzen Tag in der Werkstatt und oft auch noch abends mit Innungsaufgaben oder in der Kreishandwerkerschaft engagiert. Sie wollte sich ehrenamtlich einbringen, sprach sogar schon einmal von einem Pflegekind … und ich hatte nichts Besseres zu tun, als ihr entgegenzuhalten, das hätte sie, das hätten wir doch gar nicht nötig. Ich habe sie niemals gefragt, warum sie diese Wünsche hatte." Franz denkt, dass er mit einer solchen Frage auch nicht sehr weit in die Welt Luzies eingedrungen wäre, aber, immerhin, Klaus hätte dann die Anregungen seiner Frau nicht nur abgelehnt, sondern sie mit ihrem Leben in Verbindung gebracht. „Nach ihrem Tod wurde es dann still um mich. Ich musste dann noch durch diesen Blitz hindurch, oder er durch mich. Ich hatte es Ihnen erzählt. Das ist ein Angriff, den man nie vergessen kann, und was mich heute noch belastet, ist weniger diese – verständliche – Angst vor Gewittern, die Sie ja schon mit mir zusammen erlebt haben. Nein, viel belastender ist die Aussage des damals behandelnden Arztes, dass Spätfolgen nicht auszuschließen seien." - „Vielleicht, Herr Theuring, sind Sie eine dieser Spätfolgen?" Franz grinst: „Sollte ich jetzt fragen, Herr Marquardt, oder erlauben Sie mir, die mir zugedachte Rolle an passender Stelle einzubringen?" „Nix da, Sie dürfen nur aus dem letzten Satz was machen!" „Das wird mir nicht schwerfallen. Noch eine Bitte, erklären Sie mir, welche Bedeutung die Sternguckerei, welche besondere Bedeutung die Betrachtung der Kometen für Sie hat?" Klaus denkt lange nach: „Ich kann Ihre Fragen nur so beantworten, dass ich beschreibe, was mich fasziniert an der Himmelsbeobachtung, aber ich kann Ihnen nicht sagen, was das mit mir zu tun hat – verstehen Sie, es hat ja alles seine Gründe. Verschiedene Lebenssituationen haben verschiedene Merkmale. Der Blick von oben und nach oben verweist auf den einmaligen Vorzug des Angekommenseins in einer Unendlichkeit, die in andere Unendlichkeiten hineinreicht. Und die Kometen ergreifen mein Gefühl: Sie verbringen ihre Lebenszeit in unglaublicher Regelmäßigkeit und lange Zeit außerhalb unseres Sonnensystems, um in dieses wieder einzutauchen und Spuren zu hinterlassen." Franz schweigt jetzt auch ein Weilchen. „Der pragmatische Herr Marquardt lässt sich mit der Transzendenz ein!" „Nennen Sie es, wie Sie wollen, es hat doch jeder so eine Nische!" „Und was gibt uns den Impuls von dort ins helle Licht blicken zu wollen? Tut man das überhaupt freiwillig?" „Bevor wir jetzt zu den alten Griechen kommen, lassen Sie uns das Weitere überlegen." Franz unterbricht: „Das eben waren die alten Griechen, Platon, genauer!" Das gefürchtete „Ach, was!" von Herrn Marquardt kommt aus freundlicher Verwunderung.

„Herr Theuring, Sie machen alles soweit fertig und schicken mir dann mit der Post das Gesamtwerk. Erst, wenn ich keine Korrekturwünsche mehr habe, können wir an den Druck denken. Ihr Honorar werde ich vor Drucklegung vollständig überweisen nach Berücksichtigung der bisher geleisteten Abschläge." Franz spürt nicht mehr die Wärme des gemeinsamen Ausflugs in eine Ideenwelt. Er erhebt sich, sammelt seine Notizen ein und reicht Herrn Marquardt die Hand. „Ach so, ja", schüttelt Klaus seine Rechte, „ich verlasse mich auf Sie!"

Franz verließ das Marriott und bat am Telefon Micaela um Zeit bis Sonntagabend. Er sah das nahe Ende der Verschränkung mit dem Schicksal des anderen vor sich und er wollte diese Freiheit bald, möglichst bald. Und nun zählte auch literarischer Ehrgeiz nichts mehr. Am Sonntagnachmittag brachte er die fertigen Schreibmaschinenseiten, denen er eine handgeschriebene Notiz mit guten Wünschen und Dank für die Zusammenarbeit hinzufügte, in einem dicken Umschlag zur Post.

Indian summer

Micaela erhob sich von ihrem Schreibtisch: „Den Unterschied zwischen transitiven und intransitiven Verben kenne ich, aber, dass im Deutschen einige Verben so irregulär sind, dass sie ihre Form verändern, wenn ein Objekt oder kein Objekt folgt, das kriege ich nicht in meinen Kopf!" Franz beruhigte sie: „Ich habe Fernsehmoderatoren erlebt, die munter ihre Fahne nach dem Wind ‚hungen', weil sie ‚hängen' nicht zuordnen und entsprechend konjugieren konnten und folglich wortschöpften." „Ich werde morgen meine letzte Klausur für die Zertifizierung auf dem niedrigsten Niveau haben. Lass uns noch ein bisschen üben, ja?" Die beiden bissen sich fest an den verschiedenen Konstruktionen von erschrecken, schleifen, wenden, bewegen …, bis sie konfus und erschöpft auf der schmalen Wohnheim-Liege hintenüberfielen. Sie hatten in den vergangenen Tagen wenig Zeit füreinander gehabt.

Franz hatte am Montag einen Brief der Stadt Heidelberg im Postkasten, er erschrak noch immer und erwartete Forderungen oder Androhung von Maßnahmen nach dem OWiG aus der Zeit beim SDS, oder zumindest wegen des Führens eines Fahrrades auf der unberechtigten Straßenseite. Hier war das Wahlamt Absender und forderte ihn auf, am 03.Oktober seine Aufgabe als stellvertretender Schriftführer während der Wahlhandlungen zur Bundestagswahl in den Räumen der Handelsschule ab 7:30 wahrzunehmen. Klaus freute sich ein bisschen, er war es, der wahrgenommen wurde! Die studentische Gemeinschaft lebt unter einer Glocke von Wissenserwerb; vom Erstsemester bis zum Doktoranden bewegt man sich in einem wenig flexiblen Rahmen, in dem soziale Beziehungen, Handlungen und Habitus diesem Ziel, aufnehmen und forschen, untergeordnet sind. Verbindungen in die Gesellschaft werden über die Familie, den Studentenjob, die Zimmerwirtin mit dem ewiggleichen Fluchtargument „ich muss was tun" zeitlich eng begrenzt gehalten. Städtische Honoratioren, Oppositionsführer und Aufsichtsräte, haben sich gern die Zeit des materiellen Mangels und des Beziehungsreichtums auf dem Campus gegönnt. Mit dem Magister und Diplom, der Promotion oder dem 2.Staatsexamen werden Rollenerwartungen wieder erfüllt. Franz hatte seit seiner Abschlussprüfung in einer Zwischenwelt gelebt, nicht mehr Student, aber auch nicht in der Lage akademisches Wissen und guten Verdienst in einer halbwegs mit Autonomie gesegneten Berufsposition unter die Leute zu bringen; er war nirgends nachgefragt. Seine neue Perspektive und die Einbindung in staatsbürgerliche Verpflichtung ließen ihn mit geraden Schultern Micaela nach ihrer Klausur abholen. Sie war nicht unzufrieden, aber noch nicht versöhnt mit der Unregelmäßigkeit der intransitiven Verben und der Unmöglichkeit ihrer Passivbildung. Am Freitag erhielte sie das Ergebnis und das Zertifikat.

Franz stimmte Micaelas Vorschlag zu die große Mensa aufzusuchen. Seine Bewegungen waren nicht mehr müde, sein Körper stand unter Spannung, sein Blick ruhte in der Waagrechten. Er sah die über die Stuhllehne geworfene schwarze Robe, bevor er Susanne entdeckte. Er nickte Susanne zu, die eben aufsah und nahm mit Micaela entfernt Platz. Nicht viel später sah er Susanne auf sich zukommen: „Schön, dich zu sehen, Franz! Hallo, Micaela! Franz, wir hätten wegen deiner Rechtssache noch einiges zu klären. Könntest du in die Kanzlei kommen oder reicht ein weniger formaler Ort?" „Ist es wegen der Rechnung, dann bitte ich dich ein paar Tage zu warten. Die Überweisung aus meiner bisherigen Tätigkeit müsste dann meinem Konto gutgeschrieben sein." Susanne ergriff leicht seinen linken Arm: „Nein, nein, es geht darum, den Fall für dich abzuschließen; dazu hätte ich dich schon noch gern gesprochen." „Passt es dir, wenn ich morgen Nachmittag zu dir in die Kanzlei komme?" „Na gut, ich könnte es mir woanders netter vorstellen, aber, wie du möchtest! Bis morgen, sagen wir, 16:00 Uhr." Micaela blickte Franz von der Seite an: „Ich hole uns einen Kaffee" „Warte, ich komme mit, wir trinken ihn draußen." Und Franz verabschiedete sich mit zwei Tabletts in den Händen von Susanne. „Are you through?" fragte Micaela direkt, sicherlich fiel ihr im Augenblick keine zartere Formulierung im Englischen ein. Franz schaute sie lange an. „Ja, ich habe damit abgeschlossen. Aber, weißt du, mit dieser Beziehung findet auch ein wichtiger Teil meines Lebens sein Ende, deshalb ist da noch so etwas wie Trauer oder das Gefühl eines Verlustes. Das Verlustgefühl bezieht sich also eher auf ein Stück Leben von mir. Und jetzt bist du da! Wie schon Hesse mutmaßt: Jedem Anfang wohnt ein Zauber inne – Eigentlich platt: Ein Abschied verheißt viel mehr an Geheimnis, Aufbruch und Freiheit hin, zu …. zu Dir!" Er küsste sie, er nahm ihre Hand, sie schwiegen lange. „Und, du weißt, dass ich begeistert bin von den Aufgaben, die vor mir liegen. Aber, sie werden mich im Griff haben, während mein Leben bis jetzt mit einem whateverism leichtgewichtig steuerbar war. Nicht unbedingt immer von mir." Micaela schaute ihn an: „Big child!" Leichthin schien sie den Rahmen, in dem es um sie beide ging, zu verlassen: „Und ich frage nochmal, welchen Einfluss deine politische Aktivität auf deine Entwicklung genommen hat, oder, ist Franz, wie er ist, vorstellbar ohne das eigene Aufbegehren?" „Hier muss ich dir die Deutungshoheit überlassen." Jetzt küsste sie ihn. „Wir spekulieren jetzt kontrolliert und ich sage dir, dass, wie in der weltweiten Empörung der Jugend überall geschehen, - lass es das Woodstock-Erlebnis sein, Vietnam-Demonstrationen oder Straßenschlachten wegen einer Fahrpreiserhöhung-, im Gegensatz zu deiner Beliebigkeitsannahme der moralische

Relativismus der Studenten in einen Entscheidungsprozess gemündet ist. Studentische Aktionen als Mannbarkeitsevent." Franz schluckte; so eingebunden in äußere Anlässe hatte er seine Entwicklung noch nicht gesehen. Und Micaela schaute ihn an und fuhr fort mit einer Frage, die für sie offensichtlich bedeutsam war: „ Nicht beantwortet ist, weshalb du für dich die politische Linke gewählt hast." „Uns waren Freiräume gegeben. Ich wollte cool sein und ich wollte glücklich sein."
Micaela und Franz hatten die Alte Brücke betreten und blickten ins Wasser. Micaela lachte: „Das wollen alle Menschen überall auf der Welt!" Franz begnügte sich mit einem: „That's just why! Oder, soll ich von unserer moralischen Empörung über die Gewalt in Indochina berichten, die die studentische Bewegung formte, die wiederum in einer sozialistischen Gesellschaft das Glück als denkbares politisches Ziel erkannte?" Micaelas Züge verdunkelten sich. „Es gibt Fragen, die sich nicht distanziert beantworten lassen. Ich glaube, die nach politischen Grundhaltungen gehört dazu." Sie schwieg eine Weile und fuhr dann fort: „Ich bin in einem täglich zunehmenden Erklärungsnotstand mir selbst gegenüber und bin doch sicher, das richtige zu vertreten." Franz legte beide Arme über ihre Schultern, umfasste ihren Kopf und schmiegte ihn an den seinen: „Das ist keine Frage. Und ich weiß, dass ein politischer Standpunkt in deinem Land tödlich sein kann, ganz anders als der Hedonismus, der uns heißt Amerikahäuser mit Steinen zu bewerfen. Lass uns reden. Ich merke dir schon seit einiger Zeit an, dass du mit dir kämpfst aus dem Gefühl heraus dein Land im Stich gelassen zu haben." Micaela antwortete nicht, ließ aber ihren Kopf an seiner Schulter ruhen. Hand in Hand gingen sie weiter Richtung Philosophenweg.

Sie müsse morgen nach Stuttgart wegen ihrer Aufenthaltserlaubnis.

Franz betrat die Kanzlei in der Handschuhsheimer Landstraße, Susanne bat ihn in ihr Büro: „Hallo, wie gehts dir?" Diese Umgebung, in der er sich oft klammen Herzens Rechtsrat geholt hatte, die aber auch lange Zeit für ihn berechtigter Zugang zu Susanne war, forderte Aufmerksamkeit, sein Herz klopfte deutlich. „Ja, prima. Und Dir?" „Ausgezeichnet!" „Dann ist es ja gut, wenn es dir gut geht und mir!" Susanne erwiderte darauf nichts, sondern deutete mit dem Stift auf eine Stelle in dem Schriftsatz vom Oberschulamt, den er schon kannte. „Wir hatten dich gebeten, uns kurz deine Entscheidung bezüglich des Vergleichs mitzuteilen, damit wir die Sache der Behörde als geschlossen melden können. Aber, von Franz bisher keine Mitteilung! Und, wie schaut es aus? Willst du eine Lehrerstelle antreten ohne die Aussicht, Studienrat werden zu können?" Franz bat, sein Versäumnis zu entschuldigen, „weil ich nur den Inhalt des Vergleichs gelesen habe und sofort tätig geworden bin und die angeführten Schulen angeschrieben habe. Zumindest erstmal die hier in der Nähe!" „Also, du bist einverstanden mit der erzielten Einigung. Dann werde ich dem Oberschulamt einen entsprechenden Vermerk zukommen lassen und deiner Anstellung steht nichts mehr im Wege." „Und ich dachte, ich erhielte in diesen Tagen schon meinen Arbeitsvertrag!" „Du hast schon mit Schulen verhandelt?" Und Franz erzählte von seinen Visiten in den Schulen in Mannheim, in Heidelberg und in Walldorf. Und von seiner Entscheidung im WAH-Gymnasium in Walldorf arbeiten zu wollen, „obwohl das Humanistische Gymnasium hier und das Karl Theodor in Mannheim mich auch gerne gehabt hätten!" „Wie, du hast dich für diese Noname-Anstalt auf dem Land entschieden, obwohl du in Traditionsgymnasien hättest anfangen können, die deinen Lebenslauf geschmückt hätten!" Hier war es wieder, ungebeten urteilte Susanne nach ihren, immer sehr pragmatischen, Grundsätzen, wusste es besser, riet und wies an.

Wie Franz diese Abläufe kannte, ihnen entgegengesehen und sie ertragen hatte! Immer hatte er sich mit ihren Argumenten herumgeschlagen, statt dass er ein Mal die Umrisse der eigenen Vorstellung dagegen gesetzt und rechtfertigungsfrei seinen Standpunkt vertreten hätte! Als er nun über den Inhalt dieses Gespräches nachdachte, bemerkte er, dass er sich noch nie mit Susanne auf dieser Ebene einer eigenen Berufsposition ausgetauscht hatte. Franz drückte das Kreuz durch und wurde fünf Zentimeter größer: „Ich habe mich für diese Schule entschieden, die Schulleitung hat das Oberschulamt schon darüber in Kenntnis gesetzt." Jedenfalls ging er davon aus. „Gut, dann tun wir noch das Unsere und dein ‚Fall' wäre durch. Glückwunsch!" Sie schob Franz ein Schriftstück zur Unterschrift zu und avisierte die anwaltliche Kostennote für Anfang September. „Und wie ist es dir in der Zwischenzeit ergangen?", Franz hielt die berufliche Seite ihrer Beziehung für beendet. „Ich werde diese Kanzlei verlassen. Zum 1.Januar fange ich in Perugia in der Sozietät von Paolo als Fachanwältin für Europarecht an und lerne wie blöd Italienisch." Touché! So viel Mobilität hätte Franz von Susanne nicht erwartet, doch er erinnerte sich, dass sie während ihrer gemeinsamen Reise nach Sizilien Land und Leute offen und mit viel Wärme gesehen und auch ihm vermittelt hatte. Und nun war es ein anderer Mann, der Beruf und Sehnsuchtsort für sie verbinden konnte. Franz wünschte ihr, flachatmend, Glück für den Neustart.

Am Abend rief Herr Marquardt an. Der dicke Umschlag sei angekommen, sein Inhalt gelesen und er sei zufrieden. „Ganz in meinem Sinne, Herr Theuring! Ich lasse Ihrem Konto den Restbetrag gutschreiben. Das wäre es dann. Nein, eins noch: Ich kann es!" Franz wedelte hilflos mit dem Telefonhörer: „Bitte?" „Im Traum fliegen! Auf Wiederhören!" Franz kam nicht mehr dazu, seine Hilfe für den Druckauftrag anzubieten. Oder gar, nachzufragen, ob der Wunsch danach überhaupt noch bestehe. Wie war das noch mit dem „keinesfalls roten Bucheinband"? Und, wohin war er geflogen?

Er kochte für sie beide. Micaela war in Stuttgart erfolgreich gewesen, man habe im Innenministerium mit Selbstverständlichkeit, ja, sogar mit Aussicht auf weiteres Bleiberecht, wenn sich „die Zustände da unten nicht ändern!", ihr Visum verlängert. Martin setzte sich dazu, ergriff Nudellöffel und Saucenkelle und kleckerte im Eifer, als er berichtete, Duke University habe seinen Promotionsantrag angenommen und ihm ein Stipendium angeboten: „Und, Franz, für MEIN Thema!" In seiner Begeisterung fiel kaum auf, dass Micaela, nachdem sie herzlich gratuliert hatte, mit ihren Gedanken weit weg, schwieg.

Franz begleitete Micaela in ihr Studentenwohnheim. Während sie den Neckar überquerten, mit Blick auf die Alte Brücke, nahm Micaela den Faden auf: „Du sprachst gestern von ‚Steinen auf Amerikahäuser'. Ich lebe nun schon so lange in Europa, dass mir klar ist, dass die USA die einzige Supermacht ist, mit der die Studenten sich auseinanderzusetzen bereit sind. Moskau war nie eine echte Alternative für Euch. Nicht unähnlich war der Weg des lateinamerikanischen Kontinents nach der Revolution in Kuba. Das von Kennedy initiierte Programm ‚Alliance for Progress' umwarb die übrigen Staaten mit dem Ziel der Bildung und Stabilisierung demokratischer Regierungssysteme mittels Agrarreformen und Schaffung einer breiteren Mittelschicht. Kennedy und sein lateinamerikanischer Stab hatten dabei nicht bedacht, dass die machthabende Oberklasse Veränderungen in jeder Form fürchtete und die Mittel dagegen vorhielt: Die Medien, militärische Macht und dieses fatale mañana, das auch demokratisch gewählte Regierungen davon abhielt, die amerikanischen Gelder für notwendige Reformen jetzt und sofort mit entsprechenden Programmen einzufordern."

Micaela wies auf eine Feldsteintreppe, die hinunter zum Neckar führte, sie setzten sich auf die Stufen. Wie gerne hätte Franz die steinigen gesprächsfördernden Treppenstufen mit der saftigen Uferwiese, die daneben zum Liegen einlud, eingetauscht! Warum drängte alles immerzu auf Entscheidungen, knäuelten sich Probleme, wo das leise klatschende Neckarwasser, die fernen Lichter, die Dunkelheit und Wärme um sie herum sie einzig sein ließ auf dieser Welt! Franz legte seinen Arm um ihre Schultern. Er wusste, dass sie Schmerz und Heimweh viel mehr als die Romantik dieser Augenblicke fühlte und dass sie ihn jetzt ganz brauchte, seine Vorstellungskraft, sein Urteilsvermögen und seine Liebe.

„Deutschland und Chile waren Anfang der 60-er Jahre die treuesten Verbündeten der USA. Und: Der chilenische Weg unterscheidet sich insofern vom übrigen lateinamerikanischen Muster, als die sozialistische Regierung Allende drei Jahre durchhalten konnte, während von 1961 an, als die Allianz geschlossen worden war, bis 1963 allein in sechs Ländern die zivilen Regierungen durch putschende Generäle unter der Flagge der Verteidigung westlicher Werte gestürzt worden waren. Aber Moskau hielt sich aus allem heraus, da es sich hier um Probleme aus dem Hinterhof der USA handelte. So ist auch die Behauptung, die Maßnahmen Allendes zur Veränderung der Strukturen zugunsten der Arbeiter seien Moskaugesteuert gewesen, unsinnig. Der Warschauer Pakt hatte lediglich die diplomatischen Beziehungen mit der Pinochet-Regierung abgebrochen." Micaela kämpfte mit den Tränen, die Erinnerung an die Tage des Putsches holt sie wieder und wieder ein. So jung, wie sie damals war, hatte sie doch gespürt, wie alle Hoffnung für den Kontinent mit diesem Übergriff auf eine demokratisch gewählte Regierung erledigt wurde. Sie wollte mit der demokratischen Idee in ihrem Land erwachsen werden, aber es war da die Gewalt, die Micaela handeln ließ. Jetzt schluchzte sie und barg ihren Kopf an der Schulter von Franz. „Du spürtest, dass das Terrorregime Menschengruppen in deinem Land ausgrenzte, vernichtete. Und du erkanntest, dass deine Eltern, die dir vertrautesten Menschen, mit der Junta zusammenarbeiteten mit deren Spielregeln: Folter, Verschleppung, Tod. Dass sie moralische Anerkennung der Machthaber erfuhren, wenn sie nicht nur wegsahen oder duldeten, sondern in einer Organisation die Ausgegrenzten demütigten und ermordeten." Micaela war schwer atmend aufgestanden. Sie wollte sich von Franz verabschieden, alleine weiter gehen. Franz bestand darauf, sie zu begleiten. Und so kam es, dass sie weinend in seinem Arm einschlief. Und Franz spürte, wie sich Trauer über die Wut legte, die ihn, seit er politisch dachte, gegenüber seiner Elterngeneration vorwurfsschwer sprachlos gemacht hatte. Er hatte stets nur die Fäuste in den Taschen geballt, unfähig, das Gespräch zu suchen. Er litt mit Micaela, die ihre Eltern liebte, die sich aber durch die Stellung, die sie in der Organisation und in der Hierarchie eingenommen hatten, jeder möglichen Annäherung an ihr Kind entzogen.

Die innere Verfassung der beiden, die sich nur schützend und tröstend umarmten, hatte auf der schmalen Liege des Studentenzimmers nur wenig Schlaf erlaubt. Sie packten einen Picknickkorb, liehen sich Fahrräder und radelten auf der Sommerseite des Talwegs aus der Stadt hinauf zur Strangwasenhütte. Der Ort, an dem Franz auf die Studentengruppe gestoßen war, war für sie immer ein besonderer geblieben. Ein Bus hatte sie sommerselig-erhitzt und nur im Hier aneinander gelehnt, in die Wirklichkeit zurückgebracht. Heute, an einem Mittwoch, war kein Mensch hier oben, zu früh für Wanderer, zu heiß auch heute für Spaziergänger, die Stille wurde mit dem Gurgeln der Mühlbachquelle begreiflich. Für Micaela und Franz der einsamste, der schönste, und heute der Ort, an dem sie in ihrer Liebe und in ihrer Trauer ganz zueinander fanden.

„Ich weiß so wenig über Dein Land, über den Kontinent, hierher dringt nur, wenn irgendwo wieder ein Generalissimus das Gewehr schwingt. Jetzt aber bist du betroffen und das Elend ist ganz nah bei mir." „Schau mich genau an", bat Micaela Franz, „du siehst in meinen Zügen indianische Merkmale. Und ich glaube, der Kontinent kann nur genesen, wenn er sich auf diese Wurzeln zurückbesinnt, wenn eine eigene Identität den Segnungen des Katholizismus und der Rolle als westlicher Außenposten das zukommen läßt, was ihnen gebührt: mögliche Hilfestellung aber niemals Diktat beim Übergang zur Demokratie, zur wirtschaftlichen Gerechtigkeit und in gesellschaftliche Selbstbestimmung." Franz zeichnete ihre Jochbögen und ihre Wangenknochen nach. „Und du siehst, Franz, dass ich mein Land jetzt nicht sich selbst überlassen darf. Ich werde am Freitag mein Zertifikat entgegennehmen und am Sonntag mit Air France über Paris nach Santiago fliegen."